# 殺人館系列

綾辻行人

# 殺人奇面館

郭清華◎譯

——獻給可愛的「壞傳言」A氏——

〈殺人館系列總導讀〉

# 因推理小說而設計的殺人館（二次增補版）

【推理評論家】傅博

## ●新本格以前

一九八七年是日本「新本格推理小說」元年，開基者就是綾辻行人。

那麼，新本格推理小說的本質是什麼呢？皆須從頭說起。

一九二三年——日本推理小說元年，江戶川亂步發表本格推理短篇〈兩分銅幣〉，奠定日本推理小說之基礎後，出現一群具有不同個性的追隨者，發表各式各樣的推理小說，這些作品包括本格推理之外，有獵奇、怪奇、恐怖、耽美、幻想、科幻等小說。當時這些作品合稱為「探偵小說」，還沒使用「推理小說」這個文學術語。

偵探在日本稱為「探偵」，為了本文的一貫性，本文一律使用「探偵小說」。探偵小說是直譯自英文之Detective Story，其含義是指福爾摩斯探案之類的解謎為主題之推理小說，換句話說，探偵小說的本質是「解謎」。

探偵小說的本質既然是解謎，為何把非解謎為主題的小說也稱為探偵小說？探偵文壇引起熱烈的討論，因篇幅有限，不記述其討論的經過，只談結論。

以二分法做區分，解謎為主題的稱為「本格探偵小說」，其他非解謎為主題的合稱「變格探偵小說」。現在之最廣義的推理小說，包括奇幻小說和科幻小說，近年又稱為「娛樂小說」。

「本格」的意思是正統、正規。「變格」就是變則、不正規。這種二分法一直沿用到一九五七年，這段期間，戰前的主流是變格，戰後是本格。

一九五七年可以說是社會派推理小說元年。這年松本清張在旅遊雜誌《旅》月刊二月號開始連載《點與線》（翌年一月完結），並在《週刊讀賣》四月十四號開始連載《眼之壁》（十二月二十九日號完結），這兩長篇於翌年二月，同時從光文社出版。

這兩書的內容與以往的探偵小說不同，是以寫實的手法，探偵小說的形式、揭曉社會黑暗面，而重視犯罪動機。以上四點是松本作品的特徵，出版社為了與探偵小說劃清界線，稱為「社會派推理小說」。

社會派與推理小說，原來是互不相干的文學術語。凡是具有社會批評精神的小說稱為社會小說，專寫社會小說的作家稱為社會派作家，「推理小說」是二次大戰後，就與探偵小說並用，兩者同義。

因為二次大戰結束後，日本政府為了整理繁雜的漢字，便禁止部分漢字的使用。「偵」字也被列為禁止使用，以平假名（日本文字，同時是注音符號）之「てい」代替。「探てい小說」這字眼，看起來怪怪的，沒有安定感，所以有人主張以「推理小說」代替「探偵小說」四字，由此就有人開始使用。但是，不久「偵」字解禁。之後十年，探偵小說為主、推理小說為從，並行使用。

話說同年十一月，獲得第三屆江戶川亂步賞的仁木悅子之《貓已知情》出版，本書雖然不具社會批評精神，卻是一部寫實，不以怪奇、幻想等包裝故事的本格探偵小說。如果要歸類，應該稱為「寫實派推理小說」，不知何故被歸類為社會派推理小說。不只如此，凡是五七年以後發表的探偵小說，一律稱為社會派推理小說，簡稱為推理小說，從此沒有人使用探偵小說。由此，可看出一個公式：

「清張以前」，指一九五六年以前。其作品稱為探偵小說，其本質是浪漫文學。

「清張以後」，指一九五七年以後。其作品稱為社會派推理小說或推理小說，其本質是寫實文學。

清張以後的推理小說，雖然不再分為本格和變格，仍然是多采多姿的，而按其主題，有本格推理（狹義的推理小說）、冷硬推理、懸疑推理、間諜冒險、法庭推理、警察搜查、醫學推理（以上七類屬於中間義推理小說），以及犯罪、冒險、國際謀略（以上三類屬於廣義推理小說）。

松本清張發明社會派推理小說之後，也出現了一群屬於清張作品系列的追隨者，但是其大部分作家，不到幾年就改弦易轍，撰寫非推理小說。社會派（指具社會批評精神）推理小說，事實上成為松本清張等幾位作家之孤軍奮鬥的局面。直到一九六九年，森村誠一和夏樹靜子加入陣營之後，才確立一席之地，但是並非主流，是如上述各派系之群雄割據的推理文壇。

## 綾辻行人與新本格推理小說

在這樣的情況下，一九八七年九月，綾辻行人帶了《殺人十角館》登上推理文壇。不但是出版本書的講談社編輯部，誰都預想不到事後會成為「新本格推理小說」之原點。本書以「講談社小說叢書」出版時的書帶之推薦句是「本格推理，還有這種大詭計！」並沒有使用「新本格」三字。清張以後，推薦句中的「本格推理」，已很少人使用，六年前同叢書出版島田莊司之《占星術殺人事件》後才復活的。《殺人十角館》的賣點是解謎，編輯部請島田在本書末寫了一篇〈推薦〉。

《占星術殺人事件》是以戰前之連續分屍案為主題之古色古香的本格推理小說，與清張以後的寫實推理截然不同，雖然獲得部分推理小說迷的支持，卻是一部毀譽褒貶不一的作品。出版後一直沒有出現追隨者，島田莊司為「本格探偵小說」的復辟，孤軍奮鬥六年，終於遇到知己綾辻行人，島田的興奮情況，從〈推薦〉一文不難看出。

綾辻行人，本名內田直行，一九六〇年十二月二十三日，生於京都市。京都大學教育學院畢業，同大學院教育學研究科博士後期課程修畢。

綾辻自幼小就喜歡看書，小學四年級時，首次閱讀推理小說——盧布朗之《奇巖城》少年版和江戶川亂步之少年推理小說《妖怪博士》後，成為推理小說迷，並做推理作家夢。他考進京都大學後，立即參與京都大學推理小說研究會。

在日本，大學的推理研究社團，大多是以推理小說的欣賞和研究為主旨，其研究成果發表在社團雜誌。京大推研即創作、研究並重，它有兩種社團雜誌，對外發行之《蒼鴉城》

年刊，即是發表創作的專刊，另外有內部發行之《推研通信》月刊。

綾辻在《蒼鴉城》發表不少推理小說。這些習作，日後都改稿結集出版。大學四年級時，為了實踐小學的作家夢，應徵江戶川亂步賞，雖然只擠進第一次預選，沒得獎，卻給他十足的信心，這部作品名為《追悼之島》，即是八年後改稿易名出版的《殺人十角館》。

一九八四年一月，綾辻在立命館大學推理小說研究會舉辦的演講會認識講師島田莊司，當時島田出道不久，為本格探偵小說的復辟孤軍奮鬥中，兩人意氣投合。《追悼之島》的改稿，就是島田的提議。

《殺人十角館》與清張以後的解謎推理小說不同之處有兩點，第一是為殺人詭計而特別設計一棟異常的十角館，第二是大量殺人。從寫實的立場來說，是「不自然」。而與清張以前的本格探偵小說相比較，是過於寫實，不夠浪漫，也許這就是本書的優點。

不管如何，之後被視為「新本格推理小說」之原點的最大因素，是在本書第一章開頭，作者藉登場人物艾勒里所說的這段話：

「所以，我不要日本盛行一時的『社會派』型的寫實主義。女上班族在小套房被殺，磨損鞋底的刑警，費心思所逮捕的兇手是情人又是上司——作罷。什麼貪污、政界內幕，什麼扭曲的現代社會引起的悲劇，這些請退場吧。最適合推理小說的是，不管如何被指責為不合時宜，還是名偵探、大宅邸、形跡可疑的居民、血腥的慘案、不可能犯罪、破天荒的大詭計……荒唐無稽更好。重要的是在推理小說的世界享受樂趣就好了。不過，需要理性的。」（筆者譯自原文）

這段引文，本格派推理評論家認為是綾辻行人的「本格宣言」，規範了之後的新本格派作品。

要確立一個新世界，最重要的是前仆後繼的力量——人才以及作品的質與量。僥倖的是翌八八年，「講談社小說叢書」推出了三名新人的作品，即齋藤肇之《如願收場》、歌野晶午之《長房屋之殺人》與法月綸太郎之《密閉教室》。而綾辻行人單獨出版了《殺人水車館》、《殺人迷路館》和《魔女狩獵遊戲——紅色殺人耳語》三書。講談社將這些作品稱為「新本格推理小說」，作為賣點。

同年，出版歐美推理小說聞名的東京創元社，請本格推理大師鮎川哲也，主編一套本格推理小說叢書「鮎川哲也與十三之謎」十三集。這年出版了折原一之《倒錯的死角》、山崎純之《死是甜蜜而苦澀》與岩崎正吾之《風啊、綠啊、故鄉啊》三書，三位作者都是新人。

之後，兩出版社每年推出新人。於一九九〇年東京創元社創設鮎川哲也賞，一九九六年講談社設立梅費斯特賞，公開徵文。二十年來，兩出版社是新本格推理小說的原動力，所推出的作家近於百名，他們雖各具獨特的作品風格、寫作技巧、推理小說觀，但他們唯一的共同點是「反社會派、反寫實」——新本格推理小說的本質。

## ●人間悲劇——「殺人館」系列

二十年來，綾辻行人所建造之奇形怪狀的殺人館有九棟，當初的計畫是要建造十棟，還有兩棟未完成。稱為「殺人館」系列的這八棟殺人館的共同點有三。

這些殺人館的構造，都是為了殺人詭計而特別設計的，每集都附錄平面圖。

故事上的設計者是住在角島青色館的異端建築家中村青司。青色館也是中村自己設計的，天井、地板、四周的牆壁以及家具，清一色的藍色。但是，十角館命案發生的半年前，即一九八五年九月二十日早晨，發生火災而燒毀，中村夫妻和傭人都在這場火災中喪命。中村青司與各殺人館命案沒有直接關係，是象徵性人物。

解決各館命案的偵探是島田潔。讀者看到島田潔三字，會聯想到什麼？是的，這是組合島田莊司的「島田」，和他所塑造的偵探御手洗潔之「潔」而來的。他是九州大分縣＊市某寺院住持的三男，父親還健在，沒事可做。每天讀推理小說消耗時間，遇到死人就為其念經。

已經出版的「殺人館」系列九集，都是長篇。前七集原版都是「講談社小說叢書」版，第八集之「推理王國」版，三年後，都改為「講談社文庫」版。現在按其出版順序簡介如下：

一、《殺人十角館》：

一九八七年九月出版，「殺人館」系列第一集，眾所周知之新本格推理小說的原點。一九八六年三月下旬，K＊＊大學推理小說研究會的六名成員，來到九州山崎對岸的角島度假，這無人島四周是斷崖絕壁，島上曾經有一座青色館，半年前因火災燒毀，現在只剩下別館——十角館。

從上空俯瞰，十角館呈正十角形，中央是大廳，四周有十個房間，度假的學生分別住在這些房間。館內發生連續殺人事件，六名學生死盡。是一部克莉絲蒂之《誰都不在》

系列上的作品。作者以第三人稱多視點，交互記述本土與孤島的動靜。讀者可以參與解謎之挑戰型本格推理小說。

二、《殺人水車館》：

一九八八年二月出版，「殺人館」系列第二集。充滿怪異氣氛的水車館，建立在岡山縣北部的深山中，環繞四周的堅固外壁和聳立在四角落的塔屋，誠如歐洲的古城堡，城壁裝設三座水車以自家發電。作者把殺人舞台設定在岡山，不外是向本格推理大師橫溝正史表示敬意，因為橫溝的許多傑作的殺人舞台都是在岡山。

水車館館主藤沼紀一，四十一歲。因車禍成為戴假面具、坐輪椅的殘障者。妻子由里繪是十九歲的美少女。父親成一是已去世的幻想派畫家，他是可透視未來的幻視者。紀一每年在水車館開一次成一的畫展，招待與父親有關的人士。去年展覽期中，發生殺人事件，案件未破。今年，即一九八六年九月二十八日，來賓又被殺。作者以紀一之第一人稱記述現在，作者的第三人稱記述過去。

三、《殺人迷路館》：

一九八八年九月出版，「殺人館」系列第三集。本書的結構很特殊，綾辻行人之《殺人迷路館》裡面另有一本鹿谷門實之《殺人迷路館》，版本是『稀譚社小說叢書』，其內容佔本書的十分之九。是一部三重構造的套匣型敘述推理小說。故事從一九八八年九月二日，島田潔收到鹿谷門實之《殺人迷路館》一書寫起，由此島田想起去年四月，在迷路館發生的殺人事件之經過和收場。島田於是開始閱讀這本現實事件的小說化故事，但鹿谷門實到底是誰？

迷路館建立在京都府丹後半島的地下。四周有十八個房間，中央是迷宮，從一間房間要到另一間房間，需要經過迷宮。館主是推理文學大師宮垣葉太郎，六十歲。他招待四位推理作家和一名評論家、一名編輯來迷路館。宮垣留下遺書自殺。遺書內容是遺產要贈與四位來館的作家，條件是在五天內完成一篇以迷路館為舞台，自己為被害者的推理小說，由在席之評論家等評審。最優秀作品的作者有權繼承財產。可是他們個個都以自己構想的殺人方法被殺。

## 四、《殺人人形館》：

一九八九年四月出版，「殺人館」系列第四集。人形館建立在京都市左京區之安靜的住宅區。館主飛龍高洋是一位畫家，去年十二月自殺，去世後與父親分居的想一，搬回來與母親實和子同居。日語「人形」是娃娃之意，高洋在世時，收集了六個等身大小的人形，這些人形都有些損傷，高洋為何收集這種有損傷的人形呢？人形館是和式的家屋，因為放置這些人形，所以叫做人形館，想一和母親居住在這裡，人形館另有一棟二樓的洋式別館，以走廊互相連結。

想一搬回來之後，人形被塗上顏料、預告殺人的信、因火災伯母被燒死等事件發生。而京都市內發生連續少年殺人事件。全書以想一的視點記述。

## 五、《殺人時計館》：

一九九一年九月出版，「殺人館」系列第五集。第四十五屆日本推理作家協會獎得獎作品，日語「時計」是時鐘之意。時計館是前館主古峨倫典在鎌倉市東北部森林中建造的。從上空俯瞰呈鐘擺形，全棟沒有窗戶，宛如監牢。十年前，在倫典的十四歲女兒永遠自殺。之後，時計館出現永遠的幽魂。

這次破案的主角是劇中劇《殺人迷路館》之鹿谷門實，和十角館命案時，參與破案的大學生江南孝明。他已畢業，現在是稀譚社發行之怪奇雜誌《CHAOS》之編輯。一九八九年七月三十日，《CHAOS》一行十一人來到時計館，探訪幽魂的真偽。於是殺人事件相繼發生。四十萬字巨篇。綾辻行人之代表作。

## 六、《殺人黑貓館》：

一九九二年四月出版，「殺人館」系列第六集。黑貓館建立在北海道阿寒。館主是H＊＊大學副教授天羽辰也，現在生死不明。黑貓館是一棟二樓房屋，與其他殺人館比較，構造單純多了。外觀很像蹲伏的貓，屋頂上的貓型風向器、庭院放著貓型的東西等，是黑貓館名稱的由來。

一九九〇年六月，推理作家鹿谷門實收到因為火災失去記憶的老人鮎田冬馬的一本手記，他原來是黑貓館的管理員，手記的內容是記述一九八九年八月一日至四日，在黑貓館發生的悲劇，他請鹿谷解謎。於是七月八日，鹿谷、江南孝明和鮎田三人來到現在是空屋的黑貓館。故事分為八章，過去和現在交互記述，奇數章是鮎田老人的手記，偶數章由作者記述推理的過程。

## 七、《殺人暗黑館》：

自二〇〇〇年三月至二〇〇四年五月，在講談社之文庫情報誌《IN★POCKET》月刊連載四十七回的百萬字巨篇。二〇〇四年九月分上、下兩冊出版，「殺人館」系列第七集。暗黑館建立在九州熊本縣Y＊＊郡山中湖內之小島上。明治時代（約百年前），大富翁浦登玄遙建置的，幾次改建後，戰後由異端建築家中村青司改建為具十角塔，東、西、南、北四館包圍中庭的漆黑之現在暗黑館。故事從江南孝明回鄉途中，知悉熊本山中有中村青司改建的暗黑館，因好奇心來到暗黑館，從十角塔的涼台掉下，被中也與浦登玄兒救出。

故事複雜離奇，由江南、中也、市朗少年等不同視點記述。文中隨處提到以往六棟殺人館的登場人物逸事。

讀者如要閱讀系列作品，最好按作者之創作順序閱讀，這樣做，可看出作者的思想和成長。「殺人館」系列也不例外，發表《殺人十角館》當初，綾辻還沒有考慮到館之系列化，出版社要他撰寫第二篇作品時才想到，為詭計而設計各種殺人館，而系列化。初期之十角、水車、迷路、人形四館的共同點，只是中村青司所設計的館，所發生的連續殺人事件，由偵探島田潔推理、解謎、破案而已，沒有連結點。

但是，第五部《殺人時計館》卻不同，在十角館協助島田潔解謎的江南孝明之外，部分人物、事物也在本書出現，做了五書的部分連結工作。而偵探也易名為鹿谷門實。從此可看出綾辻行人的軌道修整。

花了四年功夫完成的《殺人暗黑館》就是綾辻思想的集大成。筆者預測，綾辻完成十棟殺人館時，這群「人間悲劇」（©筆者）可與巴爾札克之《人間喜劇》比美。

## 八、《殺人驚嚇館》：

二〇〇六年三月出版，「殺人館」系列第八集。本書與前七集不同之處是改由講談社「推理王國」版出版。是一套以少年少女為讀者對象的推理小說叢書，與現在流行之「輕小說」比較，品質普遍高雅。本書也不例外，文字雖然淺易，故事比較簡單，但是還經得起推理小說迷閱讀。

故事由永澤三知也的回憶形式記述。驚嚇館是古屋敷龍平於一九六四年，為了養女美音在神戶市近郊的A＊＊市六花町所蓋的一棟二樓的洋房。因房間裝置巧妙的機關之外，也為美音收藏了精緻的詭計玩具，所以被稱為驚嚇館。

「我」小學六年級時，偶然的機會認識古屋敷龍平的孫子俊生，與「我」同年十二歲，與祖父兩人住在驚嚇館。之後，有機會「我」就去驚嚇館找俊生玩。一九九四年十二月二十五日聖誕節那天，古屋敷老人招待「我」與俊生家教新名努、「我」的同學湖山葵等三人。「我們」按時到達驚嚇館時，古屋敷已被刺殺，陳屍在有裝置巧妙機關的密室裡，「我們」三人破門而入。

翌（九五）年一月初旬，「我」與父親移民美國。十七日，神戶發生大地震，A＊＊市的災害雖然不大，警局已不能投入大批刑警辦案，殺人事件成為謎。七年後，「我」為了升大學回國，之後「我」回憶事件的經過，並揭開事件真相。

九、《殺人奇面館》：

二〇一二年一月出版，「殺人館」系列第九集。「奇面」可能是作者的造語，意思是奇怪的假面具。奇面館建立在東京奧多摩的偏僻山區，外觀類似洋式的二樓飯店，裡面蒐集、陳列很多假面具。由此，被稱為奇面館。

影山逸史是第二代館主。他患著看到人的表情時，就感到痛苦的「表情恐怖症」。他不但自己在人前載著假面具，並要傭人以及來客在他面前戴上假面具。

日本民間傳說提到，世上有兩個與自己面貌身材相似的人，如果偶然碰見的話，自己的死期已到。但是影山的家訓與之相反，認為遇到相似的人是好吉兆。因此，一九九三年四月初，他在奇面館招待了六位與他同年同月同日出生的男人。

奇幻小說家日向京助是被邀請之一，但是他必須住院不能參加，於是他找面貌相似的鹿谷門實代替參加。鹿谷聽到奇面館是中村青司所蓋建，發生了興趣，於是答應以日向的名義參與。

當天，影山與六位來客都戴上假面分別見面。翌晨，影山成為無頭死體陳屍在寢室，來客的假面都被鎖住。於是鹿谷門實登場的機會來了。

◎傅博：文藝評論家，另名島崎博、黃淮。一九三三年出生，台南市人。於早稻田大學研究所專攻金融經濟。滯日二十五年，撰寫作家書誌、文化時評等，與三島由紀夫夫人瑤子合著《三島由紀夫書誌》。曾任幻影城社總編輯，主編《幻影城》、《另冊幻影城》、《幻影城評論研究叢書》、《幻影城小說叢書》。一九九七年底回台定居，曾策劃主編《日本十大推理名著全集》、《日本推理名著大展》、《日本名探推理系列》、《日本當代女性作家傑作選》、《日本當代名家傑作選》、《推理文學館》等，合計六十餘集。二〇〇八年榮獲日本第八屆本格推理小說大獎之特別獎。二〇〇九年三月出版《謎詭　偵探　推理》（獨步文化）。

〈本書導讀〉

# 為新本格戴上未來奇面的綾辻行人

【中興大學台文所副教授】陳國偉

二〇〇七年的秋天，講談社為慶祝新本格二十週年，特別發行了館系列的「新裝改訂版」，綾辻行人在東京吉祥寺舉辦的一場作家演講中，還特別說道，他從來沒想過新本格的風潮可以持續二十年而不歇。他的這句話還言猶在耳，誰能想到，距離二〇一七年新本格三十週年，已經進入倒數三年的時間了。

這波由綾辻行人、有栖川有栖等作家所帶起，被評論家同時也是小說家的笠井潔稱為第三波本格的新本格浪潮，可以說是繼一九二〇至一九三〇年代江戶川亂步發展本格雛形，戰後至一九五〇年代橫溝正史、高木彬光建構長篇傳統，沉寂許久的本格解謎路線的強勢回歸。這三十年間，日本推理文壇先是經歷了以松本清張為核心、主張寫實主義精神的社會派興起，其後隨著資本主義的高度成長，極具消費社會色彩的幽默、旅情推理的輕質化作品從一九八〇年代初期開始大行其道。因此講究繁複的邏輯推演，追求在智性上愉悅的解謎推理小說，在戰後力求政經復甦的時代氛圍下，難以獲得典範性的地位。

然而隨著泡沫經濟破滅，社會結構的崩解導致虛無主義興起，使得後現代思維在日本的文化中開始發酵，卻意外地提供了本格推理復興的契機。尤其是此時登場的綾辻行人「館系列」小說中所發展的「敘述性詭計」，對於敘事語言、人稱、結構的戲耍，提供本格推理新的謎／解謎想像。雖然這樣的書寫將推理小說帶向了「遊戲性」，但仍是延續了本格推理的精神，透過謎團設定到解謎過程中的情節秩序，維繫了最核心的「邏輯性」，穩固了本格推理小說該有的「形狀」，也就造就了今日「新本格」的基本風貌。

這種風格在整個「館系列」中一直持續著，尤其是如今跟台灣讀者見面的第九作《殺人奇面館》，更可說有濃厚的館系列初期特色：一九九三年春天，新銳小說家日向京助受到奇面館主人影山逸史之邀，參加有兩百萬日圓的謝禮的兩天一夜聚會，日向因為無法出席，便委託與他長相身型相似的推理小說家鹿谷門實代為前往。然而詭異的是，患有表情恐懼症的影山逸史，要求賓客在館內一定要戴上指定的面具。第二天早晨，影山被發現陳屍在「奇面之間」，不僅頭顱消逝無蹤，也同時缺了十隻手指，而賓客們在沉睡中再度被戴上了面具，不僅鎖上且鑰匙遍尋不著，而館外因為前夜的暴風雪阻斷了對外交通。

但是更神秘的地方在於，其實日向京助在將近十年前，採訪過前代主人影山透一，得知了在他豐富的面具收藏中，有著一個自十六世紀傳下的「未來面具」，據說戴上三天三夜之後，便能夠一窺未來。然而在鹿谷門實的暗中調查下，發現不僅面具至今已所剩無幾，未來面具也不知去向，而這一切，與他長年追索的建築師中村青司所設計的館內不斷發生的殺人事件，存在著神秘而不可解的關連性。

暴風雪而造成的封閉空間、神秘詭譎的建築物、身份上的錯亂與多重誤識，種種帶著強烈幻想性的浪漫色彩，無一不是新本格的標誌「本色」。雖然許多台灣與中國的讀者將這樣的特色，歸功於島田莊司，但其實正如笠井潔在《偵探小說論一・氾濫的形式》中指出的，新本格之所以能在一九八〇年代末尾開花結果，與一九七〇年代後半從《幻影城》雜誌出道的幾位作家：泡坂妻夫、栗本薰與連城三紀彥在當時從事的本格實驗有著密切的關係。而在二〇一三年連城三紀彥過世之際，綾辻行人還專程在推特上發文悼念，也證實了連城三紀彥作品對他個人的重大影響。

的確，文學有其自身的演化軌跡，當然推理小說也不例外，尤其是已經屆臨而立之年的新本格，究竟能否再次綻放出燦爛的火花，絕對是所有本格推理的愛讀者，所殷切盼望著的。《殺人奇面館》的出版，提醒了我們，如果綾辻行人書寫十部「館系列」的計畫不變，那麼這個當代日本的推理傳奇，已經到了最終的倒數時刻。也正因為如此，更讓人好奇，在日本推理小說已是眾聲喧嘩，不論是溫情路線的本格、還是傷痕累累的警察小說、甚或是遊走在賣萌邊界上的日常推理，都各擅勝場的今天，作為日本推理史上具有典範意義的新本格，究竟還能否開拓出新的局面？

我想這正是在閱畢《殺人奇面館》後，留給我們有著無限想像的地方，而我也相信唯有綾辻行人，才能給我們真正的答案。

# 名家推薦

一所監獄般的大宅、一場謎樣的聚會、六個帶著面具的參加者、一個慘被斬首的館主……綾辻行人一再施行他的魔法，把我帶回了那懷念的新本格好時光。雖然背景是一九九三年，可是有趣的推理小說，從來不受時間背景所限，《殺人奇面館》本身就是使人迷惑的面具，一拿起便欲罷不能——這就是經典的館系列。

——【島田莊司推理小說獎首獎得主】文善

每個人都戴著面具。

這句話可不是什麼有感而發對社會的喟嘆，而是實實在在《殺人奇面館》中的奇詭情節。面具遮掩了真實的內裡，誰能抽絲剝繭看穿一切呢？

中村青司設計的古怪宅邸；神秘兮兮兼神經兮兮的宅邸主人；目的不明的神秘聚會；六個有著相近年齡與相似身材的客人；暴風雪封閉的山莊；一具腦袋和十指被割下的血淋淋屍體。

喜歡「館」系列本格趣味的讀者，千萬不能錯過這本傑作，它將帶你重溫「館」系列給你的震撼和感動。

——【推理作家】不藍燈

本格推理小說的解謎過程基本上就是揭露兇手面具的過程，因此「面具」不管是在實質上或隱喻上都是一個很重要的道具，本書開宗明義就挑戰面具這個主題，將兇手的神秘感開展到淋漓盡致的地步，充滿了閱讀吸引力，保證翻開一頁就停不下來。

——【推理作家】林斯諺

c o n t e n t s

# 主要登場人物

創馬社長——①號客人〈歡娛面具〉。〈S企劃公司負責人〉。

忍田天空——②號客人〈驚愕面具〉。魔術師。

算哲教授——③號客人〈嘆息面具〉。自稱是「醫學博士降矢木算哲」的轉世者。

米卡爾氏——④號客人〈懊惱面具〉。建築師，〈M&K設計事務所〉負責人。

日向京助——⑤號客人〈哄笑面具〉。怪奇小說家。

阿山先生——⑥號客人〈憤怒面具〉。前兵庫縣刑警。

影山逸史——〈祈禱面具〉，又稱〈主人面具〉。奇面館館主。

鬼丸光秀——能樂〈若男〉。館主秘書。

新月瞳子——能樂〈小面〉。奇面館的臨時幫傭。

長宗我部——狂言〈武惡〉。老館家、廚師。

中村青司——神秘的建築家。

鹿谷門實——神秘的推理作家。

## 奇面館平面圖

B……浴室
T……廁所

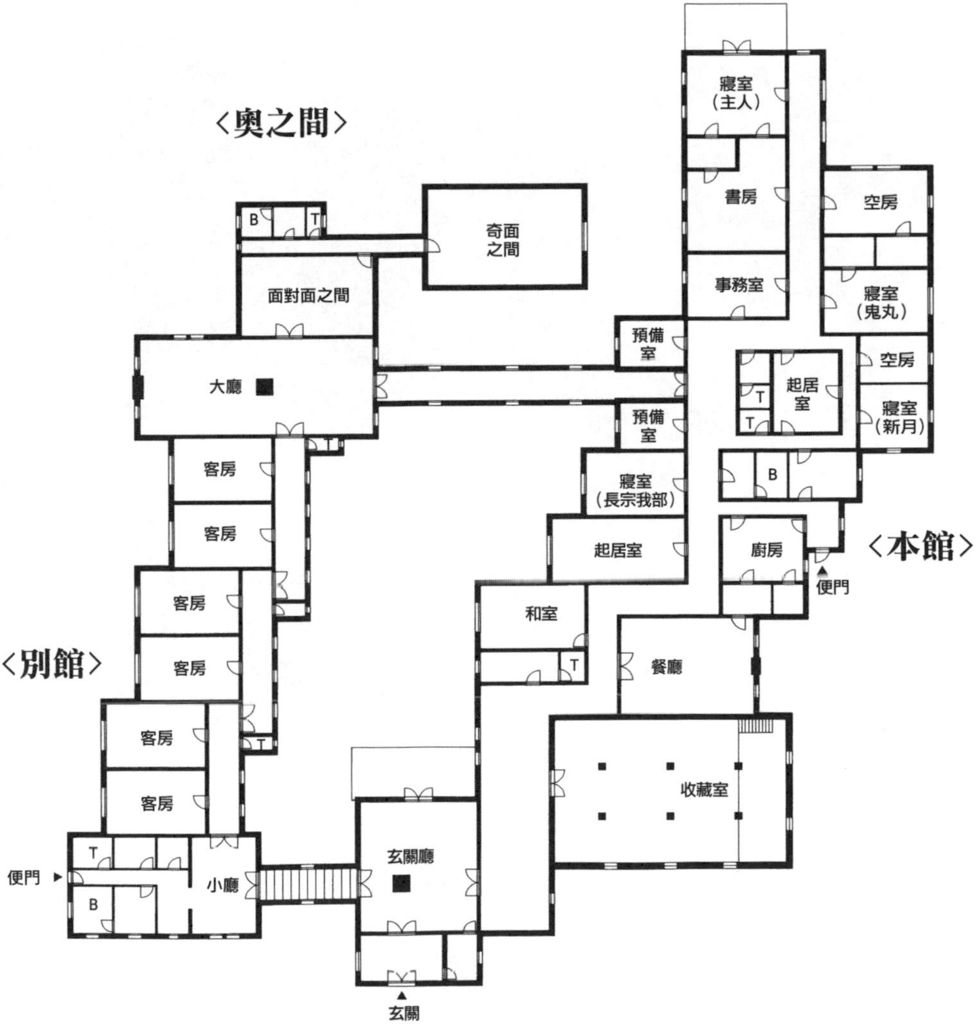

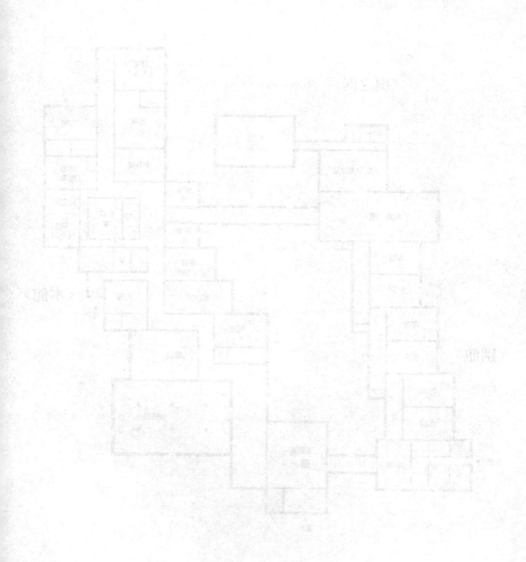

# 序曲

## 1

據說這個世界上總有三個和自己長得非常相像的人。且不管這種說法是否正確，鹿谷門實在認識「那個男人」之前，從沒有見過和自己長得那麼相像的人。

雖然沒有到「一模一樣」的程度，但長相真的非常相像，連皮膚也同樣是淺黑色的，甚至讓人覺得這個時候連髮型都是一樣的。鹿谷稍微高了一點，但身材卻同樣是細長型的。再問之後，赫然發現竟然還是同一年出生的。

「鹿谷先生也是一九四九年出生的呀！那麼，是幾月生的呢？」

「五月出生的。」

「相差了四個月嗎？我的生日是上個月，我是九月三日生的。」

是佛德列克・丹奈的忌日——鹿谷突然這麼想到，但沒有說出口。對方雖然是同一業界的人，但是和自己的領域還是有若干差異。為什麼會在這個時候想起和艾勒里・昆恩有關的事呢？這實在有點微妙。

「雖然我不是所謂本格派推理小說的忠實讀者，但因為鹿谷先生的懸疑推理小說帶著恐怖小說的色彩，所以鹿谷先生的著作我大多拜讀了。」

「謝謝。」

「其中我最感興趣的一本，就是《殺人迷路館》了。」

《殺人迷路館》是鹿谷門實這個筆名發表的第一本書，也就是鹿谷門實做為推理小說家的出道之作。這本書於一九八八年九月出版，距今已經四年了。

「因為我以前就愛看宮垣杳太郎老師的作品，所以《殺人迷路館》真的讓我很震驚。」

「因為那是相當特殊的小說。」

「把發生在宮垣家的現實事件，以『推理小說的形式重現』。是這個意思嗎？」

「嗯，是的。」

「製作謎題是推理小說的基本，卻不是我擅長的事情。不過，那個作品確實很有衝擊性，原本想以作者的身分在〈後記〉裡挑戰讀者的我，也被震懾住了。」

「哦？是嗎？」

「雖然詭計與邏輯是我最不擅長的題材，但是我一點也不討厭那樣的『遊戲』。」

「呵呵呵……」

以上就是鹿谷門實和那個男人——日向京助初次見面時的對話。

當時的時間是一九九二年的秋天，地點是出版《殺人迷路館》的出版社——稀談社所主辦的某個宴會場，介紹人是在該出版社擔任責任編輯的江南孝明。

「剛開始的時候，我也嚇了一跳。」江南說：「有那麼一瞬間，我以為鹿谷兄要改筆名，重新出道了。」

「如果是那樣的話，我一定會事先告訴你的。」

「說得也是呀！——不過，夾在書中的廣告單上的作者照片，真的和你很像呀！」

「我沒有看到那個。」

「總之，我看了書中的內容後，就發現作風和你完全不一樣，心中的疑問便豁然開朗了。」

今年年初日向京助的處女作品集《汝、莫喚彼獸之名》出版了，雖然出版商不是大規模的出版社，也沒有做什麼宣傳。但因為這本書帶有「怪奇幻想的樂趣」，因而在好事者之間引發話題。江南在讀過之後，也深感興趣地立刻前往作家居住的埼玉縣朝霞，拜訪日向。

「江南君在告訴我關於你的那本書之前，其實我已經很湊巧地看過日向先生的那本書了。」

自從某一次偶然的機緣下認識之後，鹿谷總是用「konann」的發音來稱呼江南，而不用「kawaminami」❶的發音來叫喚那位小自己一輪以上的年輕朋友。

「那本書的書腰上，不是印有『日本的洛夫克拉夫特』的句子嗎？我在書店看到書腰上的這一句，就忍不住伸手拿了一本。」

「感激不盡！不知銷售成績是否可以因為這樣而上升。」

「沒想到你是個貪心的人啊？」

「——是嗎？」

「今後還會繼續寫那樣的怪奇小說嗎？」

「會吧！不過，若是想靠寫小說吃飯的話，最好也要寫一些大眾接受度較高的懸疑

❶日文漢字「江南」，可以唸成 konann，也可以喚成 kawaminami。

推理小說吧？」

「懸疑推理小說也有很多種，像我寫的這一種，就沒有賣得很好。」

「哦，是嗎？《殺人迷路館》不是賣得很不錯嗎？」

「其實也沒有賣出什麼了不起的數字。不過，出了那本書之後，來邀稿的人倒是變多了。這點確實值得慶賀。」

「有件事我一直想問你。已經出道這麼多年，也累積了不少的經驗的你，現在還是不喜歡出道作被人誇獎嗎？」

「每個人都不一樣吧！以我來說，確實是那樣的。因為《殺人迷路館》是相當特別的作品，所以……」

「因為《殺人迷路館》的題材和你有實際上的關聯，是嗎？」

「關於這一點，我已在《殺人迷路館》的後記中有所交代了。」

鹿谷輕輕地聳聳肩，然後回答。

「除此之外，我沒有什麼好說的了。」

現實的「迷路館殺人事件」發生於一九八七年的四月，已經是五年半以前的事了，鹿谷現在一點也不想把「重現」那個事件為題材的小說，拿來當作話題。

「是嗎？」

日向好像在模仿鹿谷的動作般，也聳聳肩膀。說：

「總之，今後也要請多多關照。下次還有機會再見的話……」

## 2

翌年的一九九三年三月底，日向京助突然主動聯絡鹿谷門實，表示想見鹿谷一面，有事想要當面商量。

「本來我應該親自前往拜訪的，但因為發生了不得已的狀況，所以才麻煩您前來。」

日向說話的聲音顯得有氣無力。

「這樣要求只見過一次面的前輩作家，我覺得自己實在太無禮了。可是能否請您明天來舍下一趟呢？」

到底是什麼事情呢？鹿谷百思不得其解。

如果真的是非常緊急的事，何不就在電話裡說明呢？鹿谷這麼表示了，但是日向說：用電話說的話，恐怕不清楚。鹿谷似乎能從日向說話的語氣中，感覺到日向絕望般的心情。

於是——

隔天鹿谷為了去見日向，便出發前往朝霞。靠著從傳真機送來的手繪地圖，鹿谷來到離東武東上線車站步行約二十分鐘的日向住宅時，剛過下午三點。

日向的家是一棟木造的兩層樓建築，從外表看起來，屋齡大約有十年了。因為房子的名牌上沒有寫出筆名「日向京助」，所以對照了町名和門號後，鹿谷才按了門鈴。

「不好意思，煩勞您特地來一趟。」

已經是下午的時間了，但來應門的日向卻還穿著睡衣，披著開襟上衣，一頭的亂髮，滿臉的鬍碴，和去年在宴會上遇到時的模樣，有著很大的差別。雖然是同一張臉，但卻會讓人覺得是兩個「長得很像」的人。

「家裡髒亂，實在不好意思請您進來。」

「我們去附近的咖啡店吧？」

「不，不方便出門……」

日向好像要用左手掌遮住左耳般，無力地搖搖頭。和之前見面時比起來，鹿谷覺得日向此時的臉色不太好。

「日向先生，你身體不舒服嗎？」

「——看得出來嗎？」

「嗯。看得出來。」

「總之，請先進來再說吧！一個中年男子獨居的地方，沒有什麼可以招待的。」

這種情形鹿谷其實也是一樣的。為了發行出道作品而來到東京的鹿谷，便是從那時起就一直過著「一個中年男子獨居」的生活。因為，他一邊想起東西亂放的自己房間，一邊在日向的招呼下，脫了鞋子，進入室內。

通過一樓的起居室後，鹿谷感到有些驚訝，因為日向的房子比自己想像中的整潔。已經有點陳舊的沙發與桌子，佔據了並不寬敞的房間的大部分。

日向慢慢地走到一張沙發旁邊，坐了下去，然後請鹿谷也坐。但他的左手仍舊掩著左耳。

「我的耳朵幾天前便開始不舒服，去醫院看診後，醫生說是突發性重聽。」

「突發性重聽？耳朵聽不到了嗎？」

「右耳是正常的，只有左耳有問題。而且有時還會有暈眩的現象，所以不方便出門。」

「原來如此。是耳朵……」

之前說不方便在電話裡說明的原因，就是這個嗎？

「已經決定明天要入院治療了。如果不盡量保持安靜，持續用藥物治療的話，可能會嚴重到失去聽力的情況。」

「那樣就麻煩了。」

——話雖然如此。

這和邀請自己來這裡，有什麼關係呢？鹿谷如此想著。

日向在正襟危坐的鹿谷面前，從桌子上縐巴巴的香菸盒裡抽出一支菸，點燃菸後，很痛快似地吸了一大口，然後才開口。

「要對同行的前輩突然提出這樣的請求，我確實是太無禮了。」日向接著又說：「可是，我真的很想和鹿谷先生商量一下。」

「什麼事？」

「這個星期六、日——也就是四月三日到四日這兩天，不知道鹿谷先生是否有空？」

「四月三日嗎？」

鹿谷想起四月三日是曼弗雷德・B・李的忌日。但是他並沒有說出來。

「那不就是大後天嗎？」

有一篇短篇的交稿日期是四月上旬，除此之外別無其他約定，而空出兩天的時間，似乎並不會影響到交稿的進度。

「那一天有什麼事嗎？」

「是這樣的——」

日向仍然是掩著左耳說話。

「那一天，東京都內的某個地方有一個聚會。我受邀參加那個聚會，並且也答應出席了。可是，我現在卻突然生病，無法前去，因此——」

鹿谷隱約地可以感覺到日向的意圖了，便低聲地「嗯」了一聲。

「您能否代替我去呢？」日向強調地再說了一次：「請您代替我去參加那個聚會。」

「讓我當你的代理人前去嗎？」

「不，不是代理人。是這樣的……鹿谷先生，您和我的長相不是很像嗎？所以，我想——」

「嗯。」鹿谷好像了解了。

「日向先生，你的意思是讓『我變成你』，是嗎？」

「是的，就是這個意思。」

日向在菸灰缸中捻熄香菸，然後從茶几拿來一個信封。

「這就是那個聚會的邀請函。我在二月中旬的時候，就收到這封邀請函了。」

日向說著，把信封袋遞向鹿谷。拿到信封袋的鹿谷翻轉信封，將正反兩面檢視了一番。寫在信封袋正面的乾淨文字，確實就是這個房子的住址與屋主的名字。背面的文字自然是寄信人的住址與姓名……

「您已經看到了。邀請人的名字是影山逸史，住址是文京區白山。不過，聚會的地點卻不是信封上的住址，而是別的地方。」

「影山逸史……」

這個名字讓鹿谷有點驚訝，他「唔」了一聲後，又說：

「這個有點意思了。」

於是，日向削瘦的臉頰上浮現出淺淺的笑意。他說：

「關於聚會的目的及其他，都寫在信封內的說明書上了。這個聚會始於兩年前，兩年來不定期地舉辦聚會，這次是第三次，但這我是第一次受到邀請。」

## 3

「邀請符合條件的數人，除了招待他們兩天一夜外，還致贈受邀的每個人兩天兩百萬圓的謝禮。」

聽到日向的說明，鹿谷皺起了眉頭。

「兩天兩百萬？」

「是的，很闊氣吧？」

「確實很闊氣。」

「很闊氣也很奇怪，讓人忍不住會懷疑是不是遇到了什麼詐欺的集團。」

「是什麼奇怪的自我啟發討論會吧？」

日向一臉正經地點了個頭，說：

「因為光看說明書也無法完全了解，所以我還是按照邀請函上的聯絡方式，打了電話去詢問。不過，回答我電話的人並不是邀請人本人，而是一位可能是邀請人的秘書或助手的男子，可是……」

——對各位來說，這個邀請真的非常突然，難免會產生疑慮。不過，請不必擔心。

對方非常冷靜而且誠懇地回應。

——這是按照影山會長的希望所舉辦的聚會，請各位以參加宴會的輕鬆心情，參與此次的聚會。因為聚會的人數不多，大家不必穿著參加宴會時的禮服，而聚會的地點就在屋子的大廳內，所以基本上是一個悠閒的活動，各位無需要有壓力。

「可是，越是這麼說，越讓人覺得其中有蹊蹺。」

日向仍然是一臉正經，說道：

「這個邀請看起來確實古怪，可是，也沒有必須多做猜疑吧。從可以得到的報酬的這一點來看，甚至可以說收到這個邀請函，像中了樂透一樣幸運。」

「嗯。不過，日向先生。」

鹿谷還沒有說完，就被日向打斷，日向說：

「關於被稱為『會長』的那個邀請人，我多少有些了解。」

日向繼續說：

「他是一位大資產家的繼承人。繼承了父親的公司與龐大的財產，年紀輕輕就坐上會長的寶座。我想他一定過著非常自在悠閒的生活吧！對他來說，兩百萬圓不算什麼。」

就算如此，隨隨便便就給人兩百萬，也未免太好了吧？——日向注視著仍然是滿臉疑惑的鹿谷，說：

「那麼，進入主題吧！」日向說：「因為我突然生病，如果我沒有辦法參加四月三日的聚會，那兩百萬當然也就泡湯了。所以我想拜託鹿谷先生。」

「讓我變成日向京助參加那個聚會，收下那份禮金嗎？」

「老實說，我就是想這樣拜託你。然後，禮金我們各拿一百萬。你覺得如何？」

「唔。」

「或許有人會覺得我這樣很齷齪，但是，做為小說家，我還只是一個新手，雖然寫得出小說，收入卻不豐厚，必須巧立名目，寫些別的東西，所以……如您所見的，我住的地方是便宜的出租公寓……因為我想專心一意地從事寫作的工作，所以，一百萬圓對我來說，絕對是一筆大錢。」

鹿谷非常了解日向的情況，並且一點也不覺得他「齷齪」——只是，他覺得自己必須低下頭來說「對不起」，拒絕日向的請託。

日向所說的聚會確實古怪，但鹿谷一點也不感到興趣，也沒有勾引起他的好奇心。雖然兩百萬挺吸引人的，但是萬一搞不好，說不定還會落個詐欺的罪名。

可是——

聽了日向接下來說的話後，鹿谷改變了態度。

「聚會的地點是影山家的別莊，雖然說位於東京都內，卻是偏僻到令人感到訝異的地方。邀請函內的說明書內夾了幾張影山家別莊的照片，看了照片後，我覺得那個地方有點面熟，並且馬上想起來——」

鹿谷「哦」了一聲，下意識地拿出邀請函，看著信封內。

「剛才我不是說過我對邀請人有點了解嗎？是這樣的，雖然和這次的事件無關，但是以前我曾經拜訪過那間房子。那已經是十年前的事了，那時我接了一個文案的工作，去那間房子做採訪。我還記得我在那裡見到影山逸史這個人。」

信封裡除了邀請函外，還夾著以「說明」為題，像散頁宣傳印刷品般的幾張照片。看了那些照片，鹿谷的腦子裡立刻掠過「莫非是——」的想法。

「雖然房子建築在偏僻的地方，卻建築得非常漂亮。屋子裡有因為主人的興趣而收藏的難得面具，建築物本身的造型也非常獨特。那棟建築物還有個名字，好像叫『假面館』還是『奇面館』……」

「莫非是——」

鹿谷下意識地說出這幾個字時，身體也不由自主地用力向前傾，並且再一次地說：

「莫非是那個？」

「這是您有興趣的吧。」

日向帶著得意的神氣，又重新叼了一支菸。

「因為那次的採訪，我得到一些和那棟房子有關的資訊。據說那棟房子是逸史氏的父親——當時的館主人影山透一氏，委託一位叫做中村青司的建築師設計建造的。鹿谷先生，這是很奇特的巧合吧！」

## 4

他有時就會作那個夢。

那到底意味著什麼呢？怎麼想也無法理解那個可怕的夢是什麼意思。

是什麼時候開始作那個夢的呢？他也不明白。覺得好像是很久以前就開始的，又覺得好像是近幾年才有的情況。怎麼樣都想不清楚。

那個夢讓他首先感覺到的是「黑暗」。

不管怎麼睜大了眼睛看，都仍然是什麼也看不到，仍然是一片漆黑——也聽不到聲音，嗅不到任何氣味。手腳雖然能夠活動，卻因為什麼也看不到，所以也不知道可以怎麼動。

他不知道該怎麼辦，只能縮著身體發抖。

就這樣，突然……

好像有「什麼東西」從背後襲向他。

他無能抵抗地摔倒了。在就要摔倒的時候，他稍微地掙扎了一下，並且在那掙扎的短暫時間裡，看到了襲擊自己的對手的身影。包圍著他的，仍然是一片漆黑，但不知道為什麼，他就是看到了襲擊自己的對手的灰色身影。

灰色的身影，異樣的臉。

那是沒有生命力，非常冷酷的臉。那樣的一張臉，讓人完全無法與有生命的人類的臉聯想在一起——

「惡魔」。

他的腦子裡很快地浮現那樣的字眼。因為那張臉的表情是強烈的、幾近瘋狂的恐懼。

於是他……

# 第一章 四月的暴風雪

## 1

這裡真的是東京嗎？而且還是東京都內？

新月瞳子第一次來這裡，但這裡實在和自己的想像差別太大，所以她不禁感到強烈的迷惑。這裡真的是東京？看起來像偏僻鄉下的地方，也可以稱之為「都內」？……

總歸一句話，東京非常大，在二十三區之外，還有許多稱為「市」、「郡」、「村」的地方，甚至還包含了離島地方。但是，儘管明白這一點，但看到眼前偏僻的模樣，還是……

二十一歲的瞳子是都內某大學的學生，四月起已經是大四生了，老家在三重縣的名張。對一般生長在鄉村地方的人來說，只要一說到東京，腦子裡便會浮現出高樓大廈的大都會影像。瞳子也是這樣的。三年前瞳子為了上大學來到東京，當時看到的東京和印象中的東京並沒有太大的變化，即使聽到奧多摩或檜原村等地名，也不會和自己所知的「鄉下」、「山裡」的風景聯想在一起。

但是——

當她從電車的終點站換乘漫長又搖搖晃晃的巴士，最後還要坐上了從大宅那邊來接她的管理人的輕休旅車。距離上一次看到民宅是多久前的事了呢？一路上看不到一輛對向車，從路面凹凹凸凸、車子強烈上下跳動的路，轉到鋪著水泥的岔路，越往前走，周圍的森林越濃密……終於到達的「這裡」，一點也「沒有東京的氣氛」。

為什麼會是這樣的地方呢？

之前雖然有被告知，卻沒有想到會是這樣的地方。

為什麼要特地挑這樣的地方蓋房子呢……？

把房子蓋在輕井澤或那須的別墅地的話，應該沒有人會感到奇怪，但特地把房子蓋在東京都的最邊緣，幾乎沒有人知道地名的土地上……這是為什麼呢？

瞳子向長宗我部這位半老的管理人道謝後，從停在大宅前的休旅車副駕駛座上下車。長宗我部把車子繞到後面，他要從小門進屋。

「新月小姐，請妳從正面進屋。」

已經是四月了，但天氣還宛如寒冬。來這裡時，路上已經開始飄雪，建築物的屋頂與森林中的樹木已經逐漸被雪染白了。

瞳子一邊舉手按住被夾著雪花吹來的風所打亂的頭髮，一邊再度把視線投向大宅。眼前的建築物像一棟山莊風格的旅館。這是瞳子對這座大宅的第一印象。不過從大宅正面的這個地方看過去，可以看出建築物左側和右側的外觀是相當不同的。

右側是鋪著岩板的山形屋頂，和塗抹著白色灰泥的外牆。牆面上有數個深褐色的木骨窗戶。看起來雖然有點陳舊，卻是一棟雅致的西式建築物。

相對於右側，左側是鋪著瓦片的屋頂和深色石材貼成的外牆所組合起來的建築物，看起來莊嚴而質樸；說它的建築風格是和洋折衷的，還不如說它是一種無國籍風的建築風格。

大概是建築基地本身有點傾斜的關係吧？左側的房子比右側高出一階左右，因此，雖然建築物本身是平房的設計，但整體看起來卻像是兩層樓的建築。——大概就是這樣。

在這樣偏遠的土地上，蓋一棟如此奇特的大宅，怎麼想都會覺得是一件奇怪的事。看看建築物現在的外觀，應該有二十年左右的歷史了吧！當時建這棟房子的主人，想必是一個相當奇怪的人。

時間已經過了午後一點半——和約定到達這裡的時間差不多。

瞳子雙手抱著粗呢布的包包，小跑步地跑向玄關。穿春天穿的外套果然錯了呀！——瞳子暗自懊惱著。

玄關門是兩扇式的平開門，門上的門環很罕見。是面具嗎？——沒錯，是模仿死人面具的面具。

光澤晦暗的黑色門環穿過陰森的面具兩頰，垂掛在門板上。左右兩邊的門板上，各自垂掛著一個相同的門環。

因為除了門環外還有門鈴，所以瞳子下意識地伸手想按門鈴。但是，就在她的手指即將碰觸到門鈴的按鈕時，玄關的門被打開了。

「一路辛苦了。新月小姐。」

出來迎接瞳子的，是一位瘦高的青年。

他穿著黑色的西裝，黑色的襯衫，還打著黑色的蝴蝶領結。真的可以說是一身的黑。

「請先把鞋子上的泥沙抖落在墊子上。請進吧！」

「是。謝謝。」

「會長昨天晚上就到了。妳的工作時間是從今大的等一下之後就開始，直到後天的中午以前。雖然客人們會在明天下午就離去，但會長預定要多住一晚，所以請妳工作到會長離開為止。」

「是。我明白……我知道了。」

這是瞳子第二次見到這位青年。上一次是這個星期剛剛開始的時候，她接受了這位青年的「面試」，當時他也同樣穿得一身黑。他的年紀人約是三十歲……不，或許更人一點。他的言行有禮，態度穩重，並且是一個皮膚白淨的美男子，然而他卻總是面無表情……唔，或許是緊張的緣故吧！

他的名字是……對了，他的姓很奇怪，姓「鬼丸」，全名好像是「鬼丸光秀」，好像是這棟大宅現在的主人——也就是僱用瞳子的「會長」——影山逸史氏所信任的「秘書」。

「雪下得不小呀！」

讓瞳子進入室內後，鬼丸一邊關門，一邊說道：

「這是四月的暴風雪。」

「說是有強烈的寒流和低氣壓來襲。剛才來這裡的時候，聽車內的收音機報導的。」

「路上的路面還算平穩吧？」

「嗯——但是，來接我的長宗我部先生好像很擔心，一直說這雪下得很不好。」

「雖然這裡地處深山內，卻是即使是寒冬也不太會積雪的地方。」

鬼丸的眉頭動也不動地說。

「不過，我們首先還是要祈禱，希望所有的客人都能夠平安無事地抵達這裡。」

「有自己開車來的客人嗎？」

「六位客人中有三位自己開車來，另外三位則是派了計程車去車站接人。」

從入口處直直走進去，就是天花板很高、寬敞的玄關廳。比起外面，玄關廳舒服太多了，但仍然是非常非常的冷。

玄關廳的正面有一根十分引人注目的四方形大柱子。貼著灰色裝飾磚的大柱子邊長大約有一公尺吧！

在這根大柱子差不多一個成人胸部高的位置上，嵌入了像是陳列架的裝置，那是往柱子內部挖之後所形成的「凹洞」。「凹洞」前面有玻璃門的構造，在玻璃門內的是——

瞳子走到大柱子旁邊。被收放在架子裡的，是沒有光澤的銀色面具。好像是金屬類的材質做成的，會讓人不禁想起「鐵假面」的全臉面具。面具做得非常細膩，刻劃著人類的表情，雙眼都瞇著的樣子，好像沉睡中的人臉。

因為以前從沒有見過這樣的假面具，瞳子覺得非常罕見而奇妙……

「這是……」

瞳子不自覺地發出這樣的聲音。但這時——

「新月小姐，這樣可以嗎？」

聽到有人呼喚了自己的名字，瞳子的思緒才回到現實。鬼丸光秀已經站在她的背後了。

「如同之前說明過的，要請妳幫忙做的事情並不難。就是為客人做介紹和簡單的服務、整理……只是，有些規則請一定要注意遵守。關於這一點，之前我也說明過了吧？」

「啊……是的。」

瞳子不由自主地變成了「要注意」的姿勢——唉，果然還是會緊張。

「首先就是這個。」

鬼丸說著，把一只褐色的手提袋遞向瞳子，說道：

「這是為妳準備的面具。會長在場的地方，請一定要戴上這個面具，絕對『不能讓會長看到妳的相貌』。這件事千萬拜託了。」

之前瞳子確實聽鬼丸說過這個規則了，但從鬼丸手中拿到面具這個實物後，她的心裡還是有著莫名的感覺。瞳子還沒有見過大宅的主人影山逸史氏，但他應該在人前也總是戴著面具的吧！

「同樣地，我也一樣。」

鬼丸動作緩慢地指著放在柱子旁邊，玄關桌上的「那個」。

那是一個能樂面具。白淨的皮膚，細長的眼睛，皺在一起的雙眉，鼻子下面有稀疏的鬍子。這個男人面具是〈中將〉……不，是〈若男〉吧？

那位黑衣的美青年秘書當著瞳子的面，拿起玄關桌上的面具，並且貼在他自己的臉上。

「那麼……」他接著說：

「現在帶妳去妳的房間吧！總之要先把行李放在那裡——我幫妳拿包包。」

「不用了，我可以自己來。」

瞳子把包包掛在肩膀上，右手重新提著裡面有假面具的紙袋子。鬼丸說：

「那麼，我們走吧！請跟我來。」

## 2

「客人們到達這裡的時間預定是四點到五點之間。在這之前，我先帶領妳走一圈全館館內……」

於是瞳子便跟著鬼丸，踏入從玄關廳往右手邊深處延伸的走廊。

「大宅分為兩個部分。這邊是位於南側的〈本館〉，包含了影山會長的書房、寢室、餐廳與廚房、收藏室等，和傭人們的房間。」

鋪在走廊上的地毯相當厚，聽不到有人在上面走動的聲音。鬼丸一邊走，一邊繼續說明。

「什麼東西的收藏室？」

瞳子在意地問。

「假面具的收藏室。那裡收藏了古今東西的各種假面具。不過，聽說收藏假面具是大宅最早的主人──影山透一的興趣。」

「噢。」

影山透一。

瞳子第一次聽到這個名字。那位影山透一現在已經離世，他的繼承人便是如今的屋主影山逸史氏吧！

──原來是有收藏面具的興趣。那麼，剛才的奇怪面具，也是收藏品之一嗎？

「從剛才玄關廳的另外一個方向，穿過有幾個往上階梯的通道後，就是北側的〈別館〉。那邊是專為客人準備的房間，今天晚上的聚會場地也以那邊為主；儀式也會在那邊進行。」

「儀、儀式？」

瞳子下意識地問。

她的臉頰不由自主地抽動了，但鬼丸毫不在意地說：

「因為找不到其他適合的用語，所以用『儀式』這兩個字代替。妳放心，這不是什麼奇怪團體的危險集會活動。」

「是、是。」

瞳子努力壓抑難以平息的緊張心情。

「我明白，但是……這裡真的太偏僻了。」

瞳子小心翼翼地說。

「雖然說是別莊，可是也太……」

「被嚇到了嗎？」

「嗯，是的。」

「聽說二十五年前建造這間別莊的影山透一郎先生，是一個非常奇怪的人。」

「可以說是吧！」

「他好像也曾經考慮過要把房子蓋在伊豆諸島的某一個地方吧？從這點可以看出他是一個行事和普通人不一樣的人。不是嗎？」

「嗯。」

伊豆諸島也是東京都的一部分。和伊豆諸島比起來，「這裡」是只需要陸路交通就能到達的地方，所以可以說是比伊豆諸島更方便的地方吧？

「鬼丸先生，您是從什麼時候開始成為會長秘書的？」

瞳子因為好奇心而發問。

「到今年秋天，就三年了。」

「聽說會長是好幾個公司的會長，卻才四十多歲而已。他是怎麼樣的人呢？」

「這個嘛……」

鬼丸稍微猶豫之後，才這麼回答：

「會長很年輕，也很少露面，但毫無疑問地，他是一個非常有才幹，運勢也很強的人。兩年前日本的經濟開始劇烈惡化，但他的相關公司的業績卻仍然很好……只是，這幾年陸續發生了種種對他個人而言，都可以說是不幸的事情。」

鬼丸說到此就不再說了，並且掩著自己的嘴巴，「咳」了一聲。

「不幸的事？家人生病了嗎？」

瞳子反射性地問。

「這種推論很不好呀！」

鬼丸嚴厲地指責。

「啊……對不起。」

「說話要小心。這是我一直以來非常重視的信條。面對絕對必要的問題時，一定要深思熟慮後才回答。」

「對不起。」

瞳子乖乖地低頭道歉，又說：

「因為我一次也沒有見過會長，所以……我心裡很不安。」

「砂川小姐什麼也沒有告訴妳嗎？」

「她只說了一點大概。」

鬼丸提到的「砂川小姐」，是母親那邊的親戚。砂川雅美，二十九歲，結婚後就一直住在這裡。雖然年紀並沒有大瞳子很多，卻是瞳子的阿姨輩，一直以來都像疼愛妹妹般地照顧著瞳子。

砂川雅美是位於白山的影山家本宅的女管家，原本今天在這裡的「活動」，也是雅美的工作，但是一個星期前，她突然聯絡了瞳子。

雅美目前正在懷孕中，期待中的第一個孩子將在七月誕生，應該不會影響到四月初這次聚會的工作。但是，到了三月下旬時，雅美的身體卻突然出現狀況，陷入可能流產的危險中。按照醫生的指示，她需要絕對的安靜與充分休息，因此必須停止工作，所以她只好找了自己的外甥女來當工作上的代理人。

——瞳子，妳一定沒有問題的。那不是什麼困難的工作，而且，我已經對他們說了，妳是「很不錯的孩子」，妳會拿到很好待遇，老闆很信任我，會對妳很好的。就拜託妳了。

雅美在電話裡這麼拜託著瞳子——但是，瞳子還是很猶豫。

影山家是連著好幾代的大富豪……這是瞳子以前就聽雅美說過的事。既然如此，一定有錢可以僱用專業的服務人員，為什麼要僱用一個學生來當臨時女僕呢？應該僱用優秀的專業人員才對吧！

——或許是吧……可是，或者是我比較自私吧！我不希望讓我不認識的人來代替我工作。我希望代替我工作的，是我喜歡的外甥女。這是「阿姨的心意」呀！

雅美非常努力地想要說服瞳子。

——雖然是有點奇怪的集會，但絕對不是什麼危險的事。而且待遇優渥。我覺得這次的工作經驗，對妳將來會有加分的作用……怎麼樣？瞳子，妳願意接受這個代理的工作嗎？

被感情很好的阿姨如此拜託了，瞳子實在說不出拒絕的話。

在泡沫經濟的狂潮已經結束的現在，要找個工作已經不是那麼容易的事了，更何況還有「優渥的待遇」，這當然是相當吸引人的條件。而且，春假期間並沒有什麼特別要做的事情……最後，瞳子還是答應了雅美的請託。於是兩天後，瞳子接受了鬼丸的「面試」，並且順利通過面試，被「錄用」了。

「到了，就是這裡。」

鬼丸停下腳步，指著一道門說。這裡是位於〈本館〉有點深處的房間。

「已經為妳準備好替換的衣服了。請妳放下行李後，就換上替換的衣服吧！除了衣服外還有室內鞋，也請換穿室內鞋。」

「是。」

「我在這裡等妳，請妳換穿好了以後，再出來這裡。別忘了拿我剛才給妳的假面具。麻煩妳了。」

# 3

床上有一只扁平的籃子，傭人服就在那只籃子裡。

深藍色的連身裙和有波形褶邊的白色圍裙，是非常制式的女傭服；也可以說是英國傳統女僕風的服裝。這樣的服裝不知道是不是也是主人的嗜好，竟然還準備了搭配圍裙的白色頭巾。

有生以來第一次穿女僕服！老實說，要穿這樣的衣服，瞳子半覺得稀奇，半覺得難為情，但這既然是工作上的必要，就沒有理由推三阻四的了。大概是按照事前先告知的尺寸訂做的吧！衣服非常合身，穿起來一點也沒有不舒服的感覺。

換好衣服後，瞳子才從紙袋拿出面具。

和鬼丸的面具一樣，瞳子的面具也是能劇面具。是一個小型的年輕女子的面具——〈小面〉。之前瞳子曾經擔心過不知道會被要求戴何種奇怪的面具，看到這個面具後，不禁稍稍鬆了一口氣。

可是，戴上面具後，還要戴頭巾嗎？那樣不會太奇怪了嗎？——太不搭了吧！這是不用試，也能知道的事情。

瞳子於是把頭巾收回籃子裡，然後才走出房間。她手拿著面具，還沒有戴上面具。

「妳的動作很快——嗯！很適合嘛！」

一直站在走廊上等瞳子的鬼丸說。嘴巴上雖然說著稱讚之詞，但面具下的臉，一定還是面無表情的吧！

「那麼，請走這邊。」

鬼丸帶路，帶著瞳子走往建築物的更內部。才往前走一下子，走廊就九十度地往左轉了。鬼丸一手指著前方，說道：

「前面有通往〈別館〉大廳的通道。妳要伺候客人時，可以走這條通道，這樣就可以不必繞過玄關那邊了。」

「是——可是，我擔心我會迷路。」

「等一下我會給妳這裡的建築物平面圖和客人們的房間分配圖。請妳一定要記住每個空間和客人們個別的房間位置。」

「——是。」

就在這個時候，可以看到的前方右邊走廊轉彎處，突然出現一個人影。那個人穿著寬大的灰色袍子，「頭」大得離奇，手裡還拿著長長的棒狀物體……

「是影山會長。」

鬼丸用手肘輕頂了一下瞳子，小聲地說道。

「啊……」

瞳子連忙拿起手上的面具，迅速地用面具遮住自己的臉。根本連把面具上的繩子綁在自己後腦勺的時間也沒有。

「噢，辛苦了。」

館的主人——影山逸史對著瞳子與鬼丸說，他的聲音含混不清。瞳子很快就明白這是為什麼了。因為他戴著連嘴巴也完全蓋住的假面具。難怪剛才覺得他「頭大」得離奇。

「這位小姐就是代替砂川小姐的人嗎？」

「是的。」

鬼丸回答。瞳子用面具遮著自己的臉，開口說：

「您好，我是——」

「妳是砂川小姐的外甥女吧？聽說是藥學系的學生。現在幾年級了？」

「今年春天開始升上四年級。唔，我是……」

無論如何還是必須好好地打個招呼。

「我是代替雅美小姐……不，我是在阿姨的介紹下，暫時來代理工作的新月瞳子。要麻煩您了。」

「是我要麻煩妳。」

影山氏說。他的臉上戴著面具，所以看不到他臉上的表情，但從他的回答，可以感覺到他不是想像中的那麼冷漠、嚴肅，而是給人柔和而溫雅的印象。

「一定會有讓妳覺得不習慣或覺得困惑的地方，要辛苦妳了。好好地聽鬼丸的交代就對了。」

「是。」

瞳子記得影山的面具。是那個沒有光澤的銀色面具。如果沒有記錯的話，影山的面具和放在玄關廳陳列架裡的一樣……

「我在〈別館〉的〈奧之間〉。客人到齊了以後，就按照往年的步驟辦……麻煩你了。」

對鬼丸下了如此的命令後，影山氏便轉身背對瞳子與鬼丸，慢慢離開走廊。他左手拿著的，好像是帶著鞘的刀。

「那是〈主人面具〉。會長來這裡的時候，一定會戴那個面具，平常的生活裡還有別的面具。」

在看不到主人離去的身影後，鬼丸如此告訴瞳子。

「那是在玄關廳的面具吧！形狀和表情都一樣……」

「〈主人面具〉也叫做〈祈禱面具〉。和裝飾在玄關廳的面具是一對的。」

是嗎？原來那不是「睡著」的表情，而是「祈禱」的表情？

「這個屋子裡有六組相同樣式的面具。砂川小姐沒有告訴妳嗎？」

「嗯……不過，那個面具看起來很不方便呢！好像很重，戴起來很不舒服的樣子。戴著面具的話，要喝水也會變得很不容易吧？」

「確實是那樣。」

「我還是覺得很奇怪，會長為什麼要戴那樣的面具呢？而且不只他自己要戴，還要我們也……」

「會長就是那樣的人。」

「莫非是他的臉上有什麼嚴重的傷疤？」

「不是。不是那樣的。」

「那麼，他為什麼要戴面具呢？」

拿開遮著臉的面具，瞳子一臉不解地發問。鬼丸平靜地回答：

「為了心靈的平安吧！」
「心靈的平安？」
這是什麼意思？——瞳子越發不明白了。
「還有，剛才會長手上拿著的『那個』東西，是刀嗎？」
「會長在這裡的時候，手裡總是拿著那把刀。那是影山家的傳家名刀。」
「為什麼要拿那樣的東西？」
「我猜測那也是為了心靈的平安。」
「哦——」
「不能理解嗎？」
鬼丸斜眼看了瞳子一眼，低低地嘆了一聲，說：
「說話要謹慎呀……這樣吧！如果妳無論如何都希望現在知道，那我就詳細地回答妳的問題吧！」
鬼丸非常認真地說。但這樣的他，反而讓瞳子感到驚慌。
「啊，不是那樣的。」
瞳子搖著頭說：
「不需要現在告訴我。」
接著，鬼丸便帶領瞳子熟悉館內的各個地方，並且詳細地說明今天晚上的工作內容。料理食物的事情由長宗我部負責。不過因為不是大家聚集在同一個地方用餐，所以侍候客人的工作好像並不重。

只是——

越聽鬼丸說明，瞳子越發覺得今天晚上到明天早上的這次的集會和一般的集會不一樣——其中有一些與眾不同處，瞳子也能理解，但跑到這個偏遠的地方來舉行集會，是基於什麼必要呢？這是瞳子最不解的地方。

# 4

下午快四點的時候，鬼丸突然匆匆忙忙地離開大宅。因為有一位客人打電話來，希望大宅這邊有人去接他。

這位客人在開車來這裡的途中車子出狀況，不能動了。幸好附近有人家，於是向人家借了電話，打電話來求救。

「來的是非常重要的客人，所以還是我去接吧！」

鬼丸阻止長宗我部地說。

「外面的積雪已經相當深，那輛輕休旅車靠不住吧？而且，加裝鐵鍊還要花不少時間。」

鬼丸昨天載主人到此的車是日產西瑪（Nissan Cima）４ＷＤ規格的車，行駛雪道還算平穩。

「新月小姐，在我回來之前，招呼客人的工作就交給妳了。」

鬼丸看看手錶，知道現在的時間後，先對瞳子如此說後，又接著說道：

「差不多是客人們陸續到達的時間了。迎接到客人後，請按照我剛才告訴妳的步驟去接待客人就行了——不會有問題的。那就麻煩妳了。」

# 5

鬼丸出去了。過了一會兒後，便有第一位客人抵達大宅，時間是下午四點十分左右。門鈴響起，瞳子來到玄關，打開玄關門後，看到的是一位穿著褐色夾克的男人。男人一邊拍掉頭上、肩膀、手上的雪，一邊說「謝謝」地打招呼。因為冷的關係，他呼吸時吐出白色的氣息。

「我是受邀請來的人。這裡是影山逸史先生的家吧？——是這樣的，因為是第一次來，路不熟，又下雪，所以有點迷路了。幸好我提早出發了。」

「歡迎您光臨。請您稍候一下。」

瞳子非常慎重有禮地說，原本皺著眉的客人，表情立刻變得舒緩了起來。

「妳是傭人嗎？很年輕呀！」

「啊，我是臨時的……」

「臨時的傭人？」

「其實是……我是代替我的阿姨……啊！對不起，我叫新月瞳子。」

說話要謹慎呀！——瞳子好像聽到鬼丸這麼說的聲音，於是她再次行禮，說：

「若我有做不好的地方，請多多指導——那個，請問您是自己開車來的嗎？」

「是的。」

客人說，然後從夾克的口袋裡拿出鑰匙給瞳子看。

「雖然已經是四月了，但我的車子掛冬天用的輪胎。不過，還是沒想到會下這麼大的雪，路上好幾次遇到進退不得的情況——現在車子就停在門廊那邊。需要移動到別的位置嗎？」

「不用了。停在那邊沒問題。」

客人一邊轉頭看後面，一邊「可是——」地低聲說著。

「雪如果這樣繼續下下去，明天能回去嗎？」

「請您先進屋子裡再說吧！」

瞳子請客人進入玄關廳，並且帶領客人來到玄關廳正面深處的窗邊沙發前，請客人坐下。接著便開始了必要的確認工作。

瞳子的手上有一本鬼丸交給她的資料冊。藍色封面的活頁夾裡夾的是被邀請的六位賓客名簿，和大宅的平面圖。

「對不起，我必須先確認您的邀請函和您的身分。」

瞳子打開手中的活頁夾說。

「噢，說得也是。」

客人在放在腳下的旅行袋中沙沙作響地翻找後，很快地拿出裝著邀請函信封的黑色皮套。

「請看這個。」

「對不起，失禮了。」

瞳子取過信封，確認信封上的住址，地址是「埼玉縣朝霞市＊＊＊」；再檢查信封中的邀請函，沒錯，是今日集會的邀請函。

瞳子翻閱名簿。

六位受邀的客人的名字排在一起，從①號編到⑥號。其中⑤號就是眼前的這位客人。

名簿上的資料是：

【現在住址……埼玉縣朝霞市＊＊＊】——沒錯。就是這個。

【職業……小說家，筆名＝日向京助（hyuuga・kyousuke）】

還有【出生年月日……一九四九年九月三日】，而【附註】裡記錄的是【第一次參加】。

「原來是小說家老師呢！」

因為是自己有點興趣的領域，所以瞳子不由自主地說出口。

「日向京助老師？」

「啊，是的。」

客人好像難為情似地搔著頭，說：

「目前只能說還是個新手而已。」

黝黑的臉龐和眼窩有點凹陷的眼睛，有一點大的鷹鉤鼻和稍微厚的嘴唇。這樣的長相讓人覺得他是個難纏的人，但是剛才和他說話時，他說話的語氣卻讓人感到溫和與親切，大大地緩和了瞳子緊張的心情。

皮套裡還有駕駛執照。瞳子確認駕駛執照上的資料，及本人和駕駛執照上的照片。照片上的臉看起來比較消瘦，髮型和本人也不太一樣。瞳子一瞬間有著輕微的違和感，可是，再看駕駛執照上的換證日期，發現是前年的時間。考慮到時間的經過，與這類照片拍照品質可能不佳的因素，瞳子認為駕駛執照上的照片與眼前的人是同一人，應該是「沒有問題」的判定。

「對不起。謝謝您。」

瞳子道謝後，立即將邀請函與駕駛執照還給眼前的客人。

名簿上的⑤號是住在埼玉縣的小說家日向京助……瞳子一邊在內心裡背誦名簿上的資料，一邊展開附在活頁夾上的平面圖。平面圖上註明著客人們分配到的使用房間，及〈別館〉的平面圖。

「其他人都還沒有到嗎？」

小說家問瞳子。

「是的。受到這樣天氣的影響，大家多少都會遲到吧？」

「全部有幾個客人？」

「有六位。」

「主人影山逸史先生已經到了嗎？」

「主人昨天晚上就到了。」

「噢……」

「那麼……日向先生。」

瞳子合起資料夾，說：

「我帶您去您的房間吧！請走這邊——」

# 6

從玄關廳前往北側〈別館〉的通道再往上走幾階寬階梯，有一座廳。從廳往右邊——東邊延伸的走廊，沿著走廊走，左手邊就是客人們的房間。（請參考奇面館〈別館〉房間分配圖。）

住在朝霞市的小說家被分配到的房間，是前面數起的第二間。帶路的瞳子走進房間中後，便按照先前鬼丸教她的，進行說明。

「這裡就是您今晚就寢的房間。衣櫃裡有您在這裡的時候所需要的替換服裝，包括襪子和睡覺時穿的睡衣，全都幫您準備好了。請把脫掉的鞋子放在這裡，換穿拖鞋。」

「有那樣的規定呀！」

小說家點頭稱「知道了」。瞳子接著繼續說：

「請用放在那裡的那個。」

瞳子指著半雙人床的床頭桌。小說家不解地「哦？」了一聲，然後走到那邊。

「唔？這又是……」

「您不知道嗎？」

因為是第一次參加，所以好像還不知道那件事。

「參加今天集合的貴賓們必須遵守一些規則，第一條規則與面具有關。」

桌子的上面放著一個沒有光澤的銀色面具。

那個面具和主人戴的〈祈禱面具〉的樣式相同，但是臉上的表情並不一樣。鬼丸說過，「這個屋子裡有六組相同樣式的面具」，那個面具也是其中之一。

「離開這個房間的時候，請一定要戴著面具。雖然戴著面具時，行動多少會有些不便，但請您務必遵守這個規定。」

「嗯。」

小說家如此低聲回應後，轉頭問瞳子：

「玄關廳裡的面具和這個是一樣的嗎？」

聽起來好像是隨口問的一句話，但小說家看著瞳子的眼神卻相當銳利。

「是的。那是被稱為〈祈禱面具〉的〈主人面具〉……」

「〈祈禱面具〉？是嗎？那麼，這個面具呢？」

小說家彎著腰，打量著床頭桌上的面具。瞳子連忙打開那本資料夾，翻到名簿號碼⑤的那一頁。

「這個是──是〈哄笑面具〉。」

「哄笑……就是〈笑面具〉的意思嗎？」

小說家喃喃說著，並且雙手伸向面具。

「該不會是一戴上就拿不下來的面具吧？」

雖然是開玩笑的話，卻顯露出「雖不中，亦不遠矣」的觀察力。瞳子一邊想鬼丸說過的話，一邊繼續說明道：

「這面具有相當特殊的構造，是『可以用鑰匙』的面具。」

「鑰匙……」

## 奇面館〈別館〉房間分配圖

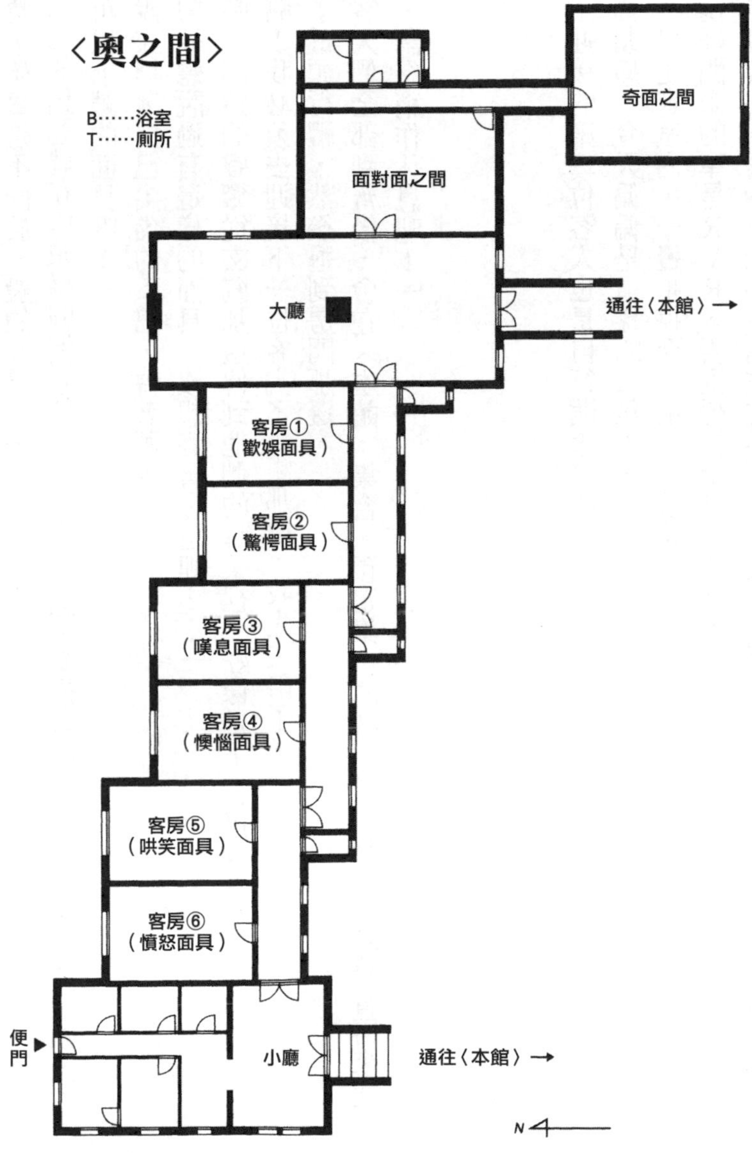
〈奧之間〉
B……浴室
T……廁所
奇面之間
面對面之間
大廳
通往〈本館〉→
客房①
（歡娛面具）
客房②
（驚愕面具）
客房③
（嘆息面具）
客房④
（懊惱面具）
客房⑤
（哄笑面具）
客房⑥
（憤怒面具）
便門
小廳
通往〈本館〉→
N

「戴上面具，上鎖後，就脫不下來了。」

「嗯，確實是不同於一般的面具。」

「面具的鑰匙就在床頭桌的抽屜裡。不過，今天晚上戴面具的時候，並不需要上鎖。」

「可以上鎖的面具呀！」

小說家摸著自己尖尖的下巴，轉著頭說；

「曾經聽說過有這樣的面具。沒想到會在這裡……」

這時，門鈴的聲響從玄關那邊傳到他們的耳朵裡。好像是下一位客人到了。

「啊！我必須去迎接下一位客人了——那麼，我先失陪了。」

瞳子低頭行禮，然後退到房門那邊。

「客人們全部到齊後，會在〈本館〉集合。預定集合的時間是六點——到時會再來通知您的，請您稍作休息吧！」

## 7

瞳子迎接的第二位客人也是自行開車來的。

「真頭痛，今天偏偏是這樣的天氣！」

他一邊走進室內，一邊拍掉全身上下的雪花。

「還好開來的車是ＲＶＲ，否則恐怕走到半路就不行了……」

第二位客人穿著連風帽的黑色長外套，並且揹著肩包。論身高，第一位客人明顯比較高；論體格的話，兩個人差不多……不，仔細看的話，第二位客人好像比較胖一點點。至於臉型，兩者是同一型的，臉頰和下巴都少有贅肉。

「是的。您辛苦了。」

「咦？換新的女傭人了。」

「啊，是，我是新來的傭人。」

瞳子說。她本來想說自己是臨時的代理者，但最後並沒有那樣說。

「請多多指教。」

「嗯，妳好。」

客人微微笑了，又說：

「其他客人呢？」

「除了您以外，目前只到了一位客人。」

「這樣嗎？——鬼丸秘書呢？」

「鬼丸先生開車去接別的客人了。我想他應該不久就會回來了。」

「是嗎？」客人點點頭，接著說道：

「不過，這雪下得讓人覺得不舒服呀！」

剛才管家長宗我部也喃喃自語般地說過類似的話。

「這樣的雪繼續下的話，或許會被困在這裡了。啊，對了，我把車子停在後面的車庫裡了。因為我看到那裡還有好幾個車位。」

「是——不過，我聽說這裡即使是寒冬裡，也不會積雪。」

聽到瞳子這麼說，客人便說：

「應該是這樣沒錯。但是……」

客人皺起眉頭，憂慮地接著說：

「自然界很善變呀！十年才發生一次之類的例外，也是常有的事情。」

「萬一被雪封住，那就麻煩了。」

「當然會很麻煩。」

瞳子帶領客人到玄關廳的沙發後，和剛才一樣地，開始相同的確認客人作業。

【現在住址……東京都三鷹市＊＊＊】

【職業……公司經營者。〈S企劃〉社長】

是名簿上的①號客人，他是第三次參加集會。還有——

瞳子看到「出生年月日」的項目。

【出生年月日……一九四九年九月三日】

客人駕駛執照上的生日欄裡，也是相同的記載。

一九四九年九月三日——和上一位的⑤號客人同年同月同日生。

「請妳稱呼我〈社長〉。」

確認完客人的身分，瞳子把邀請函與駕駛執照歸還給①號客人時，①號客人這麼說。

但瞳子覺得是不是自己太敏感了，她覺得①號客人說這話時，語氣裡有點自卑的味道。

「是。」瞳子才含含糊糊地這麼回答，①號客人又說：

「叫我 SOUMA 也行。」

「SOUMA？」

「是我的名字，姓名學老師幫忙取的名字。創世紀的『創』❷，龍馬精神的『馬』❸。習慣了的話，這個名字也不壞。」

「——噢。」

來自三鷹市的〈社長〉創馬氏好像不舒服似地用指尖按著自己的右眼角，頻頻地眨著眼睛，最後還從肩包裡拿出眼藥水。

「那麼，我帶您去您的房間吧！」

瞳子說。客人回答：「哦，沒問題。」然後站起來，說：

「我已經是第三次受邀請，知道是怎麼一回事了。同樣的房間吧？最邊間，大廳前面的那一間。」

瞳子看資料夾中的平面圖做確認。沒錯，他的房間就是那裡。

「不過，我的面具還是那個吧？〈歡娛面具〉？」

「——是。就是您說的那個。」

已經有參加過集會的客人所分配到的房間與面具，似乎和以前的一樣。

「我已經很明白規則了。妳放心吧！」

客人說完，便獨自走向通往〈別館〉的通道。走到一半時，他突然回頭問瞳子：

「主人精神好嗎？」

❷日語音 SOU。
❸日語音 MA。

「啊——主人很好。」

主人的精神是否很好，瞳子其實也不清楚，因為她只在走廊上和他有過很短暫的交談。

「主人應該住在〈別館〉的〈奧之間〉——基本上您可以在館內自由活動，只有不能隨意進出〈奧之間〉……」

「那些我都明白。」

客人回答，並且又淡淡地笑了。

# 8

接著又有客人來了，所以瞳子必須馬上出去迎接。

時間是四點五十分左右。這位客人是坐計程車來的。

「司機先生太謹慎了，在危險的路途中時，好幾次都想要放棄折返。」

他一進門，就誇張地攤開雙手說著。

「還在半路上幫忙司機安裝鐵鍊防滑，好不容易才到這裡。其他人都安全到達了嗎？」

穿著卡其色羽絨服，揹著大型行李背包的這位客人的體格與臉型，與瞳子第一個迎接到的小說家是相似的，兩者之間最大的不同，便是眼前的這位客人戴著一副纖細的銀框眼鏡。

瞳子很快地展開確認身分作業，明白這位客人是名簿上的④號客人。看到資料夾上【現在住址】的記載後，瞳子不由自主地說道：

「從北海道來的嗎？特地從那麼遠的地方……」

「還好啦。生硬的寒暄話就不用多說了吧！」

客人非常自然地說著，並且微笑對瞳子說：

「妳是新來的傭人嗎？叫什麼名字？」

「我姓新月，新月瞳子。」

「童子？」

「是『瞳孔』的『瞳』。」

「噢。好名字。那麼——這兩天要麻煩妳了，萬事拜託了。」

「啊，哪裡的話，我才要請您多多指教……」

這個男人的態度很好，感覺上好像很懂人情世故。

【現在住址……北海道札幌市＊＊＊】

【職業……建築師。〈M＆K設計事務所〉共同經營者】

這次好像是第二次參加的樣子。而他的出生年月日——

瞳子看到「出生年月日」的項目。

【出生年月日……一九四九年九月四日】

和先來的兩個客人的生日只差一天。雖然不是完全的同年同月同日生，但按照鬼丸的說法，一天、兩天的誤差是「不是問題」。

這位客人拿出來證明身分的證件不是駕駛執照，而是健保證。健保證上沒有照片，所以無法比對本人與照片的差別。

「我的駕駛執照最近被吊銷了。」

來自札幌的建築師以不太高興的語氣，發著牢騷說。

「最近發生一件麻煩的車禍，結果駕照便一下子就被吊銷了。」

他皺著眉，抓起前額的頭髮給瞳子看。瞳子注意到他的額頭邊邊上有一道大傷痕。因為車禍而受的傷嗎？可是，那傷痕看起來不像是新傷……

確認完客人的身分後，瞳子按照程序，帶領客人前往〈別館〉。這位客人的④號房間從裡面數起的話是第四間，從前面數起的話是第三間，使用的面具是〈懊惱面具〉。

# 9

不久之後，鬼丸光秀載著第四位客人平安地回到大宅。

新來的客人好像在演戲一樣地臉上堆滿笑容，對好不容易從不習慣的工作中得到解放的瞳子說：

「我叫忍田天空。」

自我介紹後，他還遞上名片。

「我在橫濱經營魔術酒吧。如果妳有興趣的話，請一定要來我的酒吧玩玩。」

這位客人的名簿號碼是②，他是住在橫濱的魔術師。第三次參加集會，出生年月日是一九四九年九月二日。他使用的面具是〈驚愕面具〉。

# 第二章　六位客人

## 1

臨時的女僕離開房間後，日向京助——其實是鹿谷門實便仔細端詳著床頭桌上的那個，還低聲喃喃自語著。

「〈哄笑面具〉嗎？」

沒有光澤的銀色——帶著白色的淺灰色——全臉面具。面具臉上新月形的嘴的嘴角往上，刻劃的是正在笑的表情。雖然兩眼和鼻孔，及嘴巴的兩邊都有孔洞，但是考慮到實際使用時的情況，這個東西還是會限制了使用者的自由。因為戴上這樣的面具後，就不能像平常那樣地吃東西，想喝水的時候也非使用吸管不可。

況且——

「竟然是可以使用鑰匙的面具呀！」

拉開桌子的抽屜看，果然如女傭說的，裡面有一支鑰匙。雖然是小小的一支，但做工非常仔細，刻度相當複雜……看鑰匙的「頭」部，上面還刻著一個〈笑〉字。

雖然聽日向說過這裡有奇怪面具的事，卻沒想到來到這裡的所有客人，都會被要求一定要戴面具。這是今天的集會所設定的「規定」……

不管是日向收到的邀請函，還是同封內的說明書，都沒有提到這項規定，因此鹿谷也不禁有些困惑。

「四月三日晚上，我們將舉行第三次集會。您是這次受邀的貴賓……

「您是極少數符合條件的人，請您務必參加……

「迷惑的我非常期待您能為我指點迷津……」

印刷在邀請函上的文章內容，大抵上就如上述，最後則是邀請者影山逸史的親筆簽名。至於集會的地點與集合、解散的時間，則印刷在同封的說明單。為了確認客人的身分，請客人當天攜帶駕駛執照赴會，並請勿攜伴。這張說明單上另外還說明了將致贈參加者兩百萬禮金，和其他種種事項。可是──

「離開房間時一定要戴面具……？」

這到底是為什麼？為什麼要有這樣的規定呢？

是為了不讓受邀來的客人看到彼此的真正容貌嗎？或者──？鹿谷思索著。

關於擺飾在玄關廳的那個面具，女傭說：「那是被稱為〈祈禱面具〉的〈主人面具〉。」既然是〈主人面具〉，那麼，那就是集會的主人──影山逸史要戴的面具嗎？既然如此，就未必是客人與客人之間不能看到彼此容貌的問題，或許也包含了主人與客人之間的問題。

鹿谷放下〈哄笑面具〉，走到主人為客人們準備好的替換衣服的衣櫃前面。

衣櫃裡有白色的長袖襯衫和黑色的長褲。另外，衣架上還掛著一件灰色、寬大的長袍。看起來樣式都很普通，但是布料和做工都很精緻。除了上面說的那些外，衣櫃裡還有黑色的襪子與睡覺時穿的睡衣。

總之，先換了衣服再說吧！幸好房間裡有暖氣，換衣服時並不覺得冷。

日向好像說過；為了方便主辦集會的主人準備客人替換的衣物，通知能不能參加集會的回函明信片上，列有身高與衣服的尺寸的欄目。這些衣服應該是照著回函上的資料準備的。因為鹿谷的身高比日向高，所以穿上準備好的襯衫與長褲後，因為尺寸稍嫌小了些，而覺得不太舒服。

會不會因此而被發現自己是假冒日向而來的人呢？鹿谷有點擔心了……

雖然很幸運地剛才好像沒有被懷疑，可是接下來的時間、在明天下午解散之前，自己還是必須隱藏原本的身分，繼續好好扮演住在朝霞市的新人作家日向京助才行。因為從來沒有做過這種事，所以鹿谷相當的忐忑不安。因為不安，「必須戴面具」的規定，對現在的鹿谷而言，反而變成有利的規定。

至少在這間被分配到的、做為寢室的房間裡，可以放鬆一下恢復自己原本的身分。

換好衣服後，鹿谷開始觀察房間內的情形。

房間很寬敞，若以鋪榻榻米的張數來計算的話，應該有十張榻榻米大吧！

除了床和床頭桌、衣櫃等家具外，房間裡還有小型的圓桌和一張有扶手的椅子，牆壁上有圓形的掛鐘，花崗岩地板上，有一部分鋪著灰色的地毯。牆壁是灰白色的灰泥牆，壁上沒有掛任何畫做裝飾——可以說是有點無趣的房間。

面對出入口的正面牆壁上有一個窗戶。那是鑲著透明玻璃的雙滑動式窗戶。和寬敞的房間比起來，窗戶相對地顯得小了點。窗簾的顏色和地毯相同，現在是拉開著的狀態。

鹿谷靠近窗邊，想要看看外面，但一走到窗邊，便不自覺地「啊」了一聲。

窗戶本身並沒有什麼奇怪之處，讓他「啊」出聲的原因是窗戶的外面。窗戶的外側是粗鐵條所形成的鐵欄杆——像監獄一樣。

鹿谷鬆開窗戶上的月牙鎖，試著打開窗戶。

數了一下，組成鐵欄杆的圓柱形的鐵條共有七條，每間隔十五公分鑄一條縱向的鐵條。這樣的寬度要把手伸出去並不難，但要把頭伸出去，就不可能了。已經有些年月的鐵條相當髒，而且生鏽了。鹿谷握了一下鐵條，鐵條動也不動，好像非常牢固。

——真的很像監獄呀！

對了，日向曾經這麼說過：

——大宅分為〈本館〉和〈別館〉。我記得〈別館〉的構造有點奇怪。怎麼形容才好呢？像監獄一樣吧！

日向雖然沒有提到鐵欄杆的事，卻有說「像監獄」之類的話……

從窗外入侵的空氣非常冷，鹿谷很快把窗戶關起來，並且一邊用手掌擦拭玻璃上的霧氣。一邊再一次看著窗外。

窗外已經瀰漫著夜晚的氣氛，馬上就要天黑了。大宅的後院完全變成了白色的世界。雪下個不停，完全沒有要停止的意思，好像要把微暗的空間掩埋起來似的。

鹿谷抓緊長袍的領口，輕輕地吐著氣。

雪如果一直這樣下不停，說不定會被困在這裡……

一旦有了這樣的念頭後，某種不太好的想像，便隨之在心中蔓延開。

這裡是——沒錯，這座大宅是「中村青司的館」。和鹿谷過去曾經有過關聯的數個

「館」——「十角館」、「水車館」、「迷路館」、「時計館」、「黑貓館」——相同，都出自那位中村青司之手……所以……

鹿谷因為懷著複雜的情緒而忍不住頻頻深呼吸。他離開窗邊，再度走到放著面具的床頭桌前面。

這個面具。

是可以上鎖的奇妙面具。

且先不管為什麼一定要戴面具的問題。在看到面具就在眼前的現在，鹿谷的心中馬上產生兩個懸念。

其中一個懸念來自之前從日向京助那裡聽來的情報。

——因為聽說那裡有著非常稀有的秘藏面具，所以那時我曾經要求觀賞那個面具，但被拒絕了，因為那是主人唯一不想讓人看到……

日向如此說。那時他是一個記者，曾經來過大宅做過訪問。

——主人給我看了好幾個可以上鎖的面具，還說製作那些面具，是因為受到秘藏面具的刺激，在「好奇心的作祟下製作的」。

聽了日向的話後，鹿谷當然也對「秘藏的面具」產生極大的興趣。便問日向那到底是怎麼樣的面具。

——那個嘛……那個面具好像有一個名字叫做〈未來面具〉。屋主人是在歐洲的某個國家得到的，是相當古老的東西了。據說戴上那個面具後，就可以看未來的奇特面具。

日向的這些話，讓鹿谷不由自主地產生另一個懸念。那就是——

七年前因為角島的「十角館」事件，鹿谷與江南孝明成為朋友。前年，江南獨自去了熊本的「暗黑館」，並且在那裡經歷了一場特殊的事件，並在那裡看到了奇怪的面具。

江南說了，那個面具在暗黑館的〈妲莉亞之塔〉的隱藏房內，被稱為是「不名譽的面具」，那是中世紀時歐洲國家綑綁罪人示眾時所使用的刑具。因為面具上有上鎖裝置，戴上之後不能自由脫下的醜惡面具，罪人必須戴著那樣醜惡面具遊街，被人們唾棄。

從前影山透一委託中村青司設計這間館邸時，如果曾經讓青司看他所收藏的面具及秘藏的〈未來面具〉的話——

那麼青司內心中關於暗黑館「不名譽的面具」的記憶，應該會被喚起吧！那麼，青司會帶著什麼想法，去回應影山透一的委託呢？

## 2

然後，鹿谷試著戴上〈哄笑面具〉，走出房間。

面具雖然是金屬製品，但沒有想像中的重。它不是完全的鐵製品，是加入了什麼特殊材質，精心製作出來的東西。

前半部從頭頂蓋住整張臉，然後合起左右對開的後半部。後半部合起來後，左右兩邊同時往接合線的方向一用力，兩邊咬合在一起，面具就固定在頭上了。——因為這樣的構造，所以可以在接合的地方安裝上鎖的裝置。

面具內側的頭頂周圍和額頭一帶貼有墊襯，因為這一部分負荷了面具大半的重量。另外，貼著眼、耳、鼻、口的地方，也都留有相當的空間。只是，儘管有這種類似心的設計，面具戴起來還是不怎麼舒服。

戴上面具後，首先視野就變小了，耳朵聽到的聲音也變得不是那麼清楚，雖然不至於感到呼吸困難的困窘，但加諸在下巴到後腦的壓迫感，還是讓人覺得不舒服。或許持續戴一陣子後，會漸漸習慣吧……

正想走到走廊時，鹿谷發現了一件事。

門，沒有鎖。

門把和圓筒鎖理應是一體的，但門把上面卻不見搭扣般的內鎖。

這裡不是飯店的客房，沒有內鎖並不奇怪，可是，因為有鐵窗的關係，一想到日向說過這裡像監獄的話，門沒有鎖這件事，就讓人覺得有點不太自然了。

走出房間，來到走廊後，回頭看房間門，這才注意到門的外側用別針別著一張寫著〈哄笑〉的卡片。這是為了不至於搞錯房間的關係嗎？

夾著寬敞走廊的斜對面牆上有小窗，窗戶的外面也有鐵欄杆。

走廊和房間的一樣，地板是鋪著花崗岩的地板，牆壁是灰泥牆。不過，地板上好像有不同質感的部分。雖然同樣是鋪石板的地板，但走在上面時，腳會有不同的感覺，好像表面的加工比較粗糙。

這是怎麼一回事？鹿谷正感到奇怪時——

「啊，已經戴起面具了嗎？」

這說話的聲音從〈別館〉入口的小廳那邊傳來。

鹿谷回頭看，看到兩個男人。

兩人中的其中一人，是和鹿谷的身材相似，四十歲左右的男人；另一個是相貌端正，穿得一身黑的青年男子。四十歲左右的男人的長相和鹿谷也有那麼幾分的相似，不過，他梳著大背頭，明顯的鷹鉤鼻下，蓄著短短的鬍髭。

「您是小說家日向京助先生吧？」

穿得一身黑的青年說。他的聲音和剛才聽到的聲音不一樣。

「啊，我是。」

鹿谷戴著面具，謹慎地點頭示意。又說：

「因為被告知到外面的時候要戴這個，所以……」

「很遵守規定嘛！」

四十歲左右的男人說。

「更正確的規定是：和主人見面時，一定要戴著面具。」

「不過，會長在這裡的時候，並不會一直把自己關在房間裡。」

穿得一身黑的青年說：

「所以還是請離開自己的房間時，就戴上面具吧！」

「說得也是，確實是如此。」

四十歲左右的男人點頭表示同意，並且微笑地走到鹿谷的身邊，伸出準備握手的手。

「寫小說的老師是〈哄笑〉嗎？你好，我是——」

鹿谷也伸出手，準備與他握手。可是對方原本什麼也沒有拿的右手指尖上，突然「啪」一聲，出現了一張名片。

「這是我，很高興認識你。」

名片上除了印有「魔術師　忍田天空」的字樣外，還有在橫濱開的店名〈TENKU'S ILLUSION BAR〉，及所在地地址、電話號碼與營業的時間。

「對不起，現在才見您。」

穿一身黑的青年向前踏出一步，說道：

「我是鬼丸光秀，影山會長的秘書，曾經和日向先生您通過一次電話。」

「啊，是的。」

鹿谷不動聲色地回應著。日向的聲音和自己相似，一般進行對話時，應該不必擔心會被發現吧？

「鬼丸先生是嗎？很少見的姓。該不會是九州的人氏吧？」

「聽我祖父說，我們是從久留米來的。」

「嗯，果然是九州人氏。因為我曾經在那裡見過鬼丸這個姓……」

「在這座大宅的時候，我算是這裡的總管，有什麼問題時，請不要客氣儘管告訴我。」

鬼丸非常恭敬地對著鹿谷低頭行了個禮，但就在他抬起頭時，臉上已經多了一個東西。不知何時，影山會長的秘書的臉，已經藏在一個白色的能劇面具——〈若男〉的後面了。

「包括我在內，這裡的傭人誰也不能以真面目出現在會長的面前。這就今天和明天的規定，請您務必諒解。拜託了。」

「唔……知道了。」

鹿谷稍微猶豫之後，說：

「剛才為我帶路的女傭人也必須戴面具嗎？」

「您說的是新月小姐嗎？」

「好了，好了，這邊的事情他慢慢就會了解的。」

魔術師忍田天空插嘴，對著鬼丸說。

「我已經是第三次來這裡，不須有人帶領了。我的房間和以前一樣，還是〈驚愕面具〉吧？」

「是的。」

「那麼，帶我到這裡就可以了——還有兩個人還沒到吧？就不麻煩鬼丸先生了，請忙你的吧！」

「那我先失陪了。」

鬼丸客氣地點頭行禮後離開。忍田轉身面對鹿谷。

「那，我們走吧？寫小說的……啊，日向先生。」

又說：

「你是初次參加吧？如果你願意的話，我可以陪你探險，了解一下這裡哦！雖說六點之後有會面的活動，但那時再了解彼此，好像有一點慢了。」

# 3

沿著走廊往前走，在盡頭的大廳前面的倒數第二間客房，就是魔術師分配到的房間。房門上果然也有一張卡片，上面的文字是〈驚愕〉。

「請等一下，我換衣服很快，馬上就好。」

忍田說完，一手拿著大衣箱，很快進入房間。在門外等待的鹿谷利用五分鐘的時間在走廊上稍微走動，努力認識〈別館〉客房區的結構。

客房區共有六間房間，排列在從〈別館〉入口的小廳開始的走廊的同一側（鹿谷確認了六間客房的房門上都有寫著面具名稱的卡片）。這個客房區又分成三小區，每兩間客房為一小區，每小區以走廊上的一個轉彎與下一個小區連結，並以一道左右對開的門做為區隔。不過──

入口的小廳與走廊之間，也有一道同樣是左右對開的區隔門。這道區隔門因為一直都是敞開著的，所以鹿谷初來時並沒有注意到這道區隔門。這些區隔門都是「像監獄般」的鐵欄杆門。

區隔門總共有四道，一道在小廳與走廊之間，一道在包括鹿谷的房間在內的第一區與第二區之間，還有就是在第二區與第三區之間，及第三區與大廳之間。這四道區隔門都有可以上鎖的構造。另外，每一區都設有各自的廁所。

──真的很像監獄呀！

鹿谷反覆想起日向說的這句話。

這棟有「奇面館」之稱的「青司之館」，為何〈別館〉會被設計成這樣呢？

「你久等了。」

從房間裡出來的魔術師穿著幾乎與鹿谷一模一樣的衣服。白襯衫、黑長褲、灰色的長袍。魔術師此時也戴著可以上鎖的面具。

這是一張雙眼圓睜，嘴巴張開，好像受到驚嚇般表情的面具……這就是〈驚愕面具〉嗎？

「我們就在館內散散步吧！」

因為戴著面具，嘴巴被遮住的關係吧？魔術師的聲音聽起來比剛才含糊了不少。

## 4

「這裡是〈別館〉的大廳。」

魔術師走前面，率先走進位於走廊盡頭的那個空間。

「〈會面茶會〉的地點在〈本館〉那邊，晚餐在各自的房間內用餐，餐後再到這裡集合、聊天……每次的流程都是這樣的吧！」

這裡的面積大約有三十疊以上，天花板很高，是一個相當寬敞的空間。

和玄關廳一樣的，這間大廳的中央也有一根很粗的柱子。另外，大廳的左後方有暖爐，廳內有一套看起來很舒適的沙發、還有餐具櫃和書架，及電視與音響組合。

「下面的那個，是通往〈奧之間〉的門。對面那邊是不能隨便進出的。這也是規定。」

「噢。」

「因為主人的寢室就在裡面的裡面。〈奧之間〉內有兩個房間，前面那間好像叫做〈面對面之間〉，最裡面叫做〈奇面之間〉。不是「鬼面」，是「奇怪」的「奇面」❹。

「噢，原來是『奇面城』的『奇面』呀！」

鹿谷此時才終於插得上嘴。魔術師立刻回應道：

「你說的是江戶川亂步的小說嗎？沒有記錯的話，應該是『少年偵探團』系列中的一部。」

「是的，《奇面城的秘密》。奇面城是怪人四十面相的根據地。」

「沒錯沒錯。嘩！好懷念呀！」

魔術師頻頻點頭，接著說道：

「總之，被稱為〈奇面之間〉的房間在房子的最深處，是〈本館〉的主寢室之外的另一間主人的寢室，可以說是主人在〈別館〉時的寢室。今天晚上的集會之後，主人應該會在〈奇面之間〉就寢吧！」

〈奇面之間〉在奇面館〈別館〉的最深處。

關於這一點，鹿谷早就聽日向說過了。從前去奇面館採訪，被引導認識奇面館時，便對〈奇面之間〉留下強烈的印象——日向是這麼說的。

——「這裡」好像有點秘密。那時主人……

❹日語「鬼面」與「奇面」的發音相同。

沒錯，日向曾經那麼說。

「〈奇面之間〉……很有意思呀！」

鹿谷一邊喃喃低語，一邊觀察著四周。

大廳和客房氛圍大不相同。客房的佈置非常簡單無趣，大廳卻被很精心地佈置了。牆壁上貼著大小不一的灰色石板，並且掛著許多不一樣的「臉」。所謂的「臉」，其實是從鹿谷或忍田臉上的面具——〈哄笑面具〉、〈驚愕面具〉拍下來的表情照片。牆上的「臉」除了〈哄笑〉和〈驚愕〉外還有很多，擺在玄關廳的〈祈禱〉的「臉」，也被裝飾在牆壁上。

四面牆壁上都有「臉」，有的「臉」掛在高處，有的「臉」掛在低處，有的「臉」好像從牆壁凸起，有的「臉」好像讓牆壁凹陷了。此外，有的「臉」是斜 斜躺著的，有的「臉」則完全倒立了。

原來如此呀——

鹿谷不由自主地感嘆著。

這些奇妙而詫異的佈置，完全符合「奇面館」這個名字——

「我們去那邊吧！那是通往〈本館〉的通道。」

魔術師催促地說。

那條通道的出入口在右手邊，兩扇式的平開門是開著的。緩緩往下傾斜的長斜坡的盡頭，又是一道兩扇式的平開門。這道門也是打開著的。過了這道門，就是〈本館〉了。

「對了，日向老師。」

和鹿谷並肩走的忍田天空問：

「你的生日是什麼時候？」

「一九四九年九月三日。」

鹿谷毫不費力地說出日向的生日。忍田先是「呵呵」了一下，然後說：

「果然符合。我是九月二日生的，所以我們的生日只差一天。一天、兩天的『差距』，應該是可以接受的誤差範圍。」

「唔。是吧？」

一九四九年九月三日。

這一天也是邀請客人來此集會的主人——影山逸史的生日。和他同年同月同日生的男性，似乎是被他邀請前來的條件之一……

「還沒有到的那兩個人沒有問題吧？」

忍田看了手錶一眼，又說：

「好像有請計程車去接客人了。但是雪越來越大了呀！」

「忍田先生也是坐計程車來的嗎？」

「不是。我從橫濱自己開車來的。但是車子在半路拋錨了……逼不得已只好請鬼丸先生來接我。」

「那真是辛苦了。」

「日向老師呢？」

「我也是自己開車來的。雪路開車真的很辛苦。」

「真是的！已經四月了，卻還下這麼大的雪，簡直是……」

「那個……忍田先生，可以請問一下嗎？」

「什麼事？」

「是這樣的，因為我是第一次被邀請來的，聽說還有其他的受邀者，但我完全不認識他們，而你是我第一個遇到的受邀者……」

「嗯，你說你說。」

「聽說總共有六個客人？」

「是的，其中有一個人和我一樣，這次也是第三次被邀請來參加集會；據說他在東京經營著什麼奇怪的公司，所以大家都稱呼他為〈社長〉。遠從札幌來參加集會的是建築師米卡爾氏，這次是第二次參加集會。這兩個人都已經到了。」

「一個是公司的社長，一個是建築師嗎？那個建築師米卡爾是日本人嗎？」

「米卡爾好像是他受洗時的天主教受洗名。」

「哦。」

「還沒有到的兩個人中，其中一個是算哲教授。但實際他好像並不是什麼大學的教授。」

「算哲？」

「他本人說他是著名的醫學博士降矢木算哲氏的轉世者，所以……」

「降矢木？是嗎？哦！」

「那位『教授』是個怪人。兩年前的第一次集會時就見到他了，去年的第二次集會他也被邀請了，卻正好遇到身體出狀況，人在當地仙台的醫院裡住院。聽說他剛剛出院不久，卻回函要參加這次的集會……這是我剛才在車上聽鬼丸先生說的。」

「算哲教授……嗯，確實是非常古怪的人。」

忍田應該也知道吧！

說到「醫學博士降矢木算哲」，其實不是真實的人物，而是小說《黑死館殺人事件》的出場人物。自稱是六十年前小栗虫太郎創造的虛構人物的「轉世者」，一般只會被認為這個人腦筋有問題。

「那，還有一個人是怎麼樣的人？」

「和你一樣是第一次參加集會的人。這也是鬼丸給我的情報。聽說這個人是警方的人。」

「是警察嗎？」

這個情報讓鹿谷相當訝異，因此不由自主地提高了音量。

「嗯，聽說以前是兵庫縣的刑警。」

「以前是刑警？」

「好像是幾年前辭去了警察的工作……不對，不對，好像現在處於停職的狀態。大概是遇到了什麼進退兩難的事情吧！」

「哦。」

兩人邊走邊說，走過通道，進入〈本館〉。有別於陰沉、生硬，像監獄般的〈別館〉，〈本館〉是有傳統風格的木造洋房。

無論如何——走在走廊上時，鹿谷這麼想著：無論如何都要想辦法拿到建築物的全體平面圖。

# 5

這邊是主人的書房和寢室、那邊是傭人們使用的房間，走過這裡的走廊，就是玄關廳……戴著〈驚愕面具〉的魔術師一一為鹿谷做介紹。

「面具的收藏室在哪裡呢？」

鹿谷試著提出疑問。

「沒有那樣的房間吧？」

「收藏……」

魔術師輕輕歪著頭，邊想邊低聲自言自語似地說著。

「我聽說房子的最初主人影山透一氏收藏了很多古今東西各地的面具。」

「呵呵，你對這個有興趣嗎？」

「是我的職業病吧！對奇怪的東西總是特別感興趣。」

「可以做為寫小說的點子嗎？」

「啊！嗯，可以吧！」

「我就知道。但是，那裡是……」

忍田說到這裡時，變得有點含糊其詞。

「日向老師寫的是哪一類的小說？啊，實在很不好意思，今天以前我並不知道你的名字。」

「我才剛剛出道沒多久，不知道我是理所當然的事。」

鹿谷回答，此時他化身為日向。

「我喜歡怪奇小說、幻想小說，所以也寫這一類的東西。」

「寫怪奇小說、幻想小說嗎？」

忍田撫摸著〈驚愕面具〉的臉頰說道。

「我很喜歡看推理小說。小時候看的就不只是『少年偵探團』，現在看的範圍更廣了。」

「呵呵呵，這也是你選擇魔術師這個職業的原因嗎？」

「唔，多少有點關係吧！」

「看過虫太郎老師的『黑死館』嗎？」

魔術師又摸摸面具的臉頰，說：

「降矢木算哲？」

「你果然是知道的。」

鹿谷就是因為一直很喜歡推理小說，才讓自己成為推理小說家的。他很想繼續和魔術師聊推理小說的事，但此時卻必須壓抑自己的這個渴望。

「那邊是廚房。」

忍田指著前方左側的一道門說。

「啊！好香！」

就在這個時候，那道門開了，裡面走出一個人。

那個人中等身高，有點小胖胖，褐色的毛線上衣外面，套著長到膝蓋的圍裙。——是這間屋子的傭人吧！大概是男人，而且大概是五十幾歲的人……因為他的臉上有面具，所以只能用「大概」來說明。不過，他的面具不是客人用的全頭面具，而是和鬼丸一樣的面具。

紅色的臉和好像在瞪人般的圓睜雙眼，並且張大嘴巴，露出金色前牙……這是讓人想到「鬼」，並且有點滑稽，被稱為〈武惡〉的狂言面具。

「歡迎光臨！」

戴著狂言面具的男人行禮、打招呼道。

「要麻煩你了。」

忍田先生回應了他後，轉對鹿谷介紹道：

「這位是長宗我部先生。」

又說：

「長宗先生的廚藝很好，是這裡的管家——那，這位是第一次參加的小說家。」

「我是日向，請多多指教。」

鹿谷禮貌地打了招呼。長宗我部以與他臉上誇張的表情迥異的語氣，非常沉靜地說：

「歡迎您。請隨意。」

又說：

「碰巧遇到了這樣十年難得見到一次的壞天氣……如果有招待不周之處，請多多包涵。」

# 6

「對了，忍田先生。」

穿過〈本館〉，來到剛進這屋子的玄關廳時，鹿谷再度問忍田，說：

「我有一個根本的疑問。我想知道屋主影山逸史先生為什麼要舉辦這樣的集會呢？兩年前他舉辦了第一次的集會，他的目的到底是什麼呢？」

時間已經過了五點四十五分了——還沒有到的另外兩個客人已經平安無事地抵達了吧？

「那是……」

魔術師看似要回答鹿谷的疑問，卻又突然改變語氣：

「還有別的第一次參加的人，讓主人在等一下的〈會面〉上為你說明吧！你會聽到讓你深感興趣的事。」

鹿谷摸摸〈哄笑面具〉的側頭部，「呃」了一聲。

「你很在意這一點嗎？——好像很在意呀！」

戴著〈驚愕面具〉的魔術師以雙目圓睜，張著嘴巴的驚恐表情繼續說道：

「簡單地說吧！那就是：他在尋找〈另一個自己〉。」

# 第三章　未來面具

## 1

日向京助為了某雜誌而前往奇面館採訪的確切日期，是九年九個月前——也就是一九八三年的七月。

當時奇面館的主人是影山透一，時年六十五歲。影山透一早年以首都圈為中心經營不動產事業，在經濟起飛的景氣中，他的事業不斷擴大，不論是投資還是投機的事業，都獲得了極大的成功。六十五歲時，他已經退出經營的第一線，過著自由自在的悠閒生活了。

奇面館是影山透一在一九六八年時為影山家所興建的別莊。他在退出經營的第一線後，一年之中的大部分時間都住在奇面館中。奇面館雖然也位於東京都內，但卻建築在極度偏僻，幾乎沒有人知道的地方，自許為「怪人」的影山似乎非常喜歡那裡，並且把自己多年來的收集品——面具，收藏在那裡。這當然也是他「喜歡」那裡的理由之一。

關於收集面具的行為，透一本人毫不猶豫的表示那是「瘋狂地收集」。

「一有時間就到處去旅行，不管是罕見的工藝品還是骨董，看到喜歡就買。從某一個時期開始，我就決定只收集這樣的面具……總之，小收藏的範圍是很重要的事，因為那樣才能提高收藏的品味。」

那是一個「訪問收藏家系列」的採訪報導。日向做為那家雜誌的責任編輯，帶著攝影師那一天去到大屋，採訪影山透一，並且在〈本館〉的收藏室中見到了收藏家收集到的無數面具，確確實實地被那些收藏品「擊敗」了。

除了日本的能樂面具、狂言面具，各個地方的鄉土特色面具外，還有中國、印度、不丹、峇里島等亞洲的面具，義大利佛羅倫斯面具、瑞士狂歡節面具，及南太平洋的美拉尼西亞、巴布亞新幾內亞，甚至於美洲大陸未開發部族的面具……等等。這些被影山透一收集，來自世界各地的新舊各種面具，非常擁擠地被陳列在一起。

日向在那些收藏品中，注意到其中幾個面具和其他的面具大異其趣。那是讓人聯想到「鐵假面」的金屬製全頭面具，每一個的臉上都非常細膩地刻劃著不同的表情……那些面具應該都是珍品，但日向又不覺得它們有骨董的價值。

「這些面具是怎麼來的？」

日向覺得奇怪而發問。

「那些嗎？那是瘋狂的結果。」

影山透一笑著回答：

「那是一九六〇年左右特別訂做的面具。在訂做那些面具之前，我從歐洲的某個國家得到了非常『特別的面具』。受那個特別面具的刺激，我也想要做出那樣的面具，所以才會訂做了那幾個面具。現在回想起來，那時真的太瘋狂。」

「——呃。」

「不過，那幾個面具真的做得還不錯。拿起來看看就知道，那幾個面具中的每個面具都可以使用鑰匙上鎖。」

「鑰匙？」

「沒錯。戴上面具後，如果上了鎖，沒有鑰匙的話，就無法把面具拿下來。因為做得很堅固，所以也沒有辦法以破壞的方式硬從臉上拿下來。」

「為什麼要那麼做呢？」

「剛才我不是說過了嗎？因為以前得到了的『特別的面具』就是有鎖的面具。我想模仿那個面具，所以請手藝高超的師傅特別為我製作了那樣的面具。」

在採訪的過程中，日向看出：對影山而言，那個「特別的面具」似乎有著非常重大的意義。影山甚至說那個面具是「非常難得的秘藏面具」。但是，採訪組請求影山把那個面具拿出來看時，影山固執地拒絕了。

「非常抱歉，只有那個不能拿出來給你們看。因為不想讓人看到，所以……關於『特別的面具』的事，請不要寫出來。」

「到底是什麼樣的面具呢？聽您這麼說，莫非是什麼不能公開的東西嗎？」

在日向糾纏著不肯罷休的情況下，奇面館的主人一再思索後，終於回答道：

「那是……是中世紀，十六世紀左右的作品吧！當時的名字好像叫做〈未來面具〉。」

「〈未來面具〉？」

「是的。知道了那個面具的種種典故與歷史後，越發覺得那不是普通的東西。該怎麼說才好呢？或許可以說那是一個有『魔力』的面具吧！據說戴上那個面具後，就可以看到未來，所以是〈未來面具〉。」

說不定是——日向聽到奇面館的主人這麼說時，腦子裡馬上浮現一種想法：影山透一在這樣偏僻的地方，建了這樣的大屋，說不定就是受到〈未來面具〉的影響。

不管怎麼說——

一九六〇年代的中期，影山透一一定是為了收藏自己喜愛的面具，所以在這個地方，蓋了這間房子。並且委託某一位建築師，把房子設計、建築成這個樣子。

「T＊＊大學建築學科畢業的中村青司當時還一個只是二十七、八歲的青年。當我聽說他的年齡時，不禁猶豫了，但基於是信任的人介紹的，而且也確實覺得他有才氣與能力……這是見過面後才感覺到的。我覺得他不僅有才氣和能力，還有難以形容的魅力。」

影山透一瞇著眼睛，好像很懷念似地敘述著。

「我把我收藏的所有面具都拿出來給那位年輕的建築師看，包括那個〈未來面具〉。我還告訴他〈未來面具〉的緣由。結果他大感興趣，因此提出建議，說一定要把『那個』做為建築物的主題之一。我原本就是熱衷面具到幾乎瘋狂的人，當然馬上就同意了他的提議……」

之後，日向等人被帶到奇面館的〈別館〉參觀。而〈別館〉留給日向的感想就是「像監獄一樣」。不過，這和〈未來面具〉之間到底有什麼關聯，就不得而知了。

最後，影山透一還帶著來採訪的眾人，前往〈別館〉最深處的〈奇面之間〉。但就在他們一腳要踏入〈奇面之間〉時，那房間的詭異之處讓日向等人不禁睜大了眼睛看……

「這是那個年輕建築師的提議。說是無聊的趣味也可以，但習慣了後，也就不什麼了。」

奇面館的主人露出詭異的笑容說著。

「另外，『這裡』還有秘密。這當然也是那位建築師的提議。」

是什麼樣的秘密呢？面對日向和同來採訪的人員的提問，透一很直接地搖頭說道：

「說出來的話，就不是秘密了。不說才美，不是嗎？」

透一這麼回答的時候，臉上仍舊帶著詭異的微笑。

## 2

以上那些話，是三天前鹿谷門實親耳聽日向京助說的。

「那次採訪的時候，見到影山透一的兒子影山逸史了嗎？」

鹿谷問，日向回答說：

「影山逸史平常和妻子住在市中心的大樓公寓裡，那一天湊巧獨自去了奇面館。所以透一氏便介紹他給我們採訪人員認識，對我們說：這是我兒子逸史。」

「湊巧獨自去的嗎？唔。」

「透一氏在介紹他的時候，還說：都已經這個年紀了，卻不夠成熟，是他這個做父親的人的煩惱。那時的逸史氏應該是三十三歲。」

「這麼說來——逸史氏是透一氏三十二歲時有的兒子？——有兄弟姊妹嗎？」
「不知道。沒有說到這一點。」
「透一氏的夫人呢？」
鹿谷又問：
「你去採訪透一氏的時候，透一氏的夫人健在嗎？」
「不在了。影山夫人很早以前就亡故了。我記得我聽說過。」
「那麼，透一氏後來也過世了？」
「是的。在我去採訪他之後的翌年去世的。死因好像是心臟病還是腦部之類的突發急症。」
「他死後，逸史氏便繼承了他嗎？——明白了。」
鹿谷一邊摸著自己尖尖的下巴，一邊低聲說「早晚的事呀——」接著又說：
「你十年前去採訪的時候見過影山透一的兒子影山逸史。那麼，逸史氏可能因為那次的見面，而記得你吧？」
「這我就不知道了。」
日向歪著頭說：
「因為見面的時間很短暫，所以，老實說我已經記不清楚對方的長相了，只記得『逸史』這個名字。因為這個名字並不常見，再加上——」
「再加上？」
「再加上那時我使用的是寫作時的筆名——池島某，而不是日向京助這個名字。所以，逸史氏應該已經完全忘記我了吧！他可能記得從前有位記者來採訪他的父親，但大概也不會記得是哪一位記者。」

雖然有過接觸，但經過十年的時間後，現在突然接到只有過一面之緣的「影山逸史」寄來的邀請函，日向一定感到非常吃驚吧！或許還會覺得這是命運的惡作劇。

命運的惡作劇——鹿谷也同樣有那樣的感覺。

鹿谷半年前偶然地認識了日向京助這位同行，他們兩個人不僅同年生，而且還很巧地相貌相似。還有——

邀請日向參加集會的大屋，竟然是「那位中村青司」設計完成的「館」。這也是偶然。

「對了，鹿谷先生，這邀請函裡還有照片。」日向說：「兩張房子的外觀照片，兩張室內的照片。」

「啊，哦。」

「兩張室內照片中，其中一張是〈別館〉內準備給客人使用的客房。可是，根據我的記憶，〈別館〉的房間不是那樣的，而是更寬敞的……」

「或許在我那次的採訪過後，那裡有過一些改建或重新裝修。」

「哦，這麼說來——」

「那是有可能的。」

鹿谷老實地點點頭，把邀請函的宣傳單放在信封上，然後一起擺在桌上。接著，他從夾克的口袋裡，掏出一個像裝著印章的香菸盒。這是裡面只裝著一支菸，和附有打火機的特製香菸盒。

這個時候，鹿谷的心中已經大致作出決定了。

對方已經把事情鋪排得這麼漂亮了，自己要如何反撲才行呢？看來，自己似乎無論如何都難以拒絕日向京助的這個請託了。

「今天的一支。」鹿谷喃喃說著，從盒子裡拿出菸，點燃。自從年輕時得到肺病後，鹿谷便決定自己一天只能抽一支菸。他非常仔細地品嘗香菸的滋味。

「你很在意〈別館〉深處的〈奇面之間〉吧？」

鹿谷單刀直入地問。

「你看過那個房間吧？那裡到底有什麼奇怪之處？」

日向在稍微猶豫之後，回答鹿谷：

「我現在說太多的話，你會覺得沒有意思的。」

日向消瘦的臉頰浮現淺淺的笑。

「去那間大屋，自己親眼去看才是最好的，不是嗎？鹿谷先生。」

## 3

每次一想到已經去世的父親——影山透一，影山逸史就覺得有被撕裂的感覺。

對父親並沒有特別的怨恨——他這麼想著。

父親確實被世人歸類為「奇人」、「怪人」，但做為兒子的他，並沒有因此而遭受到什麼麻煩的事——他這麼想。而且，因為父親在事業上非常成功，所以他還受惠不少。父親對幼年就失去母親的逸史格外疼愛，總是讓他生活在沒有任何不方便的環境之中。

逸史長大以後，父親仍然貫徹讓兒子一切自由自在的方針。在第三者的眼中，或許這還是一種「溺愛」的表現。

所以——

對他而言，他確實沒有什麼好抱怨，也沒有什麼可以抱怨的。可是，儘管他是這麼想的，卻為什麼——

九年前透一過世之後，隨著時間的流逝，那逐漸膨脹的撕裂感……

這是什麼呢？

其實用不著自問他也知道答案。就是因為——

答案應該就是「那個面具」吧！

那個面具！隱藏著可以看到未來，具有「魔力」的那個面具——無論如何也接受不了「那個」。強烈地被撕裂的這個感覺怎麼樣也無法消除……

……希望與失望、期待與幻滅、肯定與否定、好奇與厭惡、執著與忌諱。

還有……所以……

不能這樣繼續下去。影山逸史一直這樣覺得。不能這樣繼續下去，一定要做點什麼事才行……

# 第四章　詭異面具的聚會

## 1

「嘖！怎麼這麼拘束、沉悶呢？——難道大家都很習慣這樣嗎？」

因為坐在旁邊的男子說話了，鹿谷只好回應他。

「我也是第一次來這裡的……這裡……確實不是讓人很舒適自在的地方。」

「你的面具是〈笑面具〉嗎？」

「好像叫做〈哄笑面具〉。」

「ㄏㄨㄥ　ㄒㄧㄠ……啊，哄笑嗎？我的面具就是這個——如你所看到的。」

「〈憤怒面具〉，是嗎？」

眉間有縱皺紋，外眼角上揚，嘴唇歪斜。男子戴著刻劃著那樣表情的面具。

「初次見面，我是以日向京助為名寫小說的人。」

「呃，你是作家呀！我是兵庫縣縣警局的……」

「是刑警嗎？」

「『原本』是刑警。兩年前被外調之後，就在其他單位擔任閒差。現在是警察，但不是刑警。」

「呃……」

原來並沒有離職，也不是請長假休息中。被調離一課，一定有什麼緣由吧！話說回來，剛才他進來的時候，好像是拖著左腳走進來的。是曾經受了什麼重大的傷吧？或許就是這樣的。

「因為已經離開刑警的工作了，所以才能在這樣的週末有時間來這裡。從前的話，根本不可能有這種時間。」

因為戴著面具的關係，他的聲音聽起來不是很清晰，不過，卻可以感覺到語氣是溫和的。話雖如此，可能是受到他臉上〈憤怒面具〉的影響，總覺得他講話的態度有些嚴厲。這就是所謂的視覺效果嗎？

「咳，日向先生……可以這樣稱呼你嗎？你住在東京嗎？」

「我現在住在埼玉，但我是京都人，在那裡出生的。」

鹿谷以日向京助的身分回答。

「對了，既然你是前刑警，不知道你認識不認識岡山縣警局的新村警部？」

「岡山的新村嗎？以前曾經見過幾次面。日向先生認識他嗎？」

「是的。說起來那是緣分。」

鹿谷回答。他現在是以本人——鹿谷門實的身分回答的。

鹿谷與新村的緣分來自六年前，發生在岡山山中的水車館——收藏著著名幻想畫家藤沼一成作品的房子——事件。那是一起慘絕人寰的殺人事件。縣警搜查一課的新村警部，因為鹿谷的幫忙而破解了那個事件，兩人從此結為好友。

「請不要用前刑警來稱呼我，我聽起來很不自在，可以叫我『阿山』，工作場合的同事都是這麼叫我的。」

「阿山嗎？」

不知道是誰發出了竊竊的笑聲，鹿谷也忍不住嘴角微微抽動了一下。

前刑警叫做「阿山」──那麼，他的同事之中，是否也有個刑警叫做「阿長」❺呢？聽到「阿山」這個名字，難免產生了這無聊的聯想。

時間是下午六點二十分。

這位前刑警和被稱為「教授」的受邀客人終於都平安地抵達大屋，而原定六點的〈會面茶會〉，則晚了三十分鐘才會開始。這個茶會的地點在〈本館〉的餐廳。

寬敞的房間中央，是一座橢圓形的大桌子，包括鹿谷在內的六個客人圍著桌子而坐。主人影山逸史還沒有現身。

這樣的場面好奇怪──鹿谷環視現場，心裡這麼想著。

圍著桌子而坐的這幾個人的臉上，都戴著影山透一的「因為瘋狂熱中而製作」的奇怪面具。除了剛才一起行動過的魔術師外，對鹿谷來說，其他幾人都初次見面，當然不知道他們的原來面容，更不會知道面具下面的他們此時是何種表情。再加上在場的每個人的體格相似，又換上了相同的衣服，連穿的襪子與鞋子都一樣；而且因為嘴巴被面具遮住了，說話的聲音同樣含糊，所以實在很難分辨誰是誰。

❺日本漫畫《二十世紀少年》中的刑警搭檔。

真的可以說是……多麼詭異的面具聚會！

和所謂的面具舞會不同，也和萬聖節的化妝不一樣；這兩者多多少少都帶著一些「遊戲」的要素，但現在的這個面具聚會，不僅幾乎感覺不到「遊戲」的氛圍，還充滿了奇怪的「儀式」氣氛。嚴肅的儀式氣氛越來越強。

鹿谷看看四周。

在場的六個客人坐的位置，似乎和被分配到的房間的順序一樣。

坐在鹿谷右邊的客人，是剛才和鹿谷有過交談，戴著〈憤怒面具〉的前刑警。左邊的客人戴著眉頭深鎖，嘴巴成ㄟ字形的面具，一看就知道那是〈懊惱面具〉。〈懊惱面具〉旁邊的客人的面具，很明顯的就是〈嘆息面具〉，因為那是一張帶著哭泣表情的面具。

戴著〈懊惱面具〉的，就是那個來自札幌的建築師吧？戴〈嘆息面具〉的，大概是自稱「降矢木算哲轉世」的「怪人」──〈教授〉……因為能從外表判別身分的，只有面具，所以必須從有限的人數中去做猜測。在此，如果不盡量從記號上以簡單的方式作判別，一定會搞得一頭亂。

〈嘆息面具〉的左邊，是戴著〈驚愕面具〉的魔術師，再往左是……〈歡娛面具〉，所以那個人應該是在東京經營什麼奇怪公司的男人嗎？

鹿谷的右邊是〈憤怒面具〉，左邊依次是〈懊惱面具〉、〈嘆息面具〉、〈驚愕面具〉，然後是〈歡娛面具〉。他一邊慢慢地確認五個面具的名稱和表情，一邊摸著遮住自己的臉的〈哄笑面具〉的下巴。

臨時女僕新月瞳子一一地問每位客人「咖啡？茶？」，並且為客人斟茶或咖啡。因為臉上有面具的關係，所以不管喝的是茶還是咖啡，都不是容易的事情，所以她也在客人的茶托上放了湯匙和吸管。聽到有人說要菸灰缸時，她便慌慌張張地往走廊跑去——她的臉上戴著白色的〈小面面具〉。

接下來呢——鹿谷在心裡喃喃自語。

這個奇怪面具的聚會太詭異了。外面依然是這個不該有的大風雪。而且，這屋子還是那個中村青司的……

因為著某種不好的想像，人類天生就有的好奇心無法控制地不斷膨脹著。

到底會從主人的嘴裡聽到什麼話呢……？

已經六點半整了。主人在戴著〈若男面具〉的鬼丸陪伴下，來到餐廳。主人也和六名客人一樣，穿著相同的襯衫、長褲，披著長袍，腳上的拖鞋也和六名客人一樣。戴著〈主人面具〉，也就是〈祈禱面具〉的他走到空位——以〈憤怒面具〉與〈歡娛面具〉為左右的位子——前，然後坐下。接著才說道：

「歡迎各位大駕光臨。」

含糊的聲音自沒有光澤的銀色面具嘴角傳出來。

「非常感謝大家在這麼惡劣的天氣下，還不辭辛勞地來到這裡。今天有兩位第一次參加的客人，所以我先向兩位自我介紹，我就是這次集會的召集人影山逸史。請多多指教。」

## 2

「在這個大屋舉行這樣的集會，今天晚上是第三次了。第一次的時間是前年七月，當時參加的客人只有四位。去年九月舉行的第二次集會，也只來了四位。今天，〈歡娛面具〉、〈驚愕面具〉、〈嘆息面具〉、〈懊惱面具〉、〈哄笑面具〉及〈憤怒面具〉等這六種面具，與〈別館〉的六間客房，終於首次都被使用到了。這讓我有很深的感慨……」

奇面館的主人雙手十指交叉地放在桌子的邊緣。因為戴著面具的關係，話語的聲音並不清晰，不過語氣卻非常溫和，而且說得很流暢。

「因為有兩位是第一次來，所以我必須好好地自我介紹。因此，除了第一次參加的兩位客人外，其他的客人請把我說的話當耳邊風好嗎？我是——」

戴著〈祈禱面具〉的主人一邊看著並坐在左邊的〈憤怒面具〉、〈哄笑面具〉身上，一面說：

「我是影山逸史，生日是一九四九年的九月三日，和各位幾乎是同年的同月同日生，現在已經滿四十三歲。

「九年前家父過世後，我便繼承家父的事業，管理著幾家公司，現在的住家在東京文京區的白山一帶；不過，影山家是鎌倉有歷史的世家，所以鎌倉那邊還有老房子。今天舉行集會的這間屋子，是當作別莊使用的房子，我一年也會來這裡幾次。對我而言，這裡可以說是我特別有感情的地方之一。」

有打火機的聲音。鹿谷轉頭看，原來是坐在主人右邊的〈歡娛面具〉在點香菸。香菸插在一支長長的塑膠濾嘴上。果然，這樣的話，即使戴著面具，也能抽菸了。

「父親傳下來的事業發展得比預期中的順利，這並不是我的才幹特別好的關係，而是我的運氣比較好，而且又得到了各個公司中優秀人才的幫助，所以才會有好成果。因此，我可以在這個年紀，就能過著輕鬆的退休般生活。老實說，我一直是一個不習慣生活在眾人的注視下的人，所以，能過現在這樣的生活，真的是謝天謝地。」

主人停頓了一下，小聲嘆了一口氣後，才接著說：

「但是——但是，幾年前我的周圍陸續發生了讓那樣平靜美好的生活變調的事情。那是絕對讓人沮喪，可以說是非常不幸的事情。若要具體說明，首先就是五年前內人先我而去了，得年才三十六歲……年輕的她突然發病，連救都來不及救就走了。

「妻子離開人世不到一年，我的孩子們也出事了。載著我的長子與長女的車子出車禍，兩人的性命都……」

主人說到此，聳動肩膀，深深嘆了一口氣，才再接著說：

「說到不幸，回想起來，我是一個沒有親兄弟緣的人。我的母親早逝，原本還有兩位兄弟，但一個早夭，一個在學生時代出國後失蹤了。因為發生了那樣的事情，所以父親特別小心照顧我……

「話說回來，我現在可以說是一個沒有親人的天涯孤獨人。然而，這或許是我內心某個角落裡，一直在期盼『孤獨』來臨的結果……這是『報應』吧！我忍不住會這麼想。」

報應？——鹿谷面具下的眉頭皺在一起了。

這個主人到底想說什麼呢？

「第一次參加這個集會的兩位——一位是寫小說的作家老師，一位是警察大人吧？」

主人對著鹿谷和前刑警，又說：

「兩位一定對為什麼非戴面具不可感到無法理解吧？是吧？」

鹿谷和旁邊的前刑警互看著對方的臉——不，不是臉，是互看著對方的面具一眼，然後老實地點了頭。好像要回應他們二人的反應般，戴著〈祈禱面具〉的主人靜靜地閉上眼睛。

「人類的表情一直讓我很困惑。」

主人閉著眼睛繼續說：

「能夠反映出內心各種感情與思考的東西，就是人的表情。每次看到他人臉的表情，我就有不知如何是好的困惑，有時甚至會感到難以忍耐的恐懼感。尤其是像現在這樣面對面的時候——這樣你們能了解嗎？」

「能了解嗎？」主人重複地說了之後，才張開眼睛。

「我很清楚地知道這種所謂的『表情恐懼症』，便是我最大的弱點，長久以來我也一直努力地試圖克服這個問題。藉著努力，我好不容易可以和過世的妻子與孩子們一起擁有家庭生活，並且也能面對工作上的人際關係。我經常必須忍耐、壓抑那種恐懼感。但是——

「五年前我失去了我的妻子，我感覺到我的忍耐與努力也到了極限。我再也壓抑不住看到他人的臉和他的表情時的恐懼，無法像常人一樣地去面對他人……啊，這件事情會越說越長，其他的就以後再說吧！」

在主人述說他自己的表情恐懼症時，客人們都保持沉默，沒有任何一個人開口說話。〈歡娛面具〉在菸灰缸中捻熄香菸；〈懊惱面具〉的雙手放在眼前，遮住了雙眼；〈嘆息面具〉從剛才開始，就以手掌時而抵著頭的左側，時而撫摸頭的左側；〈驚愕面具〉伸出右手，在桌上玩硬幣。

坐在鹿谷右手邊的〈憤怒面具〉很客氣地在擤鼻涕。鹿谷悄悄地伸手拿起杯子，並且放入吸管，喝了一口瞳子倒入的紅茶。紅茶已經適度地涼了，用吸管喝並不辛苦。

「那麼，現在就進入主題。」

主人語氣穩定地繼續說：

「儘管我個人的私生活中已經有了種種不幸，但還有著即使我不願意去在意，卻不得不在意的事情。那就是影山家代代相傳的某個家訓。」

家訓？——鹿谷藏在面具下的雙眉再度緊皺。

「也就是——」

主人說道。

「〈另一個自己〉出現時，幸福就會降臨。其實，與其說這是家訓，這更像是代代相傳的傳說……」

——莫非那個人正在尋找〈另一個自己〉？

剛才忍田天空說的話，再度在鹿谷的耳中響起。

——尋找〈另一個自己〉……

「我小時候就聽祖父和父親說過這個傳說。」

主人以不變的語氣一邊繼續說，一邊又靜靜地閉上面具後面的雙眼。

「『在人生的某個時候，你會遇到另外一個你。千萬不要錯過那個時候，因為邂逅另外一個你，是莫大的吉兆，會給你帶來幸福。』」

## 3

鹿谷很自然地感到強烈的困惑。

剛才主人說的那一番話，聽到的人大概都會想到「分身」這個字眼與概念。分身=Doppelgänger，是二重身、自我幻象的意思——也就是存在〈另一個自己〉的意思。

在以德國為始的西方國家，自古以來就有Doppelgänger現象的傳說。那個傳說與體驗到傳說的人的死亡有關，是非常不吉祥的「凶兆」。因為看到分身（Doppelgänger）的人，不久之後就會死亡，所以那是一個讓人害怕、忌諱的現象。

日本也有類似的現象，江戶時代有「影病」、「影患」等名稱。既然被稱為「病」、「患」，自然不是好的事情，並且是與死亡相關的「凶兆」。

可是——

按照剛才主人的敘述，影山家的「遇到〈另一個自己〉」的傳說，似乎與Doppelg nger現象的傳說完全相反。影山家「遇到〈另一個自己〉」的傳說不是「凶兆」，甚至是非常好的「吉兆」，不僅不會死，還會「帶來幸福」。

難道西方的分身傳說與日本的分身傳說，是完全不同系統的傳說？如果不拘泥於〈另一個自己〉=Doppelgänger 這個等式，或許〈另一個自己〉傳說更接近出現在家裡時，會為家裡帶來財富的「座敷童子」的傳說。

「據說我的曾祖父——父親這邊的，也就是影山家的曾祖父，以前就有那樣的經驗。」戴著〈祈禱面具〉的主人說。

「有一年，曾祖父在夏季祭禮的晚上，遇到了那個。他參加在祭禮的擁擠人群中，看到一個和自己長得一模一樣的男人。那個男人不僅長相與曾祖父一模一樣，年齡和身材也相同。曾祖父嚇了一跳，連忙追上去，但是，結果當然沒有追到，也沒有講上話。不過，經過這件事後，原本臥病在床的妻子不僅恢復健康，不久後還懷孕，生下長子。這些都是因為在祭禮夜晚上遇到〈另一個自己〉，所帶來的好事——這是我兒時聽我祖父說的。

「祖父還說他自己也有類似的經驗。祖父有一天在鎌倉的材木座附近海邊散步，很偶然地看到一個倒臥在路上的旅行男子。祖父救了那個男子，把他帶回家中照顧。那個男人恢復精神與體力後，祖父試著和他聊天，很訝異地發現那個男子竟然與自己同年，並且同月同日生。在發生這件事情的當時，祖父正為自己慢性病煩惱不已，但這件事情之後，祖父的病竟然很神奇地好轉了。所以——祖父告訴我這件事情時，態度是非常認真的。祖父說那個旅行者是同年同月同日生的〈另一個自己〉。

「另外，我的父親也有屬於他自己的體驗。父親在歐洲旅行時，經驗了那個，他在異鄉的城市列車中，遇見了一位東方男子。那位男子的年齡雖然與父親有些差異，但長相卻與父親相像得讓人難以相信。父親在遇到了那個人後，陷入窘境的事業開始峰迴路轉，經營的難題一一迎刃而解。

「——像這類的事情，更早之前的影山家祖先也發生過許多次。比較讓人在意的是：〈另一個自己〉出現的方法並不固定，地點也都不相同，情況也不一樣。可以說各種狀況都有可能。」

確實——鹿谷想著。

只要試著比較那三種體驗，就可以了解到〈另一個自己〉出現的方法確實相當的不同。鹿谷想：更早之前的影山家歷代先人，一定也是在各種不一樣的情況下，遇到〈另一個自己〉的吧！

「於是——」

主人接著說：

「於是我想到一個辦法。在我對影山家的家訓——或者說是傳說，加入了我自己的解釋後，我更加堅定了想要實行那個辦法的決心。我的妻子離開人世後，我想了許多，我覺得我不能一味地等待〈另一個自己〉出現。不能只是等待，應該積極地去尋找，與那個面對面，開拓讓自己走上坦途的道路。所以……」

所以舉辦了這樣的集會？

舉辦這麼奇怪集會的目的，就是為了尋找〈另一個自己〉？——這樣真的行嗎？

鹿谷更加困惑了。

這裡有六個客人（鹿谷是「冒牌」的客人），對奇面館的主人影山逸史而言，這六個人受他邀請而來的客人，便是經過他自己挑選的〈另一個自己〉的候補者。但是……

挑選和他大約是同年同月同日生的人來參與集會的這個條件，應該是來自他祖父的經驗吧？再加上……不，比這個條件更引人在意的，是面具吧？

根據曾祖父與父親的經驗，所謂的〈另一個自己〉是和 Doppelgänger 一樣，是「有一張和自己長得一模一樣的臉的人」。如果以這個為條件來挑選客人，為何還要讓每個客人都戴上面具，遮住客人原本的面貌呢？儘管是患有「表情恐懼症」人，這樣做也……

「覺得有很多疑問是嗎？」

主人轉向初次參加集會的兩個客人說。

「要讓你們充分了解我的想法，不是一時半刻說得清楚的事。之後還有讓我說明清楚的機會，所以現在只大略地說明今晚集會的用意。」

鹿谷一邊默默地點頭，一邊暗自偷窺自己和前刑警之外的其他客人的反應。已經參加過一次或兩次的其他客人，似乎對這件事已經完全了解了。

「不過——」

主人的語氣一變，以柔和的口氣對其中的一位客人說道：

「教授的身體已經無礙了吧？」

「呵呵，沒事了。」

〈嘆息面具〉的客人說，聲音含混不清。他依舊是手摸著頭的左側，一邊輕撫著，一邊說：

「不過，讓我住進那樣的醫院之事，原來竟是一樁陰謀。影山先生，你想知道到底是怎麼一回事嗎……」

「等一下我再請你告訴我吧！」

主人打斷他的話。鹿谷看著〈嘆息面具〉「嗯——」地緩緩搖著頭的模樣，腦子裡突然湧起奇怪的疑慮。

「社長，公司最近的營運好嗎？」

主人這次對著右邊的對象詢問。

細窄的眼睛宛如並排的兩枚漸漸豐滿的新月，嘴型不同於「哄笑」，但也是「笑」的形狀——戴著〈歡娛面具〉的客人回答：

「不太好。景氣不好，生意難做呀。」

〈歡娛面具〉的回答與臉上面具的表情完全不同。

「去年剛剛成立的〈S企劃〉公司，也不能如預期的那樣進行……」

「辛苦了。」

主人點點頭，又說：

「我們等一下再慢慢談吧。」

「——嗯。」

「差不多時間了。」

一直站在房間角落等待的鬼丸便到桌子旁邊。他稍微整理了戴在臉上的面具位置，說：

「因為開始的時間延遲了，所以時間稍微縮短了。因此我想會面的時間就到此為止，稍候再繼續下面的活動吧！」

「好，就這樣吧！」

主人如此回答，鬼丸立刻轉身對客人們說：

「那麼——」

他鞠躬行了一個禮後，才又說道：

「現在請各位貴賓回到自己的房間用晚餐。晚上八點開始後，會長按例會在〈別館〉的〈面對面之間〉與各位進行一對一的會談——我會按照順序一一通知每位貴賓。所以，請各位貴賓八點以後一定要待在自己的房間裡。麻煩各位了。」

## 4

主人和鬼丸離開餐廳後，餐廳內發生了一件意外。

〈懊惱面具〉在站起來要離座時，突然腳不聽使喚地相互交纏，身體失去平衡，斜斜地往後撞到了進來收拾桌面的女僕新月瞳子——

「啊！」

瞳子才發出短暫的驚呼聲，下一瞬間便聽到〈懊惱面具〉發出「哇——」的叫聲。和瞳子的身高相差約二十公分的〈懊惱面具〉好像被小型的龍捲風捲起般，轉了半圈後跌倒在地。他是被瞳子摔出去的。

「啊！對不起！」

瞳子大為驚慌，連忙想要扶起對方。

「對不起，您不要緊吧？」

「嗚……」

面具後面傳出痛苦的呻吟聲。

「對不起，對不起。是因為突然……」

「……不，沒事。」

〈懊惱面具〉慢慢地坐起來。

「沒事，沒事。」

「真的對不起。」

「不，是我突然那樣……難怪妳會被嚇到。」

「突然？身體不舒服嗎？」

站在一旁的〈驚愕面具〉問。

「沒事沒事。」〈懊惱面具〉一手扶著自己的腰說道。又說：「我有深度的近視，戴上面具後就不能戴眼鏡了，所以一不留意，腳就……」

看他跌倒時的樣子，應該是沒有撞到頭部。在瞳子的攙扶下，〈懊惱面具〉搖搖晃晃地要站起來。

「我沒事。不必擔心。」

他一邊說，一邊整理身上亂掉的長袍。

「戴隱形眼鏡就可以了。」

〈歡娛面具〉說。

「應該知道來到這裡就必須戴面具的。」

「我沒有辦法戴隱形眼鏡，不能接受把東西放進眼睛裡這種事……」

「很快就會習慣的。」

「總之……非常抱歉，是我太……」

戴著〈小面〉的女僕不停地道歉。

「她，不是普通人。」

〈憤怒面具〉突然在鹿谷的耳朵邊小聲說道。

「剛才那一摔太厲害了。」

「摔過之後還擒拿住手臂。」

鹿谷回應。

「在一瞬之間完成那樣的動作……」

「真的不是泛泛之輩。」

「新月小姐，妳讀的是體育大學嗎？專修格鬥技巧嗎？」

〈驚愕面具〉如此問道。瞳子連忙搖頭說「不是」，並說：

「我是大學藥學系的學生，興趣是電影。」

「可是，剛才的動作不像是偶然做到的吧！」

〈憤怒面具〉插嘴說。

「沒有經過學習的話，很難做出那樣的動作。」

「那是——」

瞳子不好意思地低著頭，說：

「我家鄉的父執輩以前是開道場的，我小時候跟著他學習過一些。」

「學習了一些入門的動作，就這麼厲害了？」

「——沒有。」

看來她似乎並不覺得這是值得誇耀的事情。此時她白色面具下的臉，或許脹得通紅了。

「妳所說的道場，是柔道場嗎？」

〈歡娛面具〉問。

「不是柔道，是柔術。新月流柔術。」

「嘩！」

「不得了嘛！這樣的女僕太有用了。」

〈憤怒面具〉輕輕鼓掌說。

「沒有啦，我只是……而且，真的非常抱歉，請原諒。」

面對這樣的稱讚，瞳子卻急著搖搖頭不敢接受，並且一再對〈懊惱面具〉表示歉意。

## 5

鹿谷離開餐廳，正要回到〈別館〉時，在走廊的途中又看到了奇面館的主人和鬼丸。

他們好像是聽到了餐廳的騷動聲，不知道發生了什麼事，所以正猶豫著要不要離開的樣子。

鹿谷連忙快步朝他們走去，並且出聲說道：「可以打擾一下嗎？」又說：

「有事情想請教一下。」

「啊，你是寫小說的作家老師……日向京助先生，是嗎？」

「是，我是。」

鹿谷停下腳步，點頭示意。

「是這樣的。我聽說這大屋中有一間面具收藏室。我很想去參觀一下，不知道可以不可以。」

主人「哦」了一聲，隔了幾秒鐘後才說：

「那個房間是……其實沒什麼，想看的話，隨時可以去看。那個房間沒有上鎖，可以自由出入的。現在就讓鬼丸帶你去看看吧。不過……」

「什麼？」

「你大概不能在那裡看到你期待的東西吧！」

「哦？」

鹿谷不解地歪著頭，但主人默默地轉身要離去了，連忙又問：

「你說的是那個〈未來面具〉嗎？」

「噢。」

奇面館主人停止了轉身的動作，說：

「你知道〈未來面具〉？」

「是。我略有聽說……」

十年前以日向京助的身分來這裡採訪事，還是暫時不要說出來的好。

「你的意思是：那個〈未來面具〉並沒有放在收藏室中嗎？」

「唔……是呀。」

主人緩緩地點頭，雙手插入長袍的口袋。鹿谷以為他還要說什麼，沒想到他卻就那樣轉身要走了。

「啊，請等一下。」

鹿谷再一次叫住他。

「我還有一個問題。」

「哦，請說。」

面對回過頭來的〈祈禱面具〉，鹿谷毫不猶豫地拋出那個問題。

「你知道建築師中村青司嗎？」

「中村……」

主人喃喃唸著那個名字，右手從長袍的口袋伸出來。因為戴著面具的關係，誰也不知道他現在有著什麼樣的表情。

「中村青司是這棟大屋的建築師。你見過他嗎？」

「沒有，我沒有見過他。」主人回答。

「沒有嗎？可是……」

「那是二十幾年前的事了吧？好像曾經聽前代說過那個人。」

「——是嗎？」

鹿谷深深覺得自己的期待落空了。影山透一沒有多談青司的事。

「那麼，我先走了。」館主人這麼說著，這次真的轉身了。

「等一下還有單獨談話的時間，如果你還有什麼問題要問，那時再說吧……」

館主人說著，慢慢離開了走廊。仍然留在鹿谷身邊的鬼丸說：

「我帶你去收藏室吧！可是，大概再十五分鐘晚餐就準備好了，要先用餐呢？還是要先去參觀收藏室？」

「這樣呀！可以先帶我去收藏室嗎？」

「了解。」

「對了，鬼丸先生。」

鹿谷突然想起剛才在〈會面茶會〉時的那個疑慮，便對眼前這個穿得一身黑的秘書提出要求：

「我想借用一下電話。可以嗎？因為有一通非打不可的電話必須要打。」

# 第五章　分身的時候

## 1

在鬼丸的帶路下，鹿谷參觀了位於〈本館〉西南角的收藏室，之後——

鹿谷獨自回到〈別館〉的客房時，圓桌上已擺好了晚餐的食物。這應該是新月瞳子或管家兼廚師長宗我部送過來的。

總之先脫掉臉上的〈哄笑面具〉再說吧！

戴了一陣子面具後，其實已經逐漸習慣戴著的感覺了，不過，脫下面具時，還是有著痛快的解脫感，眼前的視界一下子變寬，呼吸好像也變得輕鬆了……

長宗我部的廚藝果然如魔術師忍田所說的高明，比一般飯店半吊子的客房餐飲服務好多了。鹿谷一個人默默地享受美味的晚餐，覺得沒有人共享實在可惜。不過，既然這是集會的規定，那也沒辦法。

回想起來，鹿谷從早上起就沒有吃什麼，所以肚子確實餓了。脫下面具，痛快地掃平圓桌上的食物後，他忍著飯後極想抽根菸的慾望，搜索著旅行袋裡的東西，然後拿出一個褐色的大信封。

信封裡面是一本A4大小的舊雜誌。十年前刊載日向京助以撰稿人的身分撰寫的「探訪收藏家」文章，便是這本名為《Minerva》的雜誌。三天前鹿谷和日向見面時，鹿谷向日向借來參考用的。

這本雜誌的大小雖然已有改變，但現在還在繼續出版中，是文化系的月刊雜誌。展開翅膀貓頭鷹標誌，仍然在封面上的明顯位置上。只有這一部分是白底的兩色印刷的設計，很有懷舊風，這一點從以前到現在一直沒有改變。

翻到貼著簽條的那一頁，正是日向撰寫的採訪文。鹿谷再次發出「唔」的聲音。這到底是……他絞盡腦汁地思索著。

跨頁共四頁的採訪報導裡，有數張大小不同的照片，和以訪問當時的奇面館主人——影山透一的內容為主的文章。撰寫這篇報導文的人是日向，但是當時他是筆名池島某的無名記者，所以這篇報導文並沒有列出撰文者的名字。

國內首屈一指的面具收藏家

緊接這個開頭的大標題之後的，是：

拜訪建於東京都內僻靜處所的〈面具之館〉的主人——

「很顯然地，我似乎被面具們散發出來的幽暗能量深深吸引了。」

本文中，館主人的這句話，讓人一看便印象深刻。

人們付予面具的意義與用途東西方不同，每個國家也不一樣，也會因為時代的變化，讓意義與用途產生變化。面具會出現在弔喪中、巫術中、人生的各種儀式中、秘密結社時、祭祀時、戰鬥時、戲劇中、舞蹈中……但是——

「想想那些活動的共通思想，應該就是『渴望超越』吧！有所謂的『死人面具』、『活人面具』；有人物的面具，也有動物的面具；有鬼的面具，也有惡魔的面具……」

只要看這篇報導的照片，就能明白收藏、陳列在收藏室內的面具，真的多到不可勝數。外行人雖然看不出從簡單地掛在牆壁上的面具，到陳列在玻璃做的架子上的那些面具到底各值多少錢，卻能感受到「國內首屈一指的面具收藏」這個標題的說服力。

鹿谷闔上《米娜瓦》，瞥了封面上張開紅色翅膀的貓頭鷹一眼，然後把雜誌扔在床上。

鹿谷在來這裡之前，已經先看過這本雜誌上的報導了，所以——

剛才在鬼丸的帶路下，踏進那個房間時，鹿谷一時之間懷疑自己是不是看錯了。

這到底是怎麼一回事，為什麼會這樣呢？

鹿谷在感到訝異的同時，強烈地感覺到不對勁。

那個房間很大，很可能是奇面館內面積最大，而且被設計成有夾層空間的房間。但是——

不管是陳列櫃裡，還是牆壁上的模樣，都和十年前的照片不一樣了。十年前，照片中的櫃子裡排滿了面具，牆壁上也掛著許多面具；現在卻完全不是那樣了。整個房間像被拔了牙齒的嘴巴般，稀稀疏疏地只剩下幾個面具。原本的收藏室，現在變得像一間空房間。

——你大概不能在那裡看到你期待的東西吧！

想起剛才館主人說的話，鹿谷更加不明白了。

確實如館主人所說的。那裡和十年前報導的情形完全不一樣。

那樣的房間怎麼能稱得上是收藏室呢？難怪在問魔術師忍田收藏室在哪裡時，忍田的反應是：「沒有那樣的房間吧？」

「為什麼會這樣呢？」

面對鹿谷喃喃的抱怨聲，鬼丸平靜地回答道：

「聽說前一任館主在某個時期時處理掉了。」

又說：

「比較好的面具還是被保留下來了。那些就是會長和各位在這裡時所戴的面具。那七組面具都是特別訂做的。」

「處理掉了？……那是為什麼？」

花了那麼多時間收集來的面具，為什麼要處理掉呢？為什麼不要了呢……？

「詳細的情形我也不知道。」

鬼丸還是平靜地回答著。

「你知道關於我剛才請教館主的〈未來面具〉的事嗎？聽說那是前代非常重視的特別面具。」

「不知道。」

鬼丸搖搖頭，又說：

「雖然聽說過那個面具，可是並不知道與面具有關的事。況且，我從來也沒有見過前代館主。」

「——這樣啊！」

沒有時間仔細看裡面的情形。往回走的時候，鹿谷向鬼丸確認道：

「那麼，鬼丸先生也不知道建築師中村青司的事嗎？」

「是的，我不知道。」

「你第一次來這個屋子，是什麼時候的事？」

「我擔任會長的秘書後，才會來這裡。大約是兩年半前的事了。」

「那時你就知道有這間收藏室了嗎？」

「是的。」

鬼丸維持一貫平靜而禮貌的回答，然後催促地說：

「請回房間吧！飯菜應該已經準備好了。」

## 2

奇面館內有三支電話，一支在玄關廳，一支在〈別館〉的客廳，另外一支在〈本館〉的主人書房，三支之間有內線相連結。

鹿谷從包包的側口袋裡抽出記事本，走出房間。他把重要的電話抄在記事本內。戴著面具不方便講電話，所以離開房間時他便不戴面具了。館主人現在應該在〈奥之間〉，所以不必擔心會被他碰到。

玄關廳裡沒有人。

面對〈本館〉與〈別館〉之間的庭院的，是一個大法國窗。外面陽台上的白雪因為夜色而格外醒目。電話桌靠著牆壁，桌上的是一支按鍵式的黑色電話。

時間是晚上七點半……一定還可以吧！拜託一下的話，會幫忙轉達吧！

鹿谷作了這樣的判斷後，便拿起聽筒。

## 3

晚上快九點的時候，有人來敲房門。此時鹿谷正在看外面下個不停的雪。「來了」，鹿谷立刻回應，然後往門的方向走去。

「輪到日向老師了。」

聽聲音，就知道站在門外的人應該是新月瞳子。

「請戴上面具，我帶您去。」

鹿谷把記事本放回包包的側口袋，依照新月瞳子說的戴上〈哄笑面具〉，打開房間門。站在走廊上等待鹿谷出來的，果然是用〈小面〉的面具遮住自己的臉的瞳子。

「請跟我來，請走這邊。」

瞳子走在鹿谷的前面，經過走廊，朝客廳走去。鹿谷輕輕地試著問道：

「每次都是這樣一個個地和館主人說話嗎？」

「聽說是的。」

瞳子稍微停下腳步回答。

「那是像儀式般的事情。」

「儀式嗎？噢。」

「那個……聽說是找不到適合的說法，所以才……」

「放心。」面具下的鹿谷微笑地說。「我沒有擔心的意思。」

「啊，是。」

「我是第幾個？」

鹿谷接著問。

「第三位。」瞳子回答。「第一位是〈嘆息面具〉的客人，其次是〈歡娛面具〉的客人。

「〈驚嘆〉的後面是〈歡娛〉……唔，不是按照房間順序呀！」

「是的。前一個結束的時候，主人才會說出下一個要會談的客人的面具名稱。」

「原來如此。」

看來是接著館主人的心情而決定會談的順序的。

兩人就在這樣的交談下，走到客廳。左邊深處的沙發那裡有人，是戴著〈歡娛面具〉的客人。會談結束後，客人就能隨意行動了，所以他便在客廳中逗留吧！只見他面向發出火光的暖爐，用長長的塑膠濾嘴在抽菸。

「嗨！小說家先生。」

〈歡娛面具〉轉頭，朝著鹿谷這邊說。

「是初次的會面吧！大概會讓你有點驚訝。」

鹿谷「哦」了一聲，稍微歪著頭表示不解之意。但就在鹿谷想反問他「為什麼」的時候，站在鹿谷前面的瞳子催促鹿谷道：
「請跟我來。」
通往〈奧之間〉的，是一道厚重的兩扇式平開門。瞳子敲門，說：
「帶客人來了。」
不久，主人含糊不清的聲音從門的裡面傳出來。
「是〈哄笑面具〉的作家老師吧？讓你久候了。請進。」

# 4

一走進房間裡，鹿谷就看到房間裡還有一個自己。
穿著灰色的長袍，戴〈另一個自己面具〉……這是瞬間的錯覺。鹿谷很快就知道，他看到的是掛在房間正面牆壁上的大鏡子裡的自己。
「請把門關好。」館主人說：「轉動門把下面的鈕，就可以上鎖了。」
「噢，是。」
鹿谷按照館主人的吩咐，把門鎖起來。
「這樣就不會被打擾了。」館主人說：「因為第一次的時候突然有客人在我和別人會談到一半時，沒有敲門就闖進來，造成很大的困擾。」
鹿谷重新面對室內，尋找聲音的主人。
往左右延伸的長方形房間裡，面向房間的鹿谷右側深處是一張有扶手的旋轉椅，館主人就坐在那張椅子上。但是——不知為何，他沒有面對鹿谷進來的房門這邊，而是面對著牆壁。從鹿谷的位置看過去，看見他穿著灰色長袍的右肩和右手臂，及戴著面具的半個頭部斜後方。

「歡迎，請坐在那邊的位置上。」

館主人面對著牆壁說。

鹿谷的左側深處還有一張和館主人坐的椅子一樣的扶手椅子。鹿谷慢慢地朝那張椅子走去，然後坐下來。此時的館主人仍然動也不動地面對著牆壁——仍然是背對著鹿谷。房間內發光的物體只有牆壁上的壁燈，所以室內顯得有些昏暗。而且整個房間除了鹿谷剛才走進來的房間門外，房間深處的角落還有一道單邊開啟的門，除此之外，一扇窗戶也沒有。雖然房間裡有暖氣的設備，鹿谷卻覺得腳邊涼涼的。

「歡迎你來。」

館主人靜靜地開口了。

「突然收到奇怪的邀請函，一定覺得很困惑吧！為此，我要再度向你致歉。」

雖然是在表達歉意，卻一直都背對著鹿谷。

「您不必道歉。雖然那確實是很奇怪的邀請，但我是個好奇心特別旺盛的人，所以一點也不覺得不愉快。」

為什麼不轉過來面對我呢？鹿谷覺得很奇怪，卻還是這麼回答館主人。

「是嗎？」館主人這麼說：「我也是今年才知道你的。我從被我委託的公司所調查到的報告裡……」

館主人說著，拿起之前放在旁邊桌子上，像文件一樣的東西。

「要從全國各地找出〈另一個自己〉，絕對不是容易的事情。因為一個人的力量實在有限，所以我就委託適當的專業人士幫我尋找。」

「原來如此。」

「日向老師是一九四九年的九月三日出生的。是吧？」

「——是。」

「和我是同年同月同日生的。今天我邀請來的每個客人，都同樣是九月三日出生，或九月三日的前後出生的。不過，有趣的是，這不過是一個結果。」

「結果？」

「對。這原本並不是邀請的條件。所以我才會覺得有趣、不可思議。」

軋——的一聲，是主人的座椅轉動的聲音。進入這個房間後，鹿谷和房間裡的館主人首次正面相對了。鹿谷瞬間屏息，差點就驚呼出聲。

〈另一個自己〉——

赫然就在那裡。

這不是剛才那樣的鏡子惡作劇。這不是鏡子裡的影像，是實體的東西；在距離不到幾公尺外的那裡，有一個活生生的〈另一個自己〉。

會有這種感覺，是因為坐在那裡的館主人臉上所戴的面具。館主人臉上戴著的不是〈會面茶會〉時戴的〈祈禱面具〉，現在他戴在臉上的面具，和鹿谷所戴的面具一樣，是〈哄笑面具〉，所以……

「看到穿著相同的衣服，又戴相同的面具的人時，有什麼感覺呢？會不會有遇到〈另一個自己〉的感覺？」

奇面館的主人把剛才的文件放回小桌子上，然後指著從鹿谷的方向看過去時的裝置在右手邊——靠客廳那邊的牆壁的裝飾架。

「我想你已經聽說過了，你們戴在臉上的面具，除了戴在你們臉上的之外，還有一個一模一樣的。說這件事不可思議，它確實是不可思議，好像預料到我會有現在的行動般，提早為我準備好這些面具……」

裝飾架上現在排列著五個面具，那是〈哄笑面具〉之外的〈歡娛〉、〈驚愕〉、〈懊惱〉、〈嘆息〉、〈憤怒〉面具，而原本館主人戴的〈祈禱面具〉，則被放在靠房間深處的牆壁的寫字桌上。

啊——鹿谷暗自感嘆了一聲。

把被邀請來的客人一個個地請進這間房間，並且戴著與進入房間的客人相同的面具，製造出這樣的「會面」嗎？戴〈驚嘆面具〉會見戴著〈驚嘆面具〉的客人、戴〈歡娛面具〉會見戴著〈歡娛面具〉的客人……但是，即使如此……

「我先前說過了，這幾年來，我遭遇了一些不幸的事情。」

戴〈哄笑面具〉的館主人一直坐在椅子上。他雙手交叉地放在自己的肚子上。

「因為妻子和孩子相繼死去，從此我的神經就一直處於不安的狀態中；而這半年來，我的身體也漸漸不那麼好了……」

館主人說這些話時，鹿谷只能老實安靜地聽著。館主人輕輕嘆息之後，接著說道：

「對了——關於我的『表情恐懼症』的事，你願意聽一聽嗎？」

「請說。」

「你知道我為什麼那麼害怕看到別人的表情嗎？」

鹿谷正猶豫著不知道要怎麼回答時，館主人便說：

「我啊，我無法相信人的『內面』。」

接著又說：

「我對內面──也就是人的『心』那種模稜兩可的東西，強烈感到不信任。不，或許不能說是不相信，因為那是一種接近厭惡的情緒。所以，我非常非常的討厭反映人們模稜兩可的內面的『表情』，討厭到甚至可以說是害怕──這樣說你明白嗎？」

「……」

「表情反映人的內面。可是，人高興的時候未必是歡娛的表情，生氣的時候未必是憤怒的表情……將內心的感受直接反映在表情上的情況，甚至可以說是更稀少的；大多數的時候都會做一些調整，或加一點改變，才表現在表情上。那是隱藏、虛偽，和誇張。而那些調整或改變，有時是下意識的，有時是無意識的作為。

「因此，人和人面對面的時候，就必須『讀對方的表情』。從不斷地在變化的表情裡，猜測對方的內心，思考自己應該怎麼應對。然後，思考中的自己的內面，則會透過自己的表情，呈現在對方的眼中──總之，這是人們理所當然的行為。」

館主人聳聳肩，又說：

「可是，我從以前就對這種理所當然的事情感到很困惑。這你能了解嗎？」

「唔……能吧！」

無論是誰，在社會的生活中，都或多或少地會碰到問題的。有人因為問題而感到煩惱，在人際溝通產生了挫折感；有人卻相反地從問題中找到樂趣。無疑地，鹿谷屬於後者。不過，關於館主人厭惡的「人的『內面』那種模稜兩可的東西」，當然可以說是很大的問題。

「我的說明囉囉嗦嗦地還沒有結束，請你忍耐再聽一次。」

館主人輕咳了一聲後，繼續說道：

「如果我去找高明的精神科醫生診斷的話，醫生一定會建議我找出讓我陷入『恐懼症』窘境的原因，並且幫我引導出幼年時的環境或經驗。可是，我不想那麼做，因為我覺得那樣沒有什麼特別的意義……

「我很早就知道這樣的問題是我的弱點，卻還要繼續著和一般人一樣的社會生活。和我的妻子與我的孩子的家庭生活，一樣讓我感到困擾，我必須非常痛苦地忍耐著心中的困擾，努力維持正常的樣子——剛才我在〈會面茶會〉中曾經說過的『我一直在期盼「孤獨」來臨』，原因就在於此。即使在家裡的時候，我也總是想一個人獨處。雖然妻子和孩子都是我愛的人，但是看到他們的『臉』——也就是他們的『表情』時，我也會感到痛苦。」

## 5

「那麼——」

嚴肅而冷漠的聲音和〈哄笑面具〉的表情完全無法聯想在一起。館主人繼續說：

「如我先前說的那樣，我的妻子五年前過世了……這件事大概給我很大的打擊，我開始覺得自己的忍耐已經到極限了。壓抑自己害怕面對別人表情的努力，已經到了極限——後來，為了克服這個問題，我想到了一個方法，並且決定實行。那就是：用面具把臉遮起來就好了……」

鹿谷忍不住小聲地「嗯」了一聲。

「多麼容易明瞭的事呀！」

館主人說，並且把雙手放在〈哄笑面具〉的臉頰上。

「如果對方的表情很可怕，只要把那樣的表情遮起來就好了。覺得讓別人看到自己的表情，是很痛苦的事，也是只要把自己的臉遮起來就好了。讓我自己和我周圍的所有人都戴上這樣的面具的話……

「面具上的表情不會動，所以只要戴上面具，表情就被固定住了，也就沒有必要去猜測那個人模稜兩可的內面，只要看能看到的表面就好了。」

可是……鹿谷不得不想：

儘管用面具遮掩起來了，但是面具下面的表情仍然是時時刻刻在變化，不是嗎？因為看不到，就沒有必要去想像。有這樣的道理嗎？

「聲音和動作呢？」

鹿谷試著這麼問：

「雖然看不到臉上的表情，但是，聲音和動作也是有表情的，也可以依聲音和動作去推測對手的內面。我們不是一直都這麼做的嗎？」

「你說得沒錯。」

館主人表示認同鹿谷說的這段話，但是，卻不見他露出困惑或猶豫的樣子，仍然是雙手交叉地放在腹部上。

「現實確實就是那樣。然而，我對聲音或動作的表情，卻不是那麼在意。我的『恐懼症』，是一種病態化的特別症狀，可以說只會對『臉的表情』發作。所以只要遮住臉，就不會感到痛苦或恐懼了。」

「病態化的特別症狀……」

「還有，即使是同樣的『臉』，只要不這樣面對面，就沒有問題。例如在看照片或影片時，不管裡面的『臉是什麼樣的表情』，都不會讓我的恐懼症發作。所以，我可以和平常人一樣感受到看電視或看電影的樂趣。我很喜歡看電影，這個屋子裡就安裝了我很喜歡的視頻軟體。」

「噢。」

「總之，這個世界上原本就有各種奇怪的人。」

〈哄笑面具〉的喉嚨深處發出咕咕的聲音，好像在自嘲般地笑了。

「那或許是某種心病吧！可是，現在的我並不想為了這個心病而特地去看醫生，而且我也不覺得這是治得好的病。乾脆就病到底好了……啊，抱歉，都是我一個人在自說自話。」

奇面館的主人終於鬆開交叉的雙手，把雙手放在椅子的扶手上。鹿谷什麼也沒做，採取和對方相同的姿勢。

「在這個房間——〈面對面之間〉內的交談，絕對不全是這個樣子的。會因為面對面的對象，而有不同的交談情形。」

館主人說：

「例如我和算哲教授面對面的時候，有四分之三的時間是他在講話，我是聽眾。」

算哲……那個戴著〈嘆息面具〉的「怪人」嗎？

「他說了些什麼？」

鹿谷感到興趣地發問。館主人又是喉嚨深處發出咕咕的聲音，笑說：

「他說數字裡隱藏著天大的真理，那是宇宙裡最終極的秘密。他說的就是這類的話。他說得非常認真，但是，大概沒有人會認真接受他說的那些話吧！」

「呵。」

「其他客人的事我們不要提了。現在重要的是你和我，我們兩個人現在在這裡面對面。」

奇面館的主人說，然後緩緩地點了頭，繼續對鹿谷說：

「請你再聽一些我要說的話吧！那是關於這個地方最最重要的問題。」

「你要說的是？」

「影山家傳說的〈另一個自己〉終於出現了。」

鹿谷重新坐正，並且再一次正視對方。穿著相同的衣服，戴著同樣表情的奇妙面具，又坐在樣式相同的椅子上的兩個人，相隔幾公尺地對視著彼此——鹿谷再一次覺得這樣的畫面實在太奇妙了。

鹿谷覺得：確實如瞳子剛才隨口說的，這是「像儀式般的事情」。一切如奇面館的主人影山逸史所希望的在進行，這是和〈另一個自己〉的〈面對面的儀式〉。

「就像之前說過的那樣，影山家傳說的〈另一個自己〉出現的方式並不是固定的，而是依照不同場合，以不同的情況出現。」

館主人又說：

「當然，說到〈另一個自己〉時，一般都會聯想到是『與自己的臉長得一模一樣的人』。根據我曾祖父與父親的經驗，〈另一個自己〉確實是以那樣的形狀出現了。但，我呢？我的〈另一個自己〉還是會以那樣的形狀出現嗎？——這樣自問了之後，我得到的結論是『否』。」

是嗎？是「否」嗎？——鹿谷的思緒被那個結論的原因牽引住了。但館主人間不容髮地接著又說：

「對害怕他人的臉、表情，找不到臉與表情的價值的我而言，『臉是不是長得一模一樣』，是沒有意義的問題。所以，我不認為〈另一個自己〉會以那樣的形狀出現——不是嗎？

「臉這種東西，只要戴上相同的面具，不管原本是什麼樣的臉，都會變成相同的『形狀』。上面——表層一樣的話，就足夠了。況且，我也覺得面具下面的臉——表情，反映出來的是模稜兩可的內面，那不是本質。舉例說：因為『心的形狀』相同，所以那就是〈另一個自己〉——對我來說，這樣的說法除了讓人感覺不舒服外，沒有別的了。

「……」

「本質就在表層上。」

館主人慢慢站起來，這麼說著。

「極端一點地說，這就是我的真正想法……誇張地說，這就是我的世界觀。」

這是相當武斷的論調。不過，就言語而言，卻讓人覺得頗有意思。鹿谷覺得能夠理解。

「本質就在表層上……在最表層、最上面的記號，才有不能動搖的意義。我覺得最表層的相似性、相同性，才是最重要，最應該重視的東西……這樣你明白嗎？」

「和一般的說法完全相反的理論，而且有意思的說法。」

「完全相反的理論？嗯，會被這麼認為吧！因為我自己也覺得這是奇怪的想法。不過，對我來說，這就是我和世界迫切地接觸的方法。所以……」

所以，他開始以這樣的形式，尋找〈另一個自己〉，並行試著用這樣的形式，和或許是〈另一個自己〉的人「面對面」。是這樣的嗎？

多麼扭曲的心理，多麼扭曲的想法呀！但是，鹿谷覺得自己有某種程度上的理解。

## 6

「啊，我有點說太多了。」

剛剛才站起來的館主人又坐回椅子上，做了一個深呼吸後，才說：

「這是我第一次和寫小說的老師這樣面對面地談話，所以……」

「別這麼說，你說的事情很有意思。」

「你——我剛剛拜讀了日向京助老師你的著作。」

「——不好意思。」

「請不要謙虛，我看得很開心。或許和我剛才說的話有矛盾之處，但我覺得那是敏銳地反映了作者內面的作品。可以說那是基本上不相信世界秩序的作品嗎？」

這是館主人對日向京助的作品集《汝、莫喚彼獸之名》的感想吧！原來也有那樣的看法嗎？——鹿谷因此對自己的後輩作家，有了一些新的認識。奇面館的主人再度把交叉的雙手放在腹部上。

「那麼，就在這裡——」

館主人說話的語氣變了。

「我要問〈另一個我〉了。請按照心中的想法直接的回答。」

「哦……好的。」

這算什麼？鹿谷雖然這麼想，但還是伸直了背。館主人提出了他的第一個問題：

「你現在站在三叉路口，前方是分岔的兩條路，右邊路的前方是很陡的階梯，左邊路的前方有很多的眼睛在轉動。」

「很多的……眼睛？」

鹿谷插嘴道。

「對，那是人類的眼睛。」

館主人補充地說。

「你回頭看來時路，那裡是沒有柵欄的平交道，此時警報器正在響。總之，情況就是這樣。」

「噢。」

「這個時候，你會選擇走哪一條路？右邊？左邊？還是退回來時的路？」

「這個……」

這是什麼問題？

鹿谷感到非常困惑。

光是想像就覺得困難的超現實情景……館主人為什麼會突然問這種像謎語一樣的問題呢？

「不需要說理由，只要把你心中的答案直接說出來給我就可以了。」

「呃，這樣嗎？那麼——」

猶豫也沒有用，鹿谷乾脆地回答：

「我選擇左邊的路。」

「哦？是嗎？——嗯。」

奇面館的主人大力點了頭。沉默了片刻後，這回他先做了一個深呼吸，然後站起來，走向寫字桌。

寫字桌的旁邊豎立著一根黑色的棒狀物品。鹿谷注意到了。

那是什麼呢？鹿谷仔細看，那好像是一把帶著鞘的日本刀——鹿谷正這麼想時，只見館主人從寫字桌上拿起一張紙，轉向鹿谷後，對鹿谷說：

「請收下這個。」

館主人說著，朝鹿谷走來。

鹿谷也站起來，伸手接過館主人遞過來的紙片。是面額兩百萬圓的保證支票。

「這是說好的謝禮。」

「啊，是——只是這樣的事，就給這麼多錢嗎？」

「覺得奇怪嗎？」

「不是，只是——」

「因為我覺得這是大錢。」

館主人說。

「請不要誤會。並不是說我不把這樣的錢放在眼裡，或對我來說這是小錢。因為你認為的『只是這樣的事』，對我來說卻是非常有價值的事。」

「……」

「請不要客氣地收下。不過，還請你要答應一件事。」

「什麼事？」

「剛才我的問題和你回答的內容，希望你絕對不要告訴別人。至少在我還活著的時候，絕對不能對別人提起。」

鹿谷雖然不明白這是為什麼，但還是點頭答應了。

「那麼，請你可以離開了。」

鹿谷謹慎地將支票收入長袍的口袋，然後把視線投向寫字桌那邊。

「那把刀是做什麼用的？」

鹿谷試著提問。館主人「哦」了一聲，轉頭看鹿谷，說：

「如你看到的，那裡面確實是一把日本刀，是影山家的傳家名刀。」

「噢。為什麼會放在這裡呢？」

「這把刀是像護身符一樣的東西。」

「是為了護身嗎？」

「不是你想的那樣——」

館主人一邊走到寫字桌旁，一邊解釋道：

「我會拿著刀站在鏡子前面試著揮舞刀子……那樣做的時候，我的心情就會很不可思議地感到特別平靜。因為現在我還有必須要以『會長』的身分作決斷的時候，而揮舞刀子的這個動作，特別能幫助我平靜。」

「原來如此。用來幫助取得平靜的呀！」

比起和戴著相同面具的客人，在密室裡面對面做剛才那樣的奇怪問答，這種藉著舞刀來平靜身心的事，似乎更接近可以想像得到的常識範圍內。

「怎麼樣？你想看看這把刀子嗎？刀鋒銳利，是把好刀。」

館主人雖然這麼說，但鹿谷搖搖頭。鹿谷的興趣不在此。

「我對日本刀沒有興趣。影山先生——」鹿谷說。

「什麼？」

「如果時間允許的話，是否可以讓我也問幾個問題呢？」

# 7

戴著〈哄笑面具〉的兩人再度坐回原先的扶手椅子上。他們隔著幾公尺的距離，面對面地坐著。

「剛才我已經問過了。」

鹿谷說，他的眼睛深深地看著對方。

「我想知道關於影山透一氏秘藏的〈未來面具〉的事。因為職業的關係吧，做為一個小說家，我對這件事情特別感興趣，」

「〈未來面具〉嗎……」

奇面館的主人低聲喃喃說著，雙手伸進長袍的口袋裡。鹿谷看了他的動作，內心不禁「啊」了一聲。因為他想到在餐廳進行〈會面茶會〉後，在走廊上向館主人提出這個話題時，當時館主人也有相同的動作。

「聽說那是一個戴上去後，就可以看見未來的特別面具。而且，我們現在所戴的，有上鎖裝置的奇妙面具，就是透一氏以〈未來面具〉為靈感，特別製作的。」

鹿谷專注地看著無言的館主人，繼續說：

「〈未來面具〉到底是怎麼樣的面具呢？」

鹿谷單刀直入地提出要求。

「可不可以讓我看看呢？」

館主人依舊沉默不語，只是緩緩地搖著頭。鹿谷正要繼續追問時，他才打斷鹿谷，說：

「很遺憾，詳細的情形我也不知道。」

「不知道？」

「我只知道〈未來面具〉也叫做〈黑暗面具〉。還有，持續戴著〈未來面具〉三天三夜的人，可以看到正確的未來。」

「三天三夜……嗎？」

「我聽說到的是那樣。」

館主人停頓了一下，左手從長袍的口袋伸出來後，才又說：

「除此以外，我就一無所知了。而且，據說已經不在這座屋子裡了。」

「不在？」

「只剩下這個了。」

鹿谷略感意外地問。

「你說〈未來面具〉不在這裡了？」

館主人說著，打開剛剛從長袍的口袋裡伸出來的左手手掌給鹿谷看。鹿谷向前走了幾步，靠近館主人。

「這是什麼？」

鹿谷問，館主人回答道：

「鑰匙。〈未來面具〉的鑰匙。」

「鑰匙……」

「〈未來面具〉的本身不知道是遺失了還是轉讓給別人了……我從前代的手裡接收這座房子的時候，〈未來面具〉就已經不在這裡了，只剩下〈未來面具〉的附屬鑰匙。」

〈未來面具〉的鑰匙，和鹿谷在自己的客房裡看到的〈哄笑面具〉的鑰匙相當不同。尤其是鑰匙的「頭部」特別不一樣。〈未來面具〉的鑰匙頭特別大，金色而細長的圓盤上裝飾著許多閃閃發亮的寶石……

「我不知道〈未來面具〉實際上有多少價值，但是，這支鑰匙上面鑲嵌了這麼多的寶石，非常漂亮。因為它漂亮，看起來又很昂貴的樣子，所以我便帶在身邊。」

館主人握緊鑰匙，收回到長袍的口袋裡。

「我來這裡的時候，一定會帶這支鑰匙來。這支鑰匙原本就屬於這座屋子的吧！唔，頗有象徵兆頭的意思。」

「原來如此。可是，影山先生——」

鹿谷還是搞不懂。

「影山透一氏非常重視這個〈未來面具〉，怎麼會只留下鑰匙，而遺失了面具本體或把面具轉讓給他人呢？」

「我完全不知道。」

館主人又是緩緩地搖搖頭，說：

「前代只對我交代必要的事情，不會多說與我無關的事情。但是，對他來說，〈未來面具〉或許是他內心裡非常執著的東西。我也有這樣的感覺。」

關於〈未來面具〉的事，影山透一連對兒子逸史都保持神秘的態度。是這樣嗎？

「我可以再問幾個問題嗎？」

鹿谷說。館主人看了寫字桌上的時鐘一眼，回答鹿谷：「如果可以的話，問題請盡量簡短一點。」又說：

「因為後面還有三個人在等。」

「啊！是──我盡量長話短說。」

鹿谷坐回椅子上，挺直了背脊，說：

「是這樣的──」

鹿谷這麼說的時候，心裡其實已經有所決定了。

他要以日向京助的身分，把話說明白。他說：

「其實，今天是我第二次來這座房子了。」

「什麼？」

館主人有點驚訝地說。

「十年前我也來過這裡。那時我為某一本雜誌來這裡採訪，用的是和現在不一樣的筆名。」

「哦──」

「那個時候我來拜訪前一位館主──影山透一氏，訪問他收藏的面具的事，那時當然提到了〈未來面具〉的事，也提到我剛才說過的名字──建築師中村青司。」

「這個……唔，實在是太湊巧了。」

館主人雙手抱胸，覺得很有意思似地說。

「確實非常湊巧。」鹿谷表示贊同地點頭說。又說：「因此，隔了十年後再次拜訪這裡，我覺得有些事情讓我想不通。」

「你說的是什麼事？」

「例如我剛才參觀的收藏室。十年前，那個收藏室裡收藏了許許多多的面具，但十年後的今天，那些面具卻都不見了。聽鬼丸先生說，是前代的館主將那些面具處理掉了。可是，為什麼要把好不容易收集來的收藏品處理掉呢？」

在聽完鹿谷的問題後，館主人好像在慎選言詞般，很謹慎地開口說：

「因為有無法逃避的事情吧……根據我的理解是這樣的。」

「唔——那麼，我還想問關於〈別館〉客房的事。近年重新改裝或重整過了吧？從前我來的時候，房間的大小好像不一樣了。」

「是。那是我做的改建。」

館主人這次回答得很快。

「三年前，因為想辦這樣的集會，所以把〈別館〉的客房增建成六間。」

「原本是幾間呢？」

「三間。在原來的每一個房間內築一道牆，一間就變成兩間。基本上就是這樣的改建而已，所以是非常簡單的工程。」

「增建成六間的原因，就是為了與讓客人們戴的面具數目一致吧？」

「唔，可以說是吧！」

那麼，房間的風格原本就像監獄一樣的原因，又是為什麼呢？中村青司是以什麼樣的主題，來設計這個建築的呢？

鹿谷想繼續這麼問的時候，但發現館主人又在看桌上的時鐘，便打消問這個問題的想法。而是——

「影山先生。」

鹿谷以日向京助的身分說。

「十年前我來這裡的時候，應該也見過你。」

「哦？」

「在透一氏的介紹下，打過簡單的招呼。那時我不是作家日向京助，而是筆名池島的記者。不過，我想你不記得這件事了。」

「哦。有那樣的事嗎？」

館主人雖然做了回答，卻有點心不在焉的樣子。和日向的預測沒有太大的不同，影山逸史果然對「那樣的事」沒有留下記憶。

「十年前，我看了後面的〈奇面之間〉。」

鹿谷繼續以日向京助的身分發言。

「那是一間很特別的房間。現在可以讓我再看看那裡嗎？」

「時間差不多了。」

館主人回答。

「當然可以讓你看。但是，明天吧！那裡不是客房，應該和十年前沒有什麼兩樣。」

「我了解，那麼，我明天再去看。」

就這樣——

奇面館主人影山逸史與客人⑤——也就是小說家日向京助（其實是鹿谷門實）的〈面對面之儀〉，就這樣結束了。

時間是剛過晚上九點半不久。外面仍然是不符合季節，下個不停的大雪。

# 8

他有時就會作那個夢。

那到底意味著什麼呢？怎麼想也無法理解那個可怕的夢是什麼意思。

昨天晚上又作那個夢了——好像又夢見了。

不管怎麼睜大了眼睛看，都仍然是什麼也看不到，仍然是一片漆黑。那個可怕的夢就是從那裡開始的。

可是，還是不明白那個夢是什麼意思，也想不起來是從什麼時候起開始作這個夢的。

只是——

最近變得好像不是那麼沒有感覺了。

好像是在尋找遙遠記憶，卻很難找到的感覺。潛伏在那裡面的這個，或許是……

# 第六章　睡眠的陷阱

## 1

六位受邀請的客人都結束在〈面對面之間〉的「儀式」時，已經快晚上十一點了。之後，〈別館〉的大廳舉辦了一場小型宴會，館主人影山逸史戴著〈祈禱面具〉，也出席了這場宴會。

在鬼丸的指示下，新月瞳子負責了這場宴會的服務工作。

在問過每個人的好惡之後，她才準備各式飲料，有咖啡、紅茶、果汁類的飲料，也為了喜歡酒精類的客人準備了紅酒。可是，因為館主人也在場，客人們不能脫下面具，所以不管客人們拿的是茶杯、咖啡杯還是酒杯，都必須使用吸管來飲用。

除了飲料外，長宗我部也準備了冷盤類的食物或小點心。不過，因為大家都戴著面具，所有的食物都必須是容易吃進嘴巴裡的東西才行。

包含館主人在內，戴著各種不同表情的「奇怪面具」的男人們，以大廳深處的沙發組為中心，和諧而閒適地交談著。

鬼丸也幫忙瞳子進行服務的工作，大家閒談的對話偶爾也會飛進他的耳朵裡。例如——

「外面還是風雪交加呀！這種季節還下大雪，是常有的情形嗎？」

「不，我也是第一次遇到這種情形。」
「搞不清楚這裡到底是東京還是札幌了。」
「很冷呀！再加點炭火到暖爐裡吧……」
這是戴著〈懊惱面具〉的建築師與館主人的對話吧？
「明天如果還是這樣的話，回家就成問題了。」
「或許會在回去的路上形成動彈不得、進退兩難的局面。」
「如果那樣的話，還不如繼續留在這裡，不要隨便行動比較好。在食物吃完之前，不必擔心被困在這裡。」
「可是，星期一我有工作。」
「那也沒有辦法。」
「真是的，今天偏偏遇到這樣的氣候！完全沒有想到會這樣。」
「這是——不合季節的暴風雪山莊嗎？」
突然喃喃自語般地插入這句話的人，是戴著〈哄笑面具〉的小說家吧！這時的他一手拿著插著吸管的紅酒杯，靠著位於房間中央附近的粗柱子而立，看起來好像正以保持某種距離的方式，觀察坐在沙發上的每個人的面相……
「各位，夜也已經深了。」
戴著〈祈禱面具〉的館主人站起來，環視眾人後，如此開始說道。此時已經接近午夜零時。

「對我來說，今天晚上我得到了非常有意義的時間，所以我非常感謝各位。接下來我已經沒有什麼可以請求各位的了，請各位在離開這裡之前，盡情使用為各位準備的各種服務。」

館主人說著，對站在房間角落等待吩咐的瞳子使了一個眼色。事前已經聽過鬼丸解說過程序的瞳子，立刻行動起來。

瞳子走向靠牆壁的酒櫃，從裡面拿出一只裝酒的帶塞玻璃瓶。那是和玄關的門環一樣，模仿神秘死亡面具，玻璃製的半透明容器，裡面是深米黃色的液體。

托盤內已經準備好剛好人數的紅色利久酒的酒杯，瞳子將那個玻璃器皿中的液體，一定量地注入酒杯中。帶著藥草香的特殊氣味，從酒杯中散發出來。瞳子把七根新的吸管，分別插入七個酒杯內。

「依照慣例，乾杯吧！」

館主人一邊說，一邊看著第一次參加集會的小說家和前刑警，說：

「這是影山家自古以來就很喜歡的秘傳健康酒。據說有驅除疾病、長壽的功效。為今天參加這場集會的大家的健康，乾杯吧！」

戴著〈哄笑面具〉和〈憤怒面具〉的兩位客人看着自己手中的玻璃杯，發出「哦」、「唔」的回應。奇面館的主人輕輕舉起拿著玻璃杯的手，說：

「敬〈另一個我〉——乾杯！」

眾人在齊聲說「乾杯」後，一邊看著插入杯中的吸管的樣子——

啊！這種情景果然很奇怪呀！

瞳子的心喃喃地說著。她因為差點忍不住笑出來而慌亂了。幸好臉上的面具遮掩了自己此時的表情，才不至於被看到自己忍著笑的模樣。

「那麼——」

館主人喝完了杯中的酒，把空酒杯放在桌子上後，說：

「請各位原諒，允許我先告退。各位也累了吧！晚安了。關於明天早上的預定行程，鬼丸會為各位做好安排……」

就這樣，館主人離開〈奧之間〉之後——

瞳子視線不經意地看到與酒櫃並排的書架裡面。這一次她差點驚呼出聲，但也一樣被她忍住了。

那是裝有玻璃窗的高書架，從上面數下來的好幾層裡，排放的並不是書，而是錄影帶。粗略看了一眼，那些錄影帶好像都是電影的影帶，而且是有正規的盒子包裝的正版品。

哇！這是……

瞳子的眼睛發亮，但她的表情依舊隱藏在〈小面〉面具的下面，沒有被現場裡的任何人看到。

## 2

影山逸史獨自站在掛在〈面對面之間〉牆壁上的鏡子前。

他的雙手握緊拔出鞘的那把日本刀，擺出平端刀的姿勢。鏡子裡的人影也有著相同的姿勢。在〈祈禱面具〉的遮掩下，他自己也不知道面具下的自己是什麼表情。

舉起刀子，揮下；舉起刀子，揮下。他這樣反覆了好幾次。

每揮動一次，他都會將全部的神經集中在手中刀子的刀鋒上，在揮下刀子的那一剎那把腦子裡的所有思緒、情緒趕走──但是，那些思緒、情緒看起來好像煙消雲散了，其實完全沒有消失。在下一次的揮動前，它們又集結在一起，恢復成原來的模樣。不管怎麼砍、切，它們都會復活，像令人厭惡的原生動物……

……今天這一天。

這個晚上，這個集會。

影山逸史自問。

我能遇到嗎？能遇到〈另一個自己〉嗎？

就這樣地把他們邀請到這間屋子，像剛才那樣地一一面對面說話……的集會，這一次已經是第三次了──只是，對這個到底有沒有意義呢？

有，有意義。

影山逸史如此自問自答。

有意義，當然是有意義的。

〈另一個自己〉一定會出現，而且一定給迷惘的自己指出一條好的路。不，〈另一個自己〉或許已經出現，也已經指出一條路了，所以……

繼續揮刀一陣子後，影山逸史走到寫字桌前，坐在有扶手的椅子上。「哎呀……」

他一邊低聲唸著，一邊手伸進長袍的口袋裡尋找。

沒多久後，他就從右邊的口袋拿出一支鑰匙。鑰匙的「頭部」刻著「祈」字。這是〈祈禱面具〉的鑰匙。

來到這座大宅時，一定要戴著這個〈主人面具〉，並且在面具上上鎖。這種貫徹「隱藏自己表情」的行為，對他的心理衛生是有用的，所以不管是面對客人們，還是他自己獨處時，他都戴著面具。

他把鑰匙插入位於面具後部的鑰匙孔，解開鎖。剛才連續的揮刀動作讓他汗流浹背，此刻非常需要洗把臉。

即使已經解開鎖了，他還是沒有拿下面具，只是把鑰匙放回右邊口袋。

接著，他在左邊的口袋裡尋找，拿出另外一支鑰匙。是那支鑲著寶石的〈未來面具〉鑰匙。凝視著手掌中的鑰匙半晌後，他才輕輕地把鑰匙放在桌子上。

「〈未來面具〉的鑰匙。是嗎？」

他喃喃說著，好像在說給自己聽一樣。

也被稱為〈暗黑面具〉的那個，是已故的影山透一最重視的特別面具——他認為剛才在〈面對面之間〉時，戴著〈哄笑面具〉的小說家所說的話是事實。二十五年前，從這土地要建這座大宅開始……不，是更早之前，從影山透一得到那個時，就已經開始了。他覺得影山透一完全被那個面具的特別性迷惑了。只是、只是——

〈未來面具〉已經不在這裡了。

是遺失了？還是轉讓給他人了？

現在只剩下這支鑰匙了……

雖然是這樣對小說家說了，但他自己的心裡其實是有疑問的。那是……

「那是……啊，不。」

影山逸史緩緩地搖搖頭，然後從椅子上站起來。

「想也沒有用嗎？」

並不是沒有消除疑問的方法，只是、只是……

總之，先洗臉再說吧！看來今天晚上大概無法睡得安穩了。

從〈面對面之間〉的後門走到短走廊上，那裡除了被稱為〈奇面之間〉的寢室外，還有在〈奧之間〉時專用的洗臉盥洗間、廁所和浴室。

一進入洗臉盥洗間，他立刻脫下〈祈禱面具〉，與洗臉盥洗間鏡子裡臉上沒有任何遮掩的自己面對面。

四十三年又七個月以來，這張臉一直伴隨著自己。冷漠？呆滯？連這樣的形容詞都用不上，那是一張名副其實「面無表情」的臉。

他沒有用熱水，直接用冷水洗臉。洗完臉後，他再度戴上〈祈禱面具〉，然後像剛才一樣的，把面具鎖在自己的臉上。

## 3

穿過〈別館〉入口的小廳，再往裡面走，就是客人專用的盥洗間和浴室區。鹿谷門實在那裡洗臉、刷牙後，回到個人的客房。

雖然鬼丸說：「請儘管使用浴室不必客氣。」但是鹿谷今天晚上不想入浴，連淋浴也不想。很湊巧地，他在盥洗間時碰到魔術師忍田，忍田也說「明天早上再洗澡」。

「雖然每次都會喝最後的那杯健康酒，但那杯酒的酒精濃度好像很高呀！」

魔術師誇張地聳著肩膀，用手拍自己通紅的臉頰。

「老實說，我不太能喝酒。別人以為我經營酒吧，一定酒力高強。這是誤會呀……」

然後，在回房間的時候，鹿谷在走廊上遇到了正要去盥洗間〈歡娛面具〉。因為那時彼此都沒有戴面具，都是第一次見到對方的真面目，所以鹿谷一時之間並不知道對方是誰。

「晚安。」

對方對同樣沒有戴面具的鹿谷打了招呼。

「你是寫小說的作家老師日向先生，對吧？我從你匆匆忙忙大步走路的樣子認出來的。」

「啊！」

觀察得很仔細嘛！鹿谷這麼想著，然後不甘示弱地說：

「你是社長吧？創馬先生。」

「答對了！你是怎麼知道的？」

「唔，不難。你的身材和其他人有些差別……」

「啊，我壓力太大，最近吃多了。」

「因為壓力而變胖？」

「有人因為壓力，沒有食慾而變瘦，但也有人因為壓力而猛吃，結果就變胖了。這兩種情形都有吧！」

「哈哈……」

就這樣，所以鹿谷回到房間時，已經過了午夜十二點半。

他把剛才放在床上的〈哄笑面具〉，重新放回到床頭桌上，然後換穿上從衣櫃裡取出的睡衣。那是素面的褐色睡衣。其他房間裡所準備的睡衣，應該和他現在身上穿的一樣吧！

鹿谷把長袍穿在睡衣的上面，坐在床邊。

是剛才喝了酒的關係嗎？或是最後那杯健康酒的關係？鹿谷覺得全身發熱，倦怠，也覺得腦袋好像空空的。他甚至想打呵欠了。

那個特製的菸盒在長袍的口袋裡。鹿谷拿出菸盒，取出「今天的一支」，叼在嘴上，用內藏於菸盒中的打火機點燃香菸，慢慢地抽著菸。在這樣抽著菸的時候……

……角島的十角館。

岡山的水車館。

丹後半島的迷路館。

鎌倉的時計館。

還有，黑貓館。

到目前為止與鹿谷有關的「中村青司之館」，和發生在那些館內的各種事情，化為一塊塊的黑色混沌物體，一一從鹿谷的記憶中浮現出來。

十角館、水車館、迷路館、時計館、黑貓館、還有建於九州熊本深山中的暗黑之館……

以前鹿谷曾經以「被死神糾纏的房子」這句話，來批評與中村青司的建築設計有關的那些館邸。因為不管是青司建築設計哪一座館邸，都一定會發生不尋常的殺人事件。這個客觀的事實，當然是鹿谷使用那樣的話來批評中村青司館邸的重要理由，卻不是全部的理由。

因為是「中村青司之館」，所以會發生殺人的事件。這並不是基於經驗法則而產生的認知——

例如鹿谷本人正好也在館內，並且親眼目睹了命案現場的幾個案件——水車館事件或迷路館事件，及發生在館的那個事件（但這個時候，鹿谷並沒有在成為發生連續殺人舞台的〈舊館〉）。鹿谷回想那些時候，不管是在哪一座館邸，在命案發生前，他總是會感覺到某種不穩定的「預感」……鹿谷覺得自己有那樣的感覺。

那個，那個到底是什麼樣的感覺？

飄浮在那個地方的空氣籠罩著那裡，那可以說是持有某種方向性的「動感」。鹿谷直覺地感受到了那個「樣子」

所以說——

今天晚上的這個，是什麼呢？

這裡是中村青司的奇面館，是一個特別的「場所」，一個異於一般的地方。期待〈另一個自己〉出現，有「表情恐懼症」的館主人；和遵從館主人的意向，戴上奇妙面具的受邀客人……們。自己現在到底從飄浮在這裡的空氣中，感受到怎樣的「樣子」了呢？

鹿谷一直都存在著某種不太好的想像。但是，這畢竟只是想像，而不是「預感」。

也就是說——

因為這裡是「青司之館」，所以或許還會發生什麼血腥的事件……這樣的想像一直在鹿谷的腦海裡揮之不去。今天晚上困擾鹿谷的，很奇怪的並不是過去那種「預感」。雖然說不清楚到底不同之處在哪裡，但總之是今天感覺到的「樣子」的質，與以前不一樣。

今天晚上大概能平靜地迎接明天的早晨吧！不知道風雪交加的情況會不會成為問題，但這個奇怪的集會遲早要散會，因此……

鹿谷熄滅了「今天的一支」，脫掉拖鞋，躺在床上。本來他要利用深夜的這個自由時間，在館內到處看看的，但他現在的想法卻是：明天早上再看吧！

他覺得特別累，與其勉強自己鼓起精神去走動，還不如聽從身體的要求，先睡再說……

就這樣休息了吧！鹿谷沒有這樣對自己說，但卻在不到幾分鐘後，便被強烈的睡意吸引，沉沉地睡著了。

## 4

影山逸史從盥洗間回來，一邊確認時間是午夜十二點五十分，一邊走到寢室的窗邊。

他擦去窗玻璃上的霧氣，看著外面的情形。

天氣完全沒有會轉好的樣子。黑暗的夜色中，能看得到的東西就是雪。雪已經積得相當高了，停在大宅前面的客人的車子，一定有一半埋在雪中了。這裡原本並不是很容易下大雪的地方，所以大宅完全沒有遇到這種情形時的準備。大宅這邊別說沒有動力雪橇，連剷雪用的工具也不足夠。雪積到這樣的程度了，根本無法靠汽車離開這裡；想靠兩條腿走路脫困，則形同是自殺的行為。

看這樣的情形就知道，無論如何是一時無法離開這裡了。只能等風雪停了，雪融化了……

那麼，會怎麼樣呢？

影山逸史離開窗邊，默默思考著。

會怎麼樣呢？今天晚上的這個……

…………

…………

……五年前，妻子離開了。

那個回憶突然在心中復甦了。他輕咬著下唇。

妻子與他差四歲，是一個漂亮而認真的女性。他們年輕的時候就相遇，結婚後他決定要比任何人都更愛她，並且相信他們會一直在一起。誰知……

不只她，還有和她所生的孩子們，如今他們都已經去了他的手觸碰不到的地方了——過去的他怎麼會想到自己會在未來碰到這樣的事呢？

雖然知道這是無可奈何的事，可是，悔恨、懊惱之情卻沒有一日消失過。

但是，這不是依戀。

他依舊咬著嘴唇，對自己這麼說。

不是依戀——對，被那樣的感情牽制，只會讓自己更加手足無措。那是毫無意義的事。不管是對妻子和孩子，或是對自己現在的生活、對培育自己的這個國家，都是毫無意義的。

影山逸史深深吸了一口氣，再度走到窗邊。

他鬆開月牙鎖，用力拉開窗戶。

問題果然還是那個……

寒冷的空氣讓他把身體縮成一團，但是他還是伸手去抓豎立在窗框上的鐵欄杆，並且緊緊握住。

……那個面具。

問題果然就是那個面具。沒錯，不管怎麼想，都是那樣。

已經不在這座大宅裡的面具。只剩下鑰匙，本體已經遺失，或轉讓他人的那個面具，那個……〈未來面具〉。

影山逸史輕輕把額頭貼在他的手緊握的鐵欄杆上。從鐵欄杆傳出來的寒意通過皮膚，直達他的頭腦裡面。他咀嚼著那種冰冷的感覺——

影山逸史在自己的腦子裡搜尋記憶。

已故父親影山透一所秘藏的面具，是連當兒子的影山逸史也不能隨便觸摸的物品。那個特別的……啊，可是……

內心的某個角落，突然浮起了那讓人感到疼痛的遙遠日子。那是——

那是，對……

…………

不，即使那樣也……

果然不能這樣繼續下去。

影山逸史再一次想。正因為現在這樣，所以必須去尋找道路。因為這樣，所以……

## 5

一回到位於〈本館〉的寢室，新月瞳子脫下臉上的〈小面〉面具，穿著圍裙就直接撲倒在床上。

「啊，累死了……」

終於可以獨處了。她喃喃地說著。

「做不習慣的工作，果然真的很累人。」

一切都按照鬼丸的吩咐做了。必須做的事情，大致上自己應該都圓滿地處理了——瞳子這麼想著。

那些必須做的事情，可以說每一件都是自己「不習慣做的事」。所幸有鬼丸與長宗我部的支援，終於都能妥善地完成了。只是，事情實在多得連鬆口氣的時間也沒有。

大廳的小宴會散會，收拾好杯盤與清潔的工作後，瞳子終於結束了今天的工作。不是體力上的問題，而是緊繃的神經終於得到放鬆。瞳子打從心底鬆了一口氣。

鬼丸不在的時候，她要負責接待到達大宅的客人。〈會面茶會〉時要負責招待。還要負責送食物到客人的各個房間，及撤出餐具。館主人一個個與客人會面，進行那個「儀式」時，要負責一一帶路。還有剛才的那個小宴會……

每一項工作確實都不是什麼特別困難的工作。做為阿姨的臨時代打者，她是否及格地完成了使命呢？她也有這樣想。不過——

她還是有一個大敗筆。

那就是在〈會面茶會〉結束時，雖說那是在不得已的情況下，但自己還是扎扎實實地把〈懊惱面具〉——來自札幌的建築師摔倒在地。她覺得自己真的太失敗了……

幸好對方沒有受傷。雖然那是自己的身體在那種情況下所做的反射動作，可是她還是對自己的動作感到生氣。

瞳子本身並不希望自己的身體有那樣的本事。她只是還在小女孩的時候去過伯父的道場……雖然沒有特意要學習，可是就在那個時期裡，學會了新月流的柔術。

伯父曾經非常稱讚瞳子，說「瞳子很有天賦」，希望瞳子能夠繼續學習柔術。可是，在上中學前，瞳子便很明白地拒絕了伯父。當時的瞳子對文科的課外活動，比對運動類的活動感興趣，心中的文化種子正在發芽茁壯。

後來瞳子就沒有再去伯父的道館了。只是，年少時期學會的運動技巧已經深入身體裡，並沒有隨著歲月消失。哎呀！這該不會就是伯父所說的「天賦」吧！瞳子忍不住這麼想。

「啊——真是的！好討厭呀！」

今後一定要更小心才行！——瞳子強迫式地告訴自己。但……

……我為什麼會這樣呢？

不知如何是好的憂慮感，此刻正在心裡頭不斷擴散。

這不只是運動系對文化系的問題。瞳子原本從小就喜歡閱讀小說，喜歡畫圖，也決定大學要進文科的科系，可是——

位於名張的老家是藥局老舖，瞳子的父母都是藥劑師。

對瞳子而言，學習數理科並不困難，甚至還可以說是擅長的科目，所以讀高中時就已經想好：將來大學要進藥學系，取得藥劑師的資格，然後繼承老家的藥局……這樣的人生規劃，看起來是很理所當然的。

那樣也不錯，但是……

雖然對於文科有所憧憬，可是進了藥學系以後，覺得藥學系也滿有趣，將來還能回老家繼承藥局，不是也很好嗎？這是瞳子最近的想法。可是——

曾經學過的柔術技巧，竟然變成一種反射性的動作，這該怎麼辦才好呢？真是令人煩惱呀！

很多人或許會說：會那樣的護身術不是很好嗎？瞳子有時也覺得那樣還不錯。可是——

不管怎麼說，那都是個問題。

瞳子不想否定別人批評自己「沒有女人的樣子」這類的話。但是，把一個大男人那樣摔出去，當下她除了覺得「對不起」之外，還覺得特別「難為情」。
新月瞳子，二十一歲。
正值青春年華的女性心理，是相當複雜的東西。

## 6

四月四日，凌晨一點半。
他下定決心了，開始按照當初的計畫行動。

## 7

在不是自己意識下的睡眠中，不久——
鹿谷門實作了很多亂七八糟的夢。
有像夢的超現實主義夢，或可以說是荒誕無稽的夢；也有非常寫實的夢，例如再現發生在這座來訪館邸的事件。
夢，不過就是夢。
雖說是「再現」，卻絕對不是忠實地重現原來的模樣，而是經過非邏輯性的省略或結合，一再變化、變形的結果，是扭曲的模樣……
……在〈面對面之間〉。

奇面館主人影山逸史站在前面，和鹿谷戴著相同的〈哄笑面具〉。他的右手拿著從刀鞘拔出來的影山家名刀……

「那麼，就在這裡——」

他換了一種語氣說。

「來問〈另一個自己〉吧。請按照腦中的想法直接的回答。只是——」

接著他以刀鋒指向鹿谷的喉嚨。

「如果顯示的不是正確的路，你就不是〈另一個自己〉。那麼，很遺憾地，你就必須消失。」

這太亂來了吧！——鹿谷急了。

自己本來就不是真正受邀請的客人，是冒牌的日向京助呀……

鹿谷一再猶豫後，決定要坦白身分。

「啊，影山先生……其實我不是日向京助。是日向先生拜託我……」

「呵呵！」

〈哄笑面具〉上的「笑」的表情，出現了強烈的變化。像弓一樣往上吊的嘴角，被吊得更高，而外眼角的笑紋消失，兩眼瞬間變大……

「如果是那樣的話，那你就更加非在這裡消失不可了。」

他舉起刀子，往鹿谷的頭頂砍去。可是，鹿谷一點也沒有感到衝擊。

再看，原來刀子砍的不是鹿谷，對方的面具的頭頂。鹿谷立刻衝上去，搶走對方手中的刀子。

奇面館主人戴在臉上的〈哄笑面具〉就那樣裂開成兩半。可是，出現在裂開面具下面的，並不是館主人的臉——

是〈歡娛面具〉。

面具的下面還有面具？

鹿谷莫名地激動了，舉起手中的刀子，用力砍向眼前的〈歡娛面具〉。於是那面具又裂開成兩半。這次出現的是〈驚愕面具〉。

「只要這樣用面具隱藏臉，那麼那個人的臉就失去意義了。」

館主人淡淡地說道。

「能反映時時刻刻都在變化的『內面』的，並不是『表情』那種令人討厭的東西。你也這麼覺得吧？」

鹿谷再度舉刀揮下。這回出現在〈驚愕面具〉下面的，是〈懊惱面具〉……

「表層就是本質。」

奇面館的主人說。

「你應該明白了吧？本質就在表層上……最後在表層上，最上面的記號，所以……」

鹿谷好像著魔了般地揮動刀子，館主人臉上仍然再度出現新面具。

「所以，我是這樣的……」

〈嘆息面具〉、〈憤怒面具〉……一個個被砍裂開，終於出現館主人原本應該戴的面具——〈祈禱面具〉。

即使已經出現館主人原本會戴的面具了，鹿谷仍然一刀揮下。

〈祈禱面具〉也裂成兩半了。這個面具下面應該沒有新的面具了，裂開的〈祈禱面具〉下面，出現的應該是奇面館主人影山逸史的臉……應該是。

可是，裂開的〈祈禱面具〉下面什麼也沒有。

不是新的面具，也不是對方的臉，而是什麼也沒有。在脖子上面的是「無」。出現在鹿谷面前的，是不可能存在的情形。

「如何？」

這是館主人的聲音。

「相當有意思吧？來，請看吧！就是這個，這就是〈未來面具〉……」

怎麼可能……？

鹿谷驚訝地睜大雙眼。

這是〈未來面具〉？

這是……怎麼會是那樣……？

…………

…………

在這樣的夢的夾縫中……

鹿谷門實聽到了奇怪的聲音。

軋、軋……咔。

嘰嘰、嘰哩嘰哩、奇哩奇哩……

淨是沒有聽過的聲音。

這是什麼聲音？但讓鹿谷產生疑慮的時間十分短暫。

無法判斷那到底是現實還是夢。鹿谷再度陷入深層的睡眠中——這是凌晨一點四十一分的事。

# 8

過了凌晨兩點。

換下自己帶來的睡衣，已經躺在床上很久了，瞳子卻怎麼樣也睡不著。

是因為平常就晚睡的關係嗎？還是因為來到初次造訪的地方，和許多初次的體驗，讓她壓抑不住緊張的情緒而睡不著？——恐怕兩者都有吧！

瞳子要求要在明天早上八點的時候，送剛剛煮好的咖啡到館主人那裡。所以現在不趕快睡是不行的。可是，越是這樣想，腦子就越清醒，怎麼樣也睡不著。

就在這個時候，有一件事突然閃進她的腦子裡。小宴會結束時，她在大廳看到了那些錄影帶。

有玻璃窗的那個書架中，排滿了許多電影的錄影帶……

雖然還不到瘋狂的地步，但瞳子被公認是一個電影迷。不管是東方的電影還是西方的電影，也不管是新電影或舊電影，或哪個類型的電影，只要覺得自己好像會喜歡，她就會去看。除了去電影院看外，出租影音店也是她常常出入的地方。所以，此刻一想到書架內的那些錄影帶，瞳子的眼睛不禁發亮了，再加上——

瞳子非常喜歡的一部電影，也在那些電影錄影帶中。

那是小學的時候，曾經在電視的西洋劇場節目裡看到，讓她感受到很大衝擊的電影。後來她一直很想再看一次，卻總遇不到機會。瞳子偶爾想起來時，也會到影音出租店找那部片子，但可能還沒有被重新拷貝，所以總是找不到……

那裡有那個。

如果可以的話，她真想當場打開玻璃門，拿出那支錄影帶，確認一下封套。但顧及自己的立場與當時的狀況，她也不敢輕舉妄動。

如果向館主人要求借看，應該不會被討厭吧？等客人們都回去了以後，再慢慢的……瞳子這麼想著。

可是，今天晚上大概會睡不著覺地浪費一個晚上了。與其如此，還不如——瞳子的腦子裡靈光一閃。

那樣的話，現在就可以看那個了。

大廳裡現在應該沒有人了。主人睡覺的窗帷在〈奧之間〉的最裡面位置，雖然會弄出一點點聲音，但應該不用擔心會被發現……

「……好！」

瞳子說著，便從床上跳起來，從衣櫥裡拿出袍子，披在身上的睡衣，很快地離開自己的房間，然後躡手躡足地往〈別館〉走去。這樣的決斷力與行動力，或許可以說是她的天性。

已經熄燈的無人大廳——

暖爐的火雖然已經熄了，但大廳內的空氣還相當溫暖。

瞳子打開必要的照明亮度，然後走向書架，打開玻璃門，尋找自己的目標。書架裡還有很多有趣的錄影帶，她控制自己的注意力，不要被其他的標題吸引……

……找到了。

沒錯，就是這個──《勾魂懾魄》。

放著大型電視機的電視櫃上，還有ＶＨＳ的錄放影機。因為是沒有連接其他機器的單純系統，所以不必煩惱操作的問題。

把錄影帶放進錄放影機後，瞳子便搬了一張椅子放在電視機前，坐在椅子上。畢竟還是不好意思調大音量，所以要坐離電視機更近一點的地方。

她拿起遙控器，按下播放鍵。此時是凌晨兩點二十分。

# 9

凌晨兩點二十分。

在奇面館〈別館〉的〈奇面之間〉……

……對方躺在床上完全不動了。探一探手腕的脈搏和胸部的心跳，再確認是否還有呼吸，最後視線落在殘留在脖子上的勒痕……他＝兇手肯定戴著〈祈禱面具〉的男人確實已經死亡了。

風雪的呼嘯聲隨著寒冷的空氣，從開著的窗戶流進室內。讓人的身體抖個不停的原因，當然就是這個。

# 10

電影《勾魂攝魄》（原名：HISTOIRES EXTRAORDINAIRES），是一九六七年出品的法國／義大利電影，是由羅傑．華汀、路易．馬盧、菲德里科．費里尼等三大名導各拍一段的競作電影。這部電影曾經轟動一時。三大導演大膽地挑戰愛倫．坡的怪奇小說，各拍出一段驚人的影片，集合成三段式的集錦電影。第一段是《梅琛葛斯坦》（原名：Metzengerstein），第二段是《威廉．威爾森》（原名：William Wilson），第三段是《托比．丹米特》（原名：Toby Dammit）。

瞳子就西洋電影節目看這部電影時，還是一個小孩。當時她當然不清楚上述的那些資料，只留下「愛倫．坡小說改編的故事，是非常可怕而不可思議的作品」的印象。雖然幾乎不記得故事的內容了，卻一直把這部電影「放在心上」。這是常有的幼少年時期電影體驗。

——任何時代都存在著恐懼與宿命。

——既然如此，我就沒有必要在我說的故事上附加日期。

開場的電影名稱與引用原著的這些文字之後，電影便正式開始了。和電視播出的日語發音版不同，錄影帶是原音的字幕版。

瞳子專注地看著畫面。在這樣的深夜，看這樣的電影……心裡果然還是會有忐忑不安的感覺。但——

幾乎完全不記得內容的這個電影的第一段，是羅傑．華汀導演的作品。影片一開始，是珍．芳達扮演的年輕伯爵夫人與一群客人在海邊騎馬奔馳的畫面。接著，標題原名「Metzengerstein」也出現在畫面上，與一群人騎馬奔馳的影像重疊在一起。

喀多、咔答……

瞳子聽到那樣的聲音。

聲音不是來自電視的擴音器，是從哪裡傳出來的呢？……好像來自斜後方。瞳子嚇了一跳地立刻轉頭。她慌張地讓影片暫停，從椅子上站起來。

斜後方是——那個方向是通往〈奧之間〉的兩扇式平開門。

……是影山先生嗎？

他還沒睡？而且不在後面的寢室裡，在前面的〈面對面之間〉嗎？鬼丸說過「會長最近為了失眠的問題而煩惱」之類的話。莫非今天晚上也失眠、睡不著？

瞳子確認時間，正好是兩點半。

雖然不覺得需要擔心，但還是不能太放心。畢竟擅自看館主人的電影錄影帶，怎麼說都說不過去。在被發現之前，還是先自己認錯比較好吧！瞳子這麼想著。

於是——

「是影山……會長嗎？」

瞳子敲敲門，出聲問問看。

「您睡不著嗎？要不要給您送一杯熱牛奶？」

因為聽不到回應，瞳子便輕輕握著門把，但轉不動。門上鎖了。

瞳子稍微鬆了一口氣，手也鬆開門把。

是自己太神經質了嗎？

這麼一想後，瞳子便回到電視機前面。在稍微猶豫後，她把聲音轉得更小，然後解除暫停的設置，繼續看她的電影……

大廳的電話突然響了，瞳子嚇了一跳，整個人如同形容詞一樣地，從椅子上一躍而起。已經過了一個多小時，此時已過了凌晨三點半。

《勾魂懾魄》的第一段已經結束，路易．馬盧導演的第二段也已經進入精采的階段……亞蘭．德倫扮演的男主角，和碧姬．芭杜演的裘西．匹娜正在進行牌局，輸贏來到最高潮的時候。

# 11

鹿谷門實還在睡眠中，又作了好幾個夢。

這些夢還是受到了「地點」的影響吧？每個夢場景都是鹿谷曾經去過的「青司之館」……

像隧道一樣的幽暗長長走廊裡，鹿谷看著走在前面的朋友的背影。

「喂、喂，等一下。江南君。」

鹿谷在後面追趕著朋友。前面不遠處就是凹凸不平的黑色石壁。這裡是——

這裡是——啊，對了。是前年秋天去過的那個館邸——暗黑館中通往被稱為「困惑的囚籠」的那個地方的走廊……

……聽得到不知道從哪裡傳來的模糊鋼琴旋律。而且——

沒有聽到腳步聲，就突然出現在眼前的黑色人影。

穿著黑色斗篷，頭戴黑色風帽……對了，那不是那個被稱為「鬼丸老」，年齡不詳的老傭人嗎？

「喂，鬼丸先生。」

鹿谷追著人影，叫住他。

「等一下，可以讓我看看你的臉嗎？」

對方停下腳步，脫下壓到眼睛下面的風帽。長長的金屬製舌頭鬆垮地下垂，模樣醜陋的〈不名譽面具〉赫然出現在鹿谷的眼前……

……什麼？為什麼？

「你為什麼會戴這種東西？」

鹿谷問了，對方卻只是默默地搖頭。面具下面的嘴巴被東西塞住，所以不能說話嗎？

——對，一定是那樣。

「我叫做鬼丸光秀。」

因為背後傳來這樣的聲音，所以鹿谷便回頭了。

「這是九州相當常見的姓。」

一個用〈若男〉面具遮住自己的臉，穿著一身黑的青年就站在一旁……

……怎麼會這樣！

鹿谷非常驚慌失措。

奇面館的那個青年，為什麼會出現在這裡？

到底為什麼？

…………

…………

……在這個夢的夾縫裡。

鹿谷聽到了奇怪的聲音。

在這個睡眠裡，確實聽到了好像相同的聲音……

這是夢？還是現實？

鹿谷想確認，想要張開眼睛，可是卻怎麼樣也張不開。於是他想試著動一動身體，結果一樣地動彈不得，好像全身被塗了強力膠。

而……

這是在沉入更深的睡眠的途中，鹿谷感覺到的東西。

覺得臉好像碰觸到什麼涼涼的東西，頭部也感覺到不太舒服的壓力。還有，耳邊響起短暫的、不知道是什麼聲音的堅硬聲音——這是發生在凌晨四點二十八分的事情。

# 第七章　慘劇

## 1

四月四日，星期日的早上。

新月瞳子把在廚房裡準備好的咖啡放在餐車上，來到走廊。時間已經接近早上八點了。思考之後，她決定先把咖啡送到位於〈本館〉深處東邊的主人的寢室，而不是〈別館〉。

寢室的前面是書房，這兩個房間的中間是相通的，但兩個房間都設有通往走廊的門。瞳子先敲了位於〈本館〉最裡面的寢室的門。因為沒有聽到回應，瞳子便出聲說：

「您早，送咖啡來了。」

即使瞳子出聲了，寢室裡仍然靜悄悄的。

還在睡覺嗎？或是已經起床，現在在書房那邊呢？

瞳子只好退回到書房的門前，依照剛才的情形，先敲了門後，再出聲叫人。可是——還是沒有回應，而且連一點點聲音也聽不到。

奇怪了——瞳子很不能了解這種情形。

應該在這邊的呀！怎麼……

怎麼辦呢？瞳子正猶豫著、不知如何是好的時候，突然聽到有人叫「新月小姐」。

「妳在做什麼？為什麼會在這裡呢？」

是鬼丸光秀。

從走廊那邊走過來的鬼丸，今天依舊穿著一身黑衣服，也還戴著〈若男〉的能劇面具。瞳子也一樣，起床後立刻換穿上和昨天一樣的圍裙，並且戴上〈小面〉的面具。

「我正要給主人送咖啡。因為交代要在這個時間送。」

「一看就知道妳在送咖啡。」

戴著面具的鬼丸微微歪著頭，表示不解地問：

「但是為什麼會到這個房間來送咖啡？」又說：「會長不是在那邊——不是在〈別館〉的〈奇面之間〉休息嗎？」

「啊，那個……其實是因為……」

瞳子本想說明一下，但馬上就打消念頭。

昨天晚上——以日期來說，應該說是「今天」了——突然的電話鈴聲，讓偷偷地在〈別館〉的大廳裡看《勾魂懾魄》的瞳子大吃一驚……

她不想在此說出自己半夜偷偷到大廳看電影錄影帶的事，覺得難為情。在那裡——

「不……是。是呀。」瞳子含糊其詞地說：「對不起，我現在馬上送到那邊去。」

「我也一起去吧！」

「是。」

「外面的風雪還是很大。看情形客人們今天是回不去了……我去和客人們討論一下。」

走在從〈本館〉到〈別館〉的長通道上時，鬼丸打了兩次呵欠。

「您沒睡好嗎？」瞳子問。

「昨天晚上我和長宗我部先生熬夜了。」

鬼丸正經地回答。

「結果到鬧鐘快響的時候，才好不容易睡了——不知道長宗我部先生的情況如何。」

「聽您這麼說，我就想起來了。剛才我在廚房的時候，沒有看到長宗我部先生呢！」

「哎呀！預定的早餐時間是九點鐘，所以現在不開始活動不行呀！——新月小姐，昨天晚上睡得好嗎？」

「啊……唔。還好，就是那樣。」

瞳子這麼回答。其實她回到自己的寢室，過了凌晨四點後，才上床睡覺的。所以說她根本睡不到四個小時。瞳子也很想打呵欠，但她勉強控制著。

「您和長宗我部先生在做什麼？」瞳子問。

「下了一會兒的圍棋。」鬼丸回答。

「下圍棋？」

「嗯。」

「厲害嗎？」

「長宗我部先生很厲害，我馬馬虎虎。」

「——噢。」

鬼丸和長宗我部在下圍棋的時候，一定都把面具拿下來了。不過，不知為什麼，瞳子的腦子裡竟然浮現〈若男〉與〈武惡〉對局的奇怪畫面。瞳子不太懂圍棋，但想必圍棋一定有足以讓兩個大男人熬夜對弈的趣味。

## 2

大廳裡沒有人。

看起來和昨晚——正確地說是今天的凌晨——瞳子離開時的樣子，沒有什麼不一樣的。客人們好像都還沒有起來。

瞳子推著餐車前進到通往〈奧之間〉的兩扇式平開門前。在鬼丸的注視下，她很謹慎地敲了門。

「早安，送咖啡來了。」

瞳子的台詞和剛才一模一樣——可是，等了好一會兒了，仍然沒有聽到主人的回應。在等待主人回應的時間裡，鬼丸拉開窗戶的窗簾，並且走向後面的暖爐。大廳的空氣已經完全變冷了。只有空調還不夠，這樣的天氣不在暖爐裡加火的話，是不夠暖和的。

「早安。」

瞳子再一次說，還稍微用力地拍打門。

「您醒了嗎？您的咖啡送來了。」

不在這裡嗎？

瞳子忍不住這麼想。

當然也有還沒有醒來的可能性。而且，就算已經醒了，但如果在後面的寢室——〈奇面之間〉的話，也有可能聽不到敲門的聲音。可是——

……那個電話。

那時聽到的電話鈴聲……

瞳子的手鬆開餐車，轉身看背後——從〈本館〉來這裡的連結通道，敞開著的兩扇式平開門的對面。那裡是大廳的西南角，也是放電話的地方。

「啊！」

瞳子不禁驚呼了。

「怎麼……」

電話不見了。

幾個小時以前——瞳子離開這個大廳時，黑色按鍵式的電話確實還在那裡，但是現在卻不在原來的位置上，也不在那附近或周圍。

「啊，鬼丸先生。」

不知道該怎麼了解這種情況的瞳子，情急之下便直呼穿著一身黑的秘書的名字。可是，也在這個時候——

「這、這是？」

站在暖爐前的鬼丸，也同樣發出驚訝的聲音：

「怎麼會這樣？」

「鬼丸先生，電話——」

瞳子率先發難地說：

「原本在那裡的電話不見了。」

「電話……」

鬼丸先是回頭看了瞳子一眼，接著視線投向已經不見電話機的電話桌那邊，然後拉回視線，看著眼前的暖爐。

「電話在這裡。」

鬼丸壓低聲音說。

「什麼？您說的『這裡』是？」

「就在這個暖爐裡面。有人拔掉電話線，把電話丟在這裡了——電話雖然沒有被燒掉，卻被粗魯地破壞了。」

「怎麼會這樣？！」

瞳子大為慌亂。

「為什麼會這樣呢？那是……」

「我也不知道。」

鬼丸驚訝得一邊搖頭一邊離開暖爐前，說道：

「總之必須先向會長報告這件事。」

「啊，是。不過，從剛才起，我已經說了很多次早安了，卻都沒有得到回應。那是……」

「或許還在睡覺吧——門有上鎖嗎？」

鬼丸說。瞳子便試著轉動門把。

今天天還沒有亮的時候——也就是凌晨兩點半左右的時候，瞳子因為聽到奇怪的聲音而出聲詢問館主人，還試著轉動門把，那時門是上鎖的，門把因此無法轉動。但是——

瞳子稍微用力，門把動了。和那個時候不一樣，門沒有上鎖。

「——開了。」

瞳子如此向鬼丸報告。她因為不能理解這種狀況，而感到緊張與不安。

「喂，真是的！……這是怎麼一回事？怎麼會這樣呢？」

一位從走廊那邊的客房走進大廳的人，帶著怒意的聲音說道。他穿著素面的褐色睡衣與灰色長袍，臉上戴著全頭式的面具——是〈憤怒面具〉。

「發生了什麼事嗎？」

鬼丸上前對應道。

「啊，兵庫縣的縣警……」

是阿山先生——瞳子暗自在心中唸了那個人的名字。

「沒有這種道理吧！」

〈憤怒面具〉微微拖著左腳，走到了大廳的中央，以依舊不愉快，又急躁的口吻說：

「面具拿不下來了。」

「哦？」

鬼丸露出疑惑的表情。〈憤怒面具〉更加生氣了。

「我一醒來，就發現自己被戴上面具了。不知道是誰的惡作劇，還把面具上鎖了，所以想把面具脫下來也脫不下來。還找不到面具的鑰匙……」

瞳子聽了嚇了一跳。鬼丸也一樣感到驚訝，露出慌張的表情。

「這太突然了！」〈憤怒面具〉說。「我是第一次參加，所以不明白這是什麼意思。難道這也是集會的節目之一嗎？」

「不是的。」鬼丸回答。「沒有這種事。」

「那麼，這到底是……」

就在鬼丸與〈憤怒面具〉這樣的對話中，又有一個男人來到大廳。他也穿著相同的睡衣、長袍，臉上也戴著……

「鑰匙在哪裡？」

男人一看到鬼丸，便大聲地問。

「這個面具的鑰匙在哪裡？真是的！戴著這樣的面具要怎麼洗臉呢？非常抱歉，我可沒有時間玩這種低水準的遊戲。」

這個男人戴的是〈嘆息面具〉。所以他是——算哲教授。瞳子心中喃喃唸著。看來他也遭遇了和〈憤怒面具〉相同的奇怪事情。

## 3

好不容易從奇怪的睡眠陷阱中逃脫出來了。鹿谷門實覺得非常的不對勁。總覺得兩眼的焦距很難固定下來。

耳朵還一直有輕微的耳鳴狀態

他覺得全身麻麻的，身體遲鈍不大聽使喚。還覺得……好渴，非常的口渴，而且頭還有點痛，呼吸有點困難。另外……啊！還有這個，這是什麼？這種硬硬、冷冷，還有點壓迫感……

「……唔？」

不管是不是發現不對勁的問題的所在了，鹿谷慌慌張張地坐起身。

「等、等等。」

鹿谷下意識地說，也不知道自己到底在叫誰「等等」。

「為什麼……會這樣？」

他的兩手慢慢地從脖子往上摸索，確認現在到底是怎麼一回事——沒錯。是面具。自己的頭現在正戴著面具。而且是這個奇面館的最初主人特別訂做，有鑰匙的全頭面具。

鹿谷不記得自己曾經在睡覺之前把面具戴在頭上，所以，這是——

鹿谷一邊以雙手的手掌壓金屬面具的臉頰，一邊轉頭看床邊的床頭桌。本來放在那裡的〈哄笑面具〉不見了，所以，現在在自己頭上的——

有人偷偷地潛入這個房間，然後趁著自己熟睡的時候，把那個——〈哄笑面具〉戴在自己的頭上。而且——

「不會吧……」

鹿谷喃喃說著，雙手繞到頭的後方。

面具的上鎖裝置安裝在頭後方的接合處，為了打開鎖，那裡有一支小小的桿。鹿谷用指尖摸索到桿，按照昨天試開過幾次的要領，準備推開桿。可是——
桿不動了。
面具上鎖了。
「慢著，慢慢來。」
發生了這種沒有想像過的事情，鹿谷當然感到吃驚與困惑，但他努力讓自己保持冷靜。他背靠著床頭板，慢慢地深呼吸——對，就是要這樣。面具固然會影響到呼吸的效果，但是，只要這樣冷靜下來，呼吸並不是困難的事。
鹿谷打開床頭桌的抽屜尋找。不出他所料，應該在抽屜裡的面具鑰匙，已經不翼而飛了。
「——唔。」
鹿谷嘆了一聲，從床上下來，往窗邊走去。
身體還沒有從倦怠感中完全復原，所以走起路來仍然覺得有些不穩。可能是戴著面具睡覺的關係，脖子和肩膀有些痠痛。
昨天晚上入睡的時間確定是一點左右，之後——
有人偷偷地進入這個房間，把放在床頭桌上的〈哄笑面具〉套在沉睡的鹿谷頭上，並且用抽屜中的鑰匙把面具鎖起來，最後還帶走了鑰匙。因為客房的房門沒有鎖，所以任何人都可能進入房間，做出那樣的事。
只是……
在幫鹿谷戴上面具時，很可能因此讓鹿谷醒來。這種被發現的風險絕對不小，卻為什麼要冒這樣的風險呢？

這只是惡作劇嗎？

莫非這是奇面館這個集會的例行活動，「第二天的驚奇」……嗎？

不能完全否定這種可能性，可是即使如此還是讓人很不解。無論如何，鹿谷無法不在意不斷在心中膨脹的這個感覺——強烈的忐忑不安。彷彿昨天晚上睡覺前和現在飄散在這館邸的空氣，及空氣裡的「樣子」，都是不正常的。

白色的光從窗簾的縫隙射進來。已經八點多了，聽說早餐的時間從九點開始。

拉開窗簾，擦去玻璃上的霧氣，鹿谷看著窗外的情形。眼前淨是雪。這樣的積雪，是生長在九州大分的鹿谷沒有見過的雪景，大雪還一直在下著。

為什麼這樣的……？

鹿谷雙手摸著面具，測試這個面具到底有多難脫。但他很快就明白，上了鎖的面具，根本就脫不下來；硬要脫的話，只會讓自己的下巴、脖子、耳朵、鼻子……等等地方疼痛不已。

離開窗邊後，他把長袍披在褐色的睡衣上，又戴上手錶。很想抽菸，但現在就抽「今天的一支」的話，還太早了。忍耐一下吧。比起菸，現在更想要的是——

他覺得喉嚨好乾，很渴。

水。他想喝水。他還想知道其他客人現在的情形……

鹿谷邁開還有點浮的腳步，走出房間。很快的——

他注意到大廳那裡好像發生了什麼事。

# 4

走到大廳，一看，〈憤怒面具〉和〈嘆息面具〉已經在大廳裡了，他們正在為心中的疑問或困惑而抱怨。戴著〈哄笑面具〉的鹿谷進入大廳後不久，〈歡娛面具〉也一邊打呵欠，一邊走進來。總之，他們好像都和鹿谷有著相同的遭遇，「醒來時，發現被戴上面具」、「面具被上鎖了，脫不下來」、「鑰匙不見了」。

看情形，還沒有現身的另外兩個人，應該也有遭遇了相同的狀況……這樣的想像似乎很容易被成立。

戴著〈小面〉的臨時女僕新月瞳子惶惶恐恐地不知如何是好，面對客人們「這是怎麼一回事」的逼問，除了說「我也不知道」外，說不出其他的話。

確實，除了「我也不知道」外，她還能說什麼呢？鹿谷雖然同情她，可是連他都很想問：「這是怎麼一回事？」

戴著〈若男〉面具的鬼丸光秀此時不在大廳中，他應該是去向主人報告這種不尋常的事態吧！

可是，沒多久——

「嗚哇！」

這是讓人完全無法與那位年輕秘書聯想在一起的失態驚叫聲，但這聲音確確實實是從〈奧之間〉的方向傳出來的。

鹿谷和〈憤怒面具〉兩人，馬上採取行動。

剛才的驚叫聲非常不尋常，顯然是遭遇到超脫常軌的事，才會發出的聲音。

鹿谷毫不猶豫地往〈面對面之間〉跑去。幾乎是同一時間地，〈憤怒面具〉也採取了同樣的行動。

〈面對面之間〉裡沒有人。

室內的沒有開燈，卻不完全黑暗。昨天晚上被帶進這個房間時，這個房間看起來好像一個窗戶也沒有，其實不然。這個房間四面的牆壁上確實沒有窗戶，但頭上有窗戶。這個房間的天花板上，有兩個四方形的天窗，讓光線可以從天窗照射進來。

「鬼丸先生？」

鹿谷大聲叫。

「怎麼了嗎？剛才的……」

「——我在這裡。」

鬼丸回答，聲音來自房間深處、開著的門那邊。那是在發抖的聲音。

鹿谷與〈憤怒面具〉互看一眼，說：

「走吧！刑警先生。」

鹿谷說。他不想用「前刑警」這樣的稱呼，而兩人又沒有熟悉到可以稱呼他「阿山」的地步，所以直接以「刑警」稱呼。

兩人從後面的門進入〈面對面之間〉。

門後是左右延伸的短走廊。走廊右邊盡頭的門開著，穿著黑色西裝的鬼丸趺坐在剛剛踏入房間一步的門口地板上。

「怎麼了？鬼丸先生。」

「你沒事吧？」

鹿谷邊問邊跑過去。鬼丸仍然坐在地上。

「那個……那個！」

他舉起手，指著前方，聲音還在發抖。

「那、那……啊……」

鹿谷順著鬼丸指的方向看去。房間——〈奇面之間〉的樣子立刻映入他的眼中。

鹿谷不禁「嗚」地呻吟了。

和鹿谷一起跑過來的〈憤怒面具〉的反應和鹿谷一樣，也發出呻吟之聲。

難怪鬼丸剛才會發出那樣的驚叫聲。也難怪他會跌坐在地上，遲遲站不起來。

那樣可怕的畫面，只能用讓人驚嚇來形容。

## 5

位於奇面館〈別館〉〈奧之間〉的主人寢室，是以前日向京助來採訪時，讓日向京助驚奇地張大眼睛觀看的〈奇面之間〉。

這確實是一間充滿奇異構思，非常與眾不同的房間。

房間的大小大約是現在各個客房的兩倍，室內配置了床、床頭桌、衣櫥、椅子等房間必備的家具，房間的內部有一個窗戶，窗戶上掛著和客房一樣的灰色厚窗簾……一般的寢室都會有的這些佈置並不特別。

特別的是房間裡的四面牆壁。四面牆壁幾乎被「臉」給佔據了。

這裡的牆壁裝飾與大廳牆壁一樣，不同的是兩個房間的「臉」的數目與密度不同。鹿谷他們戴的〈哄笑〉、〈憤怒〉，還有〈歡娛〉、〈驚愕〉、〈懊惱〉、〈嘆息〉及〈祈禱〉等等面具的表情，全被描繪在這裡的牆壁上。描繪在大廳牆壁上的面具可以用「散佈在各個地方」來形容，但這裡的面具卻佔據了大部分的灰白色灰泥牆面，甚至延伸到天花板的一部分。

如果按照昨天晚上的約定，在主人的引導下來到這裡，鹿谷看到這樣的牆面時，一定會有某種名實相副的感覺，並且會暗自在心中唸道「果然是〈奇面之間〉……」吧！可是現在——

現在這個房間裡，有比異樣的牆壁更加異樣的東西。看到那個異樣的東西時，鹿谷和〈憤怒面具〉都不禁因為驚嚇，而發出呻吟之聲。那是——

倒在房間內部稍微靠近中央位置的，是一看就讓人覺得非常古怪、不自然的東西。那個東西本身和東西的周圍，還被染上了奇怪的顏色。那是……

「啊……會長。」

鬼丸無力地喃喃說著。

「怎麼會……這樣……」

「那是……影山先生——奇面館的主人嗎？」

鹿谷向鬼丸確認，但鬼丸好像沒有聽懂般，發出「啊？」的聲音，轉動脖子，抬頭看著鹿谷。

「當然……」

「館主人昨天晚上睡這個房間嗎？」

「應該是的。」

「你剛才來看的時候，就已經是這樣了嗎？」

「——是的。」

鬼丸點頭，想要站起來。但是他的腳步不穩，身體一時失去平衡，便伸手靠在門框附近。

「盡量不要用手去碰每個地方。」

〈憤怒面具〉提醒地說，並且經過鬼丸身邊，踏入室內。鹿谷跟著他，也慢慢地走進房間裡。

倒在房間內部稍微靠近中央的位置，一看就讓人覺得非常古怪、不自然的東西——那是人類的屍體。

那個東西本身和東西的周圍，還被染上了奇怪的顏色——那是從屍體流出來的血。屍體穿著和鹿谷等客人們一樣的褐色睡衣。被脫下來的灰色長袍與拖鞋在床的旁邊。昨天晚上奇面館的主人影山逸史回到〈奧之間〉時穿的服裝，應該就是這樣的。但是——

「那個影山先生——是館主人嗎？」

鹿谷特別這樣向鬼丸確認，是有原因的。而他們只從房間的入口看到那個，沒有靠近看就判斷是「屍體」，也是有原因的。

因為倒在室內的他的身體，少了脖子以上的頭部。這表示有人把那個砍下來了。因為少了頭部，當然就推斷被留在這個房間的身體是誰的。而沒有靠近看就能判斷是「屍體」，也是因為沒有人能夠在頭被砍掉後，還能繼續活著。

〈憤怒面具〉走靠近屍體。他雖然拖著左腳行走，但腳步並不慌亂，看起來並沒有因為眼前可怕的景象而過度慌張。

不愧是原來一課的刑警……在這個時刻，鹿谷老實地暗自佩服。

「──太殘忍了。」

〈憤怒面具〉彎腰俯看屍體，說道：

「竟然把頭砍掉！」

鹿谷在小心不要踩到地板上的血跡的情況下，也慢慢靠近屍體，低頭看著屍體。一股異味衝入他的鼻子裡。

屍體側臥在鋪在地板的地毯上。從可以看見睡衣的鈕釦這點看來，屍體呈仰躺的姿勢。從入口看時，脖子的斷面朝向左側的牆壁。血淋淋的傷口的模樣，讓鹿谷不自覺地又發出欲嘔的呻吟聲。

不分古今東西，常常可以在推理小說的故事中，看到「沒有頭的屍體」，但是在現實生活中看到這樣的東西，對鹿谷來說還是第一次。以前被捲入「迷路館」殺人事件時，見過頭好像被輾碎的他殺屍體。但那個和這樣完全不同，這次的屍體是「頭完全不見了」，已經像是一個人了。還有──

鹿谷突然想起昨天晚上的某一個夢境。

……〈祈禱面具〉裂成兩半後，出現在面具後面的，應該是館主人原本的臉。可是，脖子上面什麼也沒有。

——來吧！請看。

脖子上面的「什麼也沒有」出聲說道。

——那就是這個。這個就是〈未來面具〉。

「那是兇器嗎？」

〈憤怒面具〉指著靠牆的地板說。鹿谷一看，發現是一支刀刃上帶著血的日本刀。

「那是館主人的東西吧？昨天晚上我曾經在那個房間看到過。鬼丸先生，沒錯吧？」

「——是。」

鬼丸回答。他仍然站在入口的附近，臉上的〈若男〉面具已經拿下來了。

「聽說那是影山家的名刀。」

鹿谷繼續問：

「影山先生來這裡的時候，都會帶著這把刀來嗎？」

「——是的。」

拿下面具後的鬼丸臉色十分蒼白。原本膚色就白的他，受到驚嚇後的臉，可以說全無血色，看起來好像生了重病。

「唔。」

〈憤怒面具〉小聲沉吟著：

「是砍頭殺人呢？還是殺人後再砍頭呢……」

如果這裡就是殺人的現場，那麼，後者的可能性似乎高一些。鹿谷這麼想著。如果是活生生地遭到砍頭，死者應該會流更多的血。但從眼前屍體的情況看來，似乎只有傷口的附近有血，血量並不多。

「──咦？」

蹲在屍體旁邊的〈憤怒面具〉突然發出疑問的聲音。

「那傢伙真是！」

「怎麼了？」

聽到鹿谷的問題後，〈憤怒面具〉指著屍體的手，說：

「這個！你看手指。」

「啊……」

是砍頭砍紅了眼嗎？竟然瘋狂到這種地步──

像一個大字般，仰躺在地上的屍體的左右手，無力地張開。左右兩手的手掌上都沒有手指。

左右兩手從拇指到小指，都被切掉了。

「這也是兇手的犯行嗎？」

「──應該是吧。」

「不只頭，連手指也……嗯。」

鹿谷的視線從屍體身上移開，重新觀察室內的狀態。

燈亮著（鬼丸說這是他剛才開的）。空氣調節器在運轉中（這是原本就在運轉的）。床上有被人躺過的痕跡。

窗簾是緊閉的，窗戶前面有小型的桌椅。不過，桌子的位置很奇怪，斜斜地被推靠在牆邊，四張椅子中，有兩張椅子是翻倒的。

被砍下來的頭顱與十根手指，顯然不會被留在這個房間裡。雖然還沒有檢查衣櫥與櫃子，但大概八九不離十了……

「總之，我們先離開這裡再說吧！」

〈憤怒面具〉站起來說。

「毫無疑問，這是一起殺人事件，不要破壞現場的狀態，先報警吧！」

不管他以前是不是刑警，現在他所說的話是正確的。

「鬼丸先生，請你打一一〇報警。」

「——好。」

臉色蒼白的鬼丸雖然稱「好」，卻又不停地說「可是」。

「怎麼了嗎？」

「啊，沒事——知道了，我這就去。」

鬼丸一走，在〈憤怒面具〉的催促下，鹿谷也走出〈奇面之間〉。〈憤怒面具〉把門關起來，為了小心地不要留下多餘的指紋，便用長袍的袖口去抓門把。

「日向老師的膽子不小呀！」

〈憤怒面具〉說。

「那麼近看屍體的情況下，一般人很難保持冷靜，總是會顯得慌亂，而且覺得不舒服。」
「我受到很大的驚嚇。」
鹿谷如此回答，還兩手按著胸口。
「或許我只是比一般人更有耐受性一點。」
「呵。原來小說家必須是這樣的人。」
「並不因為我是寫小說的人，我只是……有點原因，才會這樣的。」
他們退回到走廊上時，鹿谷看了一下手錶，確認時間——上午九點十分。

## 6

「怎麼了？發生了什麼事？」
新月瞳子和另一個客人——〈歡娛面具〉，也走進〈面對面之間〉。一看到從走廊上退回來的鹿谷與〈憤怒面具〉，新月瞳子迫不及待地發問。
「鬼丸先生剛剛出去了。問他發生了什麼事，他都不說。」
「發生什麼意外的事情嗎？」
〈歡娛面具〉問。
「唔。是呀。」
鹿谷回答。

「出事的地點在主人的寢室嗎？」
「是的。」
「到底發生了什麼事？」
〈歡娛面具〉說著就要朝著後面的門走去。
「最好不要看。這是忠告。」
〈憤怒面具〉勸阻〈歡娛面具〉，又說：
「總之，請先退回到大廳吧！我會好好地作說明的。」
大廳裡又多了一個戴面具的男人，那個人是〈懊惱面具〉。果然他也和鹿谷他們一樣，遭遇到相同的問題，因為脫不下被上鎖的面具，而感到驚訝與困惑。退回到〈面對面之間〉，瞳子立刻追問：
鬼丸不在大廳裡，鹿谷因此覺得很奇怪。請他打電話報警，電話不是在大廳裡嗎……但他很快就發現了，這個房間電話桌子上的電話已經不見了。
「新月小姐，那邊的電話呢？」
鹿谷指那邊問。
「昨天晚上電話還在那裡。」
「是呀，是那樣沒錯。」瞳子回答。「電話不見了，剛才我也覺得奇怪。後來鬼丸先生發現電話被人丟在暖爐裡了。」
「暖爐？」
「是。電話線被拔掉，電話機整個被破壞了。」

「噢！」

因此鬼丸去找其他的電話了嗎？這個奇面館內還有兩支電話，一支在玄關廳，一支在〈本館〉的主人書房中。他應該會用這兩支電話中某一支報警。

難怪剛才請他去報警的時候，他在那裡「可是——」地猶豫著。這樣就能理解他為什麼會有那樣的態度了。

「唔。破壞得很徹底呀！」

〈憤怒面具〉走到暖爐前，看著暖爐裡面。

「如新月小姐說的，電話整個被破壞，不能使用了。」

〈憤怒面具〉似乎在確認被破壞的電話真的已經不能使用了。

「不管怎麼想，都看得出這是人為的破壞行為。」

「為什麼要那麼做呢？」瞳子問。

「當然是為了不讓這裡的人與外面的人聯絡的關係。總之，就是要阻止我們報警。」

鹿谷失望地環視室內，說：

「那麼，剩下的兩支電話大概也……」

「喂，請等一下。」

語氣焦躁地插嘴說話的人，是〈歡娛面具〉。

「還需要報警？發生了那麼重大的事情嗎？到底是什麼……」

「總之，是不是應該先解決這個面具的問題？」

這次插嘴的人是〈懊惱面具〉。

「真是不明白，是誰這樣……這樣的惡作劇，實在太缺德了。戴著這樣的面具，別說不能好好刷牙，連戴眼鏡都有困難。」

「沒有備份的鑰匙嗎？」

〈嘆息面具〉接著說：

「我們戴的面具不是都是成雙的嗎？應該都還有另一個相同的面具，可以用那個面具的鑰匙來開鎖吧？」

「那些面具排在〈面對面之間〉，鑰匙一定也在那裡……」

「各位，各位，請冷靜一下。」

〈憤怒面具〉試著讓場面冷靜下來。

「解開面具的事情當然很重要，但在解開面具之前……」

「請告訴我們，後面的房間到底發生了什麼事？」

〈歡娛面具〉追問道。於是〈憤怒面具〉把視線移向鹿谷，說：

「日向老師，你也看到了吧？那到底……」

「我會說的，因為沒有必要隱瞞。」

〈憤怒面具〉如此表示後，〈歡娛面具〉、〈懊惱面具〉和〈嘆息面具〉都屏息地看著〈憤怒面具〉。

「館主人死在後面的寢室了。」

〈憤怒面具〉一個字一個字地慢慢說。

「他不只是死了，而且很明顯地，是被人殺死的。因此才請鬼丸先生報警。」

現場大家開始議論紛紛。

戴面具的男人都因為這個消息而震驚，其中受到驚嚇最嚴重的，恐怕就是新月瞳子了。她聽到主人被殺死的時候，不僅發出驚叫聲，還身體癱軟地蹲坐在地板上。

「妳不要緊吧？」

鹿谷馬上上前安撫她。

瞳子沒有回答，只是微微搖著頭。

「站起來吧，新月小姐。妳去沙發那邊坐吧！」

「——好。」

瞳子在鹿谷的建議下，搖搖晃晃地站起來。她脫下〈小面〉的面具，反覆地急促呼吸。

「那個……我……」

她的眼睛看著腳邊，斷斷續續地說：

「我、那個……昨天晚上……那個……」

「妳要說什麼？」鹿谷問。

「昨天晚上發生了什麼讓妳很在意的事情嗎？」

「——是的。是那樣的，我……」

鬼丸正好在這個時候回到大廳。他的呼吸急促，臉色和剛才一樣蒼白，手裡拿著從臉上脫下來〈若男〉面具。

「不行。」

他一開口就這麼說。

「館內的所有電話都不能用了。和這個房間的電話一樣，被破壞了。」

鹿谷忍不住「唉」地嘆了氣。

果然是這樣開始的嗎？

強烈的大風雪。被切斷與外界的聯絡方法——這是不正常的天候下的「暴風雪山莊」。

鹿谷回想剛才看到悲慘景象，心情沉重地咬著下唇。

果然如此。中村青司之館是被死神糾纏的房子，會發生悲慘的事件。

那具屍體的頭和手指被砍切掉了。犯下如此兇殘行為的兇手，現在一定還在這座奇面內……

鹿谷〈哄笑面具〉下的眉頭緊緊皺在一起。他一一看著集合在這個大廳裡的每一個面具的樣子，心裡喃喃地說：「這傢伙很麻煩呀！」

除了鬼丸和瞳子外，包括鹿谷自己在內的其他的臉，全被面具遮住了。這表示……

鹿谷覺得這是前所未聞的狀況。發生在現實中的這個事件，是古今東西的許多推理小說中，從來沒有被描述過的。

# 第八章　被封鎖的面具

## 1

「各位，請冷靜好嗎？請大家冷靜。」

因為場面又開始嘈雜起來，〈憤怒面具〉便舉起雙手，呼籲大家要冷靜。然後，他對著鬼丸問：

「能用的電話真的連一支也沒有嗎？」

於是，穿得一身黑的秘書一臉嚴肅地用力點了頭，說：

「沒有。」

「館主人車子裡的電話呢？」

這句話是鹿谷問的。影山逸史怎麼說都是大公司的會長，為了工作上的方便，車子裡可能有汽車行動電話的設備。

「那個……有是有，但是沒有辦法在這裡用。汽車行動電話是無線電話，這裡離都市圈太遠了。」

「嗯。這麼說來，就算有人帶了行動電話來這裡，也一樣不能使用了。」

一九九三年的這個時候，日本的行動電話普及率還不到百分之三，能夠使用行動電話通話的地區還很有限。

「為了謹慎起見，我還是問一下各位。有人帶著行動電話嗎？」

〈憤怒面具〉環顧現場地問，但沒有人回應。

「我也為了謹慎起見而問的。」

鹿谷面對著鬼丸。

「這個屋子裡有電腦通訊的設備嗎？」

「沒有。」

真的沒有辦法與外界取得聯繫了嗎？

「那麼，我們只能靠自己的行動力了。可以找到附近的鄰家借電話嗎？」

〈憤怒面具〉說著，視線投向窗戶那邊。鹿谷順著他的視線看去。聯絡通道的出入口旁邊，有一個嵌死的窗戶。這個窗戶面對夾在〈本館〉與〈別館〉之間的中庭。窗玻璃上雖然滿是霧氣，但仍然可以看得出外面積雪的情況嚴重，風雪交加的情況也還持續著。

「要在這樣的風雪中出門嗎？」鹿谷說。

「要有相當的心理準備才行呀！」

「這裡又不是寒冬的北海道，應該有什麼辦法可以做到吧！」

「至少我的車子是不行的。我的車停在玄關前的停車場，已經深陷在雪堆中，根本動彈不得了。而且，我的車子的輪胎還是一般的輪胎。」

「還有其他車子嗎？鬼丸先生。」

〈憤怒面具〉看著秘書說。

「有，在後面的車庫裡。因為車庫是有屋頂的空間，所以車子應該沒有被埋在雪中。」

「我開來的車子也停在那裡。」〈歡娛面具〉說。「是四輪傳動車，車上也有輪胎的雪鍊，所以……」

「就算車子沒有問題了，還是必須先除雪吧！根據目前的道路狀態，除雪恐怕是一件很艱難的事情。」

鹿谷說。〈憤怒面具〉回答：

「所以說，用走的還比較容易吧？」

「離這裡最近的人家其實一點都不近。有相當遠的距離。平常用走的話，大概也要走一個小時以上。」

「沒有滑雪板或電動雪橇嗎？」

「往年都沒有這樣的大雪和積雪的情況，所以館邸這邊沒有準備那樣的東西。館邸內雖然有除雪的工具，但也就是一、兩支剷子而已。」

「最好不要用走的。」

這個突然而來的聲音，從與〈本館〉連接的聯絡通道那邊傳來。戴著紅色狂言面具的男人，不知道何時已經站在那裡了。他是奇面館的管家兼廚師——長宗我部。

「事情的大概我已經聽鬼丸先生說過了。我覺得不能小看這場雪，沒有足夠的裝備的話，最好不要出去外面。那樣很危險。」

長宗我部非常正經地說。他拿下〈武惡〉的狂言面具，面具下是一位白髮明顯的半老男子的臉。長宗我部本人的臉與面具的臉給人的印象大不同，看起來是一位安靜而老實的男人。

「十多年前，也發生過一次這樣的大雪。季節也大約是現在的這個時候……大雪下了整整三天。從昨天開始下的雪，和十年前那場雪很像。」

「那麼——」

鹿谷點點頭，問：

「長宗我部先生住這一帶很久了嗎？」

「大致說起來，有十五年了。」管家回答。

「從這裡到附近的鄰家……開車的話，至少也要三十分鐘才到得了。那邊到館邸這邊有維持聯繫的必要。」

原來如此。那——鹿谷想著。

所以，昨天長宗我部才會說這種異常的天氣是「十年一次」的事嗎？原來他有過親身體驗了。

根據後來的詳問，了解到長宗我部原本在東京的某大企業工作，四十年前離職後，就和小自己一輪的妻子移居到這個地方。之後，兩人便種田、養雞，燒陶和手作木工作品……以這些為基本，過著自然派的生活。不過，三年前在某個機緣下，被影山逸史僱用為這座館邸的管家。

「上一次下大雪的時候，死了好幾個人。」

長宗我部仍然一本正經地說。

「死人了？」

「因為不能開車，卻有人還是勉強走出屋子，在大風雪中行走。」

「結果遇難了。」

「是的。因為這裡平常幾乎不會下雪，大家小看了雪的威力，所以造成了悲劇。」

「所以你認為不必考慮在雪中行走的可能性？」

「我是那麼想的。如果真的非走出去不可，至少也要等雪停了。否則恐怕會再發生慘劇。」

「唔。」

鹿谷點頭表示了解，然後轉頭看〈憤怒面具〉，說：

「如何？你覺得呢？」

「要再討論。」

〈憤怒面具〉無奈地回答。

「不過，眼前的情況歸眼前的情況，不能什麼也不做……對了，準備利用車子出去的情況吧！先給輪胎上雪鍊。」

「說得也是。只是——」

話說到此，鹿谷的視線掃過在大廳裡的每一個人，才再說：

「不管是開車出去，還是用腳走出去，這裡都有一個大問題。」

「你的意思是？」

提心吊膽地發問的人，是〈懊惱面具〉。他是從札幌來的建築師，天主教的受洗名是米卡爾。

「就是『誰去呢？』這個問題。」

「大家都知道吧？如剛才刑警先生——應該說是前刑警先生所說的，館主人死在後面寢室裡了。從死亡的情形看來，明顯是他殺的。所以……」

「或許殺人的兇手就在這裡面。是這個意思嗎？」

〈懊惱面具〉確認地問。

「萬一走出這個房子去報警的人就是兇手……是嗎？」

「就是如此吧。」

「那麼，殺死館主人的兇手，真的就在這裡面嗎？」

「不是。我沒有這麼說。」

「那是……」

〈懊惱面具〉不知道要怎麼說了。旁邊的〈嘆息面具〉開口了，他頻頻摸著面具左側的頭部。

「因為並不是所有的人都在這裡面。」

「啊！沒錯。」

鹿谷當然也注意到這一點了。

「還沒有見到忍田先生。」

「忍田……那位魔術師嗎？」

〈憤怒面具〉小聲低語。

「已經十點了，他還在睡嗎？」

一股冷冷的緊張感，瞬間籠罩了。因為他們都馬上想到「還在睡」以外的兩種可能性。

一個是：到現在還沒有現身的他，就是這個命案的兇手。還有一個就是：他已經在自己的寢室，或別的地方，成為第二個受害者。可是——

大家很快就知道自己的擔憂是杞人憂天。因為正當大家準備去魔術師的寢室確認情況時……

「嗨，各位早安。」

一直還沒有現身的那個人，一邊打呵欠，一邊走進大廳。

「哈，大家到了呀？我睡過頭了……對了，這個面具是怎麼一回事？」

在睡夢中被戴上面具……他困惑地抱怨著。他臉上的〈驚愕面具〉也和其他五個人一樣，被人上鎖了。

## 2

如何和外面聯絡的方法，當然還需要再討論，但是，當前還有一個迫切需要解決的問題。那就是怎麼脫也脫不掉的面具問題。

在〈面對面之間〉的面具鑰匙，可以用在現在眾人頭上的面具嗎？當〈嘆息面具〉提出這個疑問的時候，回答他的鬼丸搖頭表示不知道，說：

「很遺憾，我也不知道是不是同樣的鑰匙。」

「總之，還是值得一試吧？」

對於〈嘆息面具〉的這個主張，在場並無強烈表達反對之人。

不管怎麼說，希望可以拿下頭上面具的心情，大家是一樣的。於是，包含三個傭人，全體一起從大廳走向〈面對面之間〉。

打開〈面對面之間〉的主燈，大家便往安裝在靠大廳那邊的牆壁的裝飾櫃走去。

裝飾櫃中六個面具〈歡娛〉、〈驚愕〉、〈懊惱〉、〈嘆息〉、〈哄笑〉、〈憤怒〉並排在一起的，那是一對面具中的另一面具。它們都各有鑰匙，而鑰匙就在面具的下面……

「不行，不合。」

最先試的是〈嘆息面具〉，然後很快就放棄了。

鹿谷也試了。

那支鑰匙的「頭」上，刻著「笑・二」的字樣。表示這是一對面具中，第二個面具的鑰匙。鹿谷把鑰匙插入自己臉上的面具的鑰匙孔中，但是，因為鑰匙的形狀不同，根本連插都插不進去。雖然是同形的面具，但開鎖的裝置卻完全不同。

其他四個人的結果也一樣。

「這哪裡是拷貝的鑰匙？」

這句抱怨的話，當然是對鬼丸說的。

「我沒有說是拷貝的鑰匙。」

秘書臉色蒼白，只能搖頭。

「啊，受不了！饒了我吧！」

〈歡娛面具〉焦躁地吐槽說道。

「到底是誰這樣惡作劇！如果是在這裡的人，請快點把藏起來的鑰匙拿出來。」

「要搜尋整座館邸，把鑰匙找出來嗎？還是不管三七二十一，硬把面具橇開？」

說這話的人是〈憤怒面具〉，他舉起拳頭輕輕地敲著面具的額頭

「沒有那麼簡單吧！一看就知道這鎖很堅固。我試著用力脫了好幾次，都一點用也沒有……」

「有螺絲起子或鉗子嗎？有工具的話，或許就可以打開鎖了。」

〈驚愕面具〉說。但鹿谷對他說的方法，抱持著懷疑的態度。位於面具後方，結合兩半的合頁，安裝在面具的內側，從外面完全看不到。所以即使有起子，也無法鬆開合頁。除非有更好用或有力的工具，光靠螺絲起子與鉗子，根本拿面具上的鎖無可奈何。例如用鎚子，以破壞的方式敲打面具……

……那樣也不行。

鹿谷小聲地自言自語，搖了搖頭。

不可能那麼做的。

他想起十年前日向京助拜訪這裡時，影山透一說的話

——戴上面具後，如果上了鎖，沒有鑰匙的話，就無法把面具拿下來。因為做得很堅固，所以也沒有辦法以破壞的方式硬從臉上拿下來。

假使用什麼力量強大的工具，以破壞面具的方式打開面具，那麼面具裡的臉，不可

能不受傷吧！這是可以想像得到的事情。

「有什麼可以使用的工具嗎？鬼丸先生。」

鬼丸沒有回答〈驚愕面具〉的要求。

「我有工具箱。」

回答的人是長宗我部。

「請等一下，我馬上去拿過來。」

半老的管家小跑步地跑出這個房間。鹿谷一邊目送他離開，一邊盡量採取冷靜的態度，努力觀察這個〈面對面之間〉的樣子。

〈面對面之間〉與剛才的〈奇面之間〉不同，家具的位置非常清楚，室內也沒有特別裝飾的痕跡——寫字桌在房間的內側，桌子上的東西除了文件或筆記用品外，還有一個水瓶和一個空的玻璃杯。另外，玻璃杯的旁邊有一個扁平的金色盒子——那是什麼呢？

裡面裝著什麼呢？鹿谷非常在意。

可是，有一個人的動作比鹿谷更快。那是女僕新月瞳子，她突然靠近桌子，拿起盒子。

「新月小姐，那是？」

鹿谷問。瞳子好像嚇了一跳，「啊」一聲後，才說：

「對不起。我對這個東西有點……」

「沒事，沒有要責備妳的意思。因為我也很介意這個東西。這是什麼？」

「唔，我覺得這大概是藥丸盒子吧！」

「藥丸盒子？裡面是藥嗎？」

「大概是……」

瞳子打開小盒子的蓋子。鹿谷看著她的手指。

盒子裡有很多PTP 包裝的黃白色藥錠。那是什麼藥呢？對藥物外行的鹿谷當然不知道，但是瞳子此時卻輕輕地哼了一聲，說：「原來是這個。」

「是什麼藥呢？」

「這的確是藥。」

「是安眠藥。」

鬼丸比瞳子早一步地說。

「會長這半年來一直為失眠所苦。這是會長睡不著的時候吃的藥。」

「哦呵。」

「不用佩服。新月小姐，妳怎麼可以胡亂動會長的東西呢？」

「別這樣。鬼丸先生。」

鹿谷袒護著瞳子。

「有時候要看場合，請你就睜一隻眼閉一隻眼吧！」

「……」

「這些藥不是一般市面上買得到的藥，是醫生開的處方藥，是強效的安眠藥。」

「詳細的情況我不知道，但大概就是新月小姐說的那樣吧！」

「這是新月小姐的專長吧？聽說新月小姐是藥學系的學生。」

鹿谷再問瞳子：

「妳知道這種藥？」

「是的——」

瞳子把藥丸盒子放回桌子上，才回答道：

「這是進入九〇年代後，才開始被使用的新藥，是所謂的助眠藥，幫助病人進入睡眠的效果很好，而且藥效也很長，是很優秀的助眠劑。不過，這種藥一定要醫生的處方。」

「噢，原來如此。」

鹿谷一邊回答，一邊無可避免地想到昨天晚上的事。

昨天回到寢室後，在強大的睡意下，很快就在不受自己意識的控制，沉沉地睡著了。在睡眠的途中，好幾次好像要醒來了，但每一次都很快地再度陷入沉睡之中……

難道是——鹿谷會那麼想，是理所當然的吧！

難道是昨天晚上自己在某個地方，喝了被加了這種藥的東西？不只自己，其他客人恐怕也都一樣……

這麼說來……

如果是那樣的話，這代表了什麼呢？

鹿谷細心地檢查了桌子上的水瓶：水瓶是滿水的狀態，裡面的水完全沒有減少，玻璃杯也沒有被使用過的痕跡。也就是說……

「我們回去大廳吧！」

〈憤怒面具〉催促大家。

「應該如何處理目前的情況，我們有必要好好討論一下——走吧！日向老師、新月小姐。」

## 3

「我還是沒有辦法相信。」

回到大廳後，〈驚愕面具〉頻頻歪著頭說。

「館主人被殺害了……真的發生這種事了嗎？沒有搞錯吧？」

「搞錯？」

〈憤怒面具〉不以為然地回答。

「哪裡搞錯了？我和日向老師，還有這位鬼丸先生，都親眼目睹現場的屍體了。應該不會搞錯。」

但是〈驚愕面具〉並沒有被前刑警的回答嚇住，他的眼神裡沒有畏懼之色。

「與其說是搞錯了，我更想說的是：難道沒有任何可以懷疑的餘地嗎？」

「懷疑的餘地？」

〈憤怒面具〉越發不高興了。

「有什麼可以懷疑的？是懷疑誰嗎？」

「沒錯，就是懷疑你們三個人。如果加上你們說被殺死的館主人，那就是四個人。」

「啥？我們有什麼好懷疑的？」

〈憤怒面具〉誇張地嘆著氣說。

「懷疑我們聯合起來說謊，和館主人同謀設下這個騙局嗎？」

「會有這種懷疑並不奇怪吧？」

〈驚愕面具〉接著又說：

「館主人召開這樣不可思議的集會，本身就很奇怪。不知道他召開這個集會的目的是什麼，但這回有你們三個人的幫助，就可以著手實行這樣的『殺人事件』了。」

「你的意思是：館主人並沒有遇害，後面的寢室裡也沒有屍體？」

〈驚愕面具〉默默地點頭。〈憤怒面具〉則是聳聳肩，無奈地「唉！」了一聲。

不知〈驚愕面具〉的這種懷疑的認真程度到底有幾分？但是鹿谷能理解他為什麼會這麼說的心情。自己是站在和他相同立場的人，一定也會有那樣的懷疑，覺得有那種可能性。但是——

「忍田先生，請不要有那種懷疑。」

鹿谷開口說了：

「我可以發誓，這絕對不是騙局。後面的寢室——〈奇面之間〉裡，確實有屍體，而且明顯是被殺害的屍體。」

「因為沒有親眼看到，所以不相信嗎？」〈憤怒面具〉接著說。

「不……不是。」

〈驚愕面具〉好像有點被震懾住了，搖搖頭。鹿谷接著說：

「因為你的職業是魔術師的關係，所以會有這樣的懷疑嗎？」

「如果你無論如何都不能相信的話，你可以去看看現場就知道了。」

〈憤怒面具〉冷冷地說。

「只是，你看了之後，一定會感到後悔的。因為，連曾經是刑警的我，也沒有什麼機會能看到那樣的屍體。」

「那，那是為什麼呢？」

〈歡娛面具〉膽戰心驚地問。

「『那樣的屍體』……是什麼意思？屍體是被人以殘酷的方式殺害的嗎？」

〈憤怒面具〉看了鹿谷與鬼丸一眼，「呼」地吐了一口氣，然後面向著大家，說：

「那是一具沒有頭的屍體。頭部被砍掉，而且被帶走了。不只如此，屍體雙手的十根手指也全部被切掉……」

原本議論紛紛的眾人，立刻陷入冰冷的沉默之中。

鹿谷因為擔心而轉頭去看瞳子。此時的瞳子不像剛才那樣發出叫驚聲，也沒有因為太害怕而無力地蹲在地上；她張大眼睛，雙頰抽搐，一句話也說不出來。

〈憤怒面具〉換了一個平靜的聲音，叫喚「新月小姐」。

「我口渴了。有什麼……啊，餐車上的水就可以了。」

瞳子好像被這個叫喚聲叫回現實般，立刻回答「是」，又說：

「各位要喝什麼嗎？」

「我也要水就可以了。」〈驚愕面具〉回答。

「我不要水，我想要咖啡。」

說這句話的人是〈嘆息面具〉。

「我想喝熱又濃的咖啡。餐車上的咖啡已經冷了吧？」

「是的。我現在立刻為大家準備。」

鹿谷擔心地看著恢復到「工作」狀態的瞳子，但——

咚——的聲音，也正好在這個時候從聯絡通道那邊傳來。大家同時轉頭看發出聲音的方向。

從〈本館〉那邊回來的長宗我部，就站在那裡。他的腳邊放著一個藍色的工具箱。咚——的聲音，就是藍色工具箱發出來的。

「辛苦了。」

鬼丸跑過去，伸手就要去提工具箱。但長宗我部完全無視鬼丸的動作。

「廚房——」

長宗我部說。他的聲音裡帶著奇怪的不安感，魂不附體似地說著：

「廚房裡、那個、有奇怪的東西。」

「奇怪的東西？」

鹿谷馬上反應道。

「是什麼？」

「那個、那個……」

結結巴巴地回答著的管家臉上，幾乎看不到血色，表情也顯得十分狼狽。

「我去儲藏室拿工具箱後，因為想到要為各位準備一些吃的東西，便順道去廚房看看……結果……就……」

長宗我部緊緊皺著眉頭，繼續說道：

「結果看到調理機器裡有奇怪的東西。」

「食物調理機裡有奇怪的東西……」

鹿谷像學話的鸚鵡般重複長宗我部的話，他心裡的「莫非」的影子漸漸膨脹起來。

「你說的『奇怪的東西』到底是什麼呢？長宗我部先生。」

「總歸言之……那是肉。把生肉放進食物調理機中打碎的東西。」

「啊……」

「我記得我並沒有把肉放進食物調理機裡，所以覺得很奇怪，便檢查了一下調理機裡的東西。」

長宗我部的聲音除了帶著奇怪的不安外，還微微顫抖著。

「生肉已經被絞得幾乎看不到原形了。但再仔細看，與血、肉絞在一起的東西，好像是指甲。所以，那該不會是……」

「人類的指甲嗎？你是這麼想的嗎？」

鹿谷進一步問。

「也就是說：食物調理機裡的東西，是被切下來的手指絞成的東西。是這個意思嗎？」

長宗我部非常緩慢地點了頭。於是鹿谷再問：

「如果那是人類的手指，那麼，大概是多少根手指的量？」

「——不知道。」

「一根或兩根？是只有這一點點的量嗎？」

「啊……不是。」

「是更多的。我想應該有兩隻手，大約十根手指頭的量。」

隔了一會兒後，長宗我部才吞吞吐吐地這樣回答。瞳子發出的短暫尖叫聲，震動了好像結凍了般的室內空氣。

## 4

時間在忙亂中一分一秒地過去。

鹿谷和〈憤怒面具〉在長宗我部的帶路下，立刻前往廚房。鬼丸去了車庫檢查車子的情況。其餘五個人中，有人留在大廳中，用工具箱裡的工具試圖打開面具的鎖，有人回到寢室換衣服。瞳子則在酒櫃的玻璃杯中添加新的吸管，為客人們準備飲用水，自己也喝了一點水，藉此滋潤自己的喉嚨，讓自己的心情稍微平靜……

所有人再一次集合於大廳的時間是上午十一點過後。這次的集合，確認了三件事。

其一。

廚房的食物調理機裡的東西，可以確認應該是人類的手指所絞成的肉，並且大約就是十根手指頭的量。今天早上瞳子曾經去廚房為館主人準備咖啡，但那時她沒有靠近食物調理機，所以沒有注意到有可疑的事情。

其二。

停在後面車庫的汽車有三輛（鬼丸開的日產西瑪、長宗我部開的輕型旅行車，和①

號客人創馬社長的ＲＶＲ），三輛都安然無事。但是，目前積雪嚴重，雪也繼續在下，根本不適合開車子出去。鹿谷開來的車子因為停在玄關前面的停車場，所以已經完全被雪掩埋，處於無法動彈的狀態。

其三。

使用工具箱裡的工具，試圖打開面具的鎖的人，沒有一個嘗試成功。面具本身打造得十分堅固，強加用力要破壞結構時，必定會危及戴著面具的人的脖子、臉或頭部，可能造成嚴重的傷害。既然不能冒這種險，大家便一致同意，應該去尋找不見了的鑰匙。

「看樣子，短時間內，雪是不會停了。」

確認上述三件事的同時，也得到了這樣的訊息。

瞳子打開大廳中的電視，收看天氣預報，確定了大氣的情形。

「今天好像還會下一整天啊！」

「到處都貼了會下雪的圖案。」

〈歡娛面具〉嘆著氣說，無奈地用吸管喝玻璃杯裡的水。

「氣象預報說明天下午起天氣才會好轉……唉！真是麻煩呀！」

酒櫃裡有多種酒，卻沒有人去拿酒來喝。連剛才向瞳子要求要喝熱咖啡的〈嘆息面具〉，也放棄了要求，和大家一樣喝水。

「大家應該都明白了，我們現在所處的狀況，大概就是這樣了。」

〈憤怒面具〉說。

「很明顯地，館主人在後面的寢室被殺害了，而館邸內的電話被破壞，與外面大雪下個不停的關係，我們暫時無法與警方取得聯繫。另外就是，我們臉上的面具一時之間很難拿下來……」

大家都同意地點頭了。

「面對這種異常的事態，我們要怎麼處理呢？」

〈憤怒面具〉如此問大家。

「我有一個想法。」

馬上回答的是鹿谷。

「至少我是這麼想的。想到這樣的事態，這樣的事件，我覺得停止思考與只是一味地等待雪停，當然也是選擇之一，但是……就某種意義來說，這是非常危險的選擇。」

「危險？」〈憤怒面具〉問。「這是什麼意思。」

「因為兇手在這座館邸裡。這種可能性當然是很高的。」

鹿谷特意提高聲音的力量回答，並說：

「兇手不僅殺人，還砍切下受害者的頭顱與手指，手段非常殘酷。就先別管兇手殺人的目的是什麼吧！從他的手段看來，他必定是一個十分兇殘的人；而這樣的一個人，現在可能還和我們待在同一座屋子裡。

「不敢說那個人就在我們九個人之中……但是，大家應該都知道這種可能性絕對不低。

「我所說的『危險』，也就是：那個異常兇殘的人，還有再度犯下殺人行為的危險性。在不注意的情況下，或許第二個受害者，就是我們之間的人。」

鹿谷的這段話，其實不是他真正想說的話。他是故弄玄虛，要把大家引導到他希望的方向——

「這……太可怕了吧！」

果然出現效果了。

「還有人會遭受到性命的威脅嗎？這種想像實在……」

因為擔心害怕而眼神徬徨的〈懊惱面具〉、吐出「啊——」的聲音的〈嘆息面具〉、支著臉頰，嘆了一口長長的氣的〈驚愕面具〉、把新的菸草塞進塑膠濾嘴的〈歡娛面具〉與緊繃著臉面面相覷的三位奇面館傭人們。

「所以呢——」

鹿谷繼續說：

「為了避開那種危險，我們必須考慮到的事情就是：兇手是誰？在雪停了，警察來到這裡的時間裡，我們一定要努力查明這一點——這就是我的想法。各位覺得呢？」

眾人短暫的沉默後，〈憤怒面具〉率先「唔」地點了頭，說：

「日向老師，我了解你的意思。你想說的是：現在我們就必須盡可能地進行這個事件的搜查工作。」

「是的。我就是這個意思。」

雖然心中還是有一些糾結，但鹿谷很肯定地回答了。

「各位覺得呢？」

當下沒有人提出異議，於是鹿谷便說：

「那麼，現在可以由我向各位提出幾個問題嗎？這是為了能夠更加了解這個命案的『原形』，必須提出的基本問題。」

## 5

「首先，我要單刀直入地問各位。」

〈哄笑面具〉下，鹿谷的眼神十分犀利。

「有願意自首，說自己就是殺死館主人的人嗎？」

鹿谷的話之後，當然大家都沉默了，只有幾人搖頭做為回應。

「那麼，下一個問題——」

鹿谷繼續說：

「我們六個受邀的客人，今天早上醒來的時候，都發現臉上被戴上面具，並且面具還被上了鎖。這種情況只能認為是昨天晚上有人潛入我們的寢室，做了上述的事情。有人願意承認自己就是那個人嗎？」

被問的其他人仍然繼續沉默著。

「也沒有人吧？」

過了一會兒，鹿谷提醒地說：

「此時，一般都會得到這樣的結論。那就是：昨天晚上殺害館主人的兇手，與給我們戴上面具的人，是同一個人——有人不同意這樣的看法嗎？」

也沒有人提出異議。

鹿谷「嗯嗯」地點頭。上面的兩個問題，說起來只是在「確認前題」。

「兇手為什麼非殺館主人不可呢？還有，兇手為什麼非幫我們戴上面具不可呢？」

鹿谷喃喃自語般地說完上述的話後，語氣一變：「但是——」

「各位，請大家回想一下昨天晚上的情形。尤其是昨天的小宴會散會之後的事。先說我自己。我去盥洗間後，一回到自己的寢室，就強烈地感到睡意，並且抗拒不了那股睡意，很快就睡著了……這樣的情形，讓我覺得昨天晚上自己是不是在不知不覺中，喝下了什麼藥。那必定是讓人想睡，而且藥效持久的強力安眠藥。」

鹿谷一邊說，一邊看了瞳子一眼。瞳子正好露出嚇一跳，睜大了雙眼的表情。

「被人戴上面具，又在面具上上鎖，竟然都沒有醒來的原因，一定就在此吧！——怎麼樣呢？各位之中，是否有人的想法與我一樣呢？」

戴著面具的人中，有兩個人無言地點了頭，有三個人慢慢地舉起手，表示認同。而三位傭人都沒有「yes」的反應。

「果然如此呀！」

鹿谷摸著面具的下巴，說：

「被邀請來的六個客人都喝了有那個藥的東西。但鬼丸先生、新月小姐和長宗我部先生三人，並沒有喝那個東西。看起來情形就是如此——因此，就是那個。」

鹿谷這麼說著，並且指著後面牆壁邊的酒櫃。酒櫃裡排列著很多酒及玻璃杯。鹿谷所指的，就是其中的一瓶。

鹿谷從坐著的沙發上站起來，走向酒櫃。

「這個，就是這個。」

說著，便從酒櫃中拿出他說的那個給大家看。

模仿神秘死亡面具，玻璃製的半透明容器裡，還存留著些許深米黃色的液體。那是昨天晚上大家在這裡舉杯時所喝的「影山家秘傳健康酒」。

「把安眠藥混入健康酒裡，是最讓我們沉睡的最理想方法吧？我們六個人和館主人，那時都喝了健康酒，但三位傭人都沒有喝。再想想藥效發作的時間，和我們想睡覺的時間，答案只有這個了。」

鹿谷把裝酒的玻璃容器放在酒櫃上，說：

「警方遲早會進來搜索與進行鑑識，這個問題到時就會得到釐清。所以，這個玻璃容器必須完整保存。不過，兇手在今天早上以前把混入安眠藥的健康酒，換成正常健康酒的可能性，也是存在的。」

鹿谷瞇著眼睛，眼神依舊犀利地看著每個人的反應。

〈憤怒面具〉發表意見了。

「這麼說來，莫非日向老師懷疑沒有和我們一樣喝健康酒的那三位中的哪一位嗎？」

聽到〈憤怒面具〉這麼說，鬼丸、瞳子與長宗我部同時搖頭。鹿谷也搖頭。

「不一定是那樣吧？」

又說：

「請想一想昨天晚上大家舉杯乾杯時的情形。乾杯之後，大家都沒有特別注意是否每個人都喝完了杯子裡的酒。就算其中有人只是假裝喝酒，也不見得會被發現吧？再加上使用的是酒紅色的玻璃杯，即使杯子裡有酒，也看不太出來。還有，假裝喝了酒，卻很快地把酒吐在手帕上，事後再處理掉手帕的這種可能性，也是存在的吧？」

「——嗯。」

〈憤怒面具〉盯著酒櫃中的裝酒的玻璃容器，看了好一會兒，才說：

「確實。你說的事情不是不可能。」

「不管怎麼說，昨天晚上確實有人讓我們喝了安眠藥。這個人和把面具戴在我們頭上的人，應該是同一個人吧？明白藥效，知道睡著後的我們不容易醒來，所以大膽地把面具戴在我們的頭上，還在面具上面上鎖。另外，就像剛才我們確認過的，這個人也是殺害館主人的兇手，當然是破壞的人。對於我這樣的結論，誰有意見嗎？——沒有吧？」

鹿谷回到沙發前坐下，繼續說：

「兇手準備了可以完成目的的必要量的安眠藥，在昨天讓我們乾杯前，把安眠藥溶入玻璃容器的酒中。要避開別人的視線，進行這件事的機會，不管是三位這裡的傭人，還是被邀請來的六位客人，都有機會。」

「館主人也喝了同樣的安眠藥？」

「是吧——總之，按照兇手的計畫，我們都睡著了以後，兇手就可以進行計畫了。把面具戴在進入沉睡中的我們的臉上，還上了鎖。」

「是行兇先呢？還是把面具戴在我們的臉上先？這也是問題吧？」

〈憤怒面具〉指出這一點，鹿谷立刻在自己記憶中尋找蛛絲馬跡。

昨天晚上的睡夢中……在夢與夢接縫時，聽到了奇怪的聲音。後來又在另一個夢與夢的接縫時，聽到了好像相同的聲音……好像有這樣的記憶。還有——

還有後來——覺得臉上有涼涼的感覺，和頭部有壓迫感……就是這個。

不清楚那個時候到底是幾點，但自己被戴上面具、鎖上面具的時間，一定就是那時吧？

如果那時自己醒來的話……不，不可能出現那樣的情形，因為那時藥效還沒有退。雖然受到藥效影響的時間每個人不一樣，但是，其他五個人（其中一人在說謊的可能性，是充分存在的）受到安眠藥影響的時間，大概都差不多吧……

「我想，此時要求各位提出昨天晚上的不在場證明，得到的結果可能都是一樣的。因為我們六個人都在睡覺。」

聽到鹿谷這段話，戴著面具的其他五人都點頭了。可是，很快有人發聲說「話雖如此——」說話的人是〈驚愕面具〉。

「我曾經中間突然醒來過一次。那時覺得好像有什麼不對勁。現在回想起來，就是那個時候被戴上面具的吧？」

「如果是這樣的經驗，我也有，而且是更清楚的。」

這次說話的人是〈嘆息面具〉。

「因為我還看了時間。」

「你那時的情況是……？」

鹿谷問。〈嘆息面具〉一邊摸著頭的左側，一邊說：

「我和忍田先生一樣，也是突然醒來過……應該說曾經短暫地醒來過。那時候因為感到臉上有壓迫感，覺得很奇怪，就想看看時間，便伸手去拿放在枕頭邊的手錶。可是我很快又睡著了……應該是安眠藥的關係吧！」

「那時是幾點？記得那時手錶上顯示的時間嗎？」

「唔，當然記得。」

〈嘆息面具〉回答得很有信心。

「記憶數字是我擅長項目中的最擅長。那時是四點四十二分。絕對不會有錯。」

# 6

昨天晚上乾杯之後，宴會就散場了，那時的時間是已經過了午夜零時。而鹿谷回到房間，睡著的時間是午夜一點左右，醒來的時間是今天早上八點以後。——鬼丸發現屍體的時間是八點半左右。如果相信〈嘆息面具〉說的話，他被戴上面具的時間是凌晨四點四十分，那麼自己被戴上面具的時間呢？鹿谷這麼想著。

四點四十分是自己睡了三個小時四十分鐘後的時間。在那段時間的睡眠裡……在夢與夢接縫時，聽到了奇怪的聲音。後來又在另一個夢與夢的接縫時，再次聽到了好像相同的聲音。之後的那個……

雖然這是直覺的判斷，但覺得時間是吻合的。

「鬼丸先生、長宗我部先生、新月小姐。能說說你們的情況嗎？」

鹿谷面向三位奇面館的傭人，尋問道。

「昨天晚上的宴會結束後，你們做了些什麼事呢？」

「我──」

首先回答的人是鬼丸。

「結束宴會的善後工作後，我就和長宗我部在一起。」

「你們兩位在一起？」

「是的。我們在〈別館〉的一間和室裡下圍棋。」

「下圍棋？」

鹿谷把視線移到管家的身上。

「是那樣沒錯嗎？長宗我部先生。」

「是的。」

長宗我部毫不猶豫地回答。鬼丸補充說道：

「我開始下圍棋的時間才幾年而已。知道長宗我部的圍棋功力比我強以後，便經常找機會向他討教，請他陪我下棋。」

「昨天晚上你們下棋下到幾點？」

「如果沒有記錯的話，我們是從一點多開始的，大概下了三個小時左右。」

「儘管我已經輸了，鬼丸還是不肯放我回去睡覺。」

長宗我部有點苦笑地說。看來鬼丸的棋品似乎不太好。

「是那樣沒錯。因為下得正起勁的時候，所以……抱歉呀！」

「等我說『已經很晚了，不要再下了吧』的時候，已經快四點了。然後我們就各自回房間睡覺。」
「這麼說來，長宗我部先生和鬼丸先生就可以為彼此做不在場證明了。」
鹿谷看著他們兩個人的臉，做了確認。
「對局的時間相當長啊！中途沒有離開過嗎？」
「沒有離開過。」
「沒離開過。」
不管是鬼丸還是長宗我部，表情與說話的態度都非常認真，看起來完全不是在說謊——鹿谷一邊這樣認定，一邊緩緩點頭。還有一個人。鹿谷把視線移到新月瞳子的身上。
「妳呢？」
在被問到的一瞬間，瞳子眼皮往下的動作，並沒有逃過鹿谷的觀察。咦？有什麼問題嗎？——鹿谷如此直覺。
「新月小姐，昨天宴會結束後，妳去了哪裡？做了什麼事嗎？」
鹿谷提出固定的問題。
「我、我是……」
瞳子有點結巴地說，稍微抬高了下垂的眼皮。看她的模樣，好像正對什麼事情難以下決定。
「那個……其實我也許……」
「有什麼特別的情況嗎？」

「是。」

鹿谷直視瞳子的眼睛，說：

「那麼，請妳務必告訴我們那是什麼樣的情況。請妳把妳記得的都說出來。」

「——是。」

# 7

就這樣，瞳子終於下定決心說出昨天晚上——以日曆上的時間來說，或許應該說是今天的凌晨——自己的行動，與在那個行動中讓她感覺到奇怪的事情。她決定不要隱瞞。

結束工作，雖然回到位於〈本館〉的寢室了，卻怎麼樣也睡不著。於是，過了兩點以後，她便前往大廳，目的是想用大廳的影音設備，看一部長久以來一直想看的電影。

開始看沒多久，就聽到從〈奧之間〉傳來「喀多、咔答」的聲響。她以為館主人還沒有睡，便敲了〈奧之間〉的門，出聲問館主人是否有什麼需求，卻沒有得到任何回應。那個時候門是上鎖的。

「所以說，發出那個聲響的時間，大約是兩點半吧？」

〈哄笑面具〉如此向瞳子確認。瞳子毫不猶豫地回答「是的」。

「因為我看了時鐘，所以肯定是兩點半沒錯。而電影正好要進入第一段的畫面……」

「《勾魂懾魄》嗎？讓人懷念的電影吶！第一段是《梅琛葛斯坦》，是愛倫．坡小說改編的，原名《Metzengerstein》。」

「是的——您知道的真多。」

「沒有沒有。因為那是名作，所以我才會知道。」

〈哄笑面具〉爽快地回答。

「兩點半聽到奇怪的聲音時，〈奧之間〉的門是鎖著的。可是，今天早上送館主人的咖啡來的時候，同樣的門已經沒有上鎖了。那個時候是八點左右嗎？」

「是的。」

瞳子接著又說回到今天凌晨時的事情。

「兩點半發生了那樣的事情後，我還是繼續看電影。但是，在電影進行到第二段故事的精采處時，電話鈴響了。」

「哦？是那邊電話桌上的電話嗎？」

「是。」

「第二段的故事是《威廉．威爾森》，原名是《William Wilson》……嗯，相當有暗示性呀！——記得電話鈴響的時間嗎？」

「我想那時已經過三點半了。」

「妳去接電話了嗎？」

「——接了。」

瞳子深深吸一口氣，藉此一邊穩定心情，一邊在腦海中搜索幾個小時前的記憶。

《勾魂懾魄》第二段的導演是路易．馬盧，片名《威廉．威爾森》，其中最精采的一幕是亞蘭．德倫扮演的男主角，和碧姬．芭杜演的裘西．匹娜所進行的一場牌局。當電影中的牌局輸贏來到最高潮的時候——

瞳子被突如其來的電話鈴聲嚇到，連忙讓電影暫停，跑到電話桌前。電話機上的「內線A」的燈閃爍著。是從館內打過來的電話。

瞳子猶豫著要不要接，可是絕對不能置之不理呀！說起「內線A」，那是〈本館〉的主人書房的電話。

無可奈何，瞳子只好戰戰兢兢地拿起聽筒，「喂喂」地做回應。很快地，瞳子便聽到回答——

「是新月小姐吧？」

「啊……是。」

「是我。」

聽到這樣的回覆，瞳子的腦海裡立刻浮起奇面館主人臉上戴著的〈祈禱面具〉。因為是從主人的書房裡打出來的電話，所以瞳子很自然地認為是館主人打來的電話。

「這麼晚了，妳還在大廳做什麼？」

「啊……對不起。」

在〈本館〉的影山先生，怎麼會知道我在這裡呢？瞳子本來覺得很奇怪，還那麼想著。但是，她很快就明白了。

「我從這裡可以看到大廳的窗戶，看到大廳的燈亮著，所以想知道誰還在那裡。」

「——對不起。」

當時的氣氛下，瞳子實在說不出口說：我想要待在這裡，看想看的電影錄影帶……

「對不起。那個……是，我馬上回房間睡覺。」

「很好。」

對方滿意似地說。然後就掛斷電話。

館主人什麼時候從〈奧之間〉轉移到〈本館〉的書房的呢？瞳子從放影機中取出錄影帶，放回書架中，關掉電視的電源，與大廳內的燈光，然後離開大廳。那時是三點四十分。

所以今天早上要送咖啡給館主人的時候，瞳子自然地認為館主人在那通電話後，或許並沒有回到〈奧之間〉，而是在〈本館〉書房隔壁的寢室就寢了，因此……

「嗯。原來是那樣。」

〈哄笑面具〉低聲地說。但面具上面瞇著的兩眼縫隙，一點也掩不住面具下面的犀利眼神。

「有一件事一定要確認一下。那通電話裡的聲音，確實是館主人的聲音嗎？妳能肯定嗎？」

「那個……不能。」

瞳子微微搖搖頭。

「因為聲音非常模糊，聽不太清楚。我那時的想法是：大概是戴著面具說話的關係，所以聲音不清楚。」

因為鬼丸說過：會長來到館邸時，即使是自己一個人的時候，也會戴著〈祈禱面具〉。

可是——

「有人冒充館主人，打了那通電話。我覺得那樣的可能性是存在的。」
沒錯。現在想起來，不僅無法否定那樣的可能性，甚至可以說那種可能性是相當高的。
除了故意模糊聲音，讓人聽不清楚的疑點外，那種交談的方式，好像就是在引導瞳子，讓瞳子認為電話的對象就是奇面館的主人……
「是的。」瞳子回答〈哄笑面具〉的同時，不僅心中也在問：「那麼，那個人會是誰呢？」還偷偷地觀察自己以外的八個人的臉或面具。
八個人當中，鬼丸與長宗我部有對弈到三點半多的不在場證明。那麼，是剩下的六個人當中的哪一個呢？
「我想在這裡再問一下各位。」
〈哄笑面具〉說：
「各位當中，是否有人願意承認自己就是從〈本館〉的主人書房，冒用主人的身分，打電話到大廳的人？」
反應還是和剛才一樣，大家都保持沉默。
「沒有人承認——如果打那通電話的人並不是館主人，那麼，那個人很可能就是這個命案中的兇手。大家都會這樣推論吧？」
〈哄笑面具〉此時把視線投向鬼丸，繼續說道：
「剛才鬼丸先生說已經確認過了，目前奇面館內的所有電話都壞了。當然一定也檢查過〈本館〉書房裡的電話了吧？」

「是的。」

「書房的門有上鎖嗎？」

「沒有上鎖。所以我能進入書房了解電話的狀態……」

「書房房門沒有上鎖，是因為書房裡沒有特殊的異常狀態吧？」

「是。雖然會長在房間裡的時候會鎖門，但離開房間的時候，並沒有鎖門的習慣。」

「所以，誰都可能輕易潛入書房，使用書房裡的電話。是嗎？」

〈哄笑面具〉以中指抵著面具的下巴，「唔、唔、唔」地頻頻點頭。瞳子側目偷偷地看他，心裡一邊想：

這個人到底是誰？

瞳子越發覺得這個人奇怪。不，與其說是覺得這個人奇怪，還不如說覺得這個人很不可思議。

聽說他是筆名日向京助，出道作品才剛剛上市還不滿一年的新人小說家。這樣的人，不知何時起，竟然掌握了目前這個狀況主導權。他無視〈憤怒面具〉是前刑警的立場，在這個事件中，自顧自地扮演起「偵探」的角色。

昨天，瞳子在玄關接待的第一位客人，就是這個男人。參考名簿上的客人資料時，他是⑤號客人；向他確認身分，還以汽車駕駛執照證明自己的身分，但是……

該不會……

瞳子的心裡冒出了小小的疑惑。

「啊！」她忍不住要這麼輕呼出來，所以自己控制住自己了。瞳子再一次看著〈哄笑面具〉。

看到駕駛執照上的照片時，瞳子曾經覺得照片上的人比本人瘦一點，髮型也有很大的不同，所以曾經覺得有一點不對勁。不過，那也只是剎那之間的感覺。考慮到駕照更新與日期的因素，馬上就會判斷那些「不是問題」。那樣的判斷正確嗎？究竟——

這個真的是「小說家日向京助」嗎？瞳子的心裡突然湧上這樣的疑惑。

這個人其實不是日向京助嗎？

不可能吧……不，如果這個人真的不是日向京助，這代表著什麼呢？

瞳子暗自嘆了氣，忍不住悄悄地搖搖已經混亂的腦袋。

# 第九章　相同性的問題

## 1

「死後還沒有超過十個小時以上吧？」

〈憤怒面具〉轉頭看著鹿谷說。他彎曲著身體，蹲在屍體的旁邊，單膝著地，稍稍舉著因為沾了血而捲起的睡衣衣袖的裸露手臂。

「已經看得見屍斑了。這邊，在靠近地板的這一側。就這邊，用手指一壓，就會消退。如果已經死亡超過十個小時，這樣做的話，屍斑也不會消退。」

「——是的。」

鹿谷也懂這種程度的基礎法醫學常識。曾經是縣警一課刑警的前刑警〈憤怒面具〉，對於這類的知識當然知道得更多、更詳細。多年的現場經驗所獲得的知識，當然比讀好幾本專業的書更有實際的用處。

「我們因為鬼丸先生的叫聲而跑來這裡的時候，已經是八點半以後了。」

〈憤怒面具〉繼續說：

「那個時候我有稍微地檢測了一下屍體僵硬的程度。」

「是嗎？」

「被切斷的手指當然無法檢測，我檢測了手腕、手肘和腳。」

「那時已經到僵硬的程度了嗎？」

「手腕和手肘那時已經開始變硬了。腳那邊的話，用手去碰觸時，還感覺不到抵抗力，現在變硬的部位已經擴散到末梢了。」

「死後六個小時到七個小時時，全身的各個關節都會出現僵硬的情況；死後七到八個小時，這時手指、腳趾也會開始變僵硬。」

「哦？你很清楚嘛！」

時間已經接近正午了。

按照〈憤怒面具〉的看法，受害人死亡的時間是「距離現在十個小時以內」，和「過了上午八點半的之前六到七個小時」。從這兩個條件計算起來，得到的時間是「凌晨兩點以後」，和「凌晨一點半左右到兩點半左右之間」。加大範圍推算，把推定的死亡時間定在「凌晨一點到三點之間」，應該最為妥當。

現場的室溫不會太高，也不會太低；空調設定的溫度在22℃，沒有使用定時裝置，所以空調的機器整夜都在運轉——利用空調，讓室溫一下子高一下子低，讓人對死亡時間作出錯誤推斷的手段，也是存在的。不過，這個命案似乎不必考慮到這種可能性。

行兇的時間是凌晨一點到三點之間。如果是這樣的話——

凌晨兩點半的時候，瞳子在大廳聽到了奇怪的聲音；三點半之後，瞳子接到從書房打過來的電話。這兩件事，似乎都和命案有深切的關聯。這樣的想法應該不會有錯。

「死因是什麼呢？」

鹿谷問。〈憤怒面具〉喃喃地說著「不知道呀」，又說：

「切斷手指和砍頭的行為，應該是殺人之後才做的吧！如果是砍頭致死的，那麼現場應該會有大量的血。而且，也沒有屍體是從別的地方搬過來的痕跡。」

「嗯，我的想法也一樣。」

如果致命傷是頭部受到攻擊，那麼是怎樣的攻擊？打死的？或是……

「這裡，有可疑的痕跡。」

〈憤怒面具〉指著屍體頭部被砍的切斷處附近說。鹿谷走過去，彎著上半身，仔細看他指的地方。

那是紅黑色的血已經凝固的脖子切斷面。鹿谷忍著作嘔的感覺，凝神看著切斷面。

「因為被血污染了，所以很難看清楚。你看這裡。身體這邊的頸部上、左側的這裡，就是這個。」

「啊！看到了。」

「有兩個像小小的斑點的痕跡。右側這邊也有一個相同的痕跡。」

「沒錯！確實有……」

「這是掐死受害者時，兇手留下的痕跡吧？」

「啊！」

鹿谷挺起上身，看著窗戶前面的地方。被推斜的桌子、兩張翻倒的椅子……這種情形很容易讓人自然地聯想到：兇手和被害人在那裡發生了爭執，結果兇手勒死了被害人，這是兇手掐住被害人的痕跡。

被害人與兇手強烈對抗，最後被兇手的兩手掐住脖子而慘遭勒死。之後，兇手便以館主人的日本刀，切砍下死者的頭顱與手指。

〈奇面之間〉的位置在奇面館〈別館〉東側最裡面。

除了鹿谷與〈憤怒面具〉外，這個房間裡還有其他五個人，他們是鬼丸、瞳子和〈歡娛面具〉、〈驚愕面具〉、〈懊惱面具〉等三個戴面具的男人。〈嘆息面具〉和長宗我部因為「不想看屍體」，所以仍舊留在大廳。

現在，鹿谷與〈憤怒面具〉以外的人，都站在入口附近，看著裡面的情形。他們想親眼確認這個房間裡確實有一具無頭的屍體，但又不想看到太過驚恐的畫面，所以保持距離地站在入口處看。已經到過現場，看過一次屍體的鬼丸，站在瞳子的旁邊，支持著用手掩口，驚嚇得幾乎癱軟在地的瞳子。

提出再到現場了解狀況的人，是鹿谷。

雖然「在警察來前，保持現場的原狀」，是這種時候非常重要的鐵則，但是，有時也得依情況而定。因為客人中就有前刑警，而鹿谷本人也有多次遇到命案的經驗，所以再一次到〈奇面之間〉看看，在可能的範圍內檢查清楚現場的狀態，不是有其必要嗎？

「而且——」

鹿谷此時又說：

「我覺得應該搜索〈奧之間〉的所有房間，包括剛才的〈面對面之間〉在內，所有桌子、櫃子的裡面，都不能放過。或許面具的鑰匙就藏在那些地方的某一處裡。而被砍掉的頭顱，也是我們必須尋找的對象。」

他還對站在職務上應該持反對意見的鬼丸，提出搜索行動的要求。

「這樣的調查行動是情勢所迫，請你務必了解。」

行動開始前，鹿谷先和奇面館的總管打招呼。

「為了避免在找東西時產生不必要的情況，必須分頭進行調查時，以兩人一組的方式行動。各位意下如何？」

得到鬼丸的了解後，鹿谷一行便開始了現場的再一次調查行動。

## 2

桌子或櫃子的抽屜、衣櫥的內部、床的周圍……等等，凡是可以隱藏東西的地方，都不放過。這樣的調查行動，以鹿谷與〈憤怒面具〉為主。這是盡可能地不要留下新指紋的工作，在這種特殊的情況下，很難完全不留下任何指紋。遲早警方會來進行正式的搜索，到時候所有有關係的人都會被採指紋，確認誰摸過什麼東西。

經過一番搜索調查後，關於〈奇面之間〉調查結果，是——

沒有找到被砍頭的屍體的頭部。

也沒有找到六個面具的鑰匙。

一條被隨便摺疊起來，沾有血跡的浴巾，被放置在有使用過痕跡的床的床邊上。在鬼丸確認之後，知道那條毛巾是〈奧之間〉的那間浴室的用品。

在搜尋的空檔裡，鹿谷拉開原本是關著的窗簾，查看窗戶的情形。〈奇面之間〉的窗戶與客房的窗戶一樣大，並且也和客房的窗戶一樣，嵌有鐵欄杆。窗戶上嵌有七根縱向的鐵條，鐵條與鐵條的間隔約十五公分。

窗戶的月牙鎖沒有往下扣。這有點引人注意。從外表上看，鐵欄杆上沒有異狀，不可能有人能夠從這裡出入。

鹿谷還想打開窗戶，看了看窗外的情形。

一打開窗戶，強烈的冷氣與呼嘯的風聲立即流竄入室內。風雪交加的態勢並沒有減弱的趨勢。果然如長宗我部說的，在這種天氣下徒步出去求救，或許真的是自殺的行為。

在關窗戶前，鹿谷把手伸向鐵欄杆中的一根鐵條。那是直徑約數公分的黑色圓柱形鐵條。鹿谷忍受著像要結凍起來般的寒冷，用右手握著鐵條，並且試著用力看看——

手感怪怪的。鹿谷不禁低聲地「唔？」了一聲。

「怎麼了？」

有人出聲問。鹿谷回頭看，正好看到〈歡娛面具〉從入口處往室內踏入一步。

「鐵欄杆上有什麼機關嗎？」

「啊，不是。」

鹿谷縮回手，把窗戶關起來。

「要從這個窗戶出入，是不可能的事情。我是在試著確認這一點……」

然後，鹿谷退回到剛才一直覺得有點不放心的床的周圍。此次他的目標是被脫下來的長袍。

「已經調查過口袋的裡面了。」

已經了解鹿谷用意的〈憤怒面具〉說。

「裡面什麼也沒有。」

「哦，是。所以，你不覺得那樣有問題嗎？」

「問題……？口袋裡沒有東西是問題？」

「嗯，是的。」

鹿谷拿起長袍，搜尋著長袍的左右口袋。

他先搜尋左邊的口袋。

鹿谷想起館主人昨天的舉動。他把那支〈未來面具〉的鑰匙放在左邊的口袋裡，幾乎是隨身攜帶。但，那把鑰匙現在已經不在左邊的口袋裡了。

接著，鹿谷又搜尋右邊的口袋。

鹿谷已經推測到右邊的口袋也會空無一物。對患有病態性的「表情恐懼症」的館主人來說，連自己臉上的表情，也是他恐懼的對象之一。例如看到鏡子裡的自己的臉。例如從別人那裡看到自己「閱讀表情」的臉。所以，在這座館邸的時候，即使是在只有自己一個人的空間裡，他經常也要用面具把臉遮起來。囚此……

「鬼丸先生。」

鹿谷轉向站在入口附近的秘書，問：

「館主人是不是有一個習慣，他在這座館邸裡，戴自己的面具——〈祈禱面具〉的時候，是自己在面具上上鎖嗎？」

「是的。正如您說的那樣。」

鬼丸毫不猶豫地點頭回答，然後對旁邊的瞳子輕輕使了個眼色。

「主人說那樣他的心情才能更加穩定。」

「因此，他應該會隨身攜帶鑰匙吧？例如說，他會把鑰匙放在這件長袍的右邊口袋裡。」

「是的。」鬼丸又點頭，說：「正如您也觀察到。」

「果然如此。但是，現在長袍的口袋裡沒有鑰匙。包括我們剛才搜索過的寢室裡的其他地方，都沒有發現那支鑰匙。」

鹿谷一邊說，一邊繼續摸索空空的口袋裡面。突然，他發出「啊！」的聲音。

「啊，這是……」

「什麼？」站在入口附近的〈驚愕面具〉說。

接著〈憤怒面具〉走到鹿谷的身邊說道：

「兩邊的口袋應該都是空的呀？」

「嗯，是空的沒錯。」

鹿谷這麼回答，但他的手並沒有伸出右邊的口袋。

「只是，這邊的口袋底部有一個小洞。」

「洞？」

「看，就是這樣。」

鹿谷說著，把右邊口袋往外翻出來給大家看。口袋底部的縫合處，有一小部分縫線脫落而綻開，因此出現了一個小小的洞。

「因此……」

鹿谷舉起長袍，從口袋的位置開始，慢慢往下捏弄。就這樣——

「唔，這個嗎？」

他低聲說著，用右手的拇指與食指抓著長袍的一部分給〈憤怒面具〉看。

「這個。就觸覺來說，這大概是鑰匙吧！你摸摸看。」

「——嗯。確實很像鑰匙。」

「拿出來看看吧！」

在鹿谷的努力下，不久後，果然從口袋的洞裡，一支不折不扣的小型鑰匙。

「這是〈祈禱面具〉的鑰匙嗎？」

一直在旁邊看的〈懊惱面具〉問。

「沒有錯吧！『頭』上刻有〈祈〉這個字。」

「這是怎麼一回事？」

「很容易想像吧！」

鹿谷回答。

「這件長袍的右邊口袋底部綻線了。但長袍的主人並沒有發現，也不知道小小的綻線已經讓口袋有一個小洞。到了昨天晚上，小洞變成這麼大的洞，主人在不知情的情況下，仍然把鑰匙放進口袋，結果鑰匙就從這個洞，滑入長袍的內裡與外布之間。或許昨天晚上主人也曾經為了找不到鑰匙，而感到困惑不已。」

「那麼，那個……」

從剛才開始就臉色蒼白，一直沉默不語的瞳子，緩緩地開口了。

「那支鑰匙現在還在衣服裡，表示影山……會長被兇手砍頭的時候，還戴著〈祈禱面具〉。是嗎？」

「是吧！這個可能性很高。」

鹿谷回答，然後把從長袍裡找到的〈祈禱面具〉鑰匙，放在床頭桌上。

「雖然這上面已經有我的指紋了，但這是重要的證據。應該放在塑膠袋裡，好好的保管起來。」

即使如此——鹿谷邊想，邊再一次看著這個房間內的奇異之處。

貼在四片牆壁上的諸多面具，因為光線照射的角度不同，而顯現出各種微妙的陰影，產生出凹凹凸凸、千變萬化、讓人不舒服的怪異表情……

當然，還有——鹿谷想著。

這裡當然還有不能忘記的問題。這裡是——這個奇面館，是那個中村青司的手完成的建築物。這是一個大問題。

## 3

離開〈奇面之間〉，他們到〈奧之間〉的另外空間，繼續搜索調查的作業。

那裡是緊鄰大廳的〈面對面之間〉，和〈奧之間〉附屬的浴室及廁所——關於這部分的搜索調查，得到以下的結論：

如鬼丸所證實的，被留在寢室的浴巾，就是這裡的浴室的用具之一。推測是兇手要從現場拿走屍體的頭顱與手指時，用了那條毛巾擦拭血污。

浴室與盥洗間明顯有使用過的痕跡。可能是館主人遇害前使用過那裡，也有可能是兇手行兇之後使用了那個地方。如果是後者的話，應該是去那裡清楚殺人時身上沾到的被害人的血跡。這樣的推測很容易成立。

盥洗間的架子上，除了放著洗臉或入浴的用具外，還夾雜著裝著其他種種物品存貨的大小塑膠袋。兇手利用那些塑膠袋，帶走屍體的頭顱與手指的可能性不低。而事實上，剛才從食物調理機裡發現手指頭時，跑去廚房查看的鹿谷等人，已經在調理台的旁邊，看到被遺落在那裡，沾有血跡的塑膠袋了。

屍體的頭顱不在〈奧之間〉的任何地方，仍然還沒有被找到。鎖著六位客人臉上面具的鑰匙，也一樣不知在何處。而且——

「應該還有〈未來面具〉的鑰匙呀！那支鑰匙也沒找到。」

鹿谷站在〈面對面之間〉的寫字桌前，用手指敲著自己臉上〈哄笑面具〉的額角。

「呃，鬼丸先生知道吧？」

他轉身看站在旁邊的館主人秘書，問說：

「昨天晚上館主人給我看了那個東西，那是以前影山透一氏秘藏的〈未來面具〉的鑰匙。據說面具本身已經不在這裡了，但是鑰匙還在這裡，並且已經成為館主人的私人物品……」

「是的。」

鬼丸點頭說：

「那是一支上面有寶石裝飾的精緻物品。」

「昨天晚上，我看到館主人從自己身上長袍的左邊口袋，拿出那支鑰匙給我看。但是，我們剛才檢查那件長袍的時候，鑰匙已經不在長袍的口袋裡了。那支鑰匙到哪裡去了呢？你知道它還可能被放在哪裡嗎？」

「不知道。」

鬼丸回答。鹿谷目不轉睛地看著他，又問：

「那麼貴重的物品，難道不會放在特別的地方嗎？例如保管箱之類的？」

「我不知道。」

鬼丸非常正色地回答。

「會長對財物的保管方式，可以說是相當隨意，不是那麼在意……對那支鑰匙的態度也一樣，我曾經看過他把那支鑰匙隨便就放在這張桌子上面。」

「那樣嗎？——嗯。」

鹿谷一邊用手指敲著面具上的額角一邊繼續問：

「還有，鬼丸先生，我想弄清楚一件重要的事情——這個〈奧之間〉裡，沒有可以通往建築物外面的出入口吧？」

「是的。只有〈別館〉那邊的便門可以通往外面。」

「還有窗戶。這間〈面對面之間〉裡沒有一般窗戶，只有天花板上的天窗。」

鹿谷說著，指指頭上的方向，說：

「從這樣看的話，人很難從那個地方出入呀！」

「那是採光用的窗戶，窗戶上並沒有可以開、關的構造。」

「原來如此。」鹿谷點頭表示了解。又說：「除了〈奇面之間〉裡的窗戶外，外面的走廊盡頭也有一個窗戶，浴室和廁所裡也各有一個窗戶。但是，那些窗戶的外面都有鐵欄杆，人不可能從那樣的鐵欄杆出入──情形就是這樣，沒錯吧？」

稍微考慮之後，鬼丸回答：「沒錯。」於是鹿谷又問：

「沒看到天花板裡面或地板下面的檢查孔。一般為了維修管線，通常不是都會有檢查孔那樣的地方嗎？」

「那些都在外面。而且〈奧之間〉這個區域裡，沒有那樣的設置。」

「原來如此。」鹿谷表示了解地又點了頭，並且從自己的口袋裡掏出那個香菸盒──但是，還是稍微再享用「今天的一支」吧！這麼想後，便再度走向寫字桌。

滿水的水瓶、空玻璃杯、那個藥丸盒子，及某些文件、書寫用的文具等等，被隨意地放在桌子上。剛才打開看過的抽屜裡，有昨天進行〈面對面之儀〉時，支持謝禮用的一本支票簿。除此之外，就沒有什麼特別值得一提的東西了。

鹿谷的視線停留在桌上的文件上面。

一定就是那個。影山逸史為了尋找〈另一個自己〉，僱用「適當的專業人士」尋找可能的對象，桌上的文件應該就是所謂「適當的專業人士」所寫的報告書吧！

鹿谷非常想看看那些文件的內容，可是，現在還不是時機。他悄悄看了鬼丸那邊。

果然鬼丸正以帶著譴責的眼神，看著他這邊。可是——

「如果可以的話，等一下我能查看這些文件嗎？或許可以從這些文件，尋找到有用的線索。」

鹿谷這麼說，語氣相當強硬。

# 4

下午一點以前。

長宗我部問回到大廳的七人：「可以用餐了嗎？」但沒有人積極回應。看了那樣殘酷的殺人現場後，一般人應該都不會有食慾的。即使對「殺人事件」比一般人熟悉、有經驗的鹿谷，這個時候也是一點餓的感覺也沒有。

「一直穿著睡衣，整個人都覺得沒精神。」

〈憤怒面具〉打開長袍的前襟，心情不太好地說著。

「總之，我要先去換衣服。」

「說得也是。」鹿谷回應。

「我同意右邊的。」

一樣還穿著睡衣的〈歡娛面具〉與〈嘆息面具〉，也採取和前面兩個人相同的行動。

大約過了十分鐘後，全體人又都回到大廳。

雖說是「換衣服」，房間裡為客人準備好的替換衣服，就是之前穿的襯衫和長褲。

以鹿谷為例：因為脫不下來的面具的阻撓，連要換穿汗衫都很辛苦，所以根本也不會想要換自己帶來的衣服……結果，六個戴面具的男人像回到和昨天晚上一樣，除了臉上的面具不一樣外，身上穿的衣服幾乎都一樣。同樣的襯衫、長褲與長袍，甚至連襪子、拖鞋也相同。

長宗我部與瞳子已經準備好簡單的食物，有炒蛋、香腸、螺旋麵包和鹹餅乾。即使戴著面具，也不難把這類的食物送入口中。

「請用。」

長宗我部請大家用餐時，〈嘆息面具〉半開玩笑地說：

「裡面沒有摻雜什麼奇怪的藥吧？」

長宗我部立即回答：

「怎麼會呢？請不要擔心。」

於是鹿谷便出言護衛長宗我部，說：

「鬼丸先生和長宗我部先生有不在場證明，不會被列為嫌犯的人選。至於新月小姐，我相信她也沒有問題。」

這些話也是鹿谷心裡的話。

想到瞳子剛才坦白說出昨天深夜聽到奇怪的聲音與電話的事，就會覺得把她列為嫌犯，是不合邏輯的事情。因為她如果是兇手，就根本沒有必要特別弄出那樣的情節。不是嗎？

「如果鬼丸和長宗我部是共犯呢？只要先串好說詞，很容易就可以讓對方有不在場的證明了。」

這麼說的人是〈驚愕面具〉。

「女僕新月小姐也一樣。或許他們根本就是共謀。所以……」

「不，不，忍田先生。請不要這麼快就下斷言。」

鹿谷帶著譴責的語氣說。

「我明白你因為心中有所懷疑而隨口猜測，可是，那樣是不好的。如果要那樣，那不如懷疑除了自己以外的所有人，這不是更簡單嗎？在目前這樣的情況下，請要更加謹慎。」

「可是——」

〈驚愕面具〉想反駁，但是鹿谷打斷他想說的話，堅決地說：

「這個命案沒有共犯，應該是兇手個人的行為。這是我的想法。」

「你憑什麼那麼想？」

「因為我看到了那樣的『形狀』。」

「你這麼說——」

「不明白我的意思嗎？嗯，確實很難用嘴巴解釋呀！」

鹿谷一邊自問是否能用語言去表達浮現在腦子裡的那個「形狀」，一邊說：「舉例來說的話……」

「舉例來說的話……從包圍著這個命案的各種情況看來，這個兇手好像很不自由。」

「不自由？」

「對。從行兇前讓我們喝下安眠藥這種計畫性的行動看來，表示兇手的行動不是很自由。如果他有共犯，就可以更輕鬆行事，不必先把我們弄倒。由此可以隱約看出兇手的不從容。」

「這意思是——」

「和刑警的敏銳度差不多呀！」〈憤怒面具〉聳聳肩膀說。「基本上我不反對日向老師的看法。」

「哦？你也認為是個人的行為嗎？」

「這是前刑警的直覺。」

〈憤怒面具〉好像苦笑地說。因為戴著面具，所以不知道他的真實表情到底是如何。

「不管怎麼說——」鹿谷說：「到目前為止，這個個案的輪廓大致上是掌握到了。但是，問題現在才要開始。」

「現在最讓人擔心的問題，就是屍體的頭顱和面具的鑰匙在哪裡吧？」

緩緩地插嘴說的人是〈懊惱面具〉。而回應他這句話的人是〈歡娛面具〉，他說：

「要像剛才那樣，進行整座房子的搜索嗎？」

「首先就從每個人的寢室開始搜索起吧！必要的時候，個人帶來的行李也要打開來檢查。」

「有必要做到那個地步嗎？」

〈懊惱面具〉有點退縮的樣子。於是〈嘆息面具〉便嘿嘿地笑了，說：

「沒有兇手會笨到從現場把屍體的頭顱帶回自己房間吧？鑰匙也一樣。應該會藏在別的地方。」

「說得沒錯。不愧是教授。」

〈歡娛面具〉說。

「如果我是兇手的話，或許會把鑰匙隨便放在某一個人的房間裡。因為那樣最簡單，而且可以轉移調查的方向。」

「這種事情是很有可能的。」

「所以說，檢查行李這種事，是愚蠢而沒有用的動作。」

沒錯。在這樣的狀況下，或許會變成那樣吧！——鹿谷能夠理解他們的想法，於是說：

「雖然如此，但頭顱和鑰匙到底在哪裡，畢竟還是很重要的問題。這是事實吧？只是，我覺得現在還有一件更應該要確認的事情。」

「你說的是什麼事？」

〈懊惱面具〉問。鹿谷回答：

「關於兇手來自外部的可能性。」

「外部……」

「也就是說：兇手是在這裡的我們九個人以外的人。那個人不是受邀來作客的人，也不是館邸的傭人，卻躲在館邸的某個地方。我認為現階段不能忽視這個可能性。」

「可是——」

鬼丸說話了。

「我實在無法想像這個命案是由外面侵入館邸的盜賊所犯下的。」

「贊成。館邸內像〈未來面具〉的鑰匙的值錢物品，應該不少吧！如果只是潛進來偷東西的，犯得著殺死館主人嗎？而且不僅砍走了館主人的頭顱、切掉了館主人的手指，還在我們的面具上上鎖。兇手有必要做那些事嗎？」

「那麼……」

「即使如此，我也認為不能完全排除是兇手是外人的可能性。也有可能是路過的狂人所為，或者是帶著某種意圖潛入館邸，伺機而動的人所做的事情。這些情況都是可能存在的。」

「就算真的有外來的行兇者，那麼，那個外來的行兇者，為什麼要做出這麼殘酷的殺人行為？」

「不知道。」

鹿谷老實地回答。

「只是，大雪從昨天晚上起就沒有停過；這樣的大雪不僅讓我們無法離開館邸，一定也同樣困住了那個可能存在的外來者。所以說，那個人現在也和我們一樣，待在這座館邸裡，躲藏在館邸裡某個地方的可能性，是很高的……」

「所以我們有搜索這座館邸的必要？」

「我認為確實有必要。」

鹿谷說。他一一注意戴著面具的其他人的反應，說：

「總之，搜索的目的，就是為了確認這座館邸裡，除了我們外，是否還有其他人。

建築物的周圍也在搜索的範圍內，確認是否有人從外面進來的痕跡，或人從裡面出去的痕跡。藉著這樣的搜索，還能順便尋找屍體的頭顱和面具的鑰匙吧？鑰匙恐怕沒有那麼容易找到，但是頭顱不是小東西，或許能在某地方找到。」

鹿谷自顧自地說。

除了講給別人聽外，當然他也講給自己聽。

尋找兇手是外來者的可能性，是有必要的。如果兇手確實是外來者，那麼接下來最重要的事，莫過於尋找被害者的頭顱，因為那是在討論這個命案時，最重大也是最關鍵的線索。

被砍切掉的被害者頭顱與手指，和鹿谷他們六人的面具，這些都通往某一個「相同性」的問題，並且圍繞著這個問題。所以……

在這個事情上，究竟有沒有意義呢？

當然應該有吧！——鹿谷這麼想著。他不覺得沒有意義，所以……

「吃飽後，大家就開始搜索行動吧！」〈憤怒面具〉說。

「但是，靜靜待在房子裡什麼事情也不做，也可以是一種選擇吧？」〈驚愕面具〉陳述自己的意見：「大家集中在同一個地方，彼此互相注意的話，可以避免發生下一個悲劇。」

「嗯，確實是那樣。」

「我個人不太贊成這個意見。」〈嘆息面具〉說：「從現在的情形看來，恐怕最早也要明天下午以後，才能與警方取得聯絡。難道在那之前，我們只能待在這裡什麼也不做嗎？」

「可是剛才你不是一直都待在這裡嗎？」

「那時是那時。因為我實在害怕沾滿鮮血的場面。」

「誰不怕看那種場面？大家都不喜歡吧！」

「我特別害怕。」

「總之，那種扮演偵探的搜索行動，我已經夠了。」

「不能這麼說……」

這種無法幫助了解案情的討論，讓鹿谷心情急躁起來。

「那麼，來說說更接近核心的問題吧！」

鹿谷以強硬的語氣說，並且看著眾人的反應。

「關於這個，我想不管是誰，應該或多或少都有些疑問或疑慮。可是，卻一直沒有人去正面討論，或說出來。

「——大家知道我說的是什麼嗎？」

眾人的反應不盡相同，有人老實地低頭承認，有人歪著頭表示不認同，也有人乾脆低著頭，逃避回應。

「除了算哲教授和長宗我部先生外，其他人剛才都親眼看到了〈奇面之間〉內的屍體。在大家看到屍體的時候，屍體的頭顱與十根手指頭，都已經被人帶走了。」

鹿谷加強語氣地繼續說：

「帶走屍體頭顱與手指的人，便是兇手。那個人也是下藥讓我們沉睡，並且讓我們戴上面具，還把面具上鎖的人——兇手的行為實在太奇怪，太不正常了。兇手為什麼會有那樣的行動呢？」

鹿谷又問，但還沒有人立即回答。於是他繼續說：

「再想想，一定可以發現其中有衝突之處吧？總之，現階段還很清楚地劃分開了現實與妄想的區別。」

「等一下。」

此時開口打斷鹿谷發言的人，是〈嘆息面具〉。

「你說的事情，即使是我這個沒有親眼看到屍體的人也知道。雖然不見得在這裡的所有人都明白，但相信除了我以外，還是有別的人明白的，只是沒有說出來而已。」

「是嗎——？」

面對對手挑戰性的口吻，鹿谷雖然有些訝異，卻還是勇敢地正視對方。

「當然是吧！」鹿谷說。

「嗯，不過，有一件事。」

〈嘆息面具〉也是直視著對手〈哄笑面具〉。

「我一直很在意一件事，或許現在正是提問這件事的最好時機。」

「什麼事？」鹿谷問。

「我想問的事情是：眼前的這位作家〈哄笑面具〉，到底是誰？」

# 5

「去年，怪奇小說作家日向京助先生出版了《汝、莫喚彼獸之名》的小說。我看過那本書。我原本就不討厭那一類型的小說，湊巧在書店看到『日本的特夫克拉夫特』這樣的標語。」

「呵，那個是……」

糟了！鹿谷心裡暗暗叫慘。

知道這個算哲教授會是個麻煩的人物，但沒想到會這麼麻煩。當真不可小看呀！

「那本書裡的作品都很有意思。不過，該怎麼說呢？基本上那些作品都是灰暗讓人感到刺痛的故事。但——」

「——什麼？」

「和我的想像大不相同。」

〈嘆息面具〉又說：

「昨天的感覺沒有這麼強烈，但是今天早上——從剛才開始，看了你的種種行動，我就覺得怪怪的。」

「哦？」

「好像你才是正牌的刑警，而不是那邊的那一位。這樣的你，和那本小說給人的印象非常不一樣。」

「被這麼說，我也覺得很困擾。」

鹿谷只能先裝蒜再說。

「相信很多讀者會把作家本人和作品聯想在一起。」

「也不是這個意思。」

〈嘆息面具〉搖搖頭，再說：

「莫非你以前也做過警察的行業？不，不會吧！如果是那樣的話，應該一開始就會說出來了。昨天好像聽說你認識岡山縣警局裡的什麼人……」

鹿谷一邊聳聳肩，一邊暗中觀察其他人的反應。另外四個戴面具的男人和三個奇面館的傭人，都非常專注地在聽他們兩個人的對話。

「你為什麼要調查這個命案呢？」

〈嘆息面具〉問。

「並且搬出一堆理由，不等警方來就要展開行動。」

「——你是說？」

「這種狀況下，一般都會認為再發生命案的危險性很高。」

糟了！鹿谷再一次在心裡唸道。

沒錯。為了控制現場的行動，鹿谷確實有些故弄玄虛。被他看穿了嗎？

「為什麼那麼說？」

此時插嘴提出問題的人是〈懊惱面具〉。

「砍掉屍體的頭，又切斷屍體的手指頭，這樣的行徑確實古怪。會用這種殘酷的手法行兇的人物，的確有再殺死第二個人、第三個人的危險性……」

「不，這很難說呀！」

〈嘆息面具〉誇張地歪著腦袋，很斬釘截鐵地回答：

「大家想想看吧！昨天晚上，我們因為安眠藥的關係，都睡得很沉，讓兇手能夠潛入房間，給我們戴上面具。不是嗎？」

「——是的。」

「如果兇手想殺死我們之中的某人，當我們因為安眠藥而熟睡，進入了無防備的狀態時，他應該隨時就能夠動手殺人，用不著等到第一個屍體被發現後，才動手……不是嗎？」

啊！沒錯。理論上是那樣沒錯——鹿谷這麼想著。〈嘆息面具〉繼續說：

「但，今天早上我們只有在〈奇面之間〉發現了一具屍體，其他人都安然無恙。也就是說，兇手打從一開始，就沒有要殺害我們這些客人的想法。對吧？」

「唔……原來如此。」

「日向老師，你覺得呢？」

〈嘆息面具〉重新面向著鹿谷，說：

「像這麼簡單的事情，你應該都很清楚。但你卻隨隨便便地說恐怕會有第二個受害者，分明是要用這個理由來恐嚇大家。不過，你要求應該在這裡進行可能範圍內的搜查行動，卻得到了原本是刑警的阿山先生的支持。」

鹿谷無話可說了。

「我一直覺得非常奇怪，為什麼你要說那樣的話。不過，我現在好像有點想到那是為什麼了。我注意到你的目的，就是搜索命案這件事情的本身。」

「……」

「現在，我們可以回到最開始時的問題了。」

〈嘆息面具〉一邊撫摸著面具的側頭部，一邊說：

「我覺得我看過的《汝、莫喚彼獸之名》的作者，應該不是會採取那種行動的人。作家和作品是有差距的？或許確實是那樣吧！可是，我不認為那句話適合用於現在的這個情況。這是印象問題。我就是覺得你這個人和那本書給人的印象，是完全不同的。所以我的心裡有疑問。」

「什麼樣的疑問？」

鹿谷問，他的心中已經有所覺悟了。〈嘆息面具〉回答：

「你，真的是寫那本小說的日向京助嗎？說不定你是以日向京助之名，潛入這次集會的人。這就是我的疑問。」

## 6

沉默了幾秒鐘後，鹿谷覺悟了，決定坦白說出自己的身分。但是，就在他要開口的時候——

「等等。」

鬼丸開口了。他一邊驚訝地看著鹿谷臉上的〈哄笑面具〉，一邊說道：

「您說這位日向京助先生是冒牌的嗎？……這是不可能的事。」

「哦？鬼丸先生為什麼會這麼想呢？」

〈嘆息面具〉問。

「我們迎接來參加這次集會的客人時，都會請求客人提出證件，證明自己就是受邀的本人。日向先生今年是第一次參加，但應該已經透過駕駛執照上的照片，確認是本人無誤了。」

秘書這麼回答，然後看了身邊的瞳子一眼。

「唔——是那樣沒錯。」

瞳子點點頭。可是，接著她便歪著頭，一邊看著鹿谷，一邊說：

「我迎接日向老師時，的確向他確認過邀請函與駕駛執照。」

「看，果然沒錯吧！」

鬼丸說。「但是……」瞳子很快就接著說道：

「我看了駕駛執照上的照片後，覺得有一點不太對勁。因為照片儘管和本人很像，但還是有某種不太一樣的感覺。但我看了駕駛執照上的更新日期後，發現是前年更新的，那時便覺得不太一樣是可以理解的事情了。」

「『那時』覺得。是嗎？」〈嘆息面具〉說。「那麼，現在呢？現在會怎麼覺得？」

「這個……我……現在覺得有點奇怪。」

瞳子稍微低下頭來回答。又說：

「〈嘆息面具〉……啊，是算哲教授。我的感覺和教授剛剛說的一樣。明明是小說家，但是為什麼像偵探一樣地，這麼積極地想搜索調查這件命案呢？雖然我這麼說有點失禮了，但我真的覺得很奇怪，確實有『這個人到底是誰呀？』的疑問。」

「是嗎？」

鹿谷回答。面具下的他因為感覺到失望而嘟著嘴。

「我果然是過度急躁了，所以被算哲教授看穿我故弄玄虛的做法。」

「哦呵。」〈嘆息面具〉說：

「這麼說來，你承認自己不是日向京助，是另外的一個人了？」

在所有人視線的注視下，鹿谷低聲輕嘆。鬆開交抱在胸前的雙臂，挺直背脊，調整姿勢後，說：

「我承認。」

鹿谷回答時，完全沒有表現覺得慚愧的模樣。

「我也覺得再隱瞞下去沒有意義，反而會讓事情變得更混亂。」

「真的嗎？」

瞳子抬起頭，張大眼睛問：

「您一開始就冒充日向老師來這裡？」

「沒錯。不過——這是日向京助本人的希望。他和我同年，長相也相似，身高也不相上下。所以他便要求我冒充他參加這個集會。」

「可是，他為什麼要這麼做？」

被這麼一問，鹿谷便源源本本地老實回答：

「日向本來是要自己來的，但是他突然生病，自己沒有辦法前來，才會找上我冒充他……」

於是鹿谷便把自己知道的，包括自己如何認識口向、日向如何對他請託，自己如何從猶豫到答應的過程，一一說出來。然後……

「我姓鹿谷，姓名是鹿谷門實，和日向京助同行。不過，我寫的東西不是怪奇小說，我寫的是推理小說。」

「呵！果然也是小說家，而且還是推理小說……是懸疑推理小說家？」

對鹿谷的解釋做出這種反應的人，是〈嘆息面具〉。

「懸疑推理小說家鹿谷門實嗎？唔，這個名字好像聽過又好像沒有聽過……不過，因為是推理小家的專家，所以很習慣這樣的事件吧？」

「習慣的是自己小說裡的殺人事件吧？」〈歡娛面具〉開口說：「搜查實際上發生的事件，和調查小說裡的事件，是完全不一樣的吧？」

「不，也不盡然——」

鹿谷回答：「到目前為止，我經歷種種事件，其中也接觸過現實中的殺人事件，所以像今天這樣的情況……」

「鹿谷門實嗎？唔——很遺憾沒有看過這位作家的作品，但是名字倒是有印象的。」

說這話的人是〈驚愕面具〉。

「鹿谷門實就是《殺人迷路館》的作者吧？」

「是的。《殺人迷路館》是我的出道作。」

「嗯。」

〈驚愕面具〉頗感興趣似地摸著面具的下巴，但他並沒有說出表示認同的語言，而是「但是——」地接著說：

「你真的是鹿谷門實嗎？這也是一個大問題吧？或許你不是日向京助，但也不是鹿谷門實。這也是有可能的吧？」

「這個……」

「刑警先生對這一點有何看法？」

〈憤怒面具〉被問，他的眼光穿過面具，直視鹿谷好一會兒，才說：

「最初在現場一起檢查那具屍體之後，就覺得他的膽子比一般人大，當時就問過他，而他的回答是『有點原因，才會這樣的』。後來再看他處理事情的手法，就越發覺得他不是普通人物。」

「昨天我們談話時，我曾經提過岡山縣警局的新村警部這個人。你可以問一問他，就知道我……」

鹿谷一邊這麼說，卻一邊心裡覺得這樣的辯白是毫無意義的。因為如今這館邸根本無法對外聯絡，〈憤怒面具〉就算想問也沒辦法問。

傷腦筋。要怎麼說明，他們才能夠接受自己真的是鹿谷門實呢？——鹿谷真是傷透腦筋了。

「那個——」

此時竟然出現了鹿谷意想不到的救星。那個人是新月瞳子。

「我也很遺憾地沒有拜讀過鹿谷門實老師的作品，所以也就沒有看過通常附在書中的作者照片，當然也就不知道鹿谷老師的長相了。可是，我曾經在某一本雜誌上閱讀過鹿谷老師的雜文，因此……」

因此什麼呢？——鹿谷本人也不知道瞳子會說出什麼話來。

「如果你真的是鹿谷先生的話，那麼，你可以現場摺一隻『惡魔』嗎？一隻『惡魔』的摺紙——不是五根手指的惡魔，是『七指惡魔』。」

# 7

那惡魔有兩手、兩腳，背上長著一對翅膀，還有一條像槍一樣的尾巴，並且臉上有鼻有口，還有一對尖尖的。最特別的是左右兩手的手上，各有七根手指頭。

只用一張紙，就能摺出一隻那樣「七指惡魔」——

為了回應瞳子的要求，二十分鐘後，自稱是「懸疑推理作家鹿谷門實」的〈哄笑面具〉，完成名為「七指惡魔」的摺紙作品。

將鬼丸拿來的薄包裝紙，剪成每邊長大約五十公分的正方形後，〈哄笑面具〉便開始摺了。

「我想摺得更細膩一點，但是現在這個場合並不適合，所以摺出來的『惡魔』會簡陋。抱歉呀！」

在大家的注視下，〈哄笑面具〉一邊說，一邊運動著靈活的手指，一個動作一個動作地開始摺紙。而非常恰巧的，鬼丸拿來的是一張黑色表面的素色包裝紙。

「『惡魔』是現代創作摺紙藝術的劃期性作品，原本只有五根手指的『惡魔』，在經過設計者的改良後，而成了『七指惡魔』……」

聽著〈哄笑面具〉的說明，瞳子默默地點著頭。

她說「曾經在某一本雜誌上閱讀過」的這件事，是去年夏天去砂川雅美阿姨家玩時，在書架上看到一本摺紙專門雜誌（摺紙好像是阿姨嗜好），便隨手拿下來看。那本雜誌的前言，就是瞳子所說的鹿谷門實的雜文。

雜誌中也介紹了前言的作者是鹿谷門實，說明鹿谷是「推理作家」，「一九八八年以《殺人迷路館》出道」。這與剛才〈哄笑面具〉和〈驚愕面具〉的對話內容，是吻合的。

瞳子那時看了那篇文章後，心裡也「啊」了一下，因為不管是《殺人迷路館》這個書名，還是作者的名字，自己都曾經在書店或報紙的廣告裡看過。瞳子還記得因為自己並不討厭推理小說，所以當時還想：哪一天要看看那本推理小說。

「一張紙的非完整正方形摺紙與本格推理小說」。

這就是那篇文章的題名。這個名字引起瞳子的興趣，所以當下便立即閱讀了那篇文章……

「只用一張正方形的紙，不做任何切口而『摺成』一個完整作品的摺紙手法，就是『一張紙的非完整正方形摺紙』。『惡魔』就屬於這種摺紙。第一次看到『惡魔』的時候覺得好像看到魔法一樣，非常感動。」

鹿谷一邊自己做說明，一邊一個步驟一個步驟地摺紙。

瞳子想起那篇文章的內容。

筆者——鹿谷門實，因為深深被「惡魔」這個了不起作品吸引，不僅已經成為摺紙的愛好者，也常常動腦筋構思創作新的摺紙，還把摺紙當做道具，放入小說的世界裡。某日，「惡魔」的設計者——摺紙研究家某氏，透過編輯部，寄給筆者一封信件，信件的主要內容便是某氏的新構思「惡魔」的改良型——「七指惡魔」的摺紙圖。

所以——瞳子想著：

如果〈哄笑面具〉這個男人如他自己所說，真的是鹿谷門實的話，就應該會摺「七指惡魔」。

瞳子在雜誌上看過完成的「惡魔」的照片，但雜誌上並沒有介紹「七指惡魔」的摺法。而設計出「惡魔」的某氏，也只是把這個新設計當作一次「瀟灑的遊戲」，之後也沒有對廣大的群眾發表摺法。

所以說——

全日本應該沒有多少人知道「七指惡魔」的摺法；能夠熟記摺法，而且還能當場摺出來的人，必定更少了。在瞳子的要求下，如果〈哄笑面具〉能夠當場摺出「七指惡魔」，那麼，他就是鹿谷門實這件事，就可以說是無庸置疑的事了。所以……

為什麼要在這裡摺紙呢？當然有人提出了這樣的疑問。但在瞳子的說明下，大家似乎都能了解。

「……好了。這樣就可以說是完成了。」

把摺好的「七指惡魔」立起來，放在桌子上面後，〈哄笑面具〉看著瞳子說：

「因為是匆匆忙忙摺出來的，所以沒有摺得很好——怎麼樣？可以相信我就是鹿谷門實了吧？」

已經顧不得其他七人的反應，瞳子馬上點頭表示相信，並且目不轉睛地看著已經完成的「惡魔」。雖然摺得不是很精細，但確實與自己在雜誌上看到的那個一樣。

「我想我能夠相信你。你是推理作家鹿谷老師。」

瞳子從剛才還在懷疑「這個人到底是誰」的壞心情中得到解放，緊張的情緒也霎時放鬆了不少。被不合季節的大雪孤立的館邸，和殘忍而怪異的命案……處在這些異常事態中的瞳子，首次有了一絲絲安心的感覺。

## 8

「冒充日向京助之名來參加這次的集會，並且一直隱瞞到剛剛，我在此向各位道歉。可是，我昨天晚上作夢也沒有想到會發生那樣的事情……」

帶著〈哄笑面具〉的客人⑤——推理作家鹿谷門實這麼說著，並且誠懇地低頭向大家致歉。

「雖然你道歉了，但平常你會接受這種委託嗎？」

〈歡娛面具〉苦笑似地說。

「按常理來說的話……你這樣做牽涉到道義的問題，因為你做的事情就是在欺騙主辦集會的館主人。這和禮金有關係吧？」

「關於這一點，我沒有什麼可以辯解的。」

鹿谷又是誠懇地低頭道歉，並說：

「我也想過要拒絕日向老師的委託，但是，我實在很想來這裡，看看這座館邸、進入館邸裡。這種心情非常強烈。」

「你很想看這座房子？為什麼呢？這座房子有那麼特別嗎？」

〈憤怒面具〉問。鹿谷先是低聲地回答「嗯」，過了一會兒後，才反問地說：

「知道中村青司這個名字嗎？」

「中村？」

〈憤怒面具〉歪著頭：

「他是誰……」

「有人知道嗎？」

鹿谷轉而問大家：

「中、村、青、司。青是『青春』的青，司是『上司』的司。他已經死了，是一個建築師們才知道的建築師，被認為頗有天賦，曾經在九州的某個小島上過著半隱居的生活……」

中村青司——瞳子是第一次聽到這個名字，但在場的其他人的反應，未必都和瞳子一樣。

「我聽說過這個名字。」

首先回答的是〈懊惱面具〉。

「不管怎麼說，我也是建築業界的人。中村青司是一個相當奇特的人，也因為奇特而有名……」

「好像是那樣。」

鹿谷徐徐地看著周圍的每個人，說：

「這座大宅——奇面館，便是那位中村青司二十五年前，設計、建築的。我從日向京助那裡得知這件事後，就迫不及待地想來這裡……」

「呃，那位日向京助怎麼會知道這件事呢？他應該才第一次收到邀請函的吧？」

〈歡娛面具〉問。鹿谷回答道：

「從前——大約十年前，日向曾經以撰稿人的身分，來這裡進行過採訪，訪問當時的館主人影山透一先生。」

「你說是來採訪的……採訪什麼事情呢？」

「他所採訪的重點現在好像已經不在這座館邸裡了。但是，當時這座館邸是日本相當知名的面具收藏館，收藏了很多面具。日向先生是以《米娜瓦》這本雜誌的撰稿人的身分，前來採訪的。」

「《米娜瓦》？」

「是一本頗有歷史的藝文雜誌。雖然經過多次的版本變更，現在還繼續在發行。」

「《米娜瓦》……啊！那隻藍色的貓頭鷹！」

「幾年前我也上過那本雜誌。」

此時插嘴說話的人是〈驚愕面具〉。

「那一集是魔術專刊，介紹了幾家首都圈內的魔術吧，其中也有我的店。」

「喔！那樣呀！」

和對中村青司的了解一樣，瞳子也是到了這個時候，才知道《米娜瓦》這本雜誌的存在。

「那個——鹿谷老師。」

瞳子小心翼翼地插嘴提出問題：

「您說的那個建築師中村青司，他所設計的房子有什麼特別的意義嗎？」

「有。」鹿谷回答得非常乾脆。「至少對我有很大意義。」

「這是什麼意思？」

「等一下我再詳細說明吧！因為那要花不少時間……好吧，我現在先簡單地說一點好了。」

鹿谷停頓了一下後，才重新開口說：

「中村青司，以建築師的身分，為一部分人所知，是一個天才型的人物。大約八年前，才四十六歲的他卻辭世了，不過，他在死前，已經為世人留下數幢風貌獨特的『館』建築。然而，那些館卻在這幾年間，陸陸續續發生了各種事件。」

「各種事件……是什麼事件？」

瞳子問。鹿谷馬上回答：

「殺人事件。」

「殺人……」

「九州是角島的十角館、岡山的水車館、京都是丹後半島的迷路館、鎌倉的時計館……這些事件都被媒體大幅報導過，應該有人知道吧？」

「迷路館？那個是……」

「《殺人迷路館》便是以發生在現實世界中的那個事件為本，所寫成的小說。而我自己也和那個事件有擺脫不了的關係。」

「嘿！」

〈嘆息面具〉突然怪叫出聲。

「我想起來了！推理作家老師！迷路館不就是那個嗎？作家宮垣杳太郎晚年生活的……」

「啊！你知道？」

鹿谷轉頭看著〈憤怒面具〉，說：

「岡山縣警局的新村警部，是因為水車館事件而認識的。水車館的館主人，是已故的藤沼一成大師的兒子，藤沼紀一氏……那已經是七年前的事了；因緣際會之下，我被捲入那個事件裡，扮演起解決事件的角色。」

「嗯，確實有那麼一件事。」

〈憤怒面具〉回應道，他仍然以銳利的眼神，看著對手。鹿谷毫不迴避地接受他的眼神，繼續說道：

「記得時計館的事件嗎？古峨精計社的前會長在鎌倉建造的『時計館』裡，發生了讓人無法相信的連續殺人事件，而我又因為某個原因，和那個事件有所牽扯。」

「太厲害了！你簡直就是中村青司建築物事件的專門偵探嘛！」

〈嘆息面具〉說。

「這次是期待這個奇面館也會發生什麼事件，才來到這裡的嗎？」

「不，怎麼會呢？怎麼可能會期待發生什麼事件呢？」

鹿谷聳聳肩，又說：

「因為以前發生過的那些事件關係，讓我很想親眼看看這個奇面館。我想知道奇面館是怎麼樣的房子，所以才會接受日向京助的委託——只是這樣而已。」

「沒想到睡醒之後，竟然就發生命案了。是嗎？」

「是的。而且，這種館邸竟然還變成無法和外界聯繫的孤島。既然事態已經演變成這樣了，所以……」

「想要親自搜查這個事件？」

「我只是想知道真相。」

「呵呵，原來如此。」

此時已經是下午兩點了。

因為暖爐裡沒有火，所以大廳內的空氣越來越冷。雖然呼出來的空氣還不至於變成白色的霧氣，但從剛才開始，瞳子已經好幾次因為覺得冷，而不斷地搓著雙手了。不知道是不是看到瞳子冷得搓手的關係，鬼丸打開了空調的開關。

「各位，各位請聽我說。」

鬼丸看著眾人，說：

「我原本以為自己招待的這個客人是日向京助先生，但現在發現這個客人其實不是日向京助先生。就像這樣——這樣說或許並不正確，但是，我們現在正在面對的問題本質，正以前所未有的形式，出現在我們的面前。大家明白吧？」

這是什麼意思呢？——瞳子不解地歪著頭。

「什麼意思？」

〈憤怒面具〉問。

「就是剛才說的事。」

鹿谷回答，並且和鬼丸一樣地環視了眾人。

「想想兇手行兇的時候，或者是行兇後的異常行動，都有著無論如何都讓人覺得很奇怪，難以理解的問題。也就是說——」

鹿谷深深吸了一口氣後，再繼續說道：

「那是相同性的問題。」

「相同性？」

〈憤怒面具〉以不怎麼愉快的聲音重複那幾個字。鹿谷兩手按著遮住自己的臉的面具兩頰，繼續說：

「戴著這樣的面具，並且脫不下面具的人，不是只有我一個人。在這裡，除了我以外的所有客人，是不是都是真正受到邀請的客人本人，也是大有問題。除了鬼丸先生、長宗我部先生和新月小姐三人外，誰也不能保證受到邀請的人和現在面具下的那個人，是相同的人。或許這些人當中，有人並不是受到邀請的人。」

很奇怪地，這個時候竟然沒有人提出異議。於是鹿谷繼續說：

「像我，我是一開始就冒名頂替的非受邀者，但是或許有人是事後——命案發生後，客人們被戴上面具後才換人的——」

「我想我明白你的意思了。」

〈嘆息面具〉回應地說：

「推理作家鹿谷先生所說的，不能保證是相同性的這個問題，不只存在於我們之間，死在〈奇面之間〉的那具屍體到底是誰，也有相同性的問題。是這個意思吧？」

「是的。就是這個意思。」

鹿谷點點頭，態度嚴肅地說：

「因為那是一具頭和手指都被砍切掉的屍體，手指還被放進廚房的食物調理機裡絞碎，完全無法做指紋的辨識——這讓人不得不懷疑：那具屍體，真的是奇面館的主人影山逸史先生嗎？」

# 第十章　分身的影子

## 1

「這是早晚會碰到的問題。」

經過短暫的沉默後，首先開口的人是〈驚愕面具〉。

「兇手是影山逸史——我們終於必須面對這種可能性了。」

這話聽起來好像是在開玩笑，但聽到後，卻沒有任何人笑。

「啊，別誤會，我可不是在開玩笑。」

〈驚愕面具〉強調地說，現場的氣氛越發地緊張了。

瞳子感覺到空氣好像緊繃到發出哧哧的聲響了，她再一次偷偷地一一觀察六位客人〈她覺得是客人的人〉的樣子，及想像他們面具下的表情——

六位客人中，瞳子實際見過他們真面目的，首先便是戴著〈哄笑面具〉，以日向京助之名來參加這次集會的鹿谷門實；其次是戴著〈歡娛面具〉的創馬社長；然後是〈懊惱面具〉建築師米卡爾；及鬼丸開車去接回來的〈驚愕面具〉忍田天空等等四人。剩下的兩個人——〈嘆息面具〉算哲教授和〈憤怒面具〉阿山先生。這兩個人是鬼丸迎接的，所以他們的身分已經由鬼丸確認過，瞳子並沒有機會看到他們面具下的真面目。

「我想請教鬼丸先生。」

不久後，鹿谷開口問。

「哦？」

鬼丸儀態端正地反應。這位態度冷靜，做事有條有理的美貌青年秘書，此刻臉上露出困惑之色。

「今天早上，你發現裡面的〈奇面之間〉內有屍體時，立刻就判斷那是館主人的屍體。是嗎？」

「是的。我是那樣判斷了。」

「你作那種判斷的依據是什麼？」

「說不上有什麼依據。」

鬼丸雙眉緊皺，說：

「因為地點在〈奧之間〉的那間寢室裡，而且屍體身上的睡衣和脫下來的長袍，都是會長穿的衣服。」

「可是，為被邀請來的客人所準備的睡衣和長袍，和館主人身上穿的，是相同的吧？」

「是那樣沒錯。可是──當時那樣的狀況下，當然會直覺地認為那是會長的屍體。」

「啊，我不是對你的判斷有意見。我的意思是說：總之，你是因為在館主人的寢室裡發現屍體，依照當時的狀況，認為那是館主人的屍體──是這樣吧？」

「──是的。」

「也就是說，看到那具屍體時，你並不是因為看到了什麼特徵，而認為那是你家主人。」

「是的。而且因為沒有頭部……」

「沒錯——館主人的身體上，並沒有什麼特別明顯的特徵吧？例如說以前曾經受過傷的舊傷痕或手術的痕跡，或者是刺青。」

「——沒有。」

鬼丸的頭左右搖擺。

「至少我不知道會長有沒有那樣的特徵。」

「體型也沒有覺得有不對勁之處吧！」

鹿谷說著。他低低地「唔」了一聲後，環視了在場的眾人，說：

「不過呢！受邀請來的六位客人的身材，和館主人的身高都差不多……」

所以，是想說：或許那是被邀請來這裡的某一位客人的屍體。是嗎？

怎麼可能呢？——瞳子一方面這麼想，一方面也覺得——那種想法是可理解的。和館主人同年齡，幾乎是同一天生，連身高也差不多……受邀請到這裡來的，都是那樣的客人。如果說有人是例外的，那就是戴著〈歡娛面具〉的創馬社長了。和其他人比起來，創馬社長稍微胖了一點。不過那種稍微胖一點的程度，還說不上是明顯的差別。

另外就是不是日向京助的鹿谷門實了。

特意觀察後，會覺得穿在他身上的衣服好像比較緊，襯衫的袖長或長褲的褲長也明顯不夠——這一定是原本受邀請的日向，與冒充他來的鹿谷的體格不一樣的關係吧！因為邀請之初，有先請問過客人穿的衣服尺寸，再特別為客人準備衣服的。

「館主人沒有戴戒指？」

鹿谷繼續問鬼丸。

「除了戒指外，平常有戴在身上的裝飾性物品嗎？」

「沒有什麼特別的。」

鹿谷聞言，又是低聲沉吟了一會兒後，才說：

「我覺得這個命案果然是找不到被砍走的頭的話，就很難再追查下去了。即使是警方的人來了以後，如果沒有找到頭部，恐怕也一樣找不到突破案子的出口吧！——你說是不是呢？刑警先生。」

「到時為了了解案情，應該會做解剖之類的精密調查。」

〈憤怒面具〉如此回答。

「除了血型的檢查外，也會做最近常被提起的ＤＮＡ鑑定吧？」

「那種鑑定的可信性目前還有問題。」

「是嗎？那——」

鹿谷以中指輕輕地戳面具的額頭。

「結果那具屍體，到底是不是館主人影山逸史的屍體呢？」

鹿谷好像在問大家似地說著。

「依現在的情況看來，目前最最重要的問題，還是那個吧？所以我剛才反覆提出來的事情——」

鹿谷暫停話語，和剛才一樣地，先是緩緩地看著在場的戴面具男人們的反應後，才說：

「大家還是分頭在館邸內尋找被砍走的屍體頭顱吧！除了尋找頭顱外，也順便確認是否有我們以外的人潛入館邸內，或有人離開館邸的痕跡——各位覺得如何？」

## 2

「等等。」

此時插嘴提出異議的人是〈嘆息面具〉。

「在這之前，是不是應該先把問題歸納清楚比較好？」

鹿谷並沒有顯露出急躁的樣子，而是反問：「你說的是什麼事？」

「要搜索館邸內部沒問題，但是，剛才提出的『相同性的問題』，是不是應該先在這裡，從大家都『沒有臉』的這點相同性上，做一番檢討呢？」

「的確。這確實有問題。」

鹿谷立即接納了對方的意見。

「我已經老實承認我是冒充日向京助來這裡的非受邀客人了，並且幸好得到新月小姐的幫忙，證明我是真真實實的鹿谷門實。」

鹿谷一邊說，一邊看了一眼瞳子的方向。瞳子無言地點頭回應。

「只是，這只是證明我是鹿谷門實本人，並不能證明我不是兇手。叫我證明我不是兇手，是無理的要求。至少現在是無理的要求。」

先這樣表明態度後，鹿谷看著在場的眾人，繼續說：

「關於『面具下的臉，是不是原來受邀客人的臉』的這個問題，我想我應該可以被排除在這個問題之外吧？因為這個問題的對象，應該是我以外的五位吧？——我可以這樣說吧？教授。」

「啊，嗯。」

〈嘆息面具〉點頭，接著說：

「我就是我，這就是事實，沒有可以懷疑的餘地。大抵上，我這個人就是……」

「好了，好了，教授。」

鹿谷輕輕舉起右手，阻止〈嘆息面具〉的發言，然後用同一隻手拿起桌子上的玻璃杯，用吸管喝了一會兒的水，才說：

「要討論在這裡的五個人的相同性時，必須考慮到兩個時間點。」

鹿谷沉著地說。

「關於這兩個時間點，剛才已經有稍微觸及到了。其中一個時間點，就是昨天來到這座館邸的時候。我是例外，但除了我之外，那時來到這裡的客人們，都是真正受到邀請的客人。

「第二個時間點是從昨天晚上到今天早上。就在我們被戴上面具的時候，是不是有人被冒充了。這種可能性是存在的吧？」

「意思是說：現在我們之中有假的受邀者。是嗎？」

〈歡娛面具〉說。

「那麼，讓我告訴各位，我不是假的，我沒有被冒充。」

「哦？有什麼證據嗎？」

「首先，鹿谷先生，昨天我和你一樣，接受了新月小姐的迎接與身分證件的檢查。不過，我和你不一樣的是，新月小姐在對照我本人與證件上的照片時，應該沒有不對勁的感覺。是不是呢？新月小姐。」

「啊，那……是的。」

瞳子老實地點了頭。於是〈歡娛面具〉便繼續說道：

「而且，在不可能遇到館主人的地方，我總是會脫下面具，以真面目示人。這是我第三次參加集會，所以別說是鬼丸先生，和我同樣是第三次參加集會的忍田先生，也很清楚我的長相。我和他們都有機會在露出真面目的情況下交談，所以，我不可能是假的。」

瞳子偷看鬼丸的反應，發現他和自己一樣，老實地點了頭。

「至於另外一個時間點的問題，我應該也可以排除在外。因為我的體型明顯與大家不一樣。最近因為壓力太大，所以我變胖了。此時，我好像應該感謝自己變胖了。」

〈歡娛面具〉拿出來證明自己不是冒充者的理由，與剛才瞳子想的一樣。

「或許陳屍在〈奇面之間〉的無頭屍體，並不是館主人。或許兇手就是館主。這就是你現在心裡懷疑的事情吧？」

「這種可能性是存在的吧？」

面對那樣單刀直入的問題，鹿谷非常謹慎地回答了。但是〈歡娛面具〉又說：

「如果你的懷疑是正確的，那麼，那具屍體可能是某一個被邀請來的客人，而兇手——也就是館主人——戴上了面具，冒充了那個客人。讓大家都戴上面具，並且在面具上上鎖，就是為了要冒充那個人而不被發現。」

「至少這是一種可能。」

「總之呢，我不是假的。我不是館主人。臉雖然可以用面具遮住，聲音也因為戴著面具的關係而含糊清晰；在面具的幫忙下，靠著演技確實可以輕易假扮成另外一個人。但是，人的身材是不可能一夜變胖的。」

「這點確實沒錯。但是——」

鹿谷提出反駁：

「你看起來確實比其他人胖沒錯。可是，是不是胖到絕對性地一看就與其他人不同呢？這就不一定了。」

「這是什麼意思？」

「館主人與創馬社長你，你們兩個人並沒有比較過體重，也沒有脫下衣服，比較誰的肉比較多吧？老實說，只要有心的話，要點小手段，要模糊掉身材胖瘦的差距，並不是很困難的事吧？」

「嗯，你這個人還真的是多疑。」

「因為現在是必須謹慎思考的時候。」

鹿谷的語氣依舊是沉著而冷靜。

「那麼，其他各位呢？怎麼樣？」

鹿谷再次一一看著〈驚愕面具〉、〈懊惱面具〉、〈嘆息面具〉、〈憤怒面具〉等四人，詢問他們的意見。

真的嗎？瞳子自問著。

按照鹿谷的說法，〈歡娛面具〉還沒有完全被排除在嫌疑之外，但這五個人當中，有一個人其實就是館主人嗎？有這種可能性嗎？

唉——但是再想想看……

瞳子其實也只看到過兩位客人的真面目，而且根本完全沒有機會看到館主人的臉。因為在這座館邸中時，館主人總是戴著〈祈禱面具〉示人，所以瞳子根本不知道館主人的長相。另外，瞳子來這裡之前連一張館主人的照片也沒有見過，所以……

所以……或許館主人的臉，現在就藏在某一個面具的下面。但話雖如此，這只是一種抽象似的想像，瞳子的腦子無法浮現具體性的畫面。

「你的意思是：我們最好能夠在這樣戴著面具的情況下，證明自己就是自己。是嗎？」

〈驚愕面具〉如此回應鹿谷的詢問。

魔術師忍田天空也是第三次參加集會。昨天他抵達這裡的時候，曾經以原來的面目，和以前在集會時認識的鬼丸有過交談，所以他確實是本人來參加集會沒問題。只是，過了昨天那個有問題的晚上後，他有沒有被冒充呢？就不得而知了。

「那麼，我只好用魔術來證明我是真的忍田天空了。可以嗎？」

〈驚愕面具〉說著，把咖啡杯旁邊的紙巾揉成一團，然後換左手拿著紙團，握入掌中，並把左手舉高到臉部的位置。接著，他的手掌隨著手指的揉合動作，慢慢地張開，原來握在掌中的紙團不見了。

「這是最初階的魔術嘛！」

〈嘆息面具〉做了如此的評價。

「那樣的魔術我也會。」

「如果你們對剛才的魔術不滿意，等一下有撲克牌時，我還可以來一段高手級的撲克牌魔術，或者用硬幣表演的『MA路徑』？」

「『MA路徑』是……厚川昌男發明的魔術嗎？」

鹿谷問。他的聲音聽起來好像很愉快。

「聽說那是非常難的魔術。忍田先生也會？」

「會是會，但還沒有熟練到達隨心所欲的程度。」

〈驚愕面具〉回答，並且做了一個誇張的聳肩動作，說：

「不過，看情形，不管我會多難的魔術表演，此時都無法證明我就是我吧！想當魔術師的話，只要多練習就可以了，誰都可以辦得到的。會被這麼說吧？」

一旦被懷疑，就會變那樣吧？——瞳子心想。〈驚愕面具〉情況和剛才用「惡魔」來證明自己是鹿谷是不一樣的；鹿谷原本就不是受邀的客人，並不是預定中的人物。

「對了，鹿谷先生，你覺得我的鬍子如何？」

「唔？」

「雖然戴著面具，但是還是可以稍微看到我嘴邊的鬍子吧？這次來的客人中，應該只有我有留鬍子。」

「這個……如果兇手早就設定要冒充忍田先生，只要事先準備好假鬍子就可以了。」

「呵呵——哎呀！」

〈驚愕面具〉又是誇張地聳聳肩，然後帶著嘆氣的口吻，說：

「傷腦筋，這樣就沒辦法了。或許只有變出一頭大象，才能被相信了。」

# 3

「還有三位。請問你們要怎麼證明自己呢？」

鹿谷問。看到沒有人積極地想發言，便說：

「那麼，就由我主動發問吧！」

鹿谷把視線投向〈憤怒面具〉，說：

「昨天我們見面時，我就注意到你走路的時候是拖著左腳走的。以前受過傷嗎？」

「啊，你說這個嗎？」

〈憤怒面具〉輕輕拍打自己的左腳，說：

「這是兩年半前受傷之後的後遺症。」

「兩年半以前嗎？」

「那時我是一課的刑警，因為某個案件被嫌犯開槍射中，連骨頭都碎了……經過大手術後，雖然努力復健，結果也只能這樣。後來就漸漸被排除在現場的案件之外了。」

〈憤怒面具〉的語氣裡充滿了自嘲。因為戴著面具的關係，看不到他面具下面的臉部表情。

「事情總是有原因的呀！」

鹿谷雙手抱胸地注視著〈憤怒面具〉。

「你和我一樣，也是第一次參加集會的吧？昨天鬼丸先生確認過你就是受到邀請的本人嗎？」

「確認過了。」

「是他本人沒錯。我確實地確認過了。」

鬼丸插嘴說。鹿谷點點頭，說：

「從你在命案現場冷靜的態度，與檢查屍體時的動作看來……我不會認為你是假刑警。但是，這並不表示你是假刑警的可能性是零。」

「可能性不是零？為什麼？」

「拖著左腳走路的樣子，是可以模仿的。」

「嗯。我不想多做反駁，不過，如果你不相信我的話，我可以給你看我左腳上的手術痕跡。」

〈憤怒面具〉說著，便要拉起長褲的下襬。「啊，不用不用。」鹿谷連忙阻止他，並且說：

「現在並不需要這麼做。有必要的時候再……」

說完，鹿谷轉而看著一直沒有發言的〈懊惱面具〉，對他說：

「建築師米卡爾先生。」

突然被人以受洗名叫喚，〈懊惱面具〉好像嚇了一跳般，動了動肩膀回應「啊，是。」

「聽說你是第二次參加集會的人。是嗎？」

「是。沒錯。」

昨天，他在瞳子的迎接下，進入館邸。瞳子也對他進行了確認身分的動作，看了他的邀請函與身分證件。

話說回來……

瞳子此時突然想起了某件事，只是不知道現在說出那件事是否有意義。瞳子猶豫著要不要說——

「戴上面具後，就不能戴眼鏡了。很不方便吧？」

鹿谷突然冒出這樣的問題。〈懊惱面具〉「嗯，是呀！」地點了頭，說：

「幸好不能戴眼鏡，所以去裡面的命案現場時，沒有那麼不舒服。」

「幸好？」

「我很怕看到那種場面，尤其怕看到血。沒有頭的屍體一定很可怕。」

「可是，當時你還是去了現場，不是嗎？」

「嗯，是去了——所以我只站在入口處看，模模糊糊地看到了屍體的樣子。不過，還是應該不要去看的，因為只是聞到房間裡的氣味，就讓人想吐。」

「昨天傍晚的時候，你被新月小姐摔了一跤吧？」

鹿谷又提出奇怪的問題。瞳子因為想起昨天的事而反射性地縮了縮身體，但鹿谷並沒有轉頭看瞳子一眼。

「是啊。」

〈懊惱面具〉回答。鹿谷繼續問：

「那一跤有沒有受傷或瘀青？」

「沒有。」〈懊惱面具〉搖搖頭，說：

「因為身體很快被接住了，所以身上沒有任何傷或瘀青。」

鹿谷輕輕「哼」了一聲，還是用中指輕輕戳〈哄笑面具〉的額頭。然後，他再次看著〈懊惱面具〉，說：

「剛才你說你聽說過建築師中村青司這個人。你知道中村青司具體上設計了什麼樣的建築物嗎？」

「那個……我聽說他設計的房子都很古怪。」

「有聽說過青司的機關嗜好嗎？」

「機關嗜好？」

〈懊惱面具〉歪著頭不解地反問，隔了一會兒後，才突然「啊！」一聲。

「你知道嗎？」

「關於中村青司的事，我是聽光川前輩說的。光川前輩好像說過那樣的事。」

「光川前輩？」

「光川是我事務所的共同經營者。」

「光川……他怎麼說？。」

「光川說中村氏設計建築的房子裡，一定有什麼奇怪的裝置，例如密門或秘密通道之類的裝置。」

「沒錯，那確實就是他的嗜好。」

鹿谷深深地點了頭。

「從非常簡單的小機關，到非常大的自動裝置，都有可能出現在他設計建築的房子裡。我就親眼見過他的那些設計。」

「呵呵。那——」

〈懊惱面具〉又是歪著頭問：

「你認為這個奇面館裡，也有他設計的什麼機關嗎？」

「不知道。我不知道這個奇面館裡會不會有機關。」

密門？秘密通道？

這座館邸裡，會有那樣的東西嗎？

瞳子忍不住拿眼睛巡視著大廳的牆壁或天花板。

好像會有那種機關的樣子，尤其是〈別館〉這裡，總覺得這裡的隔間有點奇怪，房間的樣子也不太一般……

「那麼，輪到我了吧？」

身體靠著沙發的扶手，〈嘆息面具〉說道。

「我就是我。原本就無須懷疑，要我怎麼證明呢？」

「教授也是第二次參加這個集會吧？」

「是的。第一次集會的時候，大家都看過我原本的長相了，所以這次的我當然不是別人能冒充的。昨天鬼丸已經確認過是我沒有錯了。」

「上一次的集會你沒有參加，聽說原因是你住院了。」

「嗯。沒錯。那時住院後，一直到今年的一月底才出院。」

「非常抱歉，可以知道你生了什麼病嗎？昨天館主人問你時，好像聽到你說『讓我住那樣的醫院……』之類的話。是什麼醫院呢？」

「是精神醫院。」

好像要打斷鹿谷的問題般，〈嘆息面具〉搶著回答。

「我這裡不太好。」

他指著自己的太陽穴說。

「其實，那根本就是陰謀。隨便給我弄一個病名，就把我關進那種令人掃興的病房裡。」

「喔——」

鹿谷只是模稜兩可地點了個頭，並沒有開口問他：「是誰的陰謀？哪樣的陰謀？」或許鹿谷覺得最好不要深入那樣的問題，所以沒有多問。

「教授，我可以請教你一個問題嗎？」鹿谷說：「昨天我就注意到了，教授常常會去按壓頭部的左側。那是單純的習慣的動作呢？還是有什麼……」

「啊！這件事嗎？」

〈嘆息面具〉點頭，說：

「因為有點頭痛，像針在刺一樣，非常不舒服，所以手會去按那裡。」

鹿谷與〈嘆息面具〉的交談到此為止。在一旁聽他們說話的瞳子心想：此時教授如果說出什麼「不知道從哪裡傳來的奇怪電波」，或「腦子正在和宇宙進行通訊」的怪話，一點也不奇怪。不過，結果教授並沒有說出那種話。

## 4

剛才鹿谷提出搜查館邸的提議，終於在之後——下午三點多時展開了。

在非常熟悉建築物構造的鬼丸和長宗我部的帶領下，眾人分成兩組，分頭展開抽查行動。不過，並不是所有人都參與搜查行動。〈嘆息面具〉和〈驚愕面具〉二人因為「不想動」，所以留在大廳內。

「嘿，教授剛才不是反對留在原地不行動嗎？」

鹿谷這麼問，〈嘆息面具〉便辯解地說：

「我反對的是大家都不行動。現在既然已經有人展開搜查的行動了，我不行動也沒有關係。基本上我就不是一個喜歡身體活動的人，所以我想我在這裡等結果的報告就好了。」

聽到〈嘆息面具〉這麼說，本來已經準備行動的〈驚愕面具〉便說：

「那我也要留下來。」

「搜索這座館邸當然是必須進行的事，但是不能讓教授獨自待在這個大廳裡。」

「啊，為什麼？」〈嘆息面具〉問。

「有兩個理由。」〈驚愕面具〉回答，又說：「兇手當然沒有要殺死我們所有人的意圖。這一點應該是很明顯的。但是，畢竟兇手已經殺死一個人了，萬一他的心境突然產生變化，說不準還會做出什麼兇殘的事情來。那時獨自行動的人，恐怕就容易發生危險了。」

「嗯，原來是在擔心我的安危。」

「還有一個理由，那就是：為了保險起見，必須有人監視著教授，以防他做出什麼奇怪的舉動。因為如果教授是兇手的話——」

「嘿！相同的話同樣也可以用在你的身上。如果你是兇手的話——這種可能性也一樣存在。」

「說到為了保險起見——」

鹿谷此時提出新的方案。

「大家看這樣如何？從現在開始，為了避免產生多餘的疑慮，戴著面具的我們六個人，不如都在左手的手背上蓋個什麼記號。」

對於鹿谷的新提案，有人懂了，也有人不明白為什麼要那麼做。

「兇手至少知道我們臉上面具的鑰匙在哪裡。說不定會利用那些鑰匙，在我們不知情的情況下，又偷偷地把什麼人給掉包了。現在戴著〈哄笑面具〉的人是我，但是，一小時後，或許我就被某個人取代了……這樣的疑慮是將會沒完沒了。所以——」

鹿谷把自己的左手放在桌子上，以右手指著左手的手背。

「例如我，我會用油性的墨水筆，在這裡寫一個『笑』字。各位也和我一樣在手背上做這樣的記號吧！請鬼丸先生幫我們寫上去，就算被擦掉重寫，也還能靠筆跡認出來。有了這樣的記號，就可以確認現在戴著面具的，就是我們幾人。——這樣可以嗎？」

沒有人反對，所以戴著面具的六個人，手背上很快地都被寫上了文字。然後，除了〈嘆息面具〉與〈驚愕面具〉，其他七人便開始了「搜索館邸」的行動。

到了三點半，比預先中更快地，搜索行動便有了第一個結果。發現被帶走的屍體頭顱了。

## 5

鹿谷在長宗我部的帶路下，來到位於〈本館〉深處的館主人私人空間。那裡是書房和寢室相連在一起的空間。

和鹿谷一起行動的，除了長宗我部外，還有瞳子與〈歡娛面具〉。搜索前面的書房與寢室時，他們就分成兩路進行，鹿谷與長宗我部搜索書房，瞳子和〈歡娛面具〉搜索寢室。

書房內看不出有人潛入的痕跡。進入書房後，鹿谷馬上朝著面向〈別館〉的北向窗戶走去。

兩扇上下延伸的縱形窗戶有間隔地並排著。這裡的窗戶與〈別館〉的窗戶不同，沒有安裝鐵欄杆。其中一扇窗戶的前面是大型書桌，原本書桌上應該是有電話的——奇面館內三架電話中的一架，但此時電話線已經被拔掉，電話也被摔壞在地板上。

凌晨三點半之後，在大廳裡看影片的瞳子接到的電話，就是從這個書房裡，利用內線打到大廳的。兇手應該是在打了那個電話後，就破壞了電話。

兩扇窗戶都從內側上鎖了。鹿谷打開窗戶看外面，窗外的積雪完全沒有凌亂的痕跡。

在鹿谷觀察窗外的時候，長宗我部檢查了室內的書架、裝飾櫃的後面，和桌子、椅子的下面，看看受害者的頭顱有沒有被丟棄在那裡。另外，為了尋找鹿谷他們頭上面具的鑰匙，各個角落或架子、桌子的裡面，也都很仔細地搜查了。這樣「搜家」行動一點也不容易，而且還很花時間。

「這裡什麼也沒有。」

長宗我部這麼說的時候，鹿谷說：

「我有幾個問題想請教你。」

鹿谷接著說道：

「昨天晚上睡覺前，你有檢查館內的門窗吧？」

「有。在和鬼丸開始下棋之前，我就先檢查了館內的所有門窗。」

「那時這邊窗戶的上鎖狀態也有檢查嗎？」

「包括大廳、餐廳、通道上的窗戶，還有〈本館〉那邊的每個房間，都巡視了一圈。」

「確認過都沒有異狀嗎？」

「是的。」

「〈本館〉各個房間的門和〈別館〉客房的門不一樣，是可以上鎖的吧？沒有使用的房間，平常門會上鎖嗎？」

「不會。沒有使用的房間不會上鎖。」

「我知道了——還有一個問題。各房門的鑰匙通常放在哪裡？」

「都保管在旁邊的事務室裡。」

和長宗我部進行這些對話時，鹿谷一直是站在窗邊的，並且不時眺望著外面的情形。

雖然是大白天的時間，但天色卻灰暗得像黎明前或天黑前的模樣。雪勢已經較小了，但仍然下個不停，〈別館〉的影子朦朦朧朧地浮現在對面。因為建地有高低的落差，〈別館〉的高度相當於二樓，所以從這邊看過去時，需要稍微仰視。

外牆是由黑色的石頭砌成的。從〈本館〉的這邊看去，正前方正好是個鑲嵌著鐵欄杆的窗戶——按位置關係看，那裡相當於〈奧之間〉的〈奇面之間〉吧！這麼說來，大廳應該在那裡的左側，從這裡看的話，是在更內側的位置上……

「咦……」

鹿谷忍不住發出疑惑的聲音。他稍微改變了一下站立的位置，重新看著〈別館〉那邊。

「這樣有點……唔。是嗎？」

是那樣嗎？——鹿谷覺得自己好像抓到了一個重要的線索。但就在這個時候——

「啊！」

隔壁房間傳來這樣短促的叫聲。

「怎麼了？」

鹿谷一邊問，一邊朝聲音的方向跑去。發出那叫聲的人，顯然就是瞳子。

乍看之下，這是一間很正常的寢室，沒有什麼會讓人感到奇異之處。裡面有一張沒有睡過痕跡的King Size雙人床、床頭桌、床頭燈、擺放著電視和錄放影機的木製電視櫃、一張小圓桌和兩張有扶手的椅子……所有的家具都被放在正常的位置上，沒有任何奇怪之處。

書房和寢室之間，有一個相當寬敞的衣帽間，衣帽間出入口的門是開著的。瞳子正在裡面進行搜索吧？〈歡娛面具〉站在衣帽間的入口。

「新月小姐呢？怎麼了？」

穿著圍裙的瞳子，站在寢室的內側——建築物東端，面對後院的窗戶前面。鹿谷朝瞳子跑去時，〈歡娛面具〉也走到了瞳子的身邊，問瞳子：

「發生了什麼事？」

長宗我部也隨後來到寢室內。

瞳子的身後是一個可以直接通往外面，法國風的兩扇式平開窗戶。那時瞳子走到窗戶邊，拉開窗簾，檢查了窗戶上的鎖後，一邊擦著玻璃上的霧氣，一邊看著外面的樣子時，突然看到了什麼東西。

「在那邊……看！」

鹿谷張大眼睛看著她所指的窗戶外面的某一個地點。

「啊！」

鹿谷也發出短暫的驚呼聲。

在那裡的、是什麼？

仔細看，那個奇怪的什麼，好像是……

這個窗戶的外面，是寬敞的鋪木板陽台，陽台的邊緣圍著高約一公尺的柵欄。瞳子手指的地方，便是柵欄的前面。

雖然上面覆蓋著雪，但還是可以很清楚地看出那裡「有什麼」。一眼就能看出那個地方特別的圓，而且凸起。

因為建築物突出的小屋頂，再加上風向的關係，陽台上的積雪並不深，否則那個應該會被完全埋入雪中吧！

「鹿谷先生，那是什麼？」

「該不會是……吧？」

鹿谷走到瞳子的前面，打開窗戶的內鎖，推開窗戶。呼出去的氣息一遇到窗外的冷空氣，立刻化為白色的霧氣。

從這裡到位於柵欄前面的那個，距離大約只有三公尺。但這三公尺間的雪面非常平整，毫無凌亂的痕跡。

再看柵欄上的雪。

本來積雪的情況應該很平均的柵欄上，某個地方突然凹陷下去，缺了一段約數十公分寬的積雪。而凹陷處的下面，正好是圓形、凸起的地方。那是……

鹿谷打定主意，穿著拖鞋就踏出窗戶。陽台上的積雪的深度，只比腳脖子稍微高了一點點。

忍耐著寒冷向前走，沒多久就站在那個的前面了。鹿谷彎著上半身，掃去覆蓋在那個上面的雪。

「啊……」

聲音和白色的氣息，一起從鹿谷的口中吐出來。

「為什麼……會在這樣的地方？」

鹿谷一邊揉搓凍僵的手，一邊伸直了腰，然後轉身對聚集在窗邊的其他三人說：

「發現失物了。誰去叫鬼丸先生他們來吧！」

# 6

裝在半透明的塑膠袋裡的，是戴著〈祈禱面具〉，被人從身體砍下來的頭顱。塑膠袋的袋口被打結綁緊了——這就是被丟棄在那裡的「失物」。

「剛才這裡完全沒有腳印之類的痕跡。雖然雪一直在下，但是這個地方積雪的情形與其他地方不同，所以如果是黎明前所留下的腳印，即使是現在，也應該還可以看到一些痕跡。因為一直在下雪，一般來說腳印一定會被雪覆蓋，風也會把雪面吹拂得平整，但這個陽台因為屋頂和風向的關係，積雪不深，腳印也不會被完全覆蓋住。」

長宗我部去叫鬼丸他們的時候，鹿谷對瞳子與〈歡娛面具〉說明自己的想法。

「所以，我認為兇手想把裝著頭顱的塑膠袋丟到外面。他應該是想丟到柵欄外的林子那邊吧！但是，沒想到那東西意料之外的重，所以丟不到那裡，並且在丟的時候撞到了柵欄上面的雪。依目前的情形看來，應該可以這樣推測吧？只是，兇手為什麼把東西丟在那裡就不管了呢？」

鹿谷看著木板陽台，半自問似地喃喃說著：

「為什麼？為什麼丟在那裡就不管了呢？」

「因為不想留下腳印吧？」

瞳子說。鹿谷輕輕點了頭，說：

「或許也有這個原因吧！一直在下的雪當然會覆蓋了腳印。一般人都會這麼想吧！」

「那麼……」

「那時應該是天還沒有亮的時候。因為太暗了，看不清楚。也有這種可能性吧？」

這是〈歡娛面具〉說的。

「說得也是。或許是你說的那樣。只是，太暗了的話，可以打開房間的燈。只有三公尺的距離，房間的燈光應該足夠讓人看到柵欄那邊了。更何況也可以打開外面的燈，看看把東西丟到哪裡了……」

鹿谷一手摸著〈哄笑面具〉冷冷的臉頰，一邊歪著頭百思不解。

「為什麼感覺不到無論如何要把那個藏起來的必要性呢？甚至覺得丟得太隨便、太草率了……」

不久之後，鬼丸跟著長宗我部跑進房間，與鬼丸一起行動的〈憤怒面具〉與〈懊惱面具〉也跟著進入房間。

鹿谷還沒開口告訴他們事情的經過，就先問：

「〈祈禱面具〉的鑰匙呢？在長袍的口袋裡找到的那支鑰匙現在在哪裡？」

鬼丸才回說：「啊，那是……」〈憤怒面具〉就接著說：

「放在現場。在現場床頭桌的上面。那是重要的證物，必須保管起來，但是想來想去不知道應該交給誰，所以就把它保存在現場。」

「那麼……」

「先不要說鑰匙的事——鹿谷先生，那裡的那個，確實是被害者的頭顱嗎？」

「你要去確認看看嗎？」

「那是必須的。」

〈憤怒面具〉回答，然後踩著先前鹿谷的腳印痕跡，走到陽台上，看著掉落在柵欄前面的那個，若有所思地「唔唔」幾聲後，用兩手慢慢地拿起那個。

因為裡面裝著人類的頭大小的東西，所以內側呈現暗紅色的半透明塑膠袋看起來鼓鼓的。透過半透明的袋子，可以看到袋內全頭型面具的顏色與輪廓。

「確實是——」

〈憤怒面具〉悶悶地說著，好像有點煩惱似地歪著頭。

「這個東西不能一直放在那裡。」

他轉頭看鹿谷他們，說：

「在這裡做個記號，這個東西應該帶進屋子裡吧？就這樣……」

# 7

就這樣——

找到的被害者的頭顱，最後被帶到〈別館〉的〈奧之間〉裡。基於保存現場的原則，頭顱原本應該放在被發現的地點，但是不忍頭顱與軀體分離，再加上考慮到之後的事情，所以還是把頭顱帶到那邊比較妥當——大家一致同意這麼做。

因為參與的人多，並且能避開命案的現場，所以接下來必要的作業並沒有在〈奇面之間〉進行，而是在〈面對面之間〉裡進行。

鋪在地板浴巾上面的——

首先，〈憤怒面具〉戴上長宗我部準備的工作手套，從塑膠袋裡拿出東西。沒錯，那確實是一顆人類的頭顱。戴在那顆頭顱上的面具，是血跡斑斑的〈祈禱面具〉。暗紅的血跡像結凍了般，附著在脖子的切斷處上。

「喉嚨上有痕跡。」

〈憤怒面具〉一邊審視從塑膠袋裡拿出來放在地板上的頭顱，一邊說著：

「這和留在軀體上的頸部壓迫痕一樣吧？不必對照切斷面是否吻合了，這個頭顱確實就是那具屍體的頭部。」

「面具的鑰匙在這裡。」

鹿谷催促地說：

「快把面具脫下來，確定死者的面孔吧！」

剛才鹿谷已經和鬼丸去〈奇面之間〉拿來〈祈禱面具〉的鑰匙，把鑰匙交給了〈憤怒面具〉。〈憤怒面具〉無言地點點頭，把鑰匙插入〈祈禱面具〉後頭部的鑰匙孔——一聲輕微的金屬聲響之後，鎖鬆開了。

除了說「不想看到真正的頭顱」，而獨自留在大廳的〈嘆息面具〉，和說「覺得有點不舒服」，而回到自己的寢室的〈懊惱面具〉外，其他人都在這裡了。在場的每個人都屏息看著〈憤怒面具〉的手；他的手正從被害者的頭部，取下〈祈禱面具〉。

出現在大家面前的，是一張完全沒有血色，肌膚蒼白的男性臉孔。被壓扁的頭髮、緊閉的雙眼、半張開的僵硬嘴巴、從半張開的嘴巴裡可以看到的舌尖，嘴角還垂掛著一、二條血痕。

「脖子被砍斷的時候流了血，因為被丟棄在外面的雪中好幾個小時，整顆頭顱已經呈現冷凍的狀態，血管內的血恐怕已經流光了，或者已經結凍了。」

〈憤怒面具〉一邊說明，一邊「來吧」地說：

「鬼丸先生、長宗我部先生，這顆頭顱雖然已經變形了，但還是必須靠兩位來辨認，你們覺得如何？」

確認死者臉孔的事情，確實只能依賴他們兩個人。

昨天才第一次見到戴著面具的館主人的瞳子和客人們，當然沒有見過館主人影山逸史的真面目。見過館主人真面目的，只有以秘書的身分，平日就與影山逸史有所接觸的鬼丸，和受僱為這座館邸管家，曾經看過一次沒有戴面具的館主人的長宗我部。

「怎麼樣？這是影山會長的臉嗎？請靠近點仔細看，再作判斷。」

於是鬼丸和長宗我部戰戰兢兢地走過來，近距離地重新觀察放在浴巾上的頭顱，然後都用力地點頭了。

「是影山會長沒錯。」

「根據我的記憶，我想影山會長的臉就是這樣沒錯。」

當場立即傳出淡淡的雜音。

那是好像放心了的聲音，也像是失望了的聲音。兩種奇妙的聲音複雜地混在一起。

〈憤怒面具〉注視著兩位館邸傭人的臉，回應道：「是嗎？」然後轉頭看鹿谷，問：

「你覺得如何？」

鹿谷一時找不到話回應，只是「哦」了一聲。不過，這時他的眼角突然注意到瞳子的。

瞳子好像非常困擾地緊皺著眉頭，一再看著拿下面具後的被害者的臉；她的嘴唇還微微抖動著。她的樣子很像是想到什麼，卻猶豫著該不該說出來……

「總之，這也算是解決了一個問題了。」

〈憤怒面具〉說。

「被害者果然是館主人影山先生。雖然不知道兇手砍下頭顱與手指的用意，也不知道為什麼要幫我們戴上面具，並且鎖上面具，但是，現在至少能夠否定館主人殺死了我們之中的某一個人，並且與之掉包的假設了。」

在場沒有人提出異議。

〈憤怒面具〉把從頭顱上取下來的〈祈禱面具〉和面具的鑰匙，並排放在頭顱的旁邊，然後攤開從盥洗間拿來的洗臉毛巾，蓋在兩者的上面。

「出去吧！」

他先是催促大家離開〈面對面之間〉，又接著回頭說道：

「應該繼續剛才的行動吧！有些地方還沒有搜索到，要找到我們臉上面具的鑰匙，似乎不是容易的事。另外，或許有什麼人潛入這裡，並且躲在什麼地方。這個可能性還沒有被掃除。」

# 8

「剛才去那個書房搜索時，注意到一件事。」

鹿谷對瞳子說這些話的時候，是去〈本館〉的房間搜索「還沒有搜索到」幾個地方後。時間是下午四點半——

再次分成兩組，分頭進行「搜索館邸」時，因為〈懊惱面具〉抱怨自己身心都覺得不舒服，不想再繼續搜索的行動，脫離了鬼丸那一組，因此人員的分組情況便有所變動，原本和鹿谷同組的〈歡娛面具〉，便去了鬼丸那一組，鹿谷這一組就剩下鹿谷本人與瞳子，長宗我部。

「新月小姐，我記得妳說過的，今天凌晨的時候，妳在大廳接到從書房打來的內線電話。是吧？妳說館主人從這裡看到大廳的窗戶，因為燈亮著，所以認為有人還在大廳那邊……」

此時正在想別的事情的瞳子，有點心不在焉地「嗯，是。」地回答。

「是那樣沒錯。」

鹿谷「嗯」地點了頭。「但是呢，新月小姐。」鹿谷繼續說道：

「剛才我從那個房間的窗戶看〈別館〉，發現不管站在哪個位置上，都沒有辦法從那邊看到大廳的窗戶。」

「哦？」

聽到鹿谷這麼說，瞳子不能再心不在焉了。

「是嗎？那是什麼意思？」

「因為位置的關係，從那個書房的窗戶，怎麼樣也看不到大廳的窗戶。所以電話那邊說『看到大廳的燈亮著』，應該是說謊吧？明明看不到大廳的窗戶，怎麼知道大廳的燈是亮著的？」

「啊……」

「我覺得這是很重要的問題。對了，新月小姐或是長宗我部先生——」

鹿谷換了口氣，對他們兩個人說：

「我想看這座館邸的平面圖或略圖。有那樣的東西嗎？」

「我有那樣的東西。」

瞳子馬上回答。

「昨天鬼丸先生給我一份資料，裡面就有那樣的圖。」

鹿谷「噢」地回應，說：

「那麼，等一下是不是可以拿給我看呢？我剛剛說的那種位置關係，應該能夠從圖面上看出來。」

「我把那樣的圖放在我的房間裡了。」

瞳子回答道。

「我的房間就在那邊。我立刻去拿過來。」

「麻煩妳了。」

於是，瞳子馬上跑回從昨天起就使用的房間。進入自己的房間後，她確定房間裡沒有其他人了，並且還謹慎地檢查了窗戶的上鎖狀態，然後才拿放在床邊的那份資料，回到鹿谷與長宗我部那邊。

拿到藍色封面的活頁夾後，鹿谷快速地翻閱活頁夾內的資料。

「這裡有客人的名單，還有〈別館〉房間的分配圖……啊！就是這個了——全館的平面圖。嗯、嗯——新月小姐，這份資料可以借我嗎？」

瞳子沒怎麼猶豫，很快就回答：

「如果您有需要的話，請拿去看吧！」

如今在這座大館邸裡，最能夠讓自己相信的人，不就是這個人嗎？——瞳子這麼想著。除了鹿谷外，鬼丸應該也是值得相信的人，而且命案發生時，他和長宗我部都有不在場證明——可是，考慮到面對這樣古怪事件的經驗，鬼丸似乎就沒有那麼可靠了。所以……

……那張臉。

出現在那個面具下面的那張臉、被害者的那張臉……

如果要說出從剛才起，就一直掛在心上的那個問題，應該對鹿谷說比較好吧？——瞳子這麼考慮著。

## 9

之後，長宗我部和鹿谷、瞳子三人，便一起前往位於〈本館〉西南角的收藏室。

收藏室的天花板很高，其中有一部分是有夾層的寬敞大空間。但相對於這麼大的空間，這裡的窗戶卻不多，所以很快就檢查完窗戶上鎖的情況。接著他們又分頭檢查收藏室內的各個角落，也看不到有任何潛入者的跡象。

「雖然是收藏室，卻幾乎看不到什麼面具嘛。」

瞳子一邊巡視空蕩蕩空間裡很醒目的陳列櫃，一邊說著。鹿谷便回應地說：

「聽說那些面具都被前一位館主處理掉了——是這樣吧？長宗我部先生。」

「嗯。聽說是那樣沒錯。」

「那麼重要的收藏品，為什麼會突然就處理掉了呢？」

「關於這一點，我就不知道了。」

長宗我部緩緩地搖著頭。「但是——」他繼續說道：

「以前略有耳聞，聽說前一位館主好像遇到過什麼經濟上的問題。」

「經濟上的問題嗎？嗯。」

鹿谷把剛才瞳子交給他的活頁夾挾在腋下，雙手交抱在胸前沉思著。然後再一次巡視著室內，自言自語般地說：

「明明有這裡呀！」

「什麼意思？」

瞳子不懂鹿谷的話意，立刻發問。鹿谷以大拇指指指自己的臉，也就是指著自己臉上的面具，說：

「放面具的地方呀！」

「放面具？你的意思是……」

「啊，這只是我個人的想法而已。只是——」

鹿谷略微停頓了一下後，才繼續說：

「在寢室外面木板陽台發現被害者的頭顱時，我就覺得有點不對勁。兇手為什麼那麼隨便地把那個放在那樣的地方呢？知道早晚會被找到而丟棄……如果是那樣的話，應該有更適合的地方，不是嗎？」

「更適合的地方？」

看到瞳子還是一副不明白的樣子，鹿谷直截了當地說了：

「就是這裡呀！這個收藏室。妳不認為嗎？」

「——我不知道。」

「這裡是奇面館，是中村青司為館主人設計，用來收藏古今東西方各種面具的收藏所。並且，這個館昨天還舉行了一場世上罕見的〈尋找另一個自己的集會〉。這場集會還有一項奇怪的規則，就是不管是客人還是這個館內的傭人，在館主人面前一定要用面具隱藏自己的臉。然而，隔了一夜後，有人被殺害了，而被害人被認為是館主人。被害人的頭顱與十根手指被砍下來帶走，但手指很快就被發現在廚房的食物調理機裡，並且已經被絞碎了。

「怎麼樣？不覺得這樣的事情很奇怪嗎？很像是在理所當然的舞台上，發生了理所當然的事件。一切充滿了『精心設計』的感覺。這麼說並不為過吧？」

「精心設計性」？——瞳子似乎還是沒有聽懂鹿谷的說明。

「然而呢。」

鹿谷繼續說：

「被帶走的頭顱，卻被那麼草率地丟棄在那麼隨便的地方。應該丟棄在更隱密的地方嗎？好像完全沒有要把頭顱藏起來的意思，只是一心想趕快把麻煩的東西丟掉，所以就隨便地丟棄在那樣的地方。關於這一點，我怎麼想都覺得不對勁。

「如果這是一樁有設定舞台的命案，那麼，戴著〈祈禱面具〉的頭顱，不是應該在更像樣的地點被發現嗎？例如說這裡。如果是悄悄地放在這個收藏室的陳列櫃中……」

「啊！」

原來如此。如果是那樣的話，這裡或許就是非常理所當然的發現地點了。——瞳子這麼想著。

「難道是精心設計下的意外嗎？」

鹿谷痛苦地轉動著腦袋。

「所以說……這一定是那樣的事件。某個人設計好的，在這間特別的房子裡，以特別的集會之夜為目標的犯罪計畫。我想就是這樣了。昨天晚上大家都被設計，喝了有安眠藥的酒，這件事絕對必須是先有準備，才能進行的事。但是……唔，難道是哪個環節讓事件發生變化，大大扭曲了設計好的計畫形狀，所以才會出現這種不協調的情況嗎？」

鹿谷一直在自言自語，瞳子完全搭不上腔，也回答不了他的問題。一旁聽著鹿谷自言自語的長宗我部也一樣，露出一臉「莫名其妙」的表情。

不知道想到什麼了，鹿谷突然離開原地，走到收藏室深處的樓梯那邊，並且爬上樓梯到夾層。那裡除了有面具陳列櫃外，還有裝置了整排的書架。看來他的目標好像是那個。

剛才瞳子已經巡視過夾層了，因為覺得鹿谷的行動怪異，所以不自覺地跟著鹿谷，再一次上夾層。長宗我部也跟著上來。

「留下來的文獻很多嘛！」

鹿谷站在書架前，回頭問長宗我部。

「好像有很多是和面具有關的資料。這些都是前代留下來的嗎？」

「聽說是的。」

長宗我部回答。

「會長對於這邊的東西似乎不太關心。他繼承了館邸後，就不曾管過這個房間裡的東西，一直就這樣放著。」

「原來如此。那麼……」

鹿谷伸手從書架裡抽出好幾本書，快速地一本本的翻頁後，再歸還原位。在鹿谷翻閱書的時候，瞳子走到位於房間角落的寫字桌旁邊，很自然地拉開寫字桌的附屬抽屜看。

抽屜裡雜亂地放著便條紙、信紙和原子筆、自動鉛筆、色鉛筆、橡皮擦、口紅膠、修補膠帶、尺、剪刀、裁紙刀等等文具。每一件文具看起來都相當舊了，應該是以前的主人使用後，就一直放到現在的吧！

就在這個時候，鹿谷突然發出「啊！」的聲音。

「這是……」

「怎麼了嗎？」

瞳子問。鹿谷把一本從書架裡抽出來的書放在桌子上，說：

「這就是那本雜誌。」

「那本雜誌？什麼雜誌？」

「今天我不是說過嗎？有一本叫做《米娜瓦》的雜誌。」

「啊……對，你說過那本雜誌。」

「收到刊載了採訪文的雜誌後，前代便把雜誌保存在這個地方，沒有處理掉。」

「這是……」

那是一本Ａ４大小的月刊雜誌，上面貼了好幾張已經褪色的金黃色浮箋。

鹿谷翻開到附有浮箋的頁面，然後給瞳子。瞳子接過雜誌，看著頁面上的標題。

那是「收藏家專訪」系列的第十二回。

國內首屈一指的面具收藏家

接在這個大標題的後面的小標是：

拜訪建於東京都內僻靜處所的〈面具之館〉的主人——

然後就是兩個跨頁，共四頁的報導。報導的內容除了文字，還穿插了數張照片。現在沒有時間詳看內容，但一眼就可以看到文章中有多處被色鉛筆標示出來，有些地方還加了文字的註記。

「寫這篇報導的人，就是日向京助先生嗎？」

「沒錯。那好像是一九八三年，十年前的報導。緣分這種東西實在太奇妙了。」

「和當時比起來，現在這裡可以說是已經沒有收藏品了。」

瞳子闔上雜誌，把雜誌還給鹿谷。印刷在封面角落的標誌——展開翅膀的藍眼貓頭鷹，現在看起來非常過時，讓人不得不感慨十年時光的流逝。

## 10

「妳還好嗎？新月小姐。」

從收藏室出來，來到走廊後，鹿谷如此問瞳子。

「嗯，還可以。」

瞳子回答。鹿谷瞇起面具後的眼睛，說：「妳很堅強嘛！」

「一般女性在那麼近的情況下看那樣的屍體或活生生的頭顱，一定嚇得發抖或昏倒了，但妳……」

「我必須驚慌失措嗎？」

瞳子下意識地如此反駁

「我確實受到很大的驚嚇。如果可以的話，我真想把自己關在房間裡，塞起耳朵，或是立刻逃回自己的家裡……但是，我現在哪裡也去不了，更知道慌亂解決不了問題，所以……」

「所以我說妳很堅強。」

「可是……」

事情實在詭異得讓人難以接受，因此，不知道從什麼時候開始，瞳子的感覺、情緒，好像鈍化了，反應也不正常起來……

「我要謝謝妳，妳為我製造了一次證明『相同性』的機會。」

即使被人這樣道謝，瞳子也不知道要回答「沒什麼」的應酬話。不過，鹿谷也沒有期待瞳子那樣的回答。

「妳是不是心裡有什麼疑問？」

鹿谷直截了當地問：

「剛才在〈面對面之間〉，把面具從被害者的頭上拿下來以後，妳好像就有心事。沒錯吧？」

「啊，那個是……」

「我的觀察力也是很敏銳的。從那個時候起，妳好像一直很猶豫。要不要把心裡的問題說出來？說不定說先出來比較好。」

鹿谷說中了。

瞳子沒有心事被拆穿的不愉快，反而因此下定決心。因為對象是鹿谷，她安心了。

「是這樣的……」

瞳子決定說了。長宗我部也在場，讓他也聽到比較好吧！

「是關於剛才那個頭顱……脫下面具後的那顆頭的事。」

「哦？」鹿谷隨聲回應，但眼神變得銳利起來。

「我覺得我好像看過那張臉……」

「看過？可是，新月小姐，妳不是說昨天妳第一次見館主人，而且沒有見過他拿下面具後的臉。不是嗎？」

「——是的。」

「是不是以前見過他的照片什麼的？」

「不，不是那樣的。我覺得那張臉是昨天看過的臉。」

「昨天？在這座館邸裡？」

「是的。所以……」

在這樣回答鹿谷的時候，瞳子的心中回響起昨天晚上奇面館的主人在〈會面茶會〉上，對邀請來的客人們說的一些話。瞳子在為大家服務的時候，免不了地聽到館主人說到與〈另一個自己〉有關的話……

——〈另一個自己〉出現時，幸福就會降臨。

——我不能一味地等待〈另一個自己〉的出現。

——不能只是等待，應該積極地去尋找。

那些都是館主人說的話。其實，瞳子之前就已經聽鬼丸說過，尋找〈另一個自己〉，就是這個集會的目的。只是——

不管影山會長有什麼特殊的情況或理由，老實說，瞳子都覺得不能理解。

聽到〈另一個自己〉這句話時，瞳子的腦子首先想到的，就是Doppelgänger＝二重身，這已是一種概念了。說到Doppelgänger這個字眼，一般人想到的，便是與「當事人」的面貌、姿態非常相像的〈另一個人〉。只是，通常遇到那樣的人時，一般不是都認為會帶給當事人不幸，而不是幸運嗎？

不會像那部電影——《勾魂懾魄》的第二段故事《威廉．威爾森》那樣吧？因此……

「所以——」

瞳子對鹿谷說：

「我想了又想，覺得被殺死的人或許確實不是會長。而是會長在尋找的〈另一個自己〉，是「本人」的Doppelgänger。」

「新月小姐，妳真的這麼想嗎？」

鹿谷加強語氣地問，瞳子先是「嗯」地點頭，但旋即又模稜兩可，「啊、不」地說：

「或許正好相反過來，被殺死的人確實是會長，而殺死會長的人是和會長長得一模一樣的〈另一個人〉……」

「不管怎麼說，妳的想法很有意思。」

鹿谷非常正經地回應瞳子，然後看著站在旁邊的長宗我部，問：

「你覺得呢？長宗我部先生。」

「——呃。」

半老的管家傾著頭，不置可否地回答。鹿谷的視線回到瞳子的身上，說：

「妳可以對這一點多做些說明嗎？我想聽聽。不過，站在這裡不方便，我們還是進去裡面，坐下來慢慢說吧！」

# 第十一章　謎的交集

## 1

瞳子等三人移動到〈本館〉的餐廳。這裡便是昨天晚上舉行〈會面茶會〉的地點。不過，此時除了瞳子等三人外，還加入了第四個人。

「我聽到說話的聲音了，所以過來看看。」

一邊這麼說，一邊走來的人是鬼丸。他帶著訝異的眼神，看著圍坐在橢圓形的桌子旁邊的瞳子等三人。

「怎麼了嗎？我們剛才已經搜查過這個地方了。」

「我們在進行重要的密談。」

鹿谷先開玩笑似地回答，然後反問道：

「鬼丸先生那邊有什麼進展嗎？有什麼發現？」

鬼丸嘆了口氣，回答說「什麼也沒有」。

「〈別館〉的每個房間，包括盥洗間、浴室、儲藏室、側門……都很正常。從玄關廳到入口、入口門廊，也都再查看了一次，連〈本館〉的側門到車庫也搜查了，還是沒有什麼可疑之處。」

「天花板裡面和地板下面的檢查孔呢？」

「也檢查過了。那些地方的周圍也是一點形跡也沒有。那些檢查孔平日不會有人在那裡出入，所以灰塵很厚，如果最近有人在那些的地方出入，馬上就會在灰塵上留下痕跡。」

「是嗎？——我們這邊的結果也一樣。雖然不敢說百分之一百沒有問題，但至少可以說：現在這座館邸裡，除了我們以外，看起來應該是沒有別人了。因為完全找不到有人在昨天晚上以後，破壞這裡的門窗，潛入這座館邸的跡象。」

「沒錯。看來果然是……」

兇手就在目前待在這座館邸裡的九人之中嗎？真的是這樣嗎？或者是……

「雪勢稍微減弱了。」鬼丸說。「如果繼續減弱下去，今天晚上或許還不能，但明天早上或許就能開車子出去了。〈歡娛面具〉——創馬先生開來的ＲＶＲ，或許能夠派上用場。剛才在車庫時，和他討論過了。」

「我覺得還是不要太急比較好。」

「可是……」

「和你同一組的其他兩人呢？」

「我們一搜查完畢，他們兩個人便回去〈本館〉了。我看他們的樣子，好像很累了。確實，一直戴著面具不能脫下來，絕對是很大的壓力。」

「若是這一點，我也一樣。」

鹿谷說著，舉起雙手拍打著〈哄笑面具〉的臉頰。然後，他先看了一眼坐在椅子上的瞳子，才對著鬼丸說：

「鬼丸先生，你請坐吧。」

鹿谷委婉地要求鬼丸。

「你可以在這裡陪我們一下嗎？我們接下來要說的事情，有你在場的話，應該會更好，可以談得更順利。沒有關係吧？」

「這個……可以。只是，你們在這裡進行什麼密談嗎？」

「新月小姐提出了一件事情，我覺得很有意思，所以想請她說明一下。」

「新月小姐？」

鬼丸以疑惑的眼神看著瞳子，然後找了張椅子坐下。鹿谷開始說道：

「剛才請鬼丸先生和長宗我部先生確認了被害者的臉，但新月小姐說自己昨天好像在這個館邸裡看過那張臉。」

「怎麼會呢？」鬼丸低聲說，並且轉頭看瞳子，問：

「會長昨天見妳的時候，面具是拿下來的嗎？」

瞳子搖搖頭說「不是」，又說：「不是那樣的。」

「根據我的推測，新月小姐的意思可能是這樣的吧！」鹿谷說：「新月小姐看過的那張臉，應該是昨天代替鬼丸先生迎接的客人當中的某一個人的臉。是這樣吧？」

「啊，是。就是那樣。」

瞳子用力地點頭，並且說：

「就是那樣沒錯。所以我認為那個人一定是會長的……」

「是哪一位客人呢？」

鬼丸打斷瞳子的話，插嘴問。但瞳子還沒有回答，鹿谷便先開口：

「是戴〈懊惱面具〉的米卡爾氏。是吧？」

鹿谷一邊說，一邊把剛才瞳子交給他的藍色封面活頁夾放在桌子上。

「新月小姐昨天代替鬼丸先生接待的客人應該有三位。最早到達的人是我……就是名簿上的⑤號日向京助。接著是名簿號碼①的創馬社長，然後是④號的建築師米卡爾氏。這三個人中，我和創馬社長都曾經在沒有戴面具的情況下與他人接觸過。但是，在我知道的情況下，米卡爾氏在人前都一直戴著面具，除了新月小姐外，沒有人見過他的真面貌。」

「唔……」

鬼丸眯著眼睛，看著長宗我部那邊。長宗我部依舊不言不語，他伸長了下巴，一副心事重重的樣子。

「沒錯吧？新月小姐。」

鹿谷問，瞳子張大雙眼，用力點頭，回答「沒錯」。

「發現那個頭顱前……大家在裡面討論『相同性』時，我突然想到了一件事。」

「哦？什麼事？」

「那個人是坐計程車抵達的，我去迎接他，並且檢查了他的邀請函和身分證明文件。可是，他說最近因為發生過車禍，駕駛執照被取消，所以拿給我看的是健保證。但是，健保證的上面沒有照片。」

「嗯，的確。」

「那時我不疑有他，但是，現在回想起來……」

瞳子一邊想起昨天在玄關廳時與他的對談，一邊說：

「因為沒有照片可以確認身分，所以即使那個人不是原本受到邀請的客人，而是另外一個人，初次見面的我根本不可能發現。也就是說，那個人很可能不是以前已經參加過一次集會，來自札幌的建築師。」

「而那個『根本是別人』的人，非常湊巧的和館主人長得非常像。是嗎？」

「與其說是湊巧，我覺得那是必然的情形，不是嗎？我……」

「這是什麼意思？」

「我覺得，或許那個人就是會長在尋找的真正的〈另一個自己〉，不是嗎？我剛才也說過了吧！〈另一個自己〉是……不管稱之為 Doppelgänger 或二重身，我們一般人的想法，就是『長得和自己非常相像的人』。」

「真正的 Doppelgänger，是嗎？」

鹿谷「嗯、嗯、嗯」地點著頭。看了鹿谷這樣的反應，瞳子的腦子裡突然閃過一個想法：「哄笑」面具的下面的臉，該不會是在「嘲笑」吧？……但是，她很快趕走腦子裡這種被迫害式的妄想。

「我是這麼猜測的。」

瞳子非常認真地敘述自己的想法。

「昨天的〈會面茶會〉，就是在這個餐廳裡舉行的，那時會長對大家說的話，也一樣傳入我的耳朵裡了。其中的一些話……」

——說到不幸，回想起來，我是一個沒有親兄弟緣的人。

瞳子記得會長那時說的話。會長在回想自己個人的不幸，敘述到家族的成員時，還說了：

——我的母親早逝，原本還有兩位兄弟，但一個早夭，一個在學生時代出國後失蹤了。

「怎麼樣？你們記得嗎？」

「當然記得。」鹿谷回答

「館主人有活著，卻沒有生活在一起的親兄弟。他說那些話時，我也聽得很清楚。」

「或許是我的胡思亂想啦。但是，他們會不會是雙胞胎兄弟呢？」

瞳子真的非常認真地說。

「同年同月同日生，並且長得一模一樣的雙胞胎兄弟。其中失蹤的那一個人，這次變成被邀請的客人，悄悄地回來了。還……」

「妳的意思是雙胞胎之間有多年的恩怨嗎？而且雙胞胎中的另外那一個，殺死了主人？」

「那種可能性是一半一半。」

鹿谷「喔，嗯。是呀！」地回應，並且代替瞳子，做了進一步的解說；

「這樣有點複雜呀！但妳的意思就是說：假設館主人影山逸史氏是A，而雙胞胎的哥哥或弟弟——影山某氏是B；如果變成④號客人的B是兇手，那麼，被發現的頭顱就是A的頭顱。這是一半的可能性。

「但兇手也可能是A，或許他在B的復仇行動中，沒有被B殺害，反而還殺死了B。或者先不要說什麼復仇之類的具體性動機問題，也可以想成是：首先是A找到了B，並且與B取得聯絡，並且策劃讓B參與這次的集會。以現在的情形看來，似乎不管怎麼看，被殺死的人就是B，而兇手A現在正戴著〈懊惱面具〉，變成了④號客人——妳的意思是這樣沒錯吧？新月小姐。」

## 2

「那麼，我有問題想問。」

鹿谷問瞳子，說：

「不管兇手是A還是B，他為什麼要砍下屍體的頭顱、切斷手上的手指？」

「唔，那是……」

「既然A和B是雙胞胎，兇手冒充成被害者是非常容易的事，有必要特地砍下屍體身上的頭顱，把頭顱帶走嗎？因為他們長得一模一樣，不須製造出沒有頭顱的屍體，兇手也一樣可以冒充成被害者。」

「嗯……是吧。」

瞳子也有注意到這一點，所以才會覺得這個命案真的是太奇怪了。只是——

「至於手指的事情。我認為切下十根手指，丟進食物調理機裡絞碎的理由，就是要破壞指紋吧！」

「嗯，很合理的推測。」

「A和B是同卵的雙胞胎的話，血型就會相同，檢查DNA的話，恐怕也會得到相同的結果。但是，指紋的話，即使是同卵的雙胞胎，也不會相同。」
「兇手想隱瞞那樣的事實，是嗎？」
「是的。」
「那麼，另外的一半可能性，就可以從這裡消除掉了，不是嗎？A為了讓人誤以為是自己被殺害了，於是破壞了B的指紋──是嗎？」
「──是吧！」
雖然還存在著一些疑惑，瞳子還是點頭了。因為她剛剛想到，沒有了手指，現在唯一能夠識別死者身分的，便只剩下那具屍體的頭部了。
「我想到了，那個人的額頭上有傷痕。」
「傷痕？」
「他攏起額頭上的頭髮時，我看到了。那個人額頭的邊緣上，有一塊相當大的舊傷。」
「妳說的『那個人』，指的是妳出去迎接的米卡爾氏嗎？」
「是的。」瞳子毫不猶豫地回答：「可是，我想再看看那具屍體的頭顱，確認額頭上是不是有傷痕。」
「如果是那樣的話……」
此時開口說話的人是鬼丸。
「剛才我在確認頭顱的時候，並沒有看到頭顱上有新月小姐所說的傷痕。脫掉面具時，頭髮會往後拉，額頭便露出來了，如果是相當大的傷痕的話，應該一眼就認出來。」

瞳子那時並沒有很仔細地看屍體的臉，而是一旦看到面具下面的臉，就被勾起昨天的記憶，心中馬上湧起「為什麼是那個人……」的疑問，並且一直被那個疑問困惑著，所以沒有注意到頭顱的額頭上是否有傷痕的事嗎？

「長宗我部先生，你覺得呢？」鹿谷問：「那個頭顱的額頭上，有舊傷痕嗎？」

「那個……」

管家仍然是含糊其詞，然後看著鬼丸回答說：

「我想我也沒有看到那樣的舊傷痕。」

「如此看來，被殺死的人不是B，應該是館主人A了。」

鹿谷說。瞳子接受鹿谷的說法，說：

「那麼，兇手B是被邀請的客人中的一個，並且是會長的雙胞胎兄弟。是吧？既然這樣，不快點把那個人抓起來的話……」

沒有「冒充」的行動，卻特地砍下死者的頭和手指的理由是什麼？想知道這個答案的話，當然是直接問他本人最快。

推理至此，瞳子還是不放棄影山逸史有雙胞胎兄弟的假設。可是——

「好。這個假設就到此打住吧！」

鹿谷雙手一拍，接著說：

「新月小姐的想像力真了不起，這個假設確實是非常刺激。可是，這個假設到底正確不正確的呢？很遺憾地，我不得不說這個假設並不正確。」

「這……可是……」

「妳的假設裡有一個致命性的問題——妳能明白嗎？那是太單純的假設。」

為什麼呢？瞳子露出困惑的表情。「新月小姐。」鹿谷看著瞳子說。

「昨天妳迎接包括我在內的三名客人，其實是預定之外的偶然情況吧？因為忍田先生的車子出了狀況，導致鬼丸先生必須出去接他，所以把接待客人的工作暫時交給妳，而我們三個客人便在那個時間內陸續抵達。第三個到的客人，就是名簿上的④號。這些全部都是預定之外的偶然狀況，事前應該誰也無法預測得到。所以……」

「啊！是嗎？」

鹿谷說到這裡時，瞳子終於懂了——確實，自己的假設真的是「太單純的假設」。

「若是妳的假設正確，那就是說，前來的是另一位真正的客人——『某』吧！但是，如果出來迎接他的人不是妳，而是按照預定的鬼丸，那麼鬼丸馬上就會發現他是別人。在上一次的第二次集會的時候，鬼丸已經見過真正的米卡爾氏，所以一見面就會知道來的人的真假吧？假使忍田先生是他的幫手，故意製造『預定外的情況』，以便支開鬼丸，但出來迎接客人的人，也有可能是長宗我部，還是會被看到臉而被看穿。

「因此，新月小姐所想的『冒充計畫』，基本上是無法成形的。」

「是呀！」

瞳子溫順地垂著腦袋同意，但是，「可是——」她同時還有著疑問。

「那麼，為什麼那具屍體的臉，和我看到的那個人的一模一樣呢？難道是因為那個人戴著眼鏡，所以我看錯了嗎？」

此時鬼丸緩緩地開口說：

「新月小姐可能並不知道。那個人——建築師米卡爾氏的相貌，和會長真的非常非常像。」

「哦？」

「上一次他來參加集會的時候，我們就感覺到了。他們長得太像了，簡直就像雙胞胎，可是他們卻是完全沒有血緣關係的人，會長也因此而感到很驚訝，上一次參加集會的客人們，應該都記得這件事。」

「嗯。是那樣嗎？」鹿谷回應。

「我也是現在才知道的——所以，可以這麼說嗎？

「新月小姐與館主人初次見面是在這座館邸裡的，並且當時館主人戴著面具，所以她並不知道館主人的真正長相。另外，她迎接還沒有戴面具的米卡爾氏進入館邸時，和米卡爾氏的交談，也只有短短十幾分鐘。而屍體被發現的時候，臉部的樣貌和生前相較，已經有相當的變化。當然，有沒有戴眼鏡，也是要素之一——因為上述的條件，說『看過那張臉』的新月小姐，才會產生誤會，做出那樣的假設。是不是這樣呢？新月小姐。」

「——是。」

瞳子充分理解地回答。

「我想一定是那樣的。」

「關於這一點，我可以補充一點意見嗎？」

說話的人是長宗我部。

「是這樣的。昨天我看到那位客人拿下面具時的臉了。」

「哦？那時是什麼樣的情況呢？」

鹿谷問。管家眨著老實的小眼睛，說：

「昨天晚上〈會面茶會〉結束後，他來找我說話。他問我有沒有痠痛貼布之類的藥。我給他痠痛貼布後，他就貼在自己的腰上。那個時候他並沒有戴面具……」

「那時的他，確實就是你所知道的米卡爾氏嗎？」

「沒有錯。米卡爾氏的額頭上確實有傷痕，這是上一次的集會我就注意到的事情。」

「他的臉和館主人很像嗎？」

「是的。不只是像而已，說是一模一樣也不為過了。」

他想要痠痛貼布的理由可想而知。因為之前他被瞳子摔倒過，腰部感到疼痛的關係吧！那時他雖然說沒有瘀青，但應該還是受到了相當的傷害吧！瞳子想到這裡，不禁覺得非常過意不去。

「不過，不管他和會長有多像，我覺得基本上受邀請來這裡的每位客人，多多少少都和會長有些相似之處。」

鬼丸補充地說。

「來的客人都是同一年出生的，而生日如果不是同一天，頂多也只是差個一兩天。另外，客人們的身材或臉型，也屬於同一類型。總之客人們之間也都有相似之處。關於這一點，會長本人也對這種奇怪的結果感到訝異……」

# 3

難得鼓起勇氣，努力地陳述「④號客人＝影山逸史的雙胞胎兄弟」這個假設，結果卻完全遭到否決，瞳子因此顯得沮喪。可是，現在可不是同情她的時候。

現在更重要的事，是——

鹿谷的腦子裡有好幾條線在同時思考，每一條線都各自有許多問題需要深思。其中一個問題就是：不能完全否定「影山逸史擁有沒有生活在一起的雙胞胎兄弟的可能性」。雖然這只是把昨天館主人說過的一句話，拿出來放大想像的結果，可是這卻和如何解釋〈另一個自己〉，有著很深的關係。所以說，那個可能性，是相當有意思的。

「鬼丸先生，你覺得如何？」

鹿谷試著問穿黑色衣服的秘書。

「關於館主人的家族情況，你有什麼可以補充的嗎？例如說：會長確實有一個失蹤的雙胞胎兄弟，並且對會長懷恨在心。有這種可能性嗎？」

「不知道呀！」鬼丸歪著頭，閃過鹿谷的視線，說：

「我什麼也不知道。」

「和夭折的兄弟有關的事情呢？」

「那是……」

鬼丸要答不答地，含含糊糊地說著。

「不要說廢話，謹言慎行一向是我的信條。」

「但現在情況特殊，而且，你不覺得現在說的話，絕對不會是廢話嗎？」

「唔……」

鬼丸又是一副欲言又止的模樣。過了一會兒，他才像下定決心般，開口說了：

「聽說夭折的是會長的妹妹。很小的時候就過世了，好像是得了什麼癌症。」

「兒童癌症嗎？」

「是的。當時的醫療技術完全幫助不了會長的妹妹，所以小小年紀就離開人世。」

「館主人的母親早逝。也是因為生病的關係嗎？」

「詳細的情形不清楚，不過，應該是生病去世的。」

「聽說館主人的父親是九年前去世。關於他去世的事，你知道些什麼呢？」

「聽說也是因為癌症去世的。但發現得晚了，知道得到癌症時，已經到了癌症的末期了，無法動手術了，所以只能靠放射線與抗癌藥治療。那樣的治療雖然得到了某種程度的效果，但是奮鬥了半年後，還是病死了。」

「——呃。」

鹿谷握著拳頭，小力地捶著自己的額角，藉此讓自己的腦筋活躍起來。

「然後，五年前，館主人的妻子病逝，四年前兩個孩子又發生意外身亡……是吧？」

「是的。」

「這是所謂的癌症家族，館主人恐怕一直在擔心自己有癌症家族的基因，因此心懷恐懼吧？」

「這個我就不知道了。」

「是嗎？不過，總之謝謝你提供這些資料。」

鹿谷試著把分散開的各個思緒集合在一起，然後再一次思考與「冒充的問題」有關的種種情況。根據之前討論過的，認為「不可能」而放棄的可能性，現在如果稍微放寬對象，那麼——

這次來參加集會的六個人中，除了鹿谷外，其他五人應該都是本人沒錯，看不出有誰是冒充別人來的。

不過，如果考慮到可能性的問題，那麼，昨天晚上以後，五個客人中的某一個誰，是不是偷偷換人了呢？不知道那個「誰」會是誰。就暫且以C當作「誰」的代號吧！如果館主人確實有個沒有生活在一起的雙胞胎兄弟B，那麼，或許C＝B。

這個C在沒有人發現的情況下潛入館邸，藏身在某一個地方。然後在昨天晚上的時候冒充五個人中的某一個人。這個被C冒充的人，或許與C是商量好的，也就是說，這是一個計畫性的行動。如果這不是商量好的行動，那麼，C在冒充那個人的時候，那個人可能會遭受到C的傷害，甚至是殺害。如果是前者，是計畫好的行動，那麼，這個真正的客人現在應該是躲起來了。但如果是後者，這個真正的客人現在可能被監禁在某個地方，甚或是已經變成屍體，被藏在某個地方。

但是，「某個地方」是哪個地方呢？

在思考這個問題的時候，「中村青司」這個名字很自然地浮上鹿谷的腦子裡。這個「奇面館」也是「青司之館」，所以……

不管怎麼說，這種可能性是存在的。鹿谷一邊對自己這麼說，一邊在腦子裡組織思考的網絡。

如果C≠B，因為C的長相和館主人不相似，所以，被殺死在〈奇面之間〉的人，果然就是A；而殺人後的C則化身為客人中的某一個人。

另外，如果C＝B，那麼就會有下面的可能性：如剛才瞳子的假設，被殺死的人就是和A長得一模一樣的B，殺人後的A則化身為客人中的一人。

所謂的可能性，或許就是指不會絕對等於零的事情。可是，瞳子所假設的：館主人所尋找的「另一個自己」，其實就是長得一模一樣的雙胞胎。鹿谷雖然覺得這種可能性是存在的，卻認為瞳子的假設「應該是錯誤的」。

昨天晚上鹿谷和館主人在〈面對面之間〉交談時，他從館主人的談話中，觀察到館主人的一些特性——可以說是館主人對世界觀或人性觀的談話吧。館主人 說過的那些話和瞳子的假設，其間的差異性實在太大了。

——對害怕他人的臉、表情，找不到臉與表情的價值的我而言，「臉是不是長得一模一樣」，是沒有意義的問題。

——我不認為〈另一個自己〉會以那樣的形狀出現。

這些都是他說的話。難道這些話並不是他心中的真正想法？

——本質就在表層上。

沒錯，他確實這麼說了。

——本質就在表層上……在最表層、最上面的記號，才有不能動搖的意義。

——我覺得最表層的相似性、相同性，才是最重要，最應該重視的東西……這樣你明白嗎？

啊，所以……

還是不對。鹿谷想著。

果然不是容貌、身材是否相同的問題。應該不是的。

如果自己的觀察是正確的，那麼——

現實的問題便是：大家所不知道的C，現在、此刻就隱藏在那五個人之中。這種可能性有多少呢？

截至目前為止的觀察，那五個人都還很像是原來的那五個人。可是他們也都還有令人覺得可疑的地方。

例如——鹿谷想起昨天晚上讓自己感到疑惑的那件事。

那就是那個時候——在餐廳進行〈會面茶會〉的時候，看到〈嘆息面具〉算哲教授頻頻從面具上用手按壓著左側頭部的樣子，鹿谷一個疑問閃過鹿谷的腦子。

他的那個動作，讓鹿谷的腦海裡突然浮現出一張此時此刻應該不會出現在這裡的人物的臉。

左側頭部——常常用手掌遮掩著左邊耳朵的人物。那個人就是左邊耳朵有突發性重聽的日向京助。

那時雖然還不知道館邸會發生這樣的殺人事件，但鹿谷還是覺得很在意。

該不會是日向基於什麼理由而說謊，一方面讓鹿谷代替他參加集會，一方面自己又冒充了別人來參加集會吧？在〈嘆息面具〉下面的臉，該不會是日向京助的臉吧？——鹿谷一直被那樣的疑惑困擾著。

所以，後來鹿谷才會向鬼丸借電話。

鹿谷打電話到日向應該會在那裡住院的某綜合醫院。當時的時間雖然有點晚了，但鹿谷偽裝有緊急的意外事情，拜託護士請病房內的日向接電話……

大家都戴著面具的這種情況，果然很不方便。鹿谷昨天就這樣深深覺得了。因為看不到隱藏在面具下面的對方的臉，很容易讓人對對方產生種種猜疑。

## 4

「真是的，這樣真的會讓人沒完沒了地懷疑下去。」

瞳子提心吊膽地說：

「昨天來到館邸的會長，是真的會長嗎？」

「什麼？」鬼丸驚訝地反問。「怎麼會這麼說……」

「因為會長一直戴著面具，而且，誰也沒有見過他真正的容貌。」

「前天和會長一起來的時候，在會長戴上面具前，我見過會長的。」

面對鬼丸的辯解，瞳子進一步地說：

「可是——或許是在到了館邸之後，才換成其他人的。」

「不可能那樣。」

「絕對不可能嗎？」

鬼丸皺起眉頭，臉上難得出現不愉快的表情。鹿谷趕緊介入，說：

「到了現在這種情況，真的是處處都讓人覺得可疑。新月小姐，我可以理解妳的心情，不過，我們昨天所見到的館主人，應該是真正的館主人沒錯。」

「為什麼你能這麼斷言呢？」

「因為我拿到了支票。」

鹿谷接著說：

「在〈面對面之間〉談過話後，館主人按照約定給我謝禮，給我一張上面有親筆簽名的支票。除了我以外，其他五個人也應該都拿到了相同的支票。」

「唔……」

「判斷那是不是館主人的筆跡，並不是困難的事情。如果筆跡是假的，一定很快就會被拆穿。」

「對了——」

瞳子露出了解的表情，同時嘆了一口氣。她也有她對這個事件的想法吧！

這次鹿谷對鬼丸說：

「聽說過去兩次參加集會的人數，第一次是四個人，第二次也是四個人，但是，這些人中好像有兩個人只是被邀請一次，後來就沒有再被邀請了。」

「是的，確實是那樣沒錯。」

「沒有再被邀請的人，是什麼樣的人呢？還有，為什麼第二次沒有再邀請他們呢？」

鬼丸沉默地考慮了一下子後，像把記憶一一從腦子裡拉出來般地回答說：

「只參加過第一次聚會的人，是在大阪經營補習學校的客人，那個人操著一口關西腔，很喜歡說話。但是，他在會長和別的客人還在〈面對面之間〉交談時，就擅自打開門進去〈面對面之間〉。不知道是不是因為這個緣故，第二次就沒有再邀請他……」

擅自開門，造成困擾的客人——鹿谷記得昨天晚上聽館主人說過這件事。因為這樣的事件，館主人就判斷這個人不是〈另一個自己〉吧！

「只參加第二次集會的，是從金澤來的客人……他是在市政府辦公廳上班的公務員。要怎麼形容這個人才好呢？這個人的身體很不好，一看就覺得他生病了，卻還勉強來參加集會。果然回去後不久就過世了。」

「死了……是病死的嗎？」

「是的。那個人好像有心臟病的宿疾。」

「喔——那兩個人的生日是……」

「當然也是同一年生的，這是邀請客人時的條件。他們連生日也是一樣的。另外，相貌和體型也都……」

——有趣的是，這不過是一個結果。

鹿谷免不了地想起昨天晚上館主人說的話。

——所以我才會覺得有趣、不可思議。

「這種事情是有的。雖然覺得很難想像，但是它就是會在某種情況下，好像要讓人發現某種意義般，不可思議地偶然出現了……」

鹿谷長長地嘆了一口氣，伸手去拿放在桌子上的藍色活頁夾。他看了一眼與受邀請的客人名單合訂在一起的〈別館〉房間分配圖後，便攤開全館的平面圖。這時——

「嗨，你們都在這裡！」

說著這句話，走進餐廳裡的人，是〈憤怒面具〉。

「你們聚集在這裡，在討論什麼事情嗎？」

# 5

「回去房間後也靜不下來，所以出來看看。」

〈憤怒面具〉依舊拖著有點不便的左腳，走到桌子邊。他雙手抵著桌面站著，先瞪著鹿谷說：

「推理作家老師，你們四個人在這裡進行什麼詭計嗎？」

「或許正是詭計吧！」鹿谷爽快地回答。「對兇手來說，確實有那樣的意思。」

〈憤怒面具〉「呵呵呵」地笑地看著大家，說：

「不知道我的面子夠不夠參加各位的案件搜查會議？」

「啊，的確是案件搜查會議。刑警先生也要參加嗎？」

「是『前』刑警。」

〈憤怒面具〉說著，自己找了一張椅子坐下後，才又說：

「既然稱呼我是刑警，想必已經相信我，不懷疑我是被人冒充的吧？」

「唔。看情形吧！」

「已經確認過被害人就是館主人了，所以懷疑他或許頂替了某一位客人的假設，應該可以排除了吧？還有——」

〈憤怒面具〉指著自己的左腳膝蓋，說：

「要檢查嗎？我膝蓋上的舊傷。」

「不用了。沒有到非那樣不可的地步。」鹿谷回答：「你說得那麼有信心，想必左腳的膝蓋上，一定是有傷痕的。在發現頭顱之前，我不得不地先做一些調查，所以可以判斷你是真的。」

「你的意思是？」

「根據邀請我們來的館主人所做的事前調查，你是兵庫縣的警察，人稱阿山，兩年半前左腳受過傷。〈面對面之間〉的字桌上有一份資料，那是館主人為了尋找合適的客人人選，僱用『適當的專業人士』——也就是徵信社什麼的私家偵探寫的調查報告書。報告書裡一定有每個人的大致資料吧！如果館主人的計畫是：讓大家以為自己死了，然後冒充成你。但他也知道你腳上有傷，到時可能成為被檢查的重點。所以當然會針對這一點，做一些準備。」

「你的意思是：故意在自己的腳上製造傷痕嗎？」

「製造出可以瞞過外行人的假傷口，並不是太困難的事情。不過，當判斷受害人就是館主人時，以事前的調查資料為基礎，而定出那樣的計畫的人，至少表面上是不見了。」

「表面上？是嗎？」

「是的。這樣各種可能性就會開始被懷疑。例如……」

話說到此，鹿谷便不繼續往下說。鹿谷覺得，此時如果再說什麼開玩笑的話，恐怕就會變成不容易看到核心了。

「總之，這是難得的機會，請你加入我們的搜查會議吧！可以嗎？」

「我沒有理由拒絕吧？」

〈憤怒面具〉這樣回答。

「啊，等一下，在這之前……」

在重新啟動調查會議前，〈憤怒面具〉突然對除了鹿谷以外，問圍著桌子的其他三個人：

「有退燒藥或腸胃藥之類的藥嗎？」

「退燒藥或腸胃藥嗎？有的。」

鬼丸回答，但馬上又反問：

「是哪位客人不舒服嗎？」

「剛才回到大廳後，創馬社長就覺得特別累……好像還發燒了。腸胃藥是忍田先生要的。他從先前就胃痛得不得了。我想這屋子裡或許有準備一些常用的藥品，所以才來找鬼丸先生——有嗎？」

「那個……有嗎？」鬼丸看著長宗我部說。

「是有準備一些藥房裡買來的成藥。」長宗我部回答。

「那麼，等一下就請你送藥給他們吧！拜託了。」

「知道了。」

「說到藥……」

鹿谷插嘴說，因為他突然想到一個必須確認的問題。

「有一件事情我想請教新月小姐。」

「——什麼事？」

「關於那個安眠藥的事，我想多了解一些。」

「呃——」

鹿谷問臉上滿是疑問的瞳子：

「〈面對面之間〉有一個館主人的藥丸盒子。我記得曾經請妳說明盒子裡面的藥丸。」

「是的。」

「那個藥的普及率如何？」

「嗯，一般吧！」

「如果是醫生的處方用藥，應該不會太容易買到。醫生在面對抱怨睡不著的病人時，把這種藥開入處方箋的機率是多少？」

「這個……」

瞳子歪著腦袋想了想後，回答：

「這種藥幫助入眠，和睡眠的藥效都很好，副作用也少，非常好用，因此醫生配合病人的症狀，是最近失眠病人的處方箋裡常見的藥。」

「嗯。那麼——」鹿谷說：「昨天晚上兇手摻入健康酒裡給我們喝的安眠藥，很可能是和這個藥丸相同，或者成分類似的安眠藥。這種可能性不低吧？可以這樣假設嗎？」

「是那種可能性的話……我認為是有的。」

「還有。」

鹿谷繼續問：

「那個藥的藥效持續時間大概是多久呢？妳知道的即使是教科書上的知識也沒有關係。請告訴我。」

「那個……」

瞳子又是歪著腦袋想了想，說：

「從服用到入睡，大約是三十分鐘；至於睡著後讓患者持續睡眠的時間，大約是六到七個小時吧！」

然後瞳子又補充說明道：

「當然了，這個數字是因人而異，多少會有些差別的。」

## 6

「來整理一下問題點吧！」

鹿谷一邊再一次看著攤開在桌子上面館平面圖，一邊說著：

「第一眼看這個事件，就可以看出它是一個非常複雜而奇怪的命案。因為裡面有太多錯綜複雜的謎了，不深入了解的話，就得不到答案。所以我認為一定要把所有的問題

「好好整理起來。」

以瞳子的假設做開始，到剛才討論的內容，鹿谷約略地向〈憤怒面具〉做了說明。因為在餐廳討論的時間變長了，所以長宗我部便打開暖氣，空間內的冰冷空氣終於變得暖和起來。

「放眼看這個事件的整體時，我覺得有三個大問題點。」

鹿谷說完，回頭問瞳子：

「怎麼樣？新月小姐，妳覺得『大問題點』是什麼？」

瞳子露出「為什麼要問我？」的表情，但卻沒有說出心裡的這番話，反而還「喔」地嘟著嘴，想了想後，說：

「第一個問題點還是頭和手指被砍掉的事吧？」瞳子回答。「兇手為什麼行兇後，要砍下屍體的頭顱與全部手指，並且帶離現場呢？」

「當然，是很重要的問題——還有呢？」

「——面具的問題吧！」

「妳是說六個客人被戴上面具的事嗎？」

「是的。兇手為什麼要把面具鎖在客人們的頭上，並且帶走鑰匙呢？」

「對，這當然也是非常重要的問題。」

鹿谷滿意地點點頭，接著又問：

「那麼，第三個問題點呢？妳覺得是什麼？」

「唔——那個……」

瞳子支支吾吾地說不清楚。於是鹿谷便看著瞳子以外的其他三人，問：
「哪位可以說說看？」
可是，其他三人當下都沒有回答。
「我認為是安眠藥的問題。」
鹿谷只好自己回答，自己還做了說明：
「昨天晚上我們喝了混了安眠藥的健康酒。兇手把事先準備好的藥摻入健康酒中，他是準備只給傭人以外的人喝嗎？又為什麼要讓我們喝呢？我覺得這是非常重要的問題。」
接著，鹿谷從長袍的口袋裡掏出原子筆，指著攤開在桌子上的資料頁的空白處，對瞳子說：「請寫在這個地方。」

1 為什麼要砍掉頭顱和手指？
2 為什麼要在客人們的頭上戴面具？
3 為什麼要讓我們喝安眠藥？

「已經把我說的按照順序寫下來了。」
然後鹿谷便指著寫下來的摘要，對大家說：
「嚴格說起來，這樣1、2、3的順序並不正確。如果從時間順序來考慮的話，3和1應該對調。我認為這也是非常重要的。」
鹿谷說著，把3圈起來，畫線和箭頭，將3拉到1的前面。

「『為什麼要讓我們喝安眠藥？』是——」

〈憤怒面具〉開口問：

「這個問題有那麼重要嗎？竟然可以和砍掉或面具的問題相提並論？」

「是的。我認為這個問題很重要。」

「讓我們喝安眠藥的目的，當然就是為了方便之後行兇，那樣我們就不會打擾到他了。」

「我不覺得那件事有那麼單純。」

鹿谷輕輕搖搖頭，又說：

「你所謂的『之後行兇』，是指殺害館主人的事吧？」

「當然。」

「那麼，你不覺得有點奇怪嗎？」

「奇怪？」

「沒錯。把很多情況綜合起來思考的話，我總覺得下安眠藥讓我們睡著，是不是太誇張了？」

鹿谷一邊說，一邊連連點頭表示贊同自己的想法。

「兇手行兇的時間在深夜。他只要等大家睡熟之後再行動，就可以了。或許他早就準備好通往〈奧之間〉的備份鑰匙了。這座館邸的位置很偏僻，平常根本沒有人來，要偷潛進來拷貝鑰匙的模型，並不是太困難的事。他只要使用備份鑰匙，就可以侵入〈奧之間〉，然後殺死睡在〈奇面之間〉的館主人了——只為了這樣的事，有必要利用安眠藥，讓傭人以外的所有人都睡著嗎？即使不那麼做，也可以在人不知鬼不覺的情況下離開房間，前往〈奥之間〉行兇呀！那不是太難的事情吧？」

「應該是擔心被害者抵抗時，發出爭執的聲音，而吵醒其他人吧？」

「從這座建築物的構造看來，即使大聲喊叫，也只會局限在〈奥之間〉的區域內，不會傳到客房那邊的。」

「為了保險起見，還是讓其他人喝了安眠藥，比較能夠放心吧！」

「不，如果是因為那樣而在健康酒裡加安眠藥，我認為那反而是讓自己陷入危險的行為，是不協調的事情。不是嗎？要在健康酒裡加安眠藥的話，首先必須算準放藥的時間，然後在乾杯時假裝自己也喝了健康酒，再趁別人不注意時把杯中的酒倒掉，這些舉動不是更容易引起別人的注意嗎？」

「確實。可是……」

「很難判斷嗎？」

鹿谷直視著〈憤怒面具〉，又說：

「這樣吧！阿山兄，請你想想一件事——昨天晚上你睡覺的時候，有沒有感覺到什麼奇怪的動靜或聲音？」

「奇怪的動靜或聲音……」

「忍田先生和算哲教授兩人都說了，他們記得在被戴上面具時，有不對勁的感覺。我也是，而且還記得聽到了什麼奇怪的聲音。那是在睡著還不是很久的時候，是像夢又像現實的記憶——怎麼樣？你也有那樣的記憶嗎？」

〈憤怒面具〉手支著面具的額頭，想了半晌後，說：

「這麼說來，嗯，我好像有聽到什麼聲音。不過，我不敢斷言那到底是夢還是現實。」

「果然呀！」鹿谷低聲說著。

「那是什麼樣的聲音呢？」鹿谷又問。「是『吱』還是『嘰』，或是『吱吱』還『嘰嘰』……總之不是平常會聽到的聲音吧？」

「嗯——」〈憤怒面具〉依舊是手支著面具的額頭，說：「被你這麼一說，好像就是那樣的……」

「我在被戴上面具，覺得有點不對勁前，好像也確實聽到了相同的聲音。而且也覺得像是在作夢，又像是發生在現實中的事情。」

鹿谷謹慎地選擇用語，繼續說：

「可是，當看到別人和自己一樣，也有那種相同的感覺時，就不會覺得『那只是夢吧』。」

「確實是那樣……」

「所以說——」

鹿谷的語氣轉強：

「那應該是兇手潛入我們的房間時所製造出來的聲音，不是嗎？這麼一想，兇手讓我們喝有安眠藥的健康酒的理由，就顯而易見了。」

「是顯而易見的？」

〈憤怒面具〉好像還想反駁，但是鹿谷很快就回答他：「是的。」而且接著說：

「兇手讓我們喝下有安眠藥的酒的最初目標，原本就不是單純的為了殺死館主人，而是另有理由的。那就是潛入因為安眠藥而陷入沉睡中的我們的房間，如果我們沒有失去正常的意識行動，他好像就難以進行他要做的事了。他是為了進行什麼事情，而讓我們喝下有安眠藥的酒——你不覺得我這樣的想法，是適當的嗎？」

# 7

「再來看看別的問題吧！先看1的『為什麼要砍掉頭顱和手指？』這個問題。」

鹿谷用面具的下巴指指剛才的摘要。關於「為什麼要讓我們喝安眠藥？」的問題，此時他已經有了某個答案，但是他判斷現在時機還早，還不到說出那個答案的時候。

「若問『為什麼要砍掉頭顱和手指』的原因，首先我們會想到的，就是『為了隱藏被害者的身分』吧！以這個事件來說，會覺得只看命案的現場狀況，就能知道被害者的身分。不過，若有人對此提出質疑，馬上就會出現『被害者的替身』的假設。從這個假設延續出來的假設，就會出現如剛才新月小姐提出的『雙胞胎論』的說法。可是，剛才我們已經否定『那具屍體是米卡爾氏嗎』的想法了，所以說，客人之中有館主人的雙胞胎兄弟，是無法成立的假設。

「能夠沿著這個方向繼續思考的唯一一個可能性，就是那個雙胞胎潛藏在這個館邸中，是這個館邸裡的第十個人……」

「唔？」

〈憤怒面具〉想了想，說；

「有那樣的可能性嗎？」

「以目前的程度來說，不能說沒有。」

鹿谷也和〈憤怒面具〉一樣想了想後，才又說：

「也不一定是雙胞胎。總之，以目前的情形來說，這座館邸的某個地方躲著潛入這裡的第十個人，是無法完全否定的事情。」

「可是，我們已經分頭搜索過整座館邸了呀！」

「如果他是躲藏在即使我們搜索了，也找不到的地方呢？他躲起來，把自己藏起來了。」

〈憤怒面具〉先是「唔？」然後想著，沒多久就「呵呵」地點頭說：

「剛才你提過一個什麼建築師，和那個人有關嗎？」

「中村青司。這座館邸的建築、設計者。沒錯，和他有關。」

「你的意思是：這座館邸的某個地方有秘密通道或隱密的空間之類的地方嗎？而那裡就是第十個人的藏身之處？」

「原則上這是可能性的問題。我擔心的就是這一點。」

鹿谷轉而問鬼丸與長宗我部：

「我想問一下兩位，你們是否聽過這座館邸裡有什麼秘密裝置之類的話？」

兩位傭人先是謹慎地看著彼此，然後都搖搖頭。

「沒有聽說過。」

「我也是。」

「館主人沒有說過什麼嗎？」

「是的，沒有聽他說過這類的事情。」

「鬼丸先生已經當影山逸史氏的秘書兩年半了，是吧？」

「是的。」

「以前你來過這裡嗎？」

「來過。」

「長宗我部先生是三年前開始成為這裡的管家的？這三年來，你來這裡工作的期間，這房子有什麼讓你覺得奇怪的地方嗎？」

「沒有，沒有什麼特別奇怪的地方——不過，〈別館〉的〈奇面之間〉的牆壁上，到處都是『臉』的做法，確實讓人覺得很古怪，給人毛骨悚然的印象。」

「嗯——是呀，那裡確實讓人有毛骨悚然的感覺。」

鹿谷繼續對著兩位傭人說：

「聽說〈別館〉的客房本來只有三間，後來才翻修改裝成六間。那裡的花崗岩地板上，有一部分進行了表面粗糙化的加工，走廊也有那樣的地方，而且，大廳中被小地毯蓋住的地方，也有相同的部分……」

鬼丸與長宗我部又是謹慎地看著彼此，然後兩人都點頭了。鹿谷再問：

「翻修改建之前，那些個地方就是那樣了嗎？」

「聽說原本就是那樣的。」鬼丸回答。「因為那不是什麼會讓人覺得不方便的設計，所以改建時也沒有做變動。」

「嗯。這麼說——」

鹿谷又拿自己的拳頭，輕輕一邊敲〈哄笑面具〉上的額角，一邊說：

「那果然有什麼……唔，只有努力去想像了。」

他就這樣一邊喃喃自語，一邊輕輕敲著面具上的額角。不久，他好像作好決定，伸直背脊。

「關於這一點，暫時保留不再談了。」

他說。

「胡亂想了一堆可能性出來，又被這些可能性限制住，反而找不到結果。我覺得或許在討論其他問題點的時候，會浮現出第十個人的秘密通道或隱密空間的線索。所以暫時不談這一點了。」

「不釐清為什麼要砍掉頭顱和手指的理由了嗎？」〈憤怒面具〉說。

「不。」

鹿谷立刻說。此時他決定先不說出腦子裡隱約開始要成形的某個假設。因為那個假設還不協調，也還抓不到「形狀」。

「兇手把帶走的頭顱隨便地放在那樣的地方，卻特意把手指放到食物調理機裡絞碎。」

〈憤怒面具〉繼續說：

「絞碎手指是為了檢查不出指紋。這一點應該是沒有疑問的吧？但把頭顱放在那樣的地方，就讓人費解了。和破壞手指一樣地破壞頭顱，不符合一貫性呀！」

「因為戴著面具，所以無法破壞嗎？」

這句話是瞳子說的。但〈憤怒面具〉搖頭說：

「即使頭顱有面具保護，還是有辦法破壞的。例如用火燒，不是嗎？就算不想破壞頭顱，也應該多用點心，把頭顱藏在更理想的地方。為什麼會那樣……」

「因為感覺到手指有破壞的必要性，卻不覺得頭顱有破壞的必要性嗎？——結果變成這樣了。」

鹿谷把隱約的某種假設放在心中，繼續說著：

「如果否定存在著與館主人長得一模一樣的人的假設，那麼……會出現怎麼樣的答案呢？」

# 8

接著，鹿谷利用資料上的空白處，試著把和這個事件有關的時間列出來。部分記不太清楚，或不知道的時間點，他詢問了其他四人，終於列出這樣的一張時間表：

＊凌晨零時前……以健康酒乾杯。此時大家都被下了安眠藥。

＊凌晨零時後……散會。館主人回去〈奧之間〉，客人們也各自回房。

＊凌晨一點左右……鹿谷就寢。經過一段時間後（不清楚正確的時間），覺得聽到了奇怪的聲音。

＊凌晨一點～三點……推定此時兇手在〈奇面之間〉行兇。
＊凌晨一點過後……鬼丸與長宗我部開始在〈本館〉的和室下圍棋。
＊凌晨兩點過後……新月不睡覺，前往大廳。
＊凌晨兩點二十分……新月開始看錄影帶。
＊凌晨兩點三十分……新月聽到奇怪的聲音。敲〈奧之間〉的門，但沒有聽到回應。門是鎖著的。
＊凌晨三點三十分……大廳的電話鈴響了。電話是從〈本館〉的書房裡打來的。
＊凌晨三點四十分……新月離開大廳，回自己的房間。
＊凌晨四點前……鬼丸和長宗我部各自回房。
＊凌晨？點？分……鹿谷再次聽到聲音，然後覺得被戴上面具。
＊凌晨四點四十二分……算哲教授被戴上面具（此為他本人的證詞）。

※

＊凌晨八點前……新月送咖啡到〈奧之間〉，〈奧之間〉的門沒有鎖上。
＊凌晨八點三十分……鬼丸發現了〈奇面之間〉的屍體。

「如果哪裡寫錯了，請務必要指出來。」
鹿谷這麼說，然後把自己寫好的時間表讓大家傳閱。
「怎麼樣？這樣整理出來後，至少可以相當清楚地看到事件『形狀』中的某一部分吧！」
「你說的某一部分是？」

瞳子擔心地看著鹿谷，說：

「是指那個……」

「新月小姐知道嗎？」

「唔……好像是兇手行兇前的動作。是嗎？」

「對，沒錯。而且，新月小姐的行動似乎對這兇手有很大的影響。」

鹿谷把這時傳到瞳子手邊的資料，拿到自己的眼前，然後拿起筆，好像畫橢圓形般地，把時間表的中間一帶圈起來給大家看，說：

「推斷的行兇時間是凌晨一點到三點之間。妳在兩點過後去了大廳，開始看那支錄影帶後不久，大概是兩點半左右，聽到了聲響。而這時〈奧之間〉＝〈面對面〉的門是鎖著的。但是，早上和鬼丸一起去那裡時，那裡的門鎖已經打開了。不用說，一定是有誰在兩點半——或者說是三點四十分妳離開大廳後打開了門鎖。」

鹿谷的筆尖咚咚咚地敲著時間，繼續說道：

「新月小姐在大廳開始看錄影帶的時候，兇手已經在〈奧之間〉內了。他最慢在凌晨兩點以前——就是在妳進入大廳以前，他就已經進入〈奧之間〉了，並且為了避免被干擾，還把〈奧之間〉的門鎖起來，才在〈奇面之間〉行兇……行兇後，準備離開現場時，卻發現有人在應該一個人也沒有的大廳裡。

「妳所聽到的聲響，恐怕就是兇手打開〈奧之間〉的門，又慌慌張張地關門、上鎖的聲音吧！對於因為聽到奇怪的聲音而去敲〈奧之間〉的門的妳，兇手當然不會有所回應。」

「那麼，那時——」

瞳子的表情明顯地變得很可怕。

「那時，兇手和我就隔著一道門，而且寢室裡已經有那具屍體了？」

「對。不過，是不是『那具屍體』，還有待研究。」

「哦？那是……」

「並不是屍體被換了的意思。我想說的是：屍體是不是那個樣子。」

「那個樣子……是什麼意思？」

瞳子皺著眉問：

「頭沒有被砍下來的意思嗎？」

「是……啊，不，我還不敢說確定是那樣。」

鹿谷回答，並且繼續往下說：

「無論如何，兇手一定會因為那種意外的情況而感到驚慌。他越過門，觀察大廳內的妳，知道妳在大廳內看錄影帶，並且認為妳不會立即離開，暫時之間繼續會留在大廳內的可能性很高。可是，就像剛才大家確認過的，〈奧之間〉的區域內沒有後門，而且窗戶上也都設有鐵窗，人無法從那樣的狀況出入——就這樣，兇手便陷在〈奧之間〉內動彈不得，處於無法逃離的狀態。」

「可是後來……」

「所以電話響了。」

鹿谷的視線再度回到時間表上。

「那通電話是一個小時後的凌晨三點半左右打到大廳的。剛才新月小姐說過了，那是館主人從〈本館〉的書房打出來的內線電話。但新月小姐那時說的那些話，應該還是推測與懷疑的猜測言論，並非親眼所見。現在我們已經很清楚地推定出死亡時間了，所以可以知道那通電話絕對不是館主人打的；因為三點半的時候，館主人應該已經死了。所以……」

「可是，鹿谷先生。」

瞳子打斷鹿谷的話，說：

「剛才你說了『兇手無法離開』〈奧之間〉的話……那麼，那通電話是誰打的。兇手以外的另一個人嗎？」

「不。」鹿谷搖搖頭，說：「我認為兇手沒有共犯的想法，到現在還是一樣，沒有改變。」

「那麼到底……」

「電話裡的那個人，要妳回房間休息，對吧？於是妳乖乖地聽從了。所以，到了三點四十分的時候，大廳已經沒有人了，兇手就能夠在不必擔心被發現的情況下，離開〈奧之間〉了——」

鹿谷盯著瞳子的臉看，又說：

「如果兇手有共犯，那麼他如何在自己陷入預期外的困境時，通知他的共犯呢？這是個問題吧！

「因為〈奧之間〉裡沒有電話，無法與外面聯絡。如果有共犯，那麼共犯應該會在某個地方把風，關注兇手行兇是否順利，萬一出現狀況時，就會適時地採取協助的行動吧？那樣的話，兇手要脫困離開〈奧之間〉，就容易了。例如：共犯如果是客人中的某一個人，就可以大大方方地來大廳，要求妳給他拿個什麼東西就可以讓妳離開大廳，讓兇手毫無阻礙地離去，用不著特地潛入〈本館〉的書房，假裝自己是館主人打電話給妳了。不是嗎？」

瞳子仍然是一臉的困惑。

「還有，新月小姐，請妳回想一下妳剛才在收藏室裡說過的話。」

鹿谷一邊說，一邊攤開手邊的資料中的館平面圖。

「看這張圖也可以了解。不管是站在什麼位置，從什麼角度，都無法從書房的窗戶看到大廳的窗戶。而電話裡的那個人說看到了大廳的燈亮著，所以知道有人在大廳裡。」

「——嗯。」

「電話裡的那個人為什麼知道大廳的燈是亮著的？」

鹿谷自問自答地說：

「因為他從書房裡打電話到大廳以前，就知道大廳裡有人了。不是嗎？具體說的話，那就是他在一個小時以前想離開〈奧之間〉時，就知道妳在那裡了。」

「那樣——」

瞳子依然面露困惑之色

「可是，那樣兇手是……」

鹿谷好像拒絕回答瞳子的問題般，把視線從瞳子的身上，轉移到一直無言地聽著他與瞳子對話的其他三個人身上，說：

「怎麼樣？這個事件的『形狀』果然變清楚了吧？每個問題的焦點也整理出來了，不覺得這樣就可以看到問題之間的相互關係了嗎？」

# 9

「剛才舉出的三大問題點中，還沒有討論到的是2的『為什麼要在客人們的頭上戴面具？』這一點。」

鹿谷把雙手放在自己的〈哄笑面具〉上，做出強要摘除面具的動作。

「在睡眠中的我們被戴上面具，是兇手讓新月小姐離開大廳，自己也離開〈奧之間〉之後的事情吧？根據算哲教授的記憶，那個時候是四點四十二分；我尋找自己的記憶，覺得自己也是差不多在那個時間被戴上面具的。所以說，兇手開始把面具戴在我們的頭上，是凌晨四點以後的事情。

「那個時候安眠藥的藥效還在持續中，我們也都睡得很沉。兇手便是在那個時候潛入每個人的房間，一一把面具戴在我們的頭上，並且在面具上面上鎖。大家別忘了，那個時候我們大家都有聽到奇怪聲音的記憶……」

「兇手到底有什麼理由要讓所有的客人都戴上面具？」

〈憤怒面具〉沒有針對誰，只是從容地開口問。霎時大家都沉默了。但是，〈憤怒面具〉很快就打破自己製造出來的沉默。

「被害者其實不是館主人，館主人自己就是兇手，所以讓所有客人戴著面具，自己也化身為戴面具的——如果按照剛才我們所說的話的基本方向，這個假設已經被推翻了。」

「只好回頭來看到底有沒有第十個人這個問題了。」

鹿谷自己這麼說，卻又很快地否定自己的說法。

「可是，把各個狀況串連起來，綜合考量整體的狀況後，我還是覺得沒有必要去思考充滿破綻的可能性問題。」

「你是說館邸裡沒有第十個人嗎？」

「是的。不做那種可能性的設定，反而能夠更單純、明快地發現具有充分整合性的某個答案。我有這種感覺。」

「哦？」

〈憤怒面具〉以手肘支著桌面，雙手交叉地注視著鹿谷。但鹿谷毫不畏懼地繼續說：

「擴大去想像毫無道理的可能性，會讓這種狀況的事件輕易陷入沒有責任感又太簡單的胡亂猜測中。新月小姐假設的『雙胞胎論』，可以說就是踩到毫無道理的想像的線了。這是我很直接的印象。」

「毫無道理的可能性嗎？嗯。」

「舉例來說——」

鹿谷稍微猶豫之後，才繼續說：

「館主人有失散已久的兄弟的假設這件事。即使是真的有雙胞胎，但雙胞胎中的另一個人，可能是同卵的哥哥或弟弟，也或許是異卵的姊姊或妹妹。」

「哦？」

「不能說那樣的可能性絕對是零吧？」

鹿谷這麼說著，然後故意咳了一聲後，再說：

「那個異卵雙胞胎的姊姊或妹妹，其實已經近在館主人的身邊了，但是不知什麼原因，她非常怨恨館主人。或者是她想奪取館主人龐大的財產，所以潛入館邸內，藏身在某個地方伺機行動。」

「呵呵，這個假設太冒然了。」

〈憤怒面具〉不以為然地聳聳肩膀。

「你說『在館主人的身邊』，館主人的身邊有那樣的……」

「你想說那樣的女性在哪裡？是嗎？」

鹿谷面具下的嘴唇因為笑而彎曲了。

「假使這個事件是一本推理小說，那一定會讓讀者抱怨說人物表裡為何沒有登錄那位女性——雖然是人物表裡沒有登錄的人物，但故事裡已經顯示有那樣一位女性的存在了。」

因為說到「女性」這兩個字，所以除了鹿谷以外的在場男性，紛紛把目光投注在瞳子的身上。不過，才二十一歲的瞳子，當然不可能是那位女性。

「可以說這是『在角落的兇手』吧！」

鹿谷說，他的嘴唇因為笑而彎曲著。

「我在此設定的人物，便是長宗我部先生的太太。」

「什麼？」

長宗我部大為吃驚地說，本來靠在椅背上的上半身，完全挺直，臉上淨是訝異之色。

「這、這是怎麼說的？」

「說到毫無道理的想像，這也是一個例子。請把這個例子當作玩笑聽聽吧！」

「啊！可是……為什麼要舉這樣的例子！」

「長宗我部先生現年五十五歲，在四十歲以前就從某大企業離職，和年紀小一輪的妻子搬到這個地區住。所以說，年紀小一輪的妻子，現在是四十三歲吧？正好和館主人同年齡。如果她和館主人的生日相同，或許她實際上是館主人的異卵雙胞胎。她婚前的姓是影山，名字是逸子，和逸史一樣，都有一個『逸』字……例如是這樣的情況。」

鹿谷說著，用力嘆了一口氣，才說：「這當然是開玩笑的。」長宗我部聽到這麼說，終於露出稍稍放心的表情，和有點笨拙的笑容。

「哎呀，舉了那樣的例子，真是抱歉了——話說回來吧！」

鹿谷接著說：

「兇手行兇後，為什麼要讓我們戴上面具？有什麼理由非讓我們戴著面具不可嗎？」和剛才〈憤怒面具〉一樣，鹿谷並沒有特別針對某一個人提出問題，他「哎呀……」地陷入思考中。

給睡眠中的人戴上面具，遮掩原來的面容，並且在面具上上鎖。這是奇怪而容易吵醒睡眠中的人的高風險行動。兇手明知如此，卻還執意完成了。冒著高風險行動的理由，絕對不是只為了讓人覺得不舒服，或讓大家產生混亂感這麼簡單。

所以，針對這個問題，應該如何去思考才對呢？是不是其中也有「人物更換」的問題呢？這也是一種可能性。但是……

如果不是那樣的話？

目的何在呢？如果是在別的地方的話……

鹿谷雙手夾著戴著〈哄笑面具〉的頭部，一邊摸著頭，一邊繼續思考。

如果不是那樣的話？

目的何在呢？在別的地方嗎……

「……啊？」

鹿谷不自覺地發出叫聲。

「哈哈……」

「怎麼了？」〈憤怒面具〉問：「想到什麼了嗎？」

「啊……不是。」

鹿谷壓抑著內心的興奮。

「有點……不是的，還……還不符合。」

後半句的話完全是自言自語。

他覺得一部分一部分謎團的解釋，好像幾乎可以聚攏起來了。可是各個解釋卻還是沒有辦法連結在一起。看不到，也找不到充分的有機性連結——就是這樣的感覺。

「哎呀……」

鹿谷又是喃喃說著，陷入沉思。然後再一次看攤開在桌面上的館平面圖。

奇面館嗎？

這就奇面館。受到影山透一的委託，那個中村青司以前設計的館邸。這是……

果然是——鹿谷這麼想著。

眾多謎團之中，有好幾個在這裡有交集。十之八九沒有錯吧？可以具體地試著確認看看。秘密一定就在那裡和那裡……

可是——

問題在那個之前。

有什麼被拿走了嗎？或缺少了什麼嗎？恐怕是吧！某個非常重要的線索，或可以成為前提的情報……

## 10

時間已經過了下午五點半。照說這個季節太陽下山的時間是六點過後，但卻覺得外面好像已經完全暗了。奇怪的是變暗的玻璃窗的外面，白色的積雪也顯得模模糊糊的。

剛才鬼丸說「雪勢減弱了……」的話，顯然是一種樂觀的說法。因為即使是現在，偶爾還會吹來一陣強風，把窗戶震得嘎吱作響。

「晚餐要怎麼辦呢？」

聽到長宗我部悄悄地這麼說後，瞳子不自覺地雙手放在胸口附近。

瞳子從起床到現在，幾乎什麼都沒有吃。因為中午準備的輕食也是一口也沒有吃，所以現在突然感到強烈的飢餓感，非常想吃東西……自己的神經真大條呀！瞳子這麼想著——在這種異常的狀態下，看到了慘死的屍體，和被砍下來的頭顱之後，竟然還會有食慾！

「現在不必在意吃飯的問題。一、兩天沒有吃飯不會死的。」鹿谷說。

「那可不行。」

鬼丸馬上如此表示，說：

「招待住在這裡的客人，是我們的工作。各位想吃什麼呢？我們馬上去準備。」

「我很喜歡鬼丸先生的職業態度。但是，要求你們那麼做的館主人，已經不會再要求你們了……」

「雖然是那樣，但是，我們也不能什麼都不做。在警方前來管理這個房子以前，我們還是必須履行當初會長交給我們的任務。」

看到長宗我部點頭表示贊成鬼丸的說法後，鹿谷看著瞳子，問：

「妳呢？新月小姐。也一樣嗎？」

瞳子放下擺在胸口的手。

「啊……那是……我是臨時打工的學生，所以，那個……那個……」

瞳子結結巴巴地說著。

「可是，如果有必要的話，我還是必須做自己的工作。」

瞳子最後才認命似地這麼說。

「那麼，等一下各位就請回到各自的崗位工作吧！」

鹿谷說完就不再說話，然後一邊用拳頭敲著面具上的額角，一邊思考著。看到他這個樣子——

這個人到底了解到什麼程度了呢？一定看透了什麼吧！

瞳子看到鹿谷的樣子，自己也自然而然地陷入思考中。

他們已經在這個餐廳裡，對這個事件進行了相當長時間的討論了，並且整理出不少謎團與問題點。因此也做了好幾個推理或解釋，及新問題的提示……

如鹿谷所說的，這個事件確實呈現出複雜離奇的樣貌，瞳子也覺得這個事件的「形狀」好像也清晰起來了。可是，覺得也只是覺得，到底——

老實說，瞳子早就有舉手投降的想法了。

兇手為什麼要讓傭人以外的所有人喝下安眠藥呢？為什麼要潛入睡眠中的客人們的房間裡？到底有什麼非做不可的事呢？

還有，兇手為什麼要砍下被害者的頭顱，和切下被害者的手指呢？為什麼把帶走的頭顱隨便丟在那樣的地方？為什麼又要把手指頭絞碎呢？

為什麼在行兇後要潛入客人們的房間裡，給客人們戴上面具，還在面具上上鎖呢？兇手為什麼非這樣不可呢？

鹿谷是不是從大家檢討「三大問題點」的行動中，看到了什麼答案呢？——從鹿谷的樣子看起來，他好像已經有所收穫了。但是，瞳子卻想破腦袋，就是無法有進展，不能向前推進，只覺得許多地方有問題，卻找不到尋找「答案」的方向。

「鬼丸先生。」

鹿谷開口了。

「我還有一件事想問你。我很想知道你的看法。」

「請說。」

「兩年半前開始成為影山逸史先生秘書的你，和三年前成為這裡管家的長宗我部先生，都不知道中村青司隱藏在他自己設計的這座館邸——奇面館的『秘密』吧？」

「——是的。」

「那麼，被殺死的館主人知道嗎？」

鹿谷加強語氣地說。

「關於這一點，一般大概會認為他一定從前代的影山透一先生那裡，聽到些什麼。但是，除了館主人影山逸史外，是否還有其他可能知道這座館邸『秘密』的人物嗎？——我想問的就是這一點。」

「啊，這個……」

穿著一身黑的青年秘書的臉上，出現了以前所沒有的強烈困惑表情，還輕輕地「啊」了一聲。不過，在困惑的表情之前，他的臉上先閃現了某種「驚訝」的神色。

「如果說這個家有您所說的隱藏的『秘密』，那麼我知道的，就是您所說的前代——並不是上一位的奇面館所有人。」

「前代……影山透一氏？啊！這是當然的吧！因為他九年前就過世了呀，我想問的不是這個……我想知道的不是已經過世的透一氏，也不是被殺的逸史氏，而是他們兩個人中間的那個人。那個人是怎麼樣的人？」

即使鹿谷這樣說明了，鬼丸臉上的困惑表情仍然沒有消失。他雙眉緊皺，歪著頭露出不解的模樣。看到鬼丸困惑的樣子，鹿谷也同樣感到困惑了。

「這是……怎麼了呢？」

鹿谷抬頭，眼睛斜斜地看著半空中。

「這是……不對。啊！莫非是……」

鹿谷就這樣小聲地自說自話著。還以為他會繼續自說自話時，卻見他把手伸進長袍的口袋裡尋找，然後掏出一個像裝印鑑般的黑色盒子。

瞳子第一次看到那個東西。那正是鹿谷喜歡的特製香菸盒。鹿谷取出盒子裡唯一的一支菸，插入面具嘴邊的洞，用嘴唇叼著菸；然後使用內藏在盒端的打火機，點燃「今天的一支」。

「看來，我好像犯了一個重大的誤解呀。」

鹿谷一邊慢慢地從嘴邊吐出紫色的煙，一邊對鬼丸說：

「該怎麼說呢？我所認知的某件事，和鬼丸先生或長宗我部先生所理解的事情，好像有一些分歧！而且是非常根本性的分歧。」

「——唔。」

鬼丸模稜兩可地回應著，但他好像能理解鹿谷所說的事了。

「那就是我們對『前代』的理解或認知吧！」

「對、對、對。」

鹿谷點頭，然後深深吸了一口菸，再吐出煙。

「回想從昨天開始與你或館主人的對話，其中提過好幾次『前代』的事，現在才終於發現那時我們都誤解了彼此的意思。這真是一點都不好玩的事。」

「雖然當時微微地感覺到有一點不對勁，但是沒有想太多，所以……」

「總之就是這個意思。」鹿谷說。「我所想的『前代』，和你們實質上認知的『前代』，其實不是同一個人。是這樣吧？」

「好像就是您說的那樣。」鬼丸回答。「鹿谷先生您說的『前代』，是這座館邸的起建人，也就是最初的館主人影山透一先生。是吧？但是，我們說的『前代』並不是透一先生，而是透一先生的下一位館主人。」

「果然如此。」

鹿谷感慨地又吐了一口煙。

「事實就是如此。也就是說：被殺的影山逸史氏不是奇面館的第二代主人，而是第三代主人。第一代館主人於九年前亡故，這座奇面館在被交到第三代館主人影山逸史氏手中前，還有一位第二代的館主。」

鹿谷好像控制不了心中的興奮般地說著。但是，瞳子還是不明白現在的情況；她不了解那樣的事實有什麼意義，和現在這個事件又有什麼樣的關係。

「第三代館主人從前代——第二代那裡接收了這座館邸。那是三年前的事情。然後開始了奇面館的翻修改建，客房從三間變成六間，還聘請長宗我部來這裡當管家。」

「是的。」

鬼丸說。長宗我部雖然沒有說話，但也點頭表示同意。

「所以說，處理掉收藏室裡的面具的那一位『前代』，並不是透一氏。難怪我對熱心收藏面具的『前代』竟然會處理掉面具之事，感到不能理解。」

鹿谷一再輕輕點頭，並且繼續說：

「了解了，了解了——那麼，鬼丸先生對第二代的奇面館主人有多少了解呢？第二代是怎麼樣的人？」

「昨天我好像已經說過了，關於這一點，我幾乎沒有聽說過任何事情。」

「也沒有見過那個人？」

「是的。」

「不知道那個人的長相？」

「不知道。」

「長宗我部先生呢？」

「我也沒有見過第二代館主，也不知道那個人的長相。」

「唔。是嗎——」

因為面具的妨礙，只吸了一半的菸，被很可惜地捻熄在桌上的菸灰缸裡。鹿谷又是雙手抱胸地說著「原來如此呀」。他那難掩心中興奮的神情，明明白白地映入瞳子的眼中。

# 11

之後，鹿谷對在場的鬼丸、長宗我部、瞳子與〈憤怒面具〉提出某個商量，請求他們協助。

他們四個人的反應當然各有不同，有人了解了、有人雖然了解了，卻心中仍有疑慮、有人積極、有人猶豫……

最後，他們都決定暫且接受鹿谷的提議，談妥了。

時間已經接近下午六點半。

# 第十二章　奇面館的秘密

## 1

午後七點過後。

按照鹿谷的指示，瞳子也得到〈憤怒面具〉的協助，把在〈別館〉的其他客人，全部請到〈本館〉餐廳。長宗我部則去準備戴著面具也容易進食的料理，來迎接客人們。

說覺得不舒服的〈懊惱面具〉，和好像有點發燒的〈歡娛面具〉，都在瞳子的邀請下，來到餐廳了。不過六個客人中，只有五個人在餐廳裡集合——獨缺了戴著〈哄笑面具〉的鹿谷門實。

「寫推理小說的老師沒來嗎？」

〈嘆息面具〉問。〈憤怒面具〉便答道：

「別看他好像很輕鬆的樣子，其實精神壓力大得不得了。剛才我和他討論了一陣子，覺得他太累了，便勸他回房去躺一下。」

「我也很想躺下來休息呀！」

〈懊惱面具〉雙手按著自己的胸口，憂愁地抱怨著。

「啊，你還是多少吃一點東西吧！中午就什麼也沒有吃了，不是嗎？」

「是呀！中午就什麼也沒有吃了。」

「這個時候補充營養很重要。營養不夠的話，腦子就無法做正確的運轉。」

「……」

「創馬社長也是要吃點東西。吃了東西後再吃藥比較好。還在發燒嗎？」

「啊，沒事。」

〈歡娛面具〉緩緩搖了頭，說：

「我覺得不嚴重……」

他把剛才長宗我部給他的退燒藥放在桌子上，用吸管喝著溫牛奶。〈驚愕面具〉則是已經服下長宗我部給他的腸胃藥。

瞳子站在備餐間的入口附近，注意著餐廳裡的客人的舉動，內心裡卻非常的緊張。雖然知道負責這個場合應對的人是〈憤怒面具〉，只要把事情交給他就好了，但是瞳子還是……

長宗我部內心裡的緊張情緒和瞳子一樣。他一邊幫忙服務，一邊不時地偷看瞳子那邊，好像在問「事情進行得順利吧？」

「鬼丸先生哪裡去了？」〈驚愕面具〉問：「他也哪裡不舒服嗎？」

「啊，不是的。」

瞳子立刻以先前討論好的台詞來回答：

「館內的天花板內或地板下面有幾個檢查孔……剛才雖然已經檢查過一次，沒有發現可疑之處，但為了保險起見，鬼丸先生認為需要再檢查一次。」

「天花板裡面和地板的下面嗎？」

〈嘆息面具〉進一步說道：

「怕有人藏在那樣的地方嗎？唔——看來是還沒有放棄『兇手外來論』的假設呀！兇手是和這次的集會無關的外來者，但他為什麼要讓我們戴上面具呢？實在想不通，也沒有道理。如果只是為了讓我們陷入混亂中，那也做得太過度了吧！」

「所以說，為了謹慎起見……」

瞳子極力地掩飾自己的緊張，平靜地說著：

「鬼丸先生應該很快就會回來了。」

「總之大家一定要吃點東西才行。」

〈憤怒面具〉說著，自己就率先動手拿起長宗我部送來的食物。

「戴著面具吃東西真是不方便。可是，再怎麼不方便，為了維持體力與氣力，還是必須努力吃。」

## 2

同一個時間裡——

鹿谷和鬼丸兩人在〈別館〉這邊，悄悄地展開行動。

鹿谷首先把鬼丸帶到自己使用的寢室。那是位於從外面的小廳，進入客房區後的第二個房間。房間門上用大頭針別著寫有〈哄笑〉的牌子，以此為記號。

「請進。還有，請檢查。」

鹿谷說。於是鬼丸便往房間的深處走去，直接走到窗戶的前面，才回頭問：

「就是這個窗戶的鐵欄杆嗎？」

「是的。」

鹿谷回答，然後自己也走到窗戶的前面，站在鬼丸的身邊。

「當時是為了要換衣服，才回來房間的。但是一直覺得不放心，所以就稍微地調查了一下。」

鹿谷一邊說，一邊打開窗戶上的月牙鎖，把雙滑動式窗戶往左邊拉開。外面的冷空氣立刻竄入室內，兩人呼吸時立刻出現白色的氣息。

窗框的外面有七根縱向的鐵條所形成的欄杆，鐵條已經生鏽，鐵條與鐵條的間隔約是十五公分——鹿谷伸出雙手，握住從左邊數來的第二根鐵條。

「只有這一根會動。用力到某個程度扭轉看看——」

嘎吱！——的聲響。

「這樣就動了。」

隨著嘎吱、嘎嘰……的聲音。

「往順時針的方向，朝窗框的下面扭轉進去。」

不久，聲音轉變成吱吱、嘰嘰；不久，往下扭轉的鐵條的上端，與窗框之間出現了數公分的縫隙，然後就無法再扭轉了。被鐵條扭進的窗框，應該就是牆壁的內部——

嘰奇！

那尖銳的聲音好像是按了什麼開關，或打開鎖時，會發出來的聲音。

「房間很冷，就這樣直接把窗戶關起來吧。」

「那麼……這到底是？」

「剛才我已經簡單說明過了吧？」

鹿谷敲開窗邊，一邊轉動脖子環視室內，一邊說：

「昨天晚上兇手為什麼讓我們喝安眠藥的答案，就是這個。」

「哦？」

「如果我們沒有失去正常的意識行動，他好像就難以進行他要做的事了。他要做的事，就是這個。」

鹿谷重複說明：

「潛入客房裡，像這樣地扭轉某一根特定的鐵條。這就是兇手的目的。可是，就像剛才你聽到了，進行這件事情的時候，一定會發出相當大而且刺耳的聲音，雖然是趁著客人們入睡的深夜來進行，客人被聲音吵醒的可能性很大。如果事先讓客人們喝了安眠藥，即使有點聲音，客人也不會醒來。」

鹿谷說完，馬上準備離開自己的房間。

「到隔壁去吧！第一號客房。」

因為需要這樣調查六間客房，所以鹿谷才會請傭人們與〈憤怒面具〉幫忙，讓他們安排其他客人們在餐廳裡用餐，離開他們各自的房間。

「為什麼要帶著我進行這個調查呢？」

來到走廊，一打開隔壁別著〈憤怒〉牌子的門，鬼丸就這麼問。

「這種事等警察來了之後，交給警察處理就好了呀！警察比我們更適合做這個調查。」

「你說得沒錯，我也這樣想過。接受邀請來這裡的客人當中，我覺得他——阿山先生最不像兇手，因為我和他都是第一次參加這裡的集會的人。拿混入安眠藥的健康酒這件事來說，他應該不知道集會中有舉杯喝健康酒的這個環節吧？」

「若是那樣，那他確實可以信任。」

「不過，我雖然這麼說，也不表示他一定不是『嫌犯』。說不定他事先已經得到什麼情報了……」

「剛才聽到鹿谷先生的說明時，看得出來他好像相當意外呀。」

「我也不敢確定那絕對不是『演技』。所以，要和他一起調查現在這個秘密，我多多少少有一點抗拒感。還有，如果他和我此刻都沒有在餐廳出現，其他的四個人一定會有很多疑問。必須避免那樣的情況……幸好他能理解這樣的狀況。」

「我呢？相信我沒問題嗎？」

「鬼丸先生……對，我們認為你是可以相信的。」

「因為發生命案時我有不在場證明嗎？」

「那當然是原因之一。再加上你的年齡因素與頑固而偏執的一面，還有鬼丸這個姓氏給我的印象，我覺得姓鬼丸的人不會虛偽與說謊。這和我個人的經驗有關。」

「哦——」

「總之，還要請你繼續幫忙，相信一定可以找出應該有的結果。」

接著兩人便進入分配給〈憤怒面具〉的房間。鹿谷和剛才在自己的房間時一樣，打開了裡面的窗戶，但這次他的手卻伸向最左側的鐵條。結果——

「我猜想得沒錯。果然是這樣。」

他和剛才一樣，在鐵條上施加了某種程度的力量，然後開始轉動，於是欄杆鐵條便發出吱、嘰……的聲音。當把鐵條往窗框的下面扭進時，聲音就變成了吱吱、嘰嘰……。鐵條在往下扭進到某個地方後，就停下來，不能動了。牆壁的裡面也發出了和剛才一樣尖銳聲音。

「這就是第二個開關。情形就是這樣——很好。」

鹿谷滿意地說，還催促鬼丸：

「走吧！再到別的房間看看。」

## 3

「對了，你當社長的公司，是什麼樣的公司？聽說公司在三鷹那邊。」

吃完飯後，〈憤怒面具〉問把不鏽鋼濾嘴插在面具上的〈歡娛面具〉。

「因為我是第一次參加集會的人，所以除了昨天聽到的外，我對大家可以說是一無所知。」

「是一家叫〈S企劃〉的小公司。」

如此回答的〈歡娛面具〉聲音裡，讓人感覺到有自嘲的語氣。

「朋友們都說我『很厲害』，什麼事業都經營過，但是……其實就是說我做什麼都不適合，說我沒有能力吧！」

「哦？」

「因為我做什麼都失敗。在泡沫經濟崩壞的衝擊下，我也被吞噬了，借貸的金額越來越……總之是空忙一場。」

「呵呵。」

「所以，能被邀請參加這個集會，真是謝天謝地，因為可以得到一筆龐大的酬勞，才一個晚上就有兩百萬。」

「對一般人來說，都是龐大的酬勞。」

〈憤怒面具〉同意地說。

「所以當我突然收到邀請函的時候，還以為是有人在開玩笑。」

「可是，現在館主人死了，昨天拿到的支票，會不會變成無效呢？」

〈驚愕面具〉加入談話。〈嘆息面具〉回答說：

「開支票的本人即使在開出支票立即死亡，那張支票應該還是有效的。只要你不是殺死館主人的兇手，就不必擔心不能兌現支票。」

「是嗎？那我就沒有問題了。」

「忍田先生也有困難吧？景氣不好，經營魔術吧很辛苦吧？有困難吧？」

〈驚愕〉面具沒有回答這個問題，輕咳了一聲後，把頭轉開。

「換個話題吧！」

〈憤怒面具〉這回看著〈歡娛面具〉，問道：

「你的名字是請人鑑定後的結果嗎？」

「啊，是的。」

〈歡娛面具〉好像燒還沒有退，仍然不太舒服的樣子，所以聲音聽起來好像很疲倦。

「去年請精通姓名學的人做了鑑定，說我以前的名字筆畫是大凶。所以那時就想改個筆畫比較好的名字。不過，雖然是改名，但是好像只要在稱呼的時候使用，效果就很好了。」

「所以改成了『創馬』嗎？」

「是的。但是，我也知道改名字終究只是一種求取安慰的行為。是吧？所以……各位也不必太在意我的名字。」

面對還是以自嘲的語氣說著自己的事情的〈歡娛面具〉，〈嘆息面具〉抬槓地說：「就是嘛！」

「姓名學所使用的數字一點意義也沒有，根本是無聊的東西，完全不了解數字和宇宙之間的關聯，不明白數字的本質。根據我的研究，數字是……」

「好了，好了。」

〈驚愕面具〉打岔地說：「改天再仔細聆聽教授的學說吧！」然後轉而看著一直默默無言的〈懊惱面具〉，擔心地問：

「沒問題吧？還覺得不舒服嗎？」

「啊……還好。」

〈懊惱面具〉虛弱地搖頭說：

「不必擔心我。我想我不至於突然就倒下去的……」

站在一旁的瞳子帶著不變的緊張情緒，旁觀五位客人們的交談。

雖然他們都戴著面具，無法窺視到他們面具下的臉部表情。但從他們某種程度保守而且平靜的對話內容看來，殺害館主人的兇手，應該不在這五個人之中。總之，發生了命案，一定也讓他們感覺到沉重的壓力，他們自己也很清楚這樣的狀態吧！到底……他們是在什麼樣的心情下，繼續眼前的這些交談呢？

## 4

鹿谷和鬼丸依照〈懊惱〉、〈嘆息〉、〈驚愕〉、〈歡娛〉的順序，檢查了其他四位客人房間的窗戶，得到了這樣的結果：

〈懊惱〉的房間是從左數起第三根。

〈嘆息〉的房間是從左數起第四根。

〈驚愕〉的房間是從左數起第五根。

〈歡娛〉的房間是從左數起第六根。

這些窗戶欄杆鐵條和前面兩間的鐵條一樣，都可以往窗框的下面扭轉。

「現在有六根鐵條可以往下扭進的窗戶欄杆鐵條了。可是，每個窗戶都有七根欄杆鐵條，所以一定還有一根鐵條是可以往下扭進的，那必須是位於最右邊的鐵條。」

從第六間客房走出來時，鹿谷這麼說。

「那一根鐵條在——」

「〈奇面之間〉的窗戶欄杆？」

「對。那間房間的窗戶構造與六間客房一樣，窗框外面也有七根鐵條組成的鐵欄杆。」

「沒錯，確實是那樣。」

「大家到現場察看時，我就打開那個窗戶，曾經試著握了一下鐵欄杆中的一條。那時感覺到手感怪怪的，好像沒有安裝得很穩固，不過，因為不能拆下來，也無法彎曲，所以當時也沒有想太多……但那確實是最右邊的鐵條。」

「竟然有這樣的事情！」

「我想那一根鐵條一定就是『最後的開關』。」

「是的。」

調查到了這個時候，已經可以輕易地看出鬼丸已經肯定鹿谷的想法，所以對鹿谷說的話，只會隨聲附和。

「對了，鬼丸先生。」

要往大廳的時候，鹿谷突然停下腳步，說：

「〈別館〉的客房區這邊，走廊上有間隔區塊的格子門，將客房區分成三個小區。根據我的觀察，三年前客房區翻修改裝以前，現在相連在一起的兩間房間，原本是同一個房間，所以以前一個小區只有一間房間。間隔小區的格子門有門鎖的裝置，因此這個小區可以說是各自獨立的。」
「如您所說的，確實是那樣。」
鬼丸也停下腳步回答。鹿谷問：
「到底為什麼要設計成這樣呢？」
「聽說這間館邸的建築構造，是依照影山透一氏的意願去完成的——」
鬼丸一臉正經地歪著頭說。
「我什麼也不知道。」
「關於館邸的事，館主人曾經說過什麼嗎？」
「沒有。沒有說過什麼特別的話。至少我沒有聽到。」
「這樣呀——」
鹿谷站在原地不動，頻頻地巡視走廊的地板與天花板，及安裝了鐵欄杆的小窗和排列在牆壁左右的兩道門。過了一會兒，才說：
「走吧！我們去〈奇面之間〉。」
說著，便轉身推開通往大廳的兩扇式平開門。

## 5

五分鐘後。
鹿谷達成第一個目的，確認自己的假設是正確的。看到被揭露的秘密出現在眼前時，一起行動的鬼丸完全無法掩飾內心的驚訝。

「想不到這樣的地方竟然……」

「如我所想的，地點果然就是這裡。嗯，這樣許多事情就合理了——很好很好。往下一個前進吧！」

鹿谷說：

「鬼丸先生，接下來有一件新的事情要拜託你了。怎麼樣？可以嗎？」

## 6

時間已經過了晚上八點的時候，戴著〈哄笑面具〉的鹿谷終於在餐廳現身。瞳子忍不住「啊」了一聲，不過，她很快恢復冷靜，壓下想問「怎麼樣了？」的心情。

「喔，覺得好一點了嗎？」

對於〈憤怒面具〉的問候，鹿谷攤開雙手，說「託您的福」，又說：

「大致上都好了。」

對知道內情的瞳子他們來說，這是意味深長的回答。但是，除了〈憤怒面具〉以外的其他四位客人，大概只聽得懂表面上的意思。

「大家都吃飽了嗎？」

鹿谷一一看著圍在餐桌旁邊的客人們的面具，然後才說：

「那麼，請大家移動到〈別館〉那邊吧！因為想請大家到那邊看看。」

# 7

當大家都坐定在大廳的沙發上後，鹿谷便要瞳子與長宗我部也找個位置坐下來，然後才自己拉了一張椅子，放在離沙發組有點距離的地方，坐了下來。

「暖爐沒有點火，所以這裡有點冷呀！只有一台空調，真的沒有辦法讓這麼寬的大廳完全暖和起來。」

鹿谷把雙手伸進長袍的口袋裡，然後招呼來鬼丸，對鬼丸說：

「請把通道上的門全部關起來。」

鬼丸在他們從餐廳移動到大廳前，就已經在這裡了。他是按照鹿谷的吩咐，事先在這裡等待的。

「好。謝謝。」

關起通往〈本館〉，原本開著的通道門，鬼丸立刻回到大廳，站在位於大廳中央偏南的那四方形柱子旁邊。那個位置正好是鹿谷的斜後方。瞳子用眼角偷偷地看這位可以說是外貌俊美，現在卻因為緊張而繃著一張臉的青年。

不知道為什麼，鹿谷竟沒有要鬼丸坐下來。

「那麼——」

鹿谷重新看著所有在座者，以幾分演戲般的口吻，開口說：

「各位！」

「名偵探出場了。」

〈嘆息面具〉揶揄地說。

「到底要說什麼？剛才因為回房間休息時，得到了什麼靈感嗎？」

「不是。很遺憾地，我不是那種會有靈感的天才。我靠的是觀察，和扎實的一再思考。靠著觀察與反覆思考，我也能自然而然地看到了一個適當的『形狀』。——我只是這種程度的平凡人。」

鹿谷雙手插在長袍的口袋裡，輕輕地聳聳肩。

「要給我們看的東西是什麼呢？」

〈歡娛面具〉急躁地問。

「不是說在這裡嗎？」

「是在這裡沒錯。」

鹿谷點頭回答，繼續說道：

「但是，現在還看不到。」

「真是的……請不要故弄玄虛。」

〈懊惱面具〉說，他把手掌放在額頭上。鹿谷又輕輕聳動了肩膀，然後才說：

「在進入正題前，有一件事情想先請教一下各位。」

「什麼事情？」

〈驚愕面具〉回應。從剛才起，他的右手就一直在把玩大的銀幣；那應該是外國的貨幣吧！因為是魔術師，難怪手指頭那麼靈巧。瞳子看到他把玩銀幣的樣子，忍不住這麼想。

「昨天晚上，各位都在隔壁的〈面對面之間〉與館主人說過話了吧？」鹿谷說：「我想知道你們都和館主人談了什麼。這或許和命案的事件無關，但我想知道。」

「談了些什麼嗎……嘖，反正就和上一次一樣的東西。」

〈嘆息面具〉如此回答。

「一樣的東西是什麼東西？」

「我就對他說了一些和宇宙的真理有關的新發現，然後他按照往例，問我一個像在猜謎般的問題……」

「猜謎嗎？嗯。」

鹿谷的目光投向〈驚愕面具〉，問：

「忍田先生呢？這次是第三次參加集會吧？包括之前的兩次，你都和館主人說了些什麼話？」

「每次都差不多，說來說去的話都很相似，不外乎是問我一些成長的過程或近況，有時也會要求我表演個魔術給他看……最後就是像在猜謎一樣地問我問題。」

「果然你也被問了像猜謎般的問題。」

鹿谷的右手伸出口袋，開始撫摸著〈哄笑面具〉的臉頰。

「其他三位與館主人談話的過程，是不是也是那樣呢？我也一樣，昨天晚上和館主人談了一會兒後，也被問了一個奇怪的問題——也是第一次參加集會的阿山兄，你呢？」

「像猜謎般的問題嗎？」

〈憤怒面具〉雙手抱胸，伸了伸下巴，說：

「我也被問了。」

坐在〈憤怒面具〉旁邊的〈懊惱面具〉馬上接著說：「我也是。」

「創馬社長呢？也被問了嗎？」

「從兩年前的第一次集會，到昨天晚上的第三次集會，我記得每次都被問問題。」

「像猜謎一樣的問題？」

「唔……可以那麼說吧！」

〈歡娛面具〉咬著沒有裝上菸草的塑膠濾嘴。

「館主人不僅問了意義不明的問題，還提出了答案的選項。他說他不要聽理由，只要知道我選擇的答案。而且，答案也沒有正確或不正確的問題……」

「對對。」〈驚愕面具〉插嘴說。「所以我覺得那好像在『路口占卜』。」

路口占卜是……瞳子在腦子裡尋找自己對這兩個字的理解。

站在十字路口，以最初經過的人所說的話，來占卜事物的吉凶——差不多就是那樣吧？

「呵！路口占卜嗎？確實像那樣。」

鹿谷表示能理解地回應著。

「那麼，館主人大概對每個被邀請來的客人，都問了相同的問題？或許他就是要利用客人的答案，來做為判斷某件事情的依據。同時，或許他也想從客人的回答中，尋找到誰是真正的〈另一個自己〉。不過——」

鹿谷的語氣變得尖銳。

「昨天晚上他到底問了各位什麼問題？」

鹿谷問大家。

「在自己還活著的時候，絕對不可以對外人說。這是館主人對我說的話。但我相信每個客人都這樣被他要求了。」

大家點點頭，表示確實都這樣被館主人要求了。於是鹿谷繼續說：

「可是，館主人現在已經死了。所以，不管他問我們的是什麼問題，現在說出來也無妨了吧？」

看到大家都沒有異議，鹿谷便又說：

「館主人先是說『我要問〈另一個我〉了。請按照心中的想法直接的回答。』，接著就問我：

「你現在站在三叉路口，前方是分岔的兩條路，右邊路的前方是很陡的階梯，左邊路的前方有很多的眼睛在轉動。你回頭看來時路，那裡是沒有柵欄的平交道，此時警報器正在響……」

聽到鹿谷的敘述，客人們都露出想說「我也是那樣」的反應。

「這個時候，你會選擇走哪一條路？右邊？左邊？還是退回來時的路？——是這樣吧？然後他又說：不需要說理由，只要把你心中的答案直接說出來給我就可以了——各位，怎麼樣？」

因為沒有人開口說「我不一樣」，所以鹿谷便喃喃說「果然呀」，又說：

「啊，我並不覺得館主人提出的那個問題和事件有深刻的關係。我想那個問題或許是來自館主人最近的夢境，或突然浮上心頭的想像。他每次問的問題來源，或許就是這個吧！所以可以把問我們問題的事，視為路口占卜或夢占卜也無妨。不需要在這件事情上付予太多的想像或意圖。畢竟他現在已經死了，追究也沒有什麼意義。」

# 8

「那麼——」

鹿谷又像名偵探似地看著客人們，說：

「就按順序說吧！今天傍晚的時候，我和鬼丸先生、新月小姐、長宗我部先生與前刑警阿山先生有過交談，討論了一下和事件有關的看法，順便整理出三大問題。首先我想在這裡把其中的一個問題拿出來再討論。」

就這樣，鹿谷直接說出「其中的一個問題」。

「兇手為什麼要讓傭人以外的所有人喝下安眠藥？他為什麼一定要那麼做？」

鹿谷說明了剛才討論的內容、概要，然後問客人們「是否有睡著時聽到奇怪聲音的記憶？」於是〈嘆息面具〉與〈歡娛面具〉分別說「那麼說起來，有的。」與「覺得好像有。」

「那麼，我們試著這麼假設吧！」

鹿谷用和剛才相同的話，敘述道：

「兇手讓我們喝下有安眠藥的酒的最初目標，原本就不是單純的為了殺死館主人，而是另有理由的。那就是潛入因為安眠藥而陷入沉睡中的我們的房間，如果我們沒有失去正常的意識行動，他好像就難以進行他要做的事了。他是為了進行什麼事情，而讓我們喝下有安眠藥的酒。」

「他想進行的事情是什麼事情？」

〈驚愕面具〉問。

「我大概睡得很沉，所以沒有聽到什麼奇怪的聲音——兇手到底做了什麼具體的事情？」

「老實說，剛才各位在那邊用餐的時候，我去了這邊的客房進行調查。我在進行調查的時候，鬼丸先生也和我在一起。」

鹿谷明白地表示自己進入其他客人的房間做調查。

「什麼？」〈驚愕面具〉張大了面具下的雙眼說。「你擅自進入我的房間？」

〈嘆息面具〉也不以為然地說：

「那樣的行為太不紳士了。」

「因為沒有別的適當的方法，才會那麼做的。確實失禮了，我在此向大家道歉。」

鹿谷微微低下頭，但很快又抬起視線，說：

「可是，因為那樣的調查，終於解開這個問題的疑點。」

鹿谷回頭看站在柱子旁邊，穿著黑色衣服的秘書，並且好像徵求他的同意般，說：

「是吧？鬼丸先生。」

「如鹿谷先生所說。我也用我的眼睛確認了兇手的最初目標。」

「客房中的窗戶外的鐵欄杆，就是兇手最初的目標。」

鹿谷說完，先默默地觀察一下大家的反應。站在一旁的瞳子也在觀察客人們的反應，在她的眼中，並沒有任何客人出現格外引人注意的強烈驚慌表情。

「每個窗戶的鐵欄杆都由七根鐵條組成，而每一組鐵欄杆中，都有一根鐵條是會動的。只要扭轉那根鐵條，鐵條就會往窗框的下面深入數公分。這個機關的本身因為已經舊了、生鏽了，所以扭轉鐵條時，會發出刺耳的嘎吱聲。兇手不想讓那樣的聲音吵醒我們，所以讓我們喝下有安眠藥的酒，以此控制我們的睡眠。」

「可是……到底為什麼要那樣扭轉鐵條呢？」

〈歡娛面具〉問。於是鹿谷又回頭看了一下鬼丸，才回答：「這一點我也確認過了。」然後接著說明：

「扭轉了六間客房的六根鐵條後，還要再扭轉一個地方的鐵條；那根鐵條在〈奇面之間〉的窗戶的鐵欄杆上。扭轉了那一根鐵條後，七個開關就都打開了，在開關連動的設計下，巧妙的機關開啟動了，與七個開關在不同地方的『鎖』被打開了。」

「鎖？」

〈驚愕面具〉不解地問：

「哪裡有那樣的鎖？」

「百聞不如一見，現在就來看看吧！——鬼丸先生，麻煩你了。」

鬼丸依照鹿谷的指示，開始行動了。他先默默地離開柱子的旁邊，以流暢快適的步伐，走向通往〈奧之間〉的〈面對面之間〉的門。

「請各位再等兩分鐘左右。」

鬼丸的背影一從〈面對面之間〉消失，鹿谷便一邊說，一邊把視線投向瞳子那邊。

當客人們集中到餐廳用餐時，鹿谷與鬼丸就可以進入客房內調查──瞳子雖然事前就已經知道鹿谷和鬼丸的這個行動，但對之後會發生什麼事情，卻完全不了解，所以此時也只能屏息「等待」事情的進展。

就這樣──

如鹿谷說的，大約兩分鐘後，那個發生了。

剛才鬼丸站在旁邊的四方形柱子──每邊的邊長接近一公尺的大柱子的西側，也就是靠近客房區的那一面，突然……

嘰、卡……

……咔答。

柱子發出聲響的同時，也動了。

這根大柱子和玄關廳的那根大柱子一樣，壁面上也張貼著裝飾磚。一塊不知道由幾個裝飾磚合成，橫約六十公分、縱約八十公分的長方形區塊突然動了──開了……如果不是那裡動了──開了，實在看不出柱子的壁面上竟然隱藏著那樣的一道「門」。

「請看。」

鹿谷靠近柱子，把手放在凸出原來的柱子壁面數公分的「門」上。

「〈別館〉的客房與館主人的寢室裡的窗戶外面的鐵欄杆上，各有一根可以扭動的鐵條，那些鐵條就是解除鎖的開關。當第七個開關也被啟動時，這道『秘密之門』，就會像這樣打開。剛才我已經先確認過這道『門』了，然後暫時再把『門』關起來，也把

〈奇面之間〉的鐵欄杆恢復原狀，回到原來鎖起來的狀態。因為我想讓各位看到這『門』實際動起來的樣子。所以我剛才先請鬼丸先生去〈奇面之間〉扭動鐵欄杆上的鐵條。

「這個機關應該是這座館邸剛剛建好的時候，建築師中村青司所裝置的一個『遊戲』吧！三年前〈別館〉翻修改建的時候，只是做了把客房一間隔成兩間的簡單工程，所以這個機關裝置沒有被發現，也沒有被破壞。」

鹿谷的手很快地打開已經不是秘密的「秘密之門」。瞳子與長宗我部及坐在沙發上的客人們紛紛站起來，集中到柱子的附近。

「這個應該也可以被稱為『隱藏櫃』吧！玄關廳裡也有一根這樣粗大的柱子，那根柱子上安裝了有玻璃門的裝飾櫃。那個裝飾櫃或許可以說是這個隱藏櫃的提示。」

鹿谷一邊解說，一邊指著「隱藏櫃」的裡面——

什麼也沒有。

不，不對，那麼說並不正確。

那裡長著一顆人類的頭。

雖然可以這麼說，但那並不是真正的人類頭顱。因為那顆頭沒有眼睛、鼻子、嘴巴、耳朵，也沒有頭髮，那是一顆被固定在櫃子裡，整體光滑，好像是金屬材質做成，漆黑的假人的頭部。

「看了這個之後，各位有什麼想法呢？」

鹿谷問眾人。

「這個假人的頭被牢牢地固定在這裡。你們看，頭的脖子深深地埋進混凝土裡了。

所以說，這個東西的本身，並不是這個隱藏櫃的收納物品，而是櫃子的一部分。應該可以這樣說吧？」

「這個櫃子原本收納的是別的東西，所以現在是空的。是這個意思嗎？」

站在鹿谷旁邊的〈憤怒面具〉一邊看著櫃子裡面，一邊反問鹿谷。鹿谷往後退了一步，與柱子保持距離地回答：

「可以這麼說吧！」

「那麼，原來收納在這裡的，是什麼東西呢？」

「要想像原本收藏在這裡的東西是什麼，並不是容易的事呀！不過——」

鹿谷說著，目光投向通往〈面對面之間〉的門，再說：

「可能是原本在那個房間裡，但命案之後就不見了的東西吧！」

「不見了的東西……」

站在百思不解的〈憤怒面具〉旁邊的瞳子，突然想到什麼似的。

「是鑰匙嗎？」瞳子說：「會長放在左邊口袋裡的鑰匙。我沒有看過那支鑰匙，但聽說是一支上面鑲有珠寶的鑰匙，而且好像是什麼特別的面具的……」

「沒錯，就是那個。」

鹿谷用力地點點頭，目光再度投向柱子上的隱藏櫃。

「蓋這座奇面館的影山透一氏以前非常寶貝的〈未來面具〉的鑰匙。根據館主人的說詞，〈未來面具〉已經不在這座館邸裡了，只剩下〈未來面具〉的鑰匙在這裡。但是，話是那麼說……事實到底如何呢？或許與館主人認知的『沒有』不一樣，那個〈未來面具〉其實還在這座館邸裡。而且還以戴在這個假人的頭部的形狀，一直被藏在這個隱藏櫃裡。」

# 9

「有誰知道影山透一氏收藏的〈未來面具〉？」

鹿谷問大家，但卻不等眾人的回答，就繼續說：

「我來這裡之前，聽日向京助說過了。日向說十年前他來採訪透一氏的時候，直接聽透一氏說起〈未來面具〉的事，不過，卻不讓日向看〈未來面具〉的實體。但由此可見，當時〈未來面具〉應該在這裡。透一氏說了，〈未來面具〉是他在歐洲某個國家得到的古代東西。那個面具還有一個緣由，說是戴上那個面具的話，就可以看到未來；而且還有一個特殊的構造，只要一上鎖，就脫不下來。我們現在頭上的面具──」

鹿谷指著自己戴的〈哄笑面具〉，接著說：

「這個面具，就是透一氏以〈未來面具〉為靈感，特別請人製作出來的。總之，就某個意義而言，〈未來面具〉是非常特別而貴重的東西。

「但是，〈未來面具〉現在已經不在這個館邸裡的，可能遺失了，也可能轉讓到他人手中。館主人接收這座館邸的時候，〈未來面具〉的本體已經不見了。這是昨天晚上館主人親口說的話──」

鹿谷的目光再度投向隱藏櫃。

「然而，〈未來面具〉其實一直隱藏在這裡。中村青司設計製作了這個隱藏櫃的目的，就是為了收藏〈未來面具〉的吧！如果館主人沒有說謊，那就表示他也不知道隱藏櫃的事情。

「因此，這意味著什麼呢？兇手最初最大的目的，就是從這裡偷走〈未來面具〉。應該可以這麼想吧？為了偷〈未來面具〉，就必須啟動七個開關、解除鎖，打開這個門。所以讓大家喝了安眠藥……」

「那個……我可以問問題嗎？」

瞳子下意識地舉手發問。

「兇手不是應該在會長沒有召開集會的時候來偷〈未來面具〉更好嗎？」

瞳子猛然提出這個單純的問題。

「這裡是人煙罕至的山中別莊，平常的日子裡，連長宗我部先生也不會在這裡，可以說是沒有人住的空屋，所以絕對很容易找到這裡沒有人在的時候，然後進入屋內，何必選擇會長舉辦集會，屋子裡人多的……」

「不行，不是那樣的。」

鹿谷很乾脆地說。

「偷偷地潛入屋子裡並不困難。是吧？〈奧之間〉的門雖然上鎖了，但只要花一點時間，打開門鎖也不是絕對辦不到的事。是吧？可是，就算兇手也能夠啟動鐵欄杆的鐵條，打開柱子的隱藏櫃，也只能僅止於此，無法再進一步。」

「為什麼……啊！是嗎？」

「明白了嗎？」

鹿谷接著說明道：

「隱藏櫃內的構造，就像現在各位看到的，〈未來面具〉就戴在這個假人的頭上，而且被上鎖了。如果沒有能夠開鎖的鑰匙，就無法取出面具。但是，能夠開鎖的鑰匙在館主人的手中。那支鑰匙沒有備份，所以只有館主人來到這裡的時候，鑰匙才會在這裡——

「沒有能夠打開面具鎖的鑰匙，就算能打開隱藏櫃，也拿不到櫃子裡面的面具。當然也可以嘗試把整個假人的頭部都拿下來的方法，可是，那樣做的話，勢必會破壞整個隱藏櫃，那可是一個大工程。兇手想偷的東西，是原本被認為『沒有』的東西，因此也不想留下偷竊的痕跡，所以當然要避免破壞隱藏櫃這種行為。不用面具的鑰匙而想脫下面具這種事，我們今天早上都努力過了，結果是一無所獲。沒有鑰匙而想脫下假人頭上的面具，當然也是非常困難的事情。就算可以使用工具撬開面具，但面具的鎖孔不在正面而在後側，所以在用工具撬開面具前，還是得先破壞櫃子；再加上兇手一定也不想損壞面具，應該也不願使用以工具撬開面具的方法。——如此一來，就非得拿到館主人手中的鑰匙不可了。」

「所以，兇手只能在會長來這裡的時候，才能下手偷面具。」

瞳子如此一說，鹿谷便點頭回答「是的」，又說：

「當館主人住在這裡，自己也被邀請來到這裡作客的集會之夜，就是罕見的機會——從上面的情形看來，兇手若不設下這樣的計畫，確實難以達成目的。」

## 10

啊……是的。

默默地聽著鹿谷解說的客人中，他＝兇手的心裡悄悄地這麼說著。

那個〈未來面具〉從以前開始，就一直在這裡——這個隱藏櫃裡……

因為無論如何都希望能在人不知鬼不覺的情況下，悄悄地拿走〈未來面具〉，所以……

## 11

「再來追蹤一下昨天晚上兇手的行為吧！」

鹿谷一個一個地看著戴著面具的客人，說：

「兇手到了館邸後，趁著大廳裡沒有人的時候，把事先準備好的安眠藥溶入裝了健康酒的玻璃容器內。當最後大家同舉杯乾杯的時候，他只是假裝喝下杯中的酒，但他其實並沒有喝，然後回到房間裡，等大家都睡著了後，才開始展開行動。那時的時間應該是凌晨一點到一點半之間吧！

「為了讓自己的視線與聽力不受到干擾，也為了讓自己的行動更俐落，他沒有戴會妨礙行動的面具；但為了不留下指紋，他應該是戴了薄手套。

扭轉了所有客房鐵欄杆上的六根機關鐵條後，接著就要潛入〈面對面之間〉。在此可以認為他已經預先準備好〈面對面之間〉的備份門鎖了。當時應該是新月小姐凌晨兩點多進入大廳之前的時間。此時兇手為了開啟第七個開關而在這個 時候走向〈奇面之間〉。當然，此時他或許已經在經過〈面對面之間〉時，發現了〈未來面具〉的鑰匙，並且已經到手了。這種可能性是存在的。他先窺探了一下〈奇面之間〉的裡面，發現房間內的主照明燈光已經熄滅，館主人也已經躺在床上睡覺了。於是兇手便往窗邊走去，打開窗戶，手伸向鐵欄杆。可是，就在那時，那裡——」

鹿谷短嘆一聲，暫停話語。

怎麼了呢？瞳子心裡想著。

那時、那裡發生了什麼事呢？

「我推測：那時、那裡發生了兇手意想不到的事情。也就是說，應該和其他客人一樣因為安眠藥而沉沉睡著的館主人突然醒了，並且從床上起來。」

## 12

啊，對，就是那樣。

兇手在嘈雜的現場聲音中，內心悄悄地獨白著。

那時，因為安眠藥的藥效關係，應該和其他客人一樣沉睡的那個男人，卻突然……

# 13

「我的猜測是有理論性依據的。」

不理會周圍的竊竊私語聲，鹿谷繼續說：

「因為我本身也有喝到摻了安眠藥的健康酒，所以能夠實際地知道那是什麼樣的感覺。由於兇手所使用的，是以達成兇手的目的為目標的安眠藥，所以藥效原本就不差，再加上健康酒的酒精成分，藥效應該會變得更強。可是卻沒有對館主人發揮到應有的效果。這是為什麼呢？

「我想到〈面對面之間〉寫字桌上的藥丸盒子和水瓶——新月小姐。」

鹿谷朝著瞳子，說：

「那個藥丸盒子裡的藥是什麼藥？」

「是安眠藥。」

瞳子直接地回答了。

「藥丸盒子的旁邊有水瓶和玻璃杯，但是水瓶裡的水有減少嗎？」

「那個……沒有。」

「水完全沒有減少，玻璃杯也沒有被使用過的痕跡吧？」

「啊，是的。不過，那有什麼關係呢？」

「簡單地說吧！」

鹿谷說著，重新面向著大家，說：

「聽說這半年來，館主人為嚴重的失眠所苦，所以請醫生開了那樣的安眠藥。他應該每個晚上都為了入眠與維持睡眠的時間，而服用那個藥。但是長期服用那個藥，他的身體也會習慣那個藥。」

「啊，所以……」

瞳子好像看見鹿谷所說的話的關聯性了。

「所以鹿谷先生才會問我那句話嗎？兇手所用的安眠藥是否和藥丸盒子裡的藥相同，或成分相同的藥？」

「是的。我認為那種可能性不低。」

「——我也認為。」

「館主人已經習慣那種安眠藥，所以效果有差別。但是，如果館主人喝了健康酒後，又吃了睡前常吃的安眠藥，那麼或許就能如兇手希望的，沉沉入睡。不過，從水瓶中的水並沒有減少的情況看來，昨天晚上館主人沒有吃自己的安眠藥。」

現場再度陷入大家的竊竊私語中。這回鹿谷等大家都討論過了以後，才繼續說：

「雖然說已經習慣了那種，因為喝了有酒精成分的健康酒，所以館主人昨天回到〈奧之間〉後，還是感覺到睡意。於是他走到寢室，脫掉長袍，換上睡衣，關了燈後就躺在床上，可能面具還來不及脫，就進入淺睡中了。我認為兇手就在那個時候進入了館主人的寢室。

「兇手開窗戶的聲音和從戶外流竄入室內的寒冷空氣，與人的動靜之聲，驚醒了睡得朦朦朧朧的館主人。結果一定會引起館主人的盤問：你是誰？在那裡幹什麼？或許館主人還甚至從床上跳起來，撲向入侵的人。從窗前翻倒的椅子看來，館主人與入侵者或許有過一些身體上的扭打吧？恐怕是在扭打時——」

鹿谷話說至此就停了下來，憂愁地嘆了一口氣後，才又說：

「比如說：兇手在扭打中佔了優勢，他把館主人摔倒，把館主人壓在自己的身體下面；或下意識地雙手掐住了館主人的脖子，結果不幸地勒死了館主人。我想：這會不會就是這起『殺人』事件的實際情況呢？」

## 14

……對。確實就是那樣。

兇手一邊聽著鹿谷的推測，一邊默然地在內心低語。

在那之前，完全沒有想到會變成那樣。

如鹿谷說的，的確很容易就找到了〈未來面具〉的鑰匙，接下來只要打開隱藏櫃的門，把〈未來面具〉從假人的頭脫下來，偷走〈未來面具〉，再到各個房間，讓鐵欄杆恢復原狀，這件事情就結束了。按照當初的計畫，原本就是拿到面具的主體後，就會把面具的鑰匙放回原處。因為被偷走的是以為不存在的東西，所以偷走〈未來面具〉的這件事情，就會變成好像從來也沒有發生過一樣。讓以館主人為首的大家都那麼想，是很重要的。

可是，就在那個時候……

兇手清清楚楚地想起來。

那是打開〈奇面之間〉的窗戶，手才要伸向鐵欄杆最右邊的鐵條的時候。

突然那個男人——不，是那個灰白色的影子、那張「惡魔」的臉……

# 15

「原本只是單純以偷竊為目的，計畫得很周全的行動，卻因為意外的事態而變質了。出現在命案中的種種『形狀』，之所以顯得被擠壓、不協調，原因就在於此……」

鹿谷說到這裡，伸出左手，看著手腕上的手錶確認時間。瞳子也把目光投向餐具櫃上的時鐘，此時是——晚上八點五十五分。

「再繼續追蹤兇手的行動吧！」

鹿谷換了個語氣，繼續說：

「就像剛才說的那樣，命案發生的時間推定是凌晨兩點二十分。這個推定應該不會有太大的誤差。

「沒有想到會殺死館主人的兇手，接下來會採取什麼樣的行動呢？從這個隱藏櫃已經空了的情況看來，很明顯地，兇手並沒有因為發生了意料之外的事情，而放棄當初的計畫，仍然要完成偷走〈未來面具〉的目的。」

「等一下，鹿谷先生。」

此時開口打岔的人是〈嘆息面具〉

「你說兇手的目的是偷走〈未來面具〉這個寶貝，而殺人其實是突發的意外事件？嗯，你說的這個假設確實說得通。但是，屍體的頭顱與手指被切砍的問題點，怎麼解釋呢？兇手為什麼要在殺死人後，做出那樣的事情呢？那也是當初兇手計畫之外的行動嗎？」

「應該就是那樣吧！」

鹿谷很乾脆地回答。「可是──」〈嘆息面具〉不滿地說：

「若說到無頭命案，一般都會覺得砍掉頭顱必定是兇手計畫中的行動之一。不是嗎？」

「在某些推理懸疑的命案中，往往就是那樣沒錯。但是，這次的情況……」

「或許兇手在最初就把殺死館主人的行動，列入計畫中了。這也不是不可能的事吧？所以砍頭之事，當然也是計畫之中的事情。不是嗎？」

「不，不是。」

「為什麼？」

「至於為什麼……」

鹿谷搖搖頭，「不。」他這麼說著：

「這個就容我等一下再說吧！這當然不是可以忽視或忘記的問題。算哲教授，請不必擔心。」

「哼。」

〈嘆息面具〉不以為然似地哼哼出聲。這很像是在為自己不是兇手之事在做辯駁，可是，誰也不敢保證這不是在「演戲」──瞳子在心裡搖著頭，悄悄這麼想著。

「回到我們剛才的話題吧！」

鹿谷好像在宣告事情似的，繼續說：

「想像一下。當兇手知道館主人被自己殺死了後，心中一定產生了強烈的不安，還沒有扭轉〈奇面之間〉窗戶鐵欄杆的鐵條，啟動第七個開關，就立刻先退回到〈面對面之間〉，窺探大廳內的情形。兇手若有這樣的舉動，是一點也不會讓人覺得奇怪的事吧？兇手這一窺探，發現了還有讓自己更加困窘的最糟糕情況在等著自己——大廳內竟然有人。這當然也是兇手想也沒有想到的事情。

「從〈面對面之間〉窺探大廳，發現大廳裡有人時，兇手連忙把門關起來，還上了鎖。但那些聲音卻引起了在大廳裡的人的注意，以為館主人還沒有睡覺，便去敲門，並且出聲叫喚。根據那時在大廳裡的新月小姐的說詞，那時是凌晨兩點半。」

瞳子一邊點頭，一邊斜眼看著通往〈面對面之間〉的兩扇式平開門——凌晨兩點半的時候，兇手就在那兩扇式平開門的後面……

對了，鬼丸呢？

瞳子突然想到這件事。

鬼丸自從剛剛為了開啟隱藏櫃的門，而去〈奇面之間〉後，直到現在都還沒有回來。

「被逼著陷入了大危機中，兇手會怎麼做呢？」

鹿谷又問大家，但仍然不等待眾人的回答，就自己說了：

「因為只要新月小姐在大廳內，他就難從〈面對面之間〉走到大廳。也不能在〈奇面之間〉裡扭轉鐵條來解除隱藏門的鎖。大家剛才都看到了，這個隱藏櫃的裝置，便是鎖被解開的同時，『門』就會凸出來。就算在深夜中專心地欣賞著電影的新月小姐，也不可能不注意到『門』凸起來的情況。

「那麼，安靜地等她離開大廳，不就好了嗎？——不，因為已經殺人了，所以不行那樣。因為兇手除了要打開隱藏櫃，盜走〈未來面具〉外，還有好幾件非做不可的作業。

「其中之一是——」鹿谷豎起一隻右手的手指，接著說：

「拿走〈未來面具〉後，除了必須把隱藏櫃的門恢復原狀外，還必須把剛才轉動過的各房間窗戶的欄杆鐵條恢復原狀。這是當初已經擬定的計畫。讓所有的機關恢復原狀，那麼就沒有人會注意到自己的盜竊行為了。兇手應該還是希望他偷走〈未來面具〉的事不會被發現。

「不用說其二是什麼，大家應該也都知道了，那就是我們都被戴上面具，而且面具還被上鎖了。」

鹿谷豎起第二隻手指，然後一邊用手指去戳被戴在臉上的面具，一邊說：

「為什麼他必須那麼做呢？不那麼做不行嗎？關於這一點的答案，我必須要暫時保留。因為還有更大的問題需要檢討、討論。

「總之，只要想到這兩件事，兇手就不可能安安靜靜地等瞳子離開，因為沒有那樣的時間了。如果要問這是為什麼……」

「因為安眠藥的藥效時間有限吧？」

瞳子說出了理由。

「那個安眠藥的藥效時間，大約是服用後的六到七個小時，不抓緊時間不行，因為還要偷偷地進入客人們的房間，還原鐵欄杆原有的模樣，還要趁著客人們沉睡的時候，給客人們戴上面具。他知道被發現而失敗的危險性越來越高了。所以……」

「沒錯。」

鹿谷很滿意地回應。

「兇手沒有太多的時間，所以不能只是一味地等待新月看完電影，回去〈本館〉。

「他一定要試著想辦法，解決眼前的難局。但是，他會怎麼做呢？」

「首先當然就是要正面突破吧！」

這樣回答的人是〈歡娛面具〉。雖然他說話的語氣一副自己絕對不是兇手的樣子，可是，誰也不敢保證這不是在「演戲」——瞳子在心裡搖著頭，悄悄這麼想著。

「為了不被新月小姐發現，他會躡足，不發出聲音地偷偷離開現場。不過，萬一被發現了，他會把臉遮掩起來逃跑？還是會為了滅口而殺了新月小姐呢？

「是的。首先他必須做的事情，就是避開新月小姐的耳目，走出〈面對面之間〉的門，然後再離開這個大廳……可是，這是很困難的事情？新月小姐，妳認為呢？」

被問的瞳子毫不猶豫地回答：

「不只是困難，簡直是不可能。因為只要有人從那個門走出來，我覺得我不可能沒看到。我一定會看到的。」

「不過，兇手並沒有使用以攻擊的方式，讓新月小姐無法說話的手段。」鹿谷說：「既然對方是一個年輕女性，那麼很容易就可以把她打昏吧？只要不要讓她看到自己的臉，讓對方昏倒了，就可以度過這個難關了；萬一不幸被她看到自己的臉了，那時再採取強硬的殺人滅口這種強硬的正面突破的方式。一般都會這樣想或做吧？

「還有，六對面具中的另一組面具就放在〈面對面之間〉裡，戴上其中的任何一個面具，就可以遮掩住自己的臉，然後逃離現場了。萬一碰到盤問，可能被拆穿時，再做反擊——這也是一個方法。

「可是，兇手卻都沒有那麼做，這是為什麼呢？我認為：兇手有某種讓他猶豫要不要那麼做的重大心理因素吧！」

鹿谷一邊來回看著瞳子和戴著面具的男人們，一邊說道：「各位都明白是為什麼吧！」

「啊，是。明白。」

最先做出反應的是〈懊惱面具〉。

「因為她很厲害。如果攻擊她的話，或許反而會被摔出去。」

〈懊惱面具〉說著，還一手撫著腰的後面。雖然他的動作是在表明自己絕對不是兇手的樣子，可是，誰也不敢保證這不是在「演戲」——瞳子在心裡搖著頭，悄悄這麼想著。

「被摔出去啊？」

鹿谷一本正經地說著，目光投向〈憤怒面具〉，說：

「她就是讓前刑警阿山先生讚為『不是普通人』，使用新月流柔術的人。」

「完全正確。」

〈憤怒面具〉立刻點頭同意。雖然他迅速反應的動作，好像在說明自己絕對不是兇手的樣子，可是，誰也不敢保證這不是在「演戲」——瞳子在心裡搖著頭，悄悄這麼想著。

「昨天米卡爾先生被漂亮地摔出去的現場，大家都看到了吧？看到過新月小姐那麼俐落的身手的人，大概不會想用強硬的方式對付新月小姐了。我雖然也懂一點柔道，但左腳變成現在這樣的我，面對她時，我是否有勝算呢？老實說，我不敢說有。」

「果然如此。」

「就算想戴著面具離開，也有可能被攔下來盤問而被摔出去。」

「是吧？」

在這樣的場面裡，被大家這麼說，畢竟還是一件難為情的事情，所以瞳子如坐針氈地紅著雙頰，低垂著頭。不過，就這個問題上，鹿谷並沒有要特別照顧瞳子的意思。

「新月小姐很厲害，與她硬碰硬是沒有勝算的——因為兇手有這樣的認知，所以兇手最後放棄了強行突破的方法。反過來說，兇手如果沒有這一點認知，那麼，他極有可能採取強行突破的方式……唔，從這一點，我想我們還可以確定某一件事情。」

鹿谷說著，視線從〈憤怒面具〉身上移到瞳子，再移到長宗我部。

「幾個小時前，我們曾經在餐廳裡討論過，是否有外來者潛藏在這座館邸的可能性。當時我們雖然在最後的時候保留了那個可能性，但現在看來，似乎可以完全否定那個可能性了。不是嗎？假使真的有那樣的外來者，那麼，那個外來者根本沒有機會見識到『新月小姐很厲害』這一點。」

## 16

「那麼，兇手之後採取什麼行動了呢？」

鹿谷又看了一下手錶，繼續說道：

「就算明白新月小姐有多厲害，在沒有其他可以選擇的情況下，兇手應該還是只能採取正面突破、強行突破的方法來離開〈奧之間〉內。兇手沒有用強行突破的方法，表示他有別的選擇。那麼，那到底是什麼樣的選擇呢？

「〈面對面之間〉與〈奇面之間〉，及附屬於這兩個房間的浴室與廁所所構成的〈奧之間〉的這塊區域，並沒有可以通往外面的後門。而且，這塊區域內雖然有窗戶，但都不是人可以出入的窗戶構造。離開〈奧之間〉的唯一方法，就是利用〈面對面之間〉與大廳之間的門。然而當時新月小姐就在大廳裡，所以不可能在不被新月小姐發現的情況下離開〈奧之間〉。套用推理的術語，當時整個〈奧之間〉處於一種密室的狀況下。

「可是，兇手還是逃出了密室狀態下的〈奧之間〉。從兇手在〈本館〉的書房打內線電話到大廳，這件事可以證明當時兇手已經離開〈奧之間〉了。兇手假裝成館主人，打電話給大廳中的新月小姐的時間，是凌晨三點半之後，那時兇手已經藉由某種方法，成功地從〈奧之間〉逃脫出去了。那個某種方法，到底是什麼方法呢？」

好像在回答這個問題似的，〈驚愕面具〉把右手裡的硬幣彈到半空中。

「莫非你想說有什麼秘密的逃脫口嗎？在舞台魔術的領域裡，那可是是理所當然的『方法』……」

這樣真的好嗎？好像在這樣問的語氣裡，清清楚楚地表現出他的困惑與猶豫。雖然他說話的方式一副自己絕對不是兇手的樣子，可是，誰也不敢保證這不是在「演戲」——瞳子在心裡搖著頭，悄悄這麼想著。

「哎呀哎呀！不愧是忍田先生，說得好。」鹿谷說。「畢竟這個奇面館，是那位中村青司的作品呀！」

「你的意思是：除了這個隱藏櫃外，館邸裡還有類似的機關？」

「有也不奇怪。不是嗎？不，應該說有才正常，尤其是在那個房間——〈奇面之間〉裡。」

「呵！為什麼又這麼說？」

「是日向京助說的。」

鹿谷一邊看著〈面對面之間〉的門，一邊說：

「十年前日向來這裡採訪時，影山透一氏曾經在〈奇面之間〉裡對他說過『這裡有點秘密』，還說『這也是那位建築師的提議』。日向問透一氏是什麼『秘密』時，但透一氏不願透露，因為『說出來就不美了』。」

鹿谷說到這裡時，聲音突然變大：

「日向京助聽到的〈奇面之間〉的秘密，也就是兇手能夠從密室中逃脫的手段。所謂的『秘密通道』，就在那個房間裡。」

就在鹿谷這句話一說完，好像算準了時間般，大家同時聽到了敲門的聲音。

瞳子不自覺地東張西望起來。

到底是誰？是哪一道門？——才這麼想的時候，敲門聲再度響起。

「請進。」

鹿谷回應那個敲門的聲音。

不久之後緩緩打開的，是通往〈本館〉的通道入口的兩扇式平開門。門開了以後，出現在門後面的是——

一個戴著和六位客人的面具表情截然不同的面具——〈祈禱面具〉的人。

# 第十三章　被掀開的面具

## 1

腦袋好像被強烈撼動了般，瞳子瞬間覺得天旋地轉，感到極度的恐懼。

……是誰？

那個面具——戴著〈祈禱面具〉的人到底是……

雖然明知是不可能的事情，但是在那一瞬間裡，還是難免地產生「已經死了的奇面館主人——影山逸史復活了嗎？」的疑問。不過，那樣的疑問之後很快就消失了。

在大廳裡的其他人都因為那樣的疑問，或多或少地感到困惑。但有一個人例外，那個人就是鹿谷。

剛才鹿谷大聲地斷言，說〈奇面之間〉裡有「秘密通道」。那大概是一種信號。那樣的信號響起後，表示他可以敲聯絡通道的門了。這一定是事前就已經說好的事情。

冷靜下來後，重新再看——

那個人雖然也戴著〈祈禱面具〉，但是身材瘦長，又穿著一身的黑色衣服，所以馬上就明白他是鬼丸。但是，讓人覺得奇怪的是：剛才他明明走到〈面對面之間〉的門後面了，現在卻從與〈本館〉的聯絡通道回來。就物理上而言，這是說不通的事情呀！

雖然鹿谷剛剛才說過有秘密逃脫的事。可是——

「啊，辛苦你了。」

鹿谷舉起一隻手招呼，剛剛走進來的人進入大廳後，向大家行了個禮，然後脫下頭上的〈祈禱面具〉，出現的果然是鬼丸光秀略顯蒼白的臉。

「如同各位已經知道的那樣，鬼丸先生剛才在〈奇面之間〉，為了打開隱藏櫃，而開啟了第七個開關。然後從我剛剛說的秘密通道前往〈本館〉，再經過聯絡通道回到這裡。鬼丸先生試著走了一次今天凌晨時兇手逃脫的路線。」

鬼丸針對鹿谷的說明，點頭表示贊同。

「那個面具是怎麼一回事？」〈憤怒面具〉問。「那不是〈祈禱面具〉嗎？從死者的頭顱上脫下來的嗎？」

「不是，不是那個讓人不舒服的面具。」

鬼丸把手上的面具，遞給回答〈憤怒面具〉問題的鹿谷。鹿谷接了面具，輕輕摸著面具的額頭，說道：

「這個面具是裝飾在玄關廳裡的那一個〈祈禱面具〉。還有，這個面具幫了大忙了。」

「呵哦！但是，為什麼還要那樣——」

為什麼還要那樣……瞳子似乎還困在相同的疑問中。可是下一秒鐘她便「啊」了聲，她的腦子好像閃過一個答案。

「哦！新月小姐好像明白了呀？」

被鹿谷這麼一問，瞳子老實地點頭說：「大概吧！」傳入她自己耳中的心跳聲，明顯地加快了。

「那個，總之是——」

她指著鹿谷手裡的〈祈禱面具〉，接著說：

「那個面具，一定就是打開隱藏在〈奇面之間〉秘密通道入口的『鑰匙』吧？兇手就是為了要使用那個面具，所以才必須砍下死者的頭顱。」

## 2

「〈奇面之間〉裡，一定有中村青司設計的秘密通道。我一直是這麼相信的，所以剛才在確認了隱藏櫃的秘密後，就請求鬼丸幫忙尋找那個秘密通道的入口。」

鹿谷繼續說道：

「各位，請想想成為命案現場的那個寢室裡的特殊構造吧。這個大廳裡，也鑲嵌著一些相同的裝飾——」

鹿谷一邊說，一邊環視著周圍。

「在那個房間的牆壁上，佈滿了這裡也有的『人臉』。那些牆壁的人臉高度各有不同，角度也各異，有的凸出壁面，有的凹入壁面……還有，那些人臉的表情，都和存放在奇面館中七個面具——〈歡娛〉、〈驚愕〉、〈嘆息〉、〈懊惱〉、〈哄笑〉、〈憤怒〉、〈祈禱〉中的某一個面具的表情一樣。牆壁上到處都是複製了那七個面具的表情與形狀，有凹有凸的人臉。一看就知道那是特別用心設計出來的牆壁。若說那樣的房間裡會藏著什麼秘密，那麼最可疑之處，自然就是那些人臉的裝飾了。這是很容易就可以察覺到的事情。

「當我確信〈奇面之間〉裡應該有秘密通道時，我就對牆壁上的裝飾產生懷疑了。我懷疑那些人臉中的某一張臉，就是為了打開『秘密通道』而設計的裝置。

「另一方面，今天早上在那個房間看到的死者的模樣很奇怪，他的脖子被兇手砍斷，頭顱被拿走了。但是，當我們找到頭顱，確定死者面具下的臉時，我就了解到兇手那麼做的目的，好像不是為了讓我們察覺不出死者的身分，也不是為了與死者調換身分。那麼，兇手砍下死者頭顱的目的，到底是什麼呢？

「這兩個問題都和某一點有緊密的關聯，緊緊地咬合在一起。所以看到答案的時候，我也非常的激動。那就是——」

鹿谷看著〈祈禱面具〉，繼續說道：

「如剛才新月小姐說的，這個面具正是『鑰匙』。而佈滿牆壁上的那些人臉中的某一個，就是這支『鑰匙』的『鑰匙孔』。這就是答案。」

現場又響起嗡嗡嗡的討論聲。

藏身在這些人中的兇手，非常小心地不讓其他人發現自己內心的不安與驚慌。

還不知道事情會變成怎麼樣，現在就放棄未免太早了，還太早……他頻頻這樣說給自己聽。

「兇手為什麼要砍下死者的頭顱呢？」

鹿谷再一次這麼問，並且自問自答：

「兇手想要的，不是被害人的頭顱，而是戴在被害人頭上的〈祈禱面具〉，因為那個面具是開啟秘密通道的鑰匙。所以，剛開始的時候，兇手一定只是想把面具從死者的頭上脫下來，但是，面具上鎖了。

「住在這座館邸的時候，館主人習慣戴著上了鎖的面具，所以總是把面具的鑰匙放在長袍的口袋裡。兇手應該也知道這一點，並且找過脫下來的長袍口袋裡面吧？可是，他還是沒有找到鑰匙。就像我們在現場進行搜索時一樣，那件長袍的右邊口袋的底部有小破洞，面具的鑰匙因此掉落在長袍的表布與裡布之間。所以兇手應該找不到那支鑰匙。或許他也去了別的地方找，但是當然也沒有找到。

「沒有鑰匙的話，就無法拿下面具。關於這一點，今天早上我們都已經試過了。可是，時間一分分地過去，沒有時間再去尋找面具的鑰匙了。兇手在逼不得已的情況下，想到了那個方法。如果用館主人的那把日本刀，就可以砍斷脖子，讓身體與頭顱分家，連著頭顱的面具就能當鑰匙使用了。於是……」

於是……是的。於是就那麼做了。那是不得不的做法。

兇手悄悄地在心中回想。

離現在十幾個小時以前——

他因為連續發生的意外狀況而陷入危險之中，在困惑、不知如何是好的情形下，他必須一再振作精神，考慮對策，在最急迫之間選擇最後的決定，並且執行那個決定，做出了那個可怕的事情。

「……因為砍下頭部的行動，是被害者死後才執行的，所以切口並沒有流出大量的血液。雖然說這是事先可以預料的事情，但為了盡量不要讓身上的衣服沾染到血跡，兇手進行這項作業時，恐怕是以接近裸身的狀況下進行的。我想，兇手砍完頭後，應該有在浴室清洗自己的身體，所以浴室裡有那樣的痕跡。

「兇手用大浴巾包裹砍下來的頭顱，並且仔細地擦拭面具上的血跡。因為這是打開秘密通道入口的重要道具。兇手必定不想笨拙地留下任何痕跡——不管怎麼說，光是用想的，就覺得那是非常不容易完成的工作。」

兇手努力維持鎮定，不讓自己被一個一個被揭穿的謎打敗，心中並且喃喃地說著：還不知道事情會變成怎麼樣，現在就放棄未免太早了……

# 3

「但是呢——」

才一開口，鹿谷馬上又沉靜下來。他先觀察了一下眾人的反應後，對站在旁邊的鬼丸稍微使了個眼色，才準備再開口說話。一旁的瞳子不斷地在做深呼吸，藉此鎮定一直平靜不下來的心跳。

「剛才我和鬼丸先生從玄關廳把另一個〈祈禱面具〉拿來這個〈奇面之間〉，調查這裡的牆壁。大家都看到了，這裡的四面牆壁幾乎完全被人臉給掩埋了，但是，值得被注意的人臉，卻只有〈祈禱面具〉的臉，而且，必須仔細檢查的，應該不是凸面的人臉，具〉的臉。意外地，我們很快就找到了。

而且也不會隱藏在家具的後面。我和鬼丸先生就依著這些條件，在牆壁上尋找〈祈禱面

而是凹面的人臉。另外，那個人臉的位置不會太高，一定是在手可以碰得到的位置上，

「進入房間後，前方左手邊，位於約是成人的肚臍高度的牆壁上，就有一個〈祈禱面具〉的人臉。在那個上下顛倒，刻入牆壁中的〈祈禱面具〉凹洞的一部分──一邊眼睛的邊緣部分，有著微微的暗紅色污點。仔細看，那好像是血漬。那個位置離屍體有一些距離，而且那附近也沒有血的痕跡，只有那個地方有……這不是很奇怪嗎？兇手雖然仔細地擦掉了附著在面具上的血跡，卻沒有完全擦乾淨。附著在『鑰匙孔』的，不正是殘留在面具上的一點點血跡嗎？我認為那就是血跡──」

鹿谷把〈祈禱面具〉倒過來拿著，然後朝著前方的「人臉」按上去。

「面具的臉完美地嵌進牆壁上的〈祈禱〉凹洞了。再試著用一點力量往內按時，手便會感覺到一種微妙的力量，嵌入面具的凹洞好像整個地稍微下沉到牆壁內了。還有，牆壁內部好像發出了「叩嘰」的聲音……

「直覺地以為那是會動、能轉的機關。那個人臉的凹洞其實是完全獨立的，但在巧妙的掩飾性構造下，幾乎看不到它與周圍的界線──凹洞能夠往下沉，還可以轉動。被拿來當作『鑰匙』的面具形狀，與『鑰匙孔』的凹洞形狀相符的時候，凹洞就能夠全面受力，所以往凹洞的方向一按，牆壁裡面的鎖扣就解除了，而凹洞也變成可以轉動的機關。直接用手按凹洞看看，或使用別的面具看看，就會知道凹洞一動也不動。

「順時針轉九十度後，顛倒的人臉變成橫躺著，就不能再轉動了。但這時手又有新

的感覺，牆壁裡面傳出聲音……」

「『入口』開了嗎？」

〈憤怒面具〉急切地問道。鹿谷又對旁邊的鬼丸使了個眼色。

「是的。」鬼丸回答道：「我以前完全不知道那個地方有那樣的通道。哎呀！實在太令人訝異了。」

「在『鑰匙孔』附近的地板。」

鹿谷作說明：

「那個房間的東北角上，有一塊約一公尺四方可以往上掀起的地板。像剛才的隱藏櫃一樣，鎖扣一旦被解開，『門』就會往上浮起。打開這個浮起『門』，就可以看到一條往下延伸，通往像隧道一樣的通道的陡梯……」

「下去看了嗎？」

這次提出疑問的是〈歡娛面具〉。

「當然。」

「和鬼丸一起嗎？」

「是的。總是要小心一些。」

「這是什麼意思？」

「雖然現在已經不必考慮了，但還是要擔心剛才我們曾經說過某一種可能性。萬一那個地下道裡還有秘密房間，而我們所不知道的第三者，就躲在那裡的話……所以一個人獨自行動比兩個人一起行動的危險性高。」

「呵喔。」

「幸好通道內有燈。對兇手來說，這也是值得慶幸的事吧！」

鹿谷說著，把另一個〈祈禱面具〉舉高到胸部，又說：

「那時我帶著這個面具走下地下通道。我想兇手當時應該也是一樣的，因為說不定出口那邊的『門』，也需要這個面具來打開。」

「結果呢？那個地下道通到了什麼地方？」

發問的人是〈嘆息面具〉。

「應該就是那個地方吧？〈本館〉的書房？」

「是〈本館〉的書房與寢室之間的衣帽間裡面。和我推測的一樣。」

「打開出口時，還是需要那個面具嗎？」

「需要。完全需要。」

鹿谷回答，然後把手中的〈祈禱面具〉交還給站在身旁的鬼丸。

「地下道的盡頭就是往上的階梯；階梯前面的牆壁上，果然也有和入口的『鑰匙孔』相同的凹洞。用同樣的方式把『鑰匙』嵌入洞中、轉動之後，階梯上面的門便開了。衣帽間地板的某一部分，就是可以往上掀開的蓋子。這也是從外表相當不容易看出來的巧妙裝置。」

隱藏在〈哄笑面具〉後面的表情仍然無法窺視。但是，瞳子此時好像能夠想像鹿谷浮現惡作劇笑容的表情了。

「感覺上好像是在奇怪的地方堅持意義不大的事情……唔，或許應該說：不愧是『中村青司之館』吧？」

# 4

「我們再來繼續追蹤兇手的行動。我說的話有些部分重複了，這一點要請大家多多包涵。啊……請大家回原來的座位坐吧！」

鹿谷指著沙發那邊說。沒有人反對，大家都坐回原先坐的位子上，而剛才起就站在柱子旁邊的鬼丸，也找了一張沒有人坐的凳子坐下來。

「我們剛剛已經明白了一件事，那就是：因為新月小姐在大廳裡，兇手面對這種預料之外的情況，只好選擇從〈奇面之間〉的秘密通道，逃離現場的方法。為了執行這個方法，他就必須砍斷被害者的脖子。對兇手來說，這個行動無疑地是計畫外、意料之外的行動。算哲教授，這樣你能了解了嗎？」

〈嘆息面具〉「噢，嗯」地點點頭，說：

「你很厲害嘛！鹿谷老師。不過呢，關於兇手切斷被害者手指的事，你會怎麼解釋呢？我們已經了解兇手為什麼要砍下被害者頭顱的原因了，可是，他沒有必要連手指頭也砍下來呀！」

「這是另外一件事。」鹿谷回答說：「砍手指與砍頭時一樣，使用的都是相同的那把日本刀吧！至於砍手指的理由，我認為與砍頭的理由是不同的兩回事。」

「哦？」

「還是先來繼續追蹤兇手的行動吧！因為只剩下一點點了——

「為了使用〈祈禱面具〉打開通道的門，兇手把砍下來的頭顱與手指頭分開，放進不同的塑膠袋後，進入地下的通道。然後第二次使用面具，順利打開出口的門，從〈本館〉的衣帽間出來。此時兇手會先做什麼事呢？——不用問也可以猜想得出來吧？那就是用書房內的電話，打電話給在大廳中的新月小姐。他模仿館主人的音色與說話的方式，告訴新月小姐應該回房間睡覺了。新月小姐接到那樣的電話後，自然聽命不敢違抗。那時的時間是凌晨三點半——沒錯吧？新月小姐。」

鹿谷確認似地詢問新月。「是的。」新月老實地點頭回答。她想：這個推理簡直是無懈可擊。

「就這樣，麻煩人物一旦離開了，兇手就可以進行還沒有完成的作業了。考慮作業的優先順序時，他應該有想過：是把處理頭顱和手指的事情放在最後？還是先處理掉呢？總之……情形一定就是這樣吧！

「兇手決定把裝在塑膠袋裡的頭顱和手指先放在書房裡，然後退回到〈奇面之間〉。這時他應該也是從地下通道回到〈奇面之間〉的吧！這個行動是為了避開在走廊上遇到從大廳回來的新月。另外，因為鬼丸先生和長宗我部先生的房間也在〈本館〉內，雖然已經是深夜了，還是不要在外面走動比較好。他應該也有這樣的心理吧！

「還有，關於秘密通道，還有兩、三點事情需要做補充。剛才我和鬼丸先生事先做調查時，發現從〈別館〉到〈本館〉的那條秘密通道，是單向。也就是說：入口的門一旦關起來，就無法從入口的內側打開門；同樣的出口這邊的門一旦關起來後，就無法從書房這邊的出口外側打開通道門。還有就是：門一關，就會自動上鎖，成為『鑰匙孔』的凹洞，也會在連動的情況下，恢復成原來的位置。所以，兇手在有必要往返於〈奇面之間〉與書房時，出入口的門必須一直開放著。在沒有必要的階段時，只要把門關起來，即使手邊沒有面具這個『鑰匙』，『鑰匙孔』也會恢復原位，看不出使用過通道的痕跡。就是這個順序。

「接著——」

「兇手回到〈奇面之間〉，確定大廳確實已經沒有人了，才開始執行因為意外的狀況而中斷的原本工作。首先，他轉動〈奇面之間〉的窗戶的鐵欄杆，啟動第七個開關，打開大廳中的隱藏櫃。接著，他使用先前已經拿到手的那支鑰匙，偷走隱藏櫃中的〈未來面具〉。把隱藏櫃關起來後，他又回到〈奇面之間〉恢復鐵欄杆的原來模樣——他把窗戶關起來時，同時也把窗簾拉回原狀，但匆忙之間卻忘了放下窗戶上的月牙鎖。這可以說是兇手無意之中犯下的小小失誤吧！我就是因為他的這個失誤，才會打開窗戶，握了一下鐵欄杆上的鐵條。

「那時的時間大概是接近凌晨四點的時候，兇手離開現場的時候，故意不在〈面對面之間〉的門上上鎖。他大概是認為：如果上鎖了，等於是在強調〈奧之間〉的密室性吧！或許他是在事前拷貝好了鑰匙，也或許某個地方還有隱藏門，總之，他的目的就是不願意讓我們太注意那個方向。

「時間很緊迫，接下來他還有非常重要，並且必須優先處理的事情。總之，首先要做的事情，就是在安眠藥的藥效結束前，再一次潛入客人們的房間裡，將窗戶的鐵欄杆恢復原狀。然後還要把面具戴在沉睡中的客人們的頭上，並且在面具上上鎖。完成了這些工作後，兇手終於能夠鬆一口氣了。想像兇手當時的心情，我竟然會很奇怪地對兇手產生同情的心理。」

鹿谷這麼說，還嘆了一口氣。〈懊惱面具〉在這個時候開口問了。

「那個……接著他就去處理放在書房裡的頭顱和手指頭了嗎？」

「從優先順序來考量的話……或許他會先找個安全的地方，把偷出來的〈未來面具〉與〈未來面具〉的鑰匙，和戴在客人們的頭上的面具鑰匙等等東西，好好地藏起來。不過，這一點對整個案件並沒有太大的影響。」

鹿谷繼續追蹤兇手的行動，說：

「那時雖然時間已經是過了四點半、快五點的時候，但是他應該還是擔心會被在〈本館〉的任何一個傭人遇到吧！他懷著那樣的憂慮前往書房，先拿起裝著頭顱的塑膠袋後，打開寢室的窗戶往外丟。這個動作『藏起來，不要被人發現』的意味薄弱，因為他心中應該有『就算被發現了，也沒有什麼關係』的想法。

「想像兇手的心理時，我覺得會有以下的結論：首先，他希望盡可能地不要被人知道自己使用了〈奇面之間〉的秘密通道之事，所以要把通道入口的鑰匙──〈祈禱面具〉，丟到離〈奇面之間〉越遠越好的地方。這個鑰匙以後是否會被發現，並不是重要的問題。只要面具和通道之間的關係不要被注意到就好了。他在這麼想的同時──

「雖然說是要丟到越遠越好的地方，可是他也不想拎著裝有人頭的塑膠袋到處走。他應該有這樣的想法吧？殺人的行動原本就不在他的計畫中，對死者也沒有什麼恨意，是在意外的情況之下殺人，並且不得已地選擇砍下死者頭部的方法來解決自己的困境，所以巴不得盡快丟掉這麼可怕的東西，因此才會採取從附近的窗戶丟出去的草率方法。這樣的做法當然一點也看不出『計畫性』，更別說這是某種『有意』的『結果』。

「至於另外一個塑膠袋裡，從死者身上切下來十根手指頭……」

「你剛才說那是這是另外一件事。」

這次開口的人是〈驚愕面具〉。

「處理手指時，一點也不像處理頭顱時那樣的草率。」

「沒錯。兇手把頭顱隨便地丟到窗外，卻把裝著手指的塑膠袋帶到廚房，用調理機打得粉碎。所以當然是另外的情況。」

〈驚愕面具〉低聲說著「的確」，然後又不解地歪著頭喃喃說道：「那是為什麼……」他的樣子不像是在「演戲」；瞳子也一樣歪著頭，露出不解的神情。

剩下來的問題越來越少了，還不能得到解釋的問題是——

兇手為什麼要切斷死者的手指，做那樣的處理呢？

此外還有一個問題。

兇手為什麼要讓客人們都戴上面具，並且在面具上上鎖？

自己百思不得其解，但是這個人已經什麼都知道了嗎？瞳子看著〈哄笑面具〉的側臉，心裡這麼想著。鹿谷避開她的視線，輪流地看著坐在沙發上，戴著不同表情面具的五位客人，說：

「結束了必要的那些作業後，兇手便回到自己的房間。啊，在回去自己房間前，他應該會先把奇面館內的所有電話都破壞。大廳的、書房的、玄關廳的電話。不知道他破壞電話的順序為何，但是，從他的動線看來，玄關廳的電話應該是最後破壞的吧！

「完成所有作業後，他也像其他客人一樣戴上面具，並且上鎖，然後等待騷動的開始。至於他有沒有在那個短暫的時間裡小睡片刻，這就得問他本人了。」

## 5

「最後，就剩下兩個大問題了。」

〈哄笑面具〉豎起左手的食指與中指，一邊敲著面具的下巴，一邊「首先是——」地繼續說道：

「兇手為什麼要在睡著的我們的頭上戴面具，並且上鎖？

「要讓我們產生混亂的這種說法，就不用再提了。因為若只是為了那樣的目的，其實用不著冒著那麼大的風險。那麼，是為了隱藏事實而要暗地裡『冒充他人』嗎？關於這一點的可能性，確實有值得檢討的餘地。可是我們甚至假設了館主人有沒有生活在一起的雙胞胎兄弟了，在考慮到其他情況後，仍然找不到吻合這個命案『形狀』的答案。所以——

「如果不是那樣的話……我試著那樣重新思考後，於是有了『不正是需要這樣嗎？』的想法。」

如果不是那樣的話……瞳子心裡反覆咀嚼著這句話，卻仍然想像不出兇手會是誰，不禁低聲嘆氣了。

是嗎……這個男人真的已經知道誰是兇手了嗎？他已經能夠看穿這個事件了嗎？

「另外一個謎，就是關於切斷的手指的問題的謎，也是一樣的。」

鹿谷繼續說：

「兇手殺死館主人後，切斷了屍體的雙手手指，並且把手指帶離現場，在廚房裡用調理機絞碎。他為什麼要特地這麼做呢？

「是為了破壞指紋，讓人無法確認死者的身分嗎？——如果是的話，就不應該那麼草率地丟掉頭顱了。那麼，是為了要冒充雙胞胎兄弟的緣故嗎？這個可能性前面也檢討過了，但是從方向性來說，還是看不到符合『形狀』的答案。所以——

「我覺得這裡也需要從如果不是那樣的話……的念頭做開端，從別的角度切入思考這件事情。兇手切斷死者的手指，並且做了那樣的處理，一定是有別的用意與目的，不是嗎？」

鹿谷指尖朝下地立起放在膝蓋上的左手。看了一眼手指甲上用黑色油性筆寫的「笑」字。兇手大概也以非常自嘲的心情，在自己的左手指甲上，用相同的筆跡寫下文字。

「可以嗎？總之就是要重新設定思考的方式，並且一定要從別的角度切入思考。」

鹿谷強調地說。

「被殺的館主人藉著集會要尋找〈另一個自己〉。就算不是那樣，也會讓人聯想到Doppelgänger＝分身的一般想法。有鎖的面具、無頭的屍體……這些諸多的因素，讓我們白天在這裡討論時，總是被『相同性的問題』絆住，擺脫不了這個問題，因此被『和被害者長得很像的某個人』相關的『冒充者』——的思考方向牽著走。

「擺脫那樣的思考方向，冷靜下來，試著從『戴面具、被戴面具』的行為去重新思考的話，會有什麼樣的結果呢？暫且不管文化、宗教性的解釋或理論，就單純的物理現象來說，從這個角度重新去思考時，首先得到的結果就是不想被人看到戴面具者、被戴面具者的真面貌。這是非常理所當然的事，但重點不就是在這裡嗎？

「不管『相同性的問題』，總之，兇手的目的就是要隱藏某一個人的面貌。他要隱藏的臉不是所有被邀請的客人的臉，而是其中的某一個客人。至於『某一個人』是誰，馬上讓人聯想到的，首先就是兇手本人吧！兇手為了不讓其他人看到自己的面貌，而耍弄了那樣的手段。他必須把自己的面貌藏起來。但這到底是為了什麼？」

……是的。

兇手的內心悄悄說著。

沒錯，想隱藏起來的臉，確確實實就是自己的臉。一定要隱藏起來。

只要戴著這個〈○○面具〉，就能夠把自己的臉藏起來。但是，如果只有自己戴面具，藏起自己的面貌，那就顯得自己特別奇怪而可疑。這絕對是一種愚蠢的行為。

於是他想到了：

既然這裡是奇面館，那麼——

這裡還有和這個〈○○面具〉一樣有鑰匙的其他面具。那是戴上面具，上了鎖後，沒有鑰匙就絕對拿不下來的面具。這樣的面具正好放在沉睡的客人們的床邊，而面具的鑰匙也在那裡，剛剛好可以——

讓自己以外的客人們也都戴上面具，然後把面具鎖起來，讓大家都脫不掉面具。如此一來，就……

「到底是為了什麼呢？」

鹿谷反覆這麼說著。

「從另外的角度切入思考這個問題時，就會……有了！某個答案就會自然而然地出現了。」

鹿谷充滿自信地環顧全場說。

「明白了之後，就會發現這是多麼單純的問題，所以忍不住會想罵自己的愚蠢……怎麼樣？各位一定也都注意到了吧？」

# 6

兇手一直在回想。

潛入〈奇面之間〉時，〈奇面之間〉內的主燈已經熄滅，室內是黑暗的。確認躺在床上的館主人確實已經睡著了後，他便放心地在黑暗中走到窗邊。

拉開緊閉的窗簾，鬆開月牙鎖，打開窗戶。從窗外竄入的冷空氣讓他不禁顫抖了一下。他伸出手，正要去握鐵欄杆最右邊的鐵條時，突然——

有人在他的背後對他進行攻擊。

想來，那應該是館主人從睡眠中醒來，突然發現房間裡有人侵入時的立即反應。其實，那或許只是拍拍肩膀的行動，但兇手主觀地感覺那是「被人攻擊」。

在那一瞬間，兇手的現實與偶爾出現的那個可怕夢境的記憶融合了，現實的輪廓崩潰了。是現實被惡夢吞噬了？還是惡夢溢出現實之外呢？總之，兇手被強烈而奇妙的幻覺掌控了。

他跌倒了。雖然跌倒，卻扭動身體抗拒著。就在抗拒著的時候，他看到攻擊他的對手。在黑暗之中，他看到了一條有點泛白的影子，並且——

那泛白影子的奇怪臉龐。

那是一張沒有生命力的、冷酷的臉。感覺上，那並不是一張屬於有生命的人類的臉，那是……對，是那個「惡魔」的臉！

兇手因為強烈的恐懼感而瘋狂，他無法控制地反擊，制伏了對手，又因為對手的劇烈反抗而忘我地掐著對方的脖子。不久——

當兇手恢復到「現實」中的時候，被他制伏的對手已經一動也不動了。浮現在黑暗的泛白臉龐並不是「惡魔」，而是戴在奇面館館主人臉上的〈祈禱面具〉。

## 7

兇手到底為什麼非要把自己的面貌藏起來不可呢？

瞳子思考著。聽了鹿谷的一一分析後，瞳子覺得自己對這個事件的「形狀」，好像也有某個程度的理解了。——她這樣覺得。

兇手一定要把自己的臉隱藏起來的理由，到底是什麼呢？非隱藏起來不可的原因到底何在？——命案並不是一開始就有的計畫，而這件事一定也是計畫之外、是預定之外的事態吧！一定是的……所以事情才會變成這樣。

「你說兇手遇到被害者的抵抗了？」

瞳子一邊想像當時的畫面，一邊說：

「雙方揪在一起的時候，被掐住脖子的受害者在掙扎、手亂抓時，劃破了兇手的臉，所以兇手……啊！不對嗎？」

瞳子發現大家的目光全部集中在她的身上，手連忙在胸前左右揮動，說：

「沒有，沒有，請不要理我說的。」

「不，新月小姐。」鹿谷說：「那就是正確的答案。」

「哦！」

「妳已經很有條理地說明了。不僅說明了為什麼要戴面具的理由，也說明了切斷手指的原因。」

「啊！」

是嗎？瞳子忍不住拍了一下手。

是嗎？是那樣的嗎？

「兇手在與被害者扭打的過程中，最後壓制了被害者，並且掐住被害者的脖子，卻仍然遭受被害者的強烈反抗。那樣的反抗可能就是伸出雙手，朝著對手的臉亂抓。」

鹿谷接著說明道：

「可以用『抵抗的痕跡』這樣的話來形容吧！總之，兇手殺人的時候，因為遭到被害者的抵抗，臉被抓傷了。那樣的傷痕，是無法用不留神而跌倒受傷來掩飾的。一定是一眼就讓人覺得奇怪，在臉頰或額頭上，用指甲抓傷的明顯傷痕……

「一旦被人看到臉上有那樣的傷痕，馬上就會被人懷疑而被逮到。另外，只要調查被害者的指甲，發現指甲裡有血跡，那麼，被害者死前發生什麼事情，應該是一目了然的事情了。」

「所以必須切下被害者的手指，消滅被害者的抵抗痕跡。」

「是的。而且，只是切斷手指和拿走手指還不夠，兇手還特地用廚房內的調理機，把手指絞碎，目的就是為了讓被切下來的手指，完全從這個世界上消失。」

「真的。這樣說確實合理。」

瞳子不知不覺地提高了說話的音量，但是鹿谷仍然很淡定。「不過——」他先是這麼說。

「不過呢，各位覺得一般殺人兇手遇到這種情況時，會怎麼做呢？」

「會怎麼做呢？唔……」

「一般的話，大概會覺得萬事休矣吧？他很明白事到如今，即使想逃也逃不掉了。偷到〈未來面具〉後，馬上拿著到手的〈未來面具〉離開這裡——兇手原本應該是這麼做的。可是，兇手卻沒有那麼做。因為他處於無法那麼做的狀況中。」

「……因為下大雪的關係嗎？」

「對。因為這場不符合時序的意外的大風雪。」

鹿谷轉頭看著長宗我部，確認地問道：

「你好像說過，這是十年才一次的大雪。是吧？」

「十多年前，也下過一次像這樣的大雪，聽說那次有好幾個人因為跑出去屋外而死亡。」

「是的。確實是那樣。」

「兇手也知道這件事。是嗎？」

瞳子問。鹿谷回答：「應該是知道的吧！」

「所以兇手不敢強行在大風雪中從屋子裡逃出去，而選擇了這樣麻煩而殘酷的方法。但那也是不得不的選擇。」

鹿谷的視線從瞳子的身上移轉到其他人，並且這麼說：

「破壞電話，阻攔與外部的聯絡，警方就無法立刻趕來處理。不知道警方是兩天後，還是三天後會來，總之就是要爭取時間。利用面具把自己和其他客人的臉都遮掩起來，至少不會馬上招來懷疑的眼光。

「比起冒著死亡的危險走進風雪中，還不如那樣比較好。兇手做了如此的判斷。他一邊爭取時間，一邊等待雪變小了，然後尋找機會單獨逃出這座館邸——這就是兇手現在的計畫吧！」

## 8

「這個命案的『形狀』，大概就是這樣吧！各位覺得如何呢？應該可以大致看到兇手的『臉』的輪廓了吧？」

鹿谷說。兇手此時努力地控制心中的不安。

「可以確定的是：兇手是非常了解這座奇面館秘密的人物。首先，兇手知道被說是已經不在這裡的〈未來面具〉，其實還在這裡。另外，他除了知道這裡有隱藏櫃，並且了解打開隱藏櫃門的結構外，也還知道〈奇面之間〉與〈本館〉間有秘密通道，和打開通道門的結構。他對這兩大秘密，有相當充分的了解。

「他是怎麼知道的呢？是什麼樣的人，才可能得到這些知識和情報呢？」

# 9

時間已經過了晚上十點半。

昨天的這個時候，館內雖然有著緊張的氣氛，但基本上那還是一段平靜而穩定的時間。瞳子依照鬼丸的指示，開始忙碌地準備〈面對面之儀〉後的小宴會。從〈面對面之間〉出來的客人們，則一邊自在地坐在大廳裡看電視的氣象報告，一邊輕鬆地討論著「被非季節性的暴風雪襲擊的別莊」的事件。

那時有誰想像得到二十四小時後的現在，竟會必須面對這樣緊迫的場面？

瞳子這麼想著，並且覺得非常不可思議，覺得有種受不了的感覺。

昨天的這個時候，釀成這個事件的本人——也就是兇手，也沒有想到自己會面臨這樣的情況。如果一切按照他的計畫，他會在神不知鬼不覺的情況下偷走那個面具，然後像什麼事也沒有發生過一樣地離開這裡。所以……。

鹿谷雙手抱胸，好幾次欲言又止。他的沉默好像是在催促對局者＝兇手該認輸了。

可是，誰也沒有開口。包括瞳子在內的三名奇面館傭人也一樣，大家都不動，也不說話。大家就這樣地沉默了五分鐘。

「那麼——」

鹿谷慢慢地從椅子上站起來說。要繼續了嗎？——瞳子這麼想，然後調整了一下自己的坐姿。

「我還有幾件事情想不明白，所以想請問各位——首先我想先問忍田先生。」

「什麼事？」

〈驚愕面具〉回應。鹿谷回答：

「根據我的記憶，昨天我們兩個人初次見面的時候，你對我說了一些話。那時我戴著面具走到走廊上，你對我說『寫小說的老師是〈哄笑〉嗎？』。」

「啊，是嗎？你記得真清楚。」

「我還記得你當時的視線。那時你雖然面對著我，但你的視線卻停留在固定在門上的卡片文字上。」

「是嗎？哎呀！你的觀察真的非常仔細。」

「另外，在那之後的〈會面茶會〉時，館主人說了這樣的話。他說這次的集會是第三次，以前曾經辦過兩次集會，那兩次的集會都只有四位客人，這次是第一次六種面具和六間客房都使用到了。」

「嗯，是的。這個我記得。」

「那時我心裡『啊？』了一下。過去的兩次集會都各自只有四個客人，應該也只使用了四種面具，但是忍田先生為什麼一看到我戴的面具，就馬上知道那是〈哄笑面具〉呢？過去的兩次集會都沒有用到這個面具，這次才第一次使用，不是嗎？」

〈驚愕面具〉「哎呀」一聲，然後聳聳肩膀，說：

「我明白你的意思了。因為我對這個房子的內部了解，已經超過常識的範圍，所以你覺得奇怪。是嗎？」

「沒錯，就是這樣。」

「那麼，我想說你太多疑了。因為之前我曾經請問過館主人關於還沒有被使用過的兩種面具的事，他告訴我這裡還有〈哄笑面具〉和〈憤怒面具〉。所以，當我看到你戴的面具時，不用看門上的牌子，也可以馬上就想到那是〈哄笑面具〉。」

「噢，原來如此。」

「雖然是第一次看到的面具，但那面具上的表情，怎麼看都像是在『笑』吧？至少絕對不是在『發怒』。」

「確實如此。那麼，我還有一個問題。」

「請說。」

「橫濱的魔術吧是什麼時候開張的呢？」

「今年是第三年。」

「還很新嘛！生意好嗎？」

「唔……就那樣。」

「經營魔術吧以前，你在做什麼？」

「做什麼？……當然是做魔術師了。」

〈驚愕面具〉聳聳肩，接著說：

「不過，靠當魔術師過活是吃不飽的，所以我是一邊吃喝玩樂，一邊表演魔術，並且靠著父母的遺產過日子的。要我說得這麼明白嗎？」

「呵呵——還有最後一個問題。這個建築物裡有隱藏櫃和秘密通道的機關，你以前知道嗎？」

「我怎麼會知道？不可能吧！」

接著，被鹿谷問問題的對象是〈懊惱面具〉。

「在札幌的設計事務所是從什麼時候開始的？」

這是鹿谷對〈懊惱面具〉提出的第一個問題。

「兩年前。」〈懊惱面具〉回答。

「嗯，也很新嘛！」

「之前在東京的大設計事務所工作。是那邊的前輩——光川前輩來找我，問我想不想一起成立設計事務所，我才從原來的公司獨立出來。札幌是他的故鄉。」

「從大公司獨立出來，是要有很大決心的。」

「確實是的。」

「關於『奇面館的秘密』，你知道多少呢？」

「我一點也不知道。這是當然的。」

〈懊惱面具〉嘆著氣回答：

「像我這樣的外人，怎麼會知道館裡面的機關裝置呢？」

「不，因為你和那位中村青司是同行，說不定你會從哪裡聽說到與青司本人有關的事情，或者有機會從哪裡看到這個房子的設計圖。」

「我要學忍田先生說話了，你真的太多疑了。白天的時候我就說過，關於中村青司這個名字，我還是從光川前輩那裡聽來的。」

「啊，抱歉了。」

鹿谷微微低下頭，但他從面具的眼睛孔後面露出來的目光，卻比剛才更加凌厲──瞳子這樣覺得。

## 10

「那麼，創馬社長。」

鹿谷的目光轉向〈歡娛面具〉。

「你經營的公司──〈S企劃〉是去年成立的吧？」

「是的。更準確地說，是一年又兩個月前成立的。」

「冒昧地請問一下，營業的成果還滿意嗎？」

「老實說，並不是很順利。」

〈歡娛面具〉點燃塑膠濾嘴上的香菸，慢慢地抽著菸。「對了──」鹿谷繼續說：

「你有近視，平常都戴著隱形眼鏡嗎？」

〈歡娛面具〉好像感到很意外似地「哦！」了一聲，然後說：

「怎麼了嗎？」

「我記得昨天你和米卡爾先生的對話。那是新月小姐摔倒米卡爾先生後的事，你非常自然地對有深度近視的米卡爾先生說：『戴隱形眼鏡就可以了。』當米卡爾氏回答說不能戴隱形眼鏡時，你還說『很快就會習慣的。』——你說的話，都是本身有用隱形眼鏡的人才會說的話吧！如果你沒有使用隱形眼鏡，應該就不會有那樣的反應。」

關於這件事，瞳子早些時候也注意到了。

昨天迎接抵達館邸的客人①，進行確認身分的時候，這個客人就好像眼睛不舒服似的，不僅會用指尖按壓眼尾，還頻頻眨眼睛，更從包包裡拿眼藥水出來點。看他那個樣子，瞳子當時就察覺這位客人戴著隱形眼鏡——不過，戴隱形眼鏡和這個事件有什麼關係呢？

「是的。我有戴隱形眼鏡。這有什麼問題嗎？」

〈歡娛面具〉歪著頭問。鹿谷說：

「睡覺的時候，通常會把隱形眼鏡拿下來吧？」

「一般是那樣沒錯。」

「我們都在睡著的時候，被兇手戴上面具。你應該也一樣，在拿下隱形眼鏡睡著的時候，被戴上〈歡娛面具〉……可是，根據我今天的觀察，你好像都看得見呀！」

「啊……」

「例如，大家在〈奇面之間〉進行調查的時候，你曾經問把手伸向窗戶鐵欄杆的我：『鐵欄杆上有什麼機關嗎？』那時你站在門的入口處，離窗戶的位置有一段距離，卻能清楚地看到我的舉動。視力不好的人，應該不會有那樣的反應吧？」

「——是嗎？」

「從種種情況看來，你好像在戴上面具後，又戴上了隱形眼鏡。可是，〈歡娛面具〉的眼睛孔像月牙一樣，是細長形的，我認為要從那樣的眼睛孔戴上隱形眼鏡，根本是非常非常困難的事。所以……」

「你的意思是我是兇手，給自己戴上面具的時候，也戴好了隱形眼鏡？」

「換個說法的話，確實就是這樣。你是兇手，完成了剛才我推測出來的兇手的動作後，回到房間，自己戴上面具，卻在忙亂中忘了拿下隱形眼鏡。但是，不拿下隱形眼鏡，或許是你自己決定。因為與其被認為睡覺時還戴著眼鏡很奇怪，確保眼睛能夠看清楚，是更重要的事情吧。」

「嘿！真的這樣懷疑我嗎？」

「難道不值得懷疑嗎？」

「我建議你不要再胡亂懷疑了。」

〈歡娛面具〉捻熄香菸。說：

「我確實有戴隱形眼鏡，平常也是睡前就會拿下隱形眼鏡。但是，昨天回到房間後實在太想睡覺了，一躺下去就睡著，根本沒有拿下隱形眼鏡的時間。今天早上醒來的時候又已經被戴上面具，所以就一直戴著隱形眼鏡。」

「哦，原來如此。」

鹿谷微微點頭地說。

「這個理由有點好玩，不過，這種反駁也還說得通。不，應該說是有道理的反駁。」

「因為真相就是如此，當然就說得通了。」

「明白了。那麼，請容我再問一個和他們兩人相同的問題。」

「問我是否知道奇面館的秘密這個問題嗎？」

「是的。你知道嗎？」

「這個答案你應該早就明白了吧？已經死掉的館主人從沒有對我說過相關的事情。」

「也沒有聽說過和〈未來面具〉有關的任何事情嗎？」

「對，什麼也沒有聽說過。」

「這樣嗎？——那，算哲教授。」

鹿谷繼續發問，這回的他對著〈嘆息面具〉說：

「對不起，教授。平常你過著什麼樣的生活？」

「平常？啊，我什麼也沒有做。」

「什麼也沒有做嗎？結婚了嗎？有工作嗎？」

「我對婚姻沒有興趣，我也覺得沒有任何女性能夠正確地理解我的才能。至於工作，每天的研究就是我的工作。」

「那樣能夠得到報酬嗎？」

「報酬？那太俗氣了。我的研究工作是純淨高貴的事情，與報酬無關。」

「那麼，你怎麼過生活呢？」

「靠著父母留下來的遺產就夠了。和忍田先生一樣。」

「真讓人羨慕呀！」

「常常被人這麼說。」

「關於奇面館的秘密呢？知道些什麼機關嗎？」

「不知道。不過，我一直覺得這裡面一定有什麼與眾不同之處。雖然我不知道什麼設計師中村青司這個人物，可是光看這座館邸，就覺得其中一定有特別的地方，尤其是〈別館〉，怎麼說呢？真的很像我去年住院的醫院……」

「醫院？是嗎？唔——啊，沒事了，謝謝你。」

鹿谷動了動面具的下巴表示謝意。

「阿山先生，你是最後了。」

鹿谷看著〈憤怒面具〉說。

「你的腳是兩年半前受傷的吧？在受傷以前，一直是縣警一課的人。」

「我待在第一線的時間大約有十年之久。」

「上班的地方一直都是兵庫縣的縣警局嗎？」

「我不是通過高等考試的公務人員，所以一直都在縣警局裡服勤。」

「你說話沒有關西腔的口音呀！」

「我的父母都是關東人，只有老婆是關西人，所以我講話沒有關西腔。」

「對了，〈面對面之間〉的那張寫字桌上，不是放著一些文件嗎？剛才我看過那些文件了。當時鬼丸先生也在一旁。」

鹿谷說著，目光投向坐在凳子上的黑衣秘書。

「那些文件果然是館主人為了尋找〈另一個自己〉，僱用所謂的『適當的專業人士』——某私家偵探社所寫的調查報告書。」

「唔。我們的個人資料都被記載在那些資料上了嗎？」

「不，我看到的資料只有兩份。是第一次參加集會的你與日向京助的資料。其他四個人因為不是第二次，要不然就是第三次參加集會了，館主人對他們已經有所了解，覺得不須再參考資料了，所以沒有放在那裡吧！」

「看了那些資料後，有什麼新發現嗎？」

「資料上除了明白地註明左腳受傷的事情，還舉出你以前在神戶發生的大事件『〈薛定諤之貓〉事件』中的神勇事蹟。」

「呵！那還真是令我難忘的事件。」

「不只那個事件，還有你搜查相生的『神內家事件』的相關表現。」

「呵呵！連那個事件也被拿出來說了嗎？所謂『適當的專業人士』的調查報告挺優秀的嘛！」

「那我還是要請問你——」

「我是不是知道奇面館的秘密嗎？」

「是的。」

「如果我回答『以前就知道了』，我馬上就會面臨『你就是兇手』的指控，是嗎？」

「恐怕是的。」

「天剛黑的時候，我對你的想法感到興趣而幫助你進行調查的行動，難道是兇手的『演技』嗎？」

「不能排除這種可能性。」

鹿谷毫不畏懼地回答，又說：

「怎麼樣？你的答案是什麼？」

〈憤怒面具〉的回答當然是「否定」的。

# 11

就這樣——

鹿谷對著五位客人，輪流問了一遍心中關心的問題後，從椅子上站起來，動動肩膀與脖子，活絡一下緊繃的身體。

客人們持續戴著面具的時間已經超過大半天了。瞳子不禁同情起客人們，覺得客人們一定既不舒服又累壞了，而那位兇手一定更加疲累。

「各位，現在要怎麼辦呢？」

不久後，果然又是鹿谷打破沉默地說。

「剛才我們已經明白兇手為什麼要在我們的臉上戴面具的理由了，所以追查兇手的行動，似乎也可以到此為止。因為，這個命案的『形狀』已經被揭開，兇手也已經無法再採取行動了。」

啊！果然是——瞳子想著。

局面已經迎向最後，鹿谷正在催促兇手投降。

「這個命案之所以會出現這麼錯綜複雜的樣貌，除了是因為這個集會本身的特殊性，另外就是兇手為了擺脫原本計畫之外的突發情況，而不斷想出來的應對策略之故。砍下死者的頭顱、切下死者的手指、在我們的頭上戴面具……說起來，這些行動都是為了避開當下的危機，是不得不的行動。說得更明白一點，在雪停、警方來之前，兇手必須一直忍耐目前的困境。

「總之，兇手不願暴露自己是兇手，就是為了希望能在這猶豫未明的時刻裡，找到逃脫的機會──兇手的行動目的是什麼，現在已經很清楚了。所以──

「我們之中誰是兇手呢？現在這個時候雖然無法指出兇手是誰，卻不至於影響目前的局勢。因為在雪停了，鬼丸先生把警方請到這裡之前，我們只要互相監視，那麼誰也無法從這裡逃出去。」

鹿谷又問大家：「是吧？」但沒有人積極回應。空氣中只有眾人呼吸的聲音。於是鹿谷「唔」了一聲。

「還要繼續堅持下去嗎？」

鹿谷自言自語似地說。

「好吧！若要這樣繼續對峙下去，恐怕會有更嚴重的話要說了。不管是對我們，還是兇手，這都是很沉重的──那我就繼續說吧！」

## 12

「總之，現在可以確定的事情，便是兇手是熟悉這個奇面館秘密的人物。這是我們之前的推理與檢驗所引出的結論。可是，剛才我再一次地問各位『知道奇面館的秘密嗎？』，卻沒有任何人開口說『知道』。所以我不得不想：

「我們之中，到底是誰能夠擁有和奇面館有關的種種知識、資料呢？」

鹿谷口氣轉強地問。

「其實呢——」

鹿谷又看了鬼丸一眼，然後繼續說：

「幾個小時前，我才知道一件和這個事件有關的重要事實。那是聽鬼丸說的。那時在場的還有長宗我部先生，他也知道那件事實。至於新月小姐，她好像和我們一樣，是不知道的。阿山先生也不知道。至少從他的反應看來，他是不知道的。」

「別裝模作樣了。」〈嘆息面具〉插嘴說道。「到底是什麼秘密，快點說吧！」

「不不，教授，那件事實說不上是『秘密』，因為鬼丸先生與長宗我部先生並不是有意對我隱藏那個事實，已經死亡的館主人應該也是一樣吧！是我擅自誤會那個事實的……那是和這個奇面館的『前代』有關的問題。我之所以會有那樣的誤解，是因為來這裡之前，先聽了日向京助說了奇面館的事，事先作判斷的關係。」

「前代？」

〈嘆息面具〉歪著頭問：

「你是說這座館邸的所有者嗎？」

「是的。」

「那不就是影山透一嗎？他是這座館邸的起建人，是狂熱的面具愛好者。」

「哦？教授現在如果不是在說謊，表示教授和我原先的想法是一樣的。」

「什麼想法？不就是那樣嗎？」

「上一次集會時，教授因為住院而缺席吧？」

〈驚愕面具〉插嘴說道。鹿谷「啊」了一聲，看著他說：

「忍田先生知道嗎？」

「上次集會的時候，館主人曾經對我們說過那件事。不過，只是稍微提了一下而已。」

「呵呵。那麼，其他兩位也知道囉？」

「聽說了。我也知道『前一位所有者』的事。」

〈歡娛面具〉回答。

「我也是。上一次的集會確實聽說過那件事。」

〈懊惱面具〉回答。

「是嗎？不過，館主人並沒有詳細說明到底是什麼情形吧？」

鹿谷如此確認地問。〈懊惱面具〉不安地點點頭。〈驚愕面具〉和〈歡娛面具〉也各自點頭。鹿谷又說：

「九年前影山透一過世，這座館邸落入下一位所有者——第二代的主人手中。三年前，這座館邸再度易主，成為舉辦這個集會的館主人的所有物。也就是說，被殺害的影山逸史，便是這座館邸的『第三代』所有者。而九年前到三年前的那六年，這座館邸的主人，就是第二代的『前代』主人。

「可是，我不知道那樣的情形，一直誤以為透一氏過世後，奇面館的主人就是影山逸史。所以，當我說『前代』時，指的是透一氏，但是知道還有第二代主人的逸史氏與鬼丸他們，卻以為我說的是『第二代』的主人。雖然他們覺得我的話有點奇怪，可是好像也沒有影響到當下的對話內容。這種情況說來有趣，但也很諷刺……」

接著，鹿谷又問客人們：

「上一次集會時，館主人提到『第二代』時，說了些什麼呢？」

「我剛才說過了，只是稍微提到而已……」

〈驚愕面具〉回答。

「他說這座館邸最初的所有者影山透一氏死後，自己並沒有馬上擁有這座館邸，在他之前還有一位擁有者，那個人就是奇面館的第二位主人。」

「他有提到第二位主人是什麼樣的人物嗎？」

「沒有。幾乎完全沒有提起。只說自己是三年前從第二位主人的手中，買下這座館邸的。」

「嗯。第二位所有者——第二代主人現在在什麼地方？從事什麼事情呢？」

「完全沒有提到這方面的事情。」

〈驚愕面具〉說著，然後看了〈歡娛面具〉與〈懊惱面具〉一眼。

「沒有提到那些事。」

〈歡娛面具〉配合地說。〈懊惱面具〉則是默默地點了頭。

「鬼丸先生和長宗我部先生好像也沒有詳細聽說過這件事。」

鹿谷說著，又摸摸〈哄笑面具〉的下巴。

「如此想來，館主人被要求不要說出去的可能性，並不是沒有呀！」

「被要求不要說出去？被誰要求？」

「當然是第二代＝前代的館主人。」

「他為什麼要……」

「這就是核心了。」

鹿谷的聲音變得銳利起來。

「第二代的館主人也在這次集會的受邀名單中。如果是這樣的話，會有什麼樣的結果呢？」

鹿谷此言一出，現場的氣氛立刻變得很不安。

「他要求現在館主人不要告訴別人他是這座館邸的前任屋主。想來……那是某種心理性的抗拒感吧？館主人接受了對方的要求，並且確實地執行了。結果那個要求現在卻成為隱藏他的『臉』的最後面具。」

「你的意思是：兇手是第二代的奇面館主人？」

〈憤怒面具〉問。鹿谷毫不猶豫地回答「是的」。

「從秘密收藏著〈未來面具〉的隱藏櫃的裝置，到〈奇面之間〉裡的秘密通道等等機關裝置，我想被殺害的館主人也不知道那些奇面館的秘密。那麼有誰能知道那些連現任館主人都不知道的事情呢？——可能熟悉這座館邸的人，除了已故的起建人影山透一氏外，應該就是三年前曾經是這座館邸所有人的前代＝第二代館主人吧？如果那位第二代館主人確實在這裡的話，那麼他一定就是兇手了。

「各位以為如何？不這麼認為嗎？」

# 13

「你們之中，到底誰曾經是奇面館的第二代主人呢？」

鹿谷問，他的聲音相當嚴厲，和〈哄笑面具〉上的表情一點也不相符。不包括在「你們之中」的瞳子，聽到鹿谷那樣的聲音，忍不住正襟危坐起來。她在不知不覺的情況下雙手一直緊緊抓著圍裙，此時的天氣一點也不熱，但她的手掌心卻已經汗涔涔。

「以到目前為止所得到的資料來做推測，應該可以確認阿山不是兇手。」

鹿谷看著〈憤怒面具〉說。

「他是兵庫縣的前刑警，長時間居於第一線辦案，很難想像他是這座館邸的主人。做為兵庫縣刑警的他，應該無法兼顧距離這麼遠的兩地。」

「那是當然的吧！」

〈憤怒面具〉混合著一聲嘆息地回答，他誇張地聳肩說道。

「至於其他人呢——」

鹿谷的目光按照順序，輪流看著〈驚愕面具〉、〈歡娛面具〉、〈嘆息面具〉、〈懊惱面具〉。

「忍田先生在橫濱經營魔術吧已經是第三年了。米卡爾先生兩年前離開東京的事務所，搬到札幌成立自己的事務所。創馬社長二年前在三鷹開設了現在的公司。算哲教授住在仙台，過著單純的研究生活，不屬於任何工作單位——在想像各種可能性的情況下，說這四個人中的其中任何一個人是第二代館主人，都不會讓人覺得奇怪。我覺得每一個人都有可能。但是……」

那四個人雖然被鹿谷這麼說，卻沒有任何一個人因此而生氣，反駁說「自己不是」。

鹿谷的手指指尖抵著面具的下巴，再一次依照順序地看著四個面具，說：

「怎麼樣？放棄堅持，自己承認吧！」

也沒有人回應他的呼籲。

現場的氣氛非常沉重。沉默了十幾秒後，終於還是鹿谷開口說話：

「那就沒有辦法了。」

鹿谷緩緩地搖著頭，然後轉向穿著黑色衣服的秘書，說：

「鬼丸先生，麻煩你把那個東西拿出來好嗎？」

「知道了。」

鬼丸說著從坐著的凳子起身，安靜地離開位子，走到已經沒有電話機的電話桌前面。他打開電話桌的抽屜，拿出裡面的一個褐色大信封袋。

那是什麼？瞳子心想。她屏息地看著鬼丸的動作。

「那個東西」……在那個信封袋裡嗎？那是什麼呢？

從鬼丸那裡拿到信封袋後，鹿谷確認過信封袋裡的東西，才說：

「請看這個。」

他從信封袋裡抽出來的，是一本書——一本Ａ４大小的舊雜誌。

啊！那是——瞳子不禁張大了雙眼。那本雜誌是那個……

「這本雜誌就是那本《米娜瓦》月刊。」

鹿谷把信封袋放在自己坐過的椅子上，雙手拿著雜誌給大家看。

「今天傍晚的時候，我在〈本館〉的收藏室夾層樓的書架上，找到這本雜誌。這是一九八三年十月號的雜誌。這裡還貼著浮箋……」

鹿谷一邊打開貼著浮箋的那一頁，一邊說：

「我說過了。十年前日向京助以撰稿人的身分，來採訪這座館邸的面具收藏。這就是當時日向寫的，以訪問影山透一為中心，經過雜誌社編排後所構成的頁面。透一氏收到雜誌社送來的雜誌後，不僅將雜誌保存下來，還在報導文章的頁面上貼浮箋。

「第二代的主人因為遇到經濟上的困難，便把透一氏的收藏面具處理掉——其實就是賣掉吧！不過，透一氏的藏書，倒是被保留下來了。第三代的館主人雖然繼承了這裡的一切，卻不怎麼在意這裡的東西，也沒有多做處理。看，這篇報導的上面有許多用有色鉛筆畫出來的部分，也有加註的地方。從這些地方可以看出透一氏的性格。」

鹿谷把《米娜瓦》放在桌子上。

「但是這裡——」

他一邊說，一邊又從剛才的信封袋裡拿出一本雜誌。

「這也是一九八三年十月號的《米娜瓦》月刊。是我向日向京助借，然後帶到這裡來的。這兩本雜誌的封面設計當然是一樣的，刊載在裡面的文章也一模一樣。」

到底想說什麼呢？

看不出鹿谷到底要做什麼，瞳子只能來回地看著那兩本雜誌。

「這本雜誌的版型雖然有變化，但現在還在繼續出刊，放在封面上的這個——」

鹿谷的手指著手上的《米娜瓦》的封面一角，要大家注意看。

「這個以貓頭鷹為主題，放在雜誌封面上的標誌，從創刊到現在都沒有改變過。雙色印刷醞釀出奇妙的懷舊感，看起來很有味道。」

瞳子注視著鹿谷指的雜誌標誌。

那是一隻張開紅色翅膀的貓頭鷹。雖然是白底的紅、黑兩色的雙色印刷，但貓頭鷹整體的輪廓或形狀仍然以黑色為主，只有展開的翅膀的線條部分使用了紅色。

和收藏室裡的那本雜誌相同，那時看到的標誌也一樣……不對。

一樣嗎？好像有什麼地方……

「剛才看的是這一本。」

鹿谷說著，然後把剛才放在桌子上的那本《米娜瓦》拿起來，將兩本雜誌排在一起給大家看。

「同一期，封面的設計也一樣。但是，請比較一下兩本雜誌上的標誌。怎麼樣？有什麼不同嗎？」

仔細看了第一本的標誌後，瞳子便明白了。她看得出哪一本是自己曾經在這裡看到的那一本。

展開翅膀的藍眼貓頭鷹——

「這邊的這本雜誌上的貓頭鷹的眼睛是藍色的。」鹿谷說。「但這個標誌是用紅黑兩色的雙色印刷印刷上去，但貓頭鷹的兩眼中間，卻是藍色的。仔細看，藍色還從眼睛的輪廓跑出來，擴散到貓頭鷹臉上的某些個地方。再仔細看，可以看出這些藍色好像是用色鉛筆塗上去的。這大概是透一氏隨手消遣或無聊的塗鴉吧！塗起勁了，就讓標誌的貓頭鷹變成這個顏色。

「也就是說，眼睛被塗成藍色的貓頭鷹標誌《米娜瓦》月刊，全世界只有一本。只有這一本。只有被收藏在這裡的收藏室中的這一本。」

原來如此——瞳子懂了。

確實是這樣沒錯。

「然而——」

鹿谷接著說：

「今天我向大家坦承我的真正身分時，也曾經提起日向京助來這裡採訪，內容刊載在《米娜瓦》的事。各位還記得嗎？那時有人對《米娜瓦》月刊說了一句話，他說：『啊！那隻藍色的貓頭鷹……』」

好幾個人同時「啊」一出聲。瞳子也是其中之一。「《米娜瓦》上的貓頭鷹標誌原本看起來絕對不會是『藍色』的，會用『藍色的貓頭鷹』來形容那個標誌，表示他一定看過兩眼和眼睛的周圍被塗上藍色的這本《米娜瓦》的封面。只是因為參與集會而被邀請來的客人們，若不是發生這個事件，大概沒有人會發現這本被收藏在書架中的《米娜瓦》。只有繼承透一氏的奇面館的第三代主人，才有機會在以前就看到這本《米娜瓦》，不是嗎？」

鹿谷把兩本雜誌疊在一起，放在桌子上，然後舉起右手，斜斜地向前伸出。

「你說是吧？」

鹿谷指著一個人說。

「你就是第二代的奇面館主人。」

他指的人是〈歡娛面具〉。

# 14

「還以為揭發隱形眼鏡的事情後，就能讓你承認犯罪的事實了，沒想到你還繼續頑強抵抗。」

放下指著對方的食指，鹿谷說道。

「你也知道這個地方十年一次大風雪的事吧？雖然擁有這座館邸才三年的集會主人說他第一次遇到這樣的大雪，但你是早就經歷過這個地方大雪的人。長宗我部說接近十年前的相同季節裡，這裡也下了大雪，那時還死了幾個地方上的人士。相信你也知道這一點，所以殺死了集會主人，讓自己陷入困境的你，知道選擇立刻逃離這裡的話，有非常大的危險性。」

——真頭痛，今天偏偏是這樣的天氣！

瞳子突然想起這句話。這是迎接客人①的時候，客人①所說的話中的一句。那些話的背後，原來還隱藏著客人①的心理。瞳子現在才注意到這一點。

——不過，這雪下得讓人覺得不舒服呀！

——這樣的雪繼續下的話，或許會被困在這裡了。

——自然界很善變呀！十年才發生一次之類的例外，也是常有的事情。

「被你偷走的〈未來面具〉和面具的鑰匙，都藏在你開來的車子裡吧？而戴在我們頭上的面具鑰匙，應該藏在不同的地方吧？你還說四輪驅動車上有雪鍊。一定是早就打算好了，只要雪稍微停歇，就趁我們不注意時，開車離開這裡。對吧？」

「——不對。」

好像要揮走眾人集中在自己身上的目光般，〈歡娛面具〉用力地搖著頭。

「不對。我什麼也沒有……」

「那麼，你為什麼會說《米娜瓦》的標誌是『藍色的貓頭鷹』？因為你以前曾經在這裡看過透一氏書架中的這本雜誌吧？」

鹿谷一再逼問。但〈歡娛面具〉仍然高聲否認。

「不是你說的那樣。那句話我隨口說的。大概是我在哪裡的書店看到那本雜誌，也看到了那個標誌，因為在書店燈光的關係吧！那個標誌在我眼中變成了那樣的顏色。我從沒有見過刊載著那篇報導文的舊雜誌。」

「噢噢，你還是要頑強對抗嗎？」

鹿谷注視著對方，並且攤開雙手地說。然後，他放下左手，一邊伸進長袍的口袋裡，一邊說：

「我提出的證據還不足夠嗎？我知道你絕對不是冷酷無情的凶惡之人，也不是想變成那樣的人，甚至你可以說其實你是一個膽小的人。因此，你竟然可以頑抗到現在，讓我有些意外。可是，我勸你還是不要再做無謂的抵抗了，該是放棄抵抗的時候了。」

「我說過了，不是我，我什麼事也沒有做。我是……」

「嗯，好吧。你看看這個如何？」

鹿谷說著，左手從長袍的口袋裡伸出來，然後張開手掌。手掌內是一支小鑰匙。

「這是？這支鑰匙怎麼了？」

〈歡娛面具〉不了解鹿谷用意地歪頭看那支鑰匙。瞳子也一樣。

那支鑰匙是什麼鑰匙？

「雖然你是現在最清楚奇面館秘密的人，但好像也不是所有的秘密你都知道。你沒有聽透一氏說過這支鑰匙的事嗎？」

「鑰匙……那是什麼鑰匙？」

「不要瞧不起這支鑰匙。這是〈祈禱面具〉的鑰匙。」

「〈祈禱面具〉的鑰匙？」

「對。」

「〈祈禱面具〉的鑰匙怎麼了？」

鹿谷的右手手指抓起那支鑰匙，然後右手繞到自己的後腦袋——

很快地，大家便聽到輕微的金屬聲響。瞳子也聽到了，那是面具的鎖被打開的聲音。

「〈祈禱面具〉好像也叫做〈主人面具〉。〈主人面具〉的鑰匙可以說是〈主人鑰匙〉……這是剛才和鬼丸進行調查活動時，突然想到的事情。既然是〈主人鑰匙〉，那麼是不是可以打開所有面具的主鑰匙呢？」

〈哄笑面具〉的後腦部一分為二地開了。鹿谷雙手扶著面具的兩側，微彎著上半身，脫下了面具。

脫下面具後的鹿谷，露出明顯的鬍碴和淺黑色的臉。從他略微凹陷的眼窩投射出來的目光，帶著悲憫的意味看著對手。他把脫下來的面具放在桌子上，右手抽出插在面具鑰匙孔上的〈祈禱面具〉鑰匙。他左手緩緩地摸著臉頰，說：

「來吧！現在就用這支鑰匙幫你打開你頭上的面具吧！你臉上的傷口很痛了，不是嗎？你要止痛藥的目的，就是為了控制臉上的傷口的疼痛吧？市面販售的退燒藥大多有鎮痛的效果。不過，不快點消毒的話，等傷口化膿就麻煩了。」

「啊……」

〈歡娛面具〉發出虛弱的呻吟聲，同時垂下腦袋。鹿谷看著他的反應，微微瞇著眼睛，說：

「承認自己是這個命案的兇手了吧？創馬社長……啊，不，事到如今還用這個名字稱呼你，反而讓人混淆不清。嗯，這或許和在這個混淆不清的情況下所發生的命案無關，但是——」

鹿谷一邊慢慢地走向正要從沙發上站起來的〈歡娛面具〉，一邊說：

「請讓我再次確認一下。你是奇面館的第二代主人——也就是九年前去世的影山透一氏的兒子影山逸史。對吧？」

## 15

兇手＝客人①——〈歡娛面具〉的影山逸史（改名後通稱影山創馬）發出「唉……」的有氣無力呻吟，慢慢地離開沙發，跪坐地板上。

坐在兇手左邊的是客人②——〈驚愕面具〉的影山逸史（藝名忍田天空）則是發出「啊！」的驚嘆聲。

「第二代果然是第一代的兒子嗎？可是你那樣……」

坐在兇手右邊的是客人③——〈嘆息面具〉的影山逸史（自稱是降矢木算哲的轉世）則發出「哇——」的感慨聲。

「鹿谷老師太厲害了！我要送你一塊名偵探的匾額。」

和前面三個人坐在不同沙發上的是客人④——〈懊惱面具〉的影山逸史（受洗名為米卡爾），他無言地雙手扶著面具的額頭，嘆了一口很長的氣。

中間夾著沙發，坐在他們對面的是客人⑥——〈憤怒面具〉的影山逸史（通稱阿山），他很快地站起來跑到兇手的身邊，準備進行逮捕。但被客人⑤——〈哄笑面具〉的鹿谷門實制止。

「還有很多問題要問他。」

鹿谷低頭看著全身無力似的，頹然跪坐在地板上的兇手，柔聲說道：

「我們還有一些時間，我也不會強迫你，但可以請你說一些話嗎？」

## 16

「在思考第二代、第三代這樣的用語之前，首先就有一些細節讓我產生一個疑問：莫非主人——集會的邀請人影山逸史，不是已故影山透一的兒子嗎？在來這裡之前，我從日向京助那裡聽到一些事情，他說的那些讓我自己預設立場，以致於疏忽了一些現象。

關於這一點，我不得不覺得自己很可笑……」

鹿谷讓兇手坐他剛才坐的沙發，自己則坐在鬼丸剛才坐的凳子上。〈憤怒面具〉和鬼丸站在兇手的兩旁，監視著兇手，以防萬一。不過，鹿谷不擔心這一點。因為事到如今，兇手應該已經放棄逃離這裡的念頭了吧！

「十年前日向造訪這座館邸，訪問當時的館主人影山透一氏，並且也見到透一氏的兒子逸史氏。日向一直記得這件事，所以當他收到集會的邀請函，看到邀請者的名字和集會的地點時，馬上想到的，就是十年前見過一面的那個影山逸史。」

——關於被稱為「會長」的那個邀請人，我多少有些了解。

鹿谷回想日向曾經說過的話。

——他是一位大資產家的繼承人。繼承了父親的公司與龐大的財產，年紀輕輕就坐上會長的寶座。我想他一定過著非常自在悠閒的生活吧！

從日向說的這些話，可以想像他將「現在的奇面館主人影山逸史，與影山透一的兒子影山逸史」畫上等號了。

「不過，日向會產生誤解的原因，還是來自這個集會的特殊性。因為那是個以同年出生的同名同姓者為邀請條件的集會。」

鹿谷一邊頻頻摸著從面具解放出來的臉頰，一邊說道：

「如果能更早注意到這一點就好了。」

他低聲說著，並且懊惱地撇撇嘴。

「其實可以看出端倪的線索有很多，例如主人幾乎完全不知道建築師中村青司……」

——你知道建築師中村青司嗎？

鹿谷昨天曾經這樣問館主人。

——中村青司是這棟大屋的建築師。你見過他嗎？

——沒有，我沒有見過他。

——沒有嗎？可是……

——那是二十幾年前的事了吧？我好像曾經聽前代說過那個人。

這裡他所說的「前代」，並不是影山透一，而是影山透一的兒子影山逸史。基本上，別說他沒有見過中村青司，恐怕連影山逸史也沒有見過吧！

「在與〈未來面具〉有關的事情上，我也同樣感覺到有不對勁地方。那些特別的面具都是透一氏非常重視而且珍愛的東西，館主人卻一副漠不關心的樣子……」

昨天晚上在〈面對面之間〉時，鹿谷曾經問館主人〈未來面具〉之事。那時館主人的回答是：

——很遺憾，詳細的情形我也不知道。

應該不會那樣吧！鹿谷當時就覺得奇怪。

——除此以外，我就一無所知了。而且，據說已經不在這座屋子裡了。」

但是，他說因為〈未來面具〉的鑰匙「很漂亮，看起來又很昂貴的樣子」，所以帶在身邊的回答，也讓人覺得很奇怪。

——〈未來面具〉的本身不知道是遺失了還是轉讓給別人了……我從前代的手裡接收這座房子的時候，〈未來面具〉就已經不在這裡了，只剩下〈未來面具〉的附屬鑰匙。

於是鹿谷便問他：

——影山透一氏非常重視這個〈未來面具〉，怎麼會只留下鑰匙，而遺失了面具本體或把面具轉讓給他人呢？

主人便回答：

——前代只對我交代必要的事情，不會多說與我無關的事情。

難道關於〈未來面具〉的事，影山透一也對自己的兒子採取秘密主義？鹿谷只能這樣說服自己。可是……

「……果然那是不對的。對館主人採取秘密主義態度的『前代』不是透一氏，而是『第二代』的你。」

鹿谷目不轉睛地注視低垂著頭的〈歡娛面具〉。

「還有其他的。例如館主人說他自己長時間忍受『表情恐懼症』之苦，五年前又遭遇妻死之痛，感覺到已經忍耐到極限。為了克服痛苦，他苦思對策，並且決定付諸實行。他說的對策，就是讓周圍所有的人都戴上面具，把臉隱藏起來。

「如果他是影山透一的兒子，應該從小就接觸到許多面具，為什麼要等到那個時候，才想到可以『戴上面具，把臉隱藏起來』的對策呢？——這明顯是很奇怪的事。要怎麼形容那種情形呢？對！就是人物性格上的不自然波動。

「還有，談到日向京助的時候，他的反應也不太自然。昨天晚上在〈面對面之間〉時，當然，那時候我是以日向的身分，試著和他談起十年前的採訪，但是……」

——十年前我來這裡的時候，應該也見過你。

——哦？

——在透一氏的介紹下，我們曾簡短地打過招呼。當時我還不是作家日向京助，而是一位筆名為池島的撰稿者。不過，我想你應該不記得這件事了吧。

——哦。有那樣的事嗎？

看起來一副不想談下去的樣子。是因為不記得有「那樣的事」嗎？如果是這樣，倒也還能理解。但是……

「如果那是和他完全無關的事情，他有那樣的反應，也是理所當然的事情。因為日向京助十年前看到的人不是他，而是你。

「然後——

「這是傍晚從鬼丸那裡聽來的，那時談到主人的父親死了，讓鹿谷感到奇怪的是主人父親死亡的方法。主人的父親死亡的時間和影山透一一樣，都是九年前。但是，他的死因是癌症。鬼丸說主人的父親與癌症對抗了半年以上的時間，最後還是亡故了。這與日向京助告訴我的影山透一的死因不一樣。日向京助說影山透一的死因是急性心臟病，或急性的腦部疾病。

「這就是讓我徹底覺得奇怪的事情。為什麼會有這麼明顯的差別呢？雖然我心裡有強烈的疑問，可是還看不到答案在哪裡。於是我進一步問鬼丸，才知道主人的父親——來自鎌倉地方相當有歷史的富豪名門影山家的前代掌門人，至於他的名字，當然不是『透一』。

「鬼丸和長宗我部都很清楚這一點，並沒有刻意隱瞞，我之前不知道的原因，只是因為我沒有特地去問。主人父親的名字是影山智成。」

關於這個名字，或許客人之中也有人知道。因為有也不奇怪。

「……因此，我也想聽聽你的故事。」

鹿谷專注地看著一直低著頭的兇手，要求他說話。

「首先我想知道影山透一的兒子影山逸史是什麼時候，在什麼情況下，認識影山智成的兒子影山逸史的。就從這裡開始說起吧！雖然我也可以大概地想像得到，但是還是應該由本人親口說比較好。」

# 17

那是——影山逸史回溯過去。

對了，是距離現在四年前，也就是一九八九年的時候。那時已經進入梅雨季節。有一天，住在吉祥寺的大樓公寓的逸史，突然接到他打來的電話，表示希望能夠見個面。

前一年——也就是五年前，逸史的妻子走了。她和逸史差四歲，是一個漂亮而穩健踏實的女人。他們在年輕的時候就認識，結婚後逸史決定要比任何人都愛她，並且相信不管發生什麼事情，他們都會永遠在一起。然而……

九年前影山透一離開人世。影山透一晚年隱居在位於山中的大宅邸內，那座大宅邸裡收藏了為數頗豐的面具。對逸史來說，父親是一個怪人。做為獨生子，逸史自然地繼承了父親的所有遺產，但當時的逸史已經負債累累。這種災難或許是從小生活無憂無慮，因為父親的溺愛，讓他缺乏靠自己的力量在真實的社會中歷練而形成的。說他是「不知人間險惡的紈袴子弟」，應該並不為過。

過度奢華的生活，消耗了大量的金錢，再加上老是有人拿著「可以賺大錢」的計畫來找他投資，胡亂投資與投機的結果，就是反覆失敗。在負債不斷的累積下，他終於欠下了無法向一直在經濟上支援他的父親坦白說明的龐大金額。而他的父親也在這個時候，離開了人世。

影山透一的遺產絕對不是小數目，大部分的錢都被他拿去清償債務了。不過，即使如此，償還債務後所剩下的資產，仍然不是小數目。影山逸史下定決心，要利用剩餘的資產開始新的人生，他的妻子也相信他，願意跟著他。

但是——

說運氣不好也確實運氣不好，說是他的責任也確實是他的責任，不管是經濟性的原因，還是社會性的理由，逸史仍然重複失敗，繼承來的父親事業在逸史的經營下總是事與願違地觸礁，一個接著一個地出狀況。再度背負龐大債務的結果，讓逸史選擇逃避現實，沉溺在酒精中……

妻子終於再也不能忍受，五年前堅決離婚。離他而去的人不只妻子一人，妻子還帶著他們的孩子，遠離到他的手碰不到的地方——竟然會淪落到這樣的地步！這是從前的他不管在任何時候都想像不到的事情。逸史整天哀嘆、詛咒自己的命運與無能。

失去了家庭，茫然地過著半麻痺獨居生活的逸史，有一天接到了他打來的電話。

他說他和自己同名同姓，也叫做「影山逸史」；而且，他對逸史的個性、做過的事情，似乎都有某種程度的了解。或許他僱人調查過自己了，但是，因為感覺不到他對自己有惡意，所以逸史很快就答應要和他見面。

逸史被邀請到東京都中心的某飯店的豪華套房，第一次與他見面。這時的他戴著一副非常深色的大太陽眼鏡，卻還總是閃避著逸史的目光。最令逸史吃驚的是，他非常唐突地開口就問逸史：「你是〈另一個我〉嗎？」讓逸史不知道要如何回答。

逸史和他同名同姓，連生日也一樣，都是一九四九年九月三日出生。再進一步的交談後，逸史知道他的父親也於九年前的同一個時期過世，而且也在相同的時期，小兩歲的妻子離他而去（不是離婚，而是死別），接著就是兩個孩子遭遇意外喪生。聽到了這些話，逸史也產生了不可思議的感覺。

逸史當然也聽他說起他那邊的影山家流傳的〈另一個自己〉的傳說。另外也聽他說起因為患有「表情恐懼症」，和因為這個病症所產生的特殊人世觀或人際觀。逸史也因此知道關於「表層」與「內面」的問題，在他的內心裡有著奇妙而倒錯、混亂的情節……

「從主人的挑選看來，尋找〈另一個自己〉的重點，似乎不是容貌與外型的相似性。」

鹿谷說。

「他說『本質就在表層上』，甚至還說了『在最表層、最上面的記號，才有不能動搖的意義』這樣的話。他認為『最上面的記號』就是『名字』，不是『臉』，更不是『心』。他想找出了『名字』這個記號的最大意義，因此，對他來說，〈另一個自己〉應該以那樣的形式——和自己同名同姓的人——出現。他相信一定是那樣。」

……對。事情主要就是那樣。

會帶來幸運的〈另一個自己〉並不會以固定的方式出現，會依情況以各種不同的方式出現——對流傳於影山家的傳說，他以他自己的想法，做了那樣的解釋。而且，他不要以單純等待的方式去等對方出現，他想要自己積極地去尋找。

首先，他找來東京都內一帶的電話簿，尋找除了自己以外的「影山逸史」。這時他唯一找到的，就是逸史。經過調查後，他知道逸史是和他同年同月同日生的男性。發現這個事實後，他決定與逸史取得聯絡。

就這樣，在影山逸史認識另外一個影山逸史的時候，正是逸史的生活走向經濟破洞的時候。當時他手邊還剩下這座館邸——奇面館。館內的珍藏面具已經在他缺錢的時候賣掉了，只有父親因為〈未來面具〉的啟發而特地製作的七對面具，和〈未來面具〉本身還沒有做處理。基於某種期待吧？逸史告訴他奇面館的存在，而他也表現出高於逸史期待的興趣。

於是，逸史帶他參觀奇面館與七對面具。那一天他非常興奮地一直戴著其中一個面具，並且自己在面具上上鎖，也讓逸史戴另外一個面具。逸史回憶那天的情形，記憶中他戴的面具是〈祈禱面具〉，而逸史自己戴的是〈歡娛面具〉。

不久之後，他很自然地提出購買包括那些面具在內的奇面館的想法。多年來一直被「表情恐懼症」困擾的他，因為邂逅了奇面館，才認識到面具是可以「把臉藏起來的道具」，並且實際地感受到面具這個道具的效果。他甚至因此覺得這是命運的邂逅。而對逸史來說，他的提議無疑地是值得慶幸的事。考慮到逸史的經濟狀況，最後他以高出行情的價格，買下這座建於偏僻山中的舊館邸。

「我覺得只要用心去尋找，一定還可以找到除了你之外的同年代『影山逸史』。」

他對逸史這麼說。

「你到底是不是真的〈另一個自己〉，我現在還無法完全確認。我想要見到更多的『影山逸史』，然後與他們談話，判斷誰才是真正的〈另一個自己〉。這個奇面館就是讓我進行這件事的最理想舞台。你覺得怎麼樣？我想邀請幾個『影山逸史』來這裡，讓大家都戴上面具，把沒有必要的『臉』或『心』遮掩起來，然後一個一個地和他們談話，尋找讓我自己變幸運的路。」

就這樣，他那充滿奇妙強迫性的想法越來越膨脹了。

當我能夠實現召開〈同名同姓集會〉時，希望你成為被邀請的客人之一，也來參與集會——當他這麼對逸史說的時候，逸史告訴他：很高興能被邀請，但是，希望不要說出我是這座館邸的前所有人之事。

失去了從父親那裡繼承來的所有財產，變成一個落魄的無能第二代，這是多麼難堪的事情。逸史覺得自己承受不了那樣的屈辱。他表示能夠理解逸史的立場與心情，所以答應逸史絕對不會對外提起逸史是奇面館前所有者的事。

於是，三年前，奇面館的第二代主人影山逸史失去了奇面館的所有權，他成為第三代的奇面館主人。第三代的主人為了招待受邀來的客人，配合面具的數量，改建〈別館〉，增加了客房的數量。而逸史為了某件事情，則深切地希望改建的工程能夠平順地完成。

因為這關係到「奇面館的秘密」。

為什麼逸史沒有告訴奇面館的新主人關於隱藏櫃與秘密通道的事呢？

或許在某時候、某種情況下，「奇面館的秘密」會被發現。但是既然那是秘密，逸史希望秘密依舊是秘密。所以從父親那裡聽來的，關於設計建築這座館邸的建築師中村青司的種種事情，逸史沒有說出來。

至於與〈未來面具〉相關的事情，逸史也只是大概提起有那樣的東西與它的來歷，完全不做詳細說明。並且也沒有讓新館主知道〈未來面具〉仍被藏在大廳隱藏櫃中的秘密，還騙他說：「已經不在這裡了，自己也不知道〈未來面具〉的下落。」逸史希望秘密還是秘密的原因，就是這個緣故吧！

如果把館的秘密告訴他，這個謊言自然就會被拆穿。所以，還是一開始就不要說出這座館中有那樣的機關裝置比較好——逸史就是這麼想的。

〈未來面具〉。

結果總是讓自己對那個面具有著該死的想法……

〈未來面具〉。

那個想法說可恨也可恨，卻有著一直能夠緊緊揪住人心的異樣力量……

早就想放掉那樣的東西，希望今後再也不要看到、再也不要和那樣的東西有關聯。那樣的東西最好從世上消失。逸史真的這麼想，但是，每到緊要的關頭，卻又老是放不了手，不想轉讓給別人，也捨不得丟掉。所以——

不如就利用這次的機會，把它當作奇面館的秘密之一！逸史或許是這樣想的。

只是，因為面具的鑰匙有單純成為珠寶飾品的價值，而他又用了高於平常的價錢買下這座奇面館，所以自己至少也該展現一點誠意，因此逸史決定對他說「只剩下這個」，然後把鑰匙連同奇面館一起轉讓給他……

現在後悔也沒有用了。那個不完整的誠意，沒想到最後卻變成悔恨的源頭。如果那時沒有把鑰匙給他，一直帶在自己身上，或許三年後的現在就不會發生這樣的事件了。

〈未來面具〉。

父親影山透一真的相信那個面具所擁有的「魔力」，所以總把那個面具當作特別的東西。興建這座館邸的時候，那位奇怪的建築師中村青司一定也有提出一些想法，因此做出這個特別的隱藏櫃機關……

父親從歐洲的某個國家得到那個面具後，該不會已經實際地試過了吧？有些時候逸史也會這麼想。或許父親是按照自己看到的「未來」，才做出了七對面具，並且在把奇面館蓋在這樣偏僻的地方。或許父親還為了讓自己事業持續發展，而借助於那個面具，參考戴上面具後看到的「未來」，來決定事業經營的方針。

所以──

透一死後，逸史怎麼樣也抗拒不了那個誘惑──自己也要試戴一下那個面具的誘惑。

逸史自己覺得想要試戴那個面具，是因為對父親抱持著複雜的心情的關係。

逸史對父親沒有怨恨，也沒有可以怨恨的理由。但是──

九年前父親死後，隨著時間的消逝，那該死的想法卻越來越膨脹、脹大。逸史無法否認那樣的事實。

儘管被歸類為「怪人」、「奇人」，卻總在經濟上、社會上獲得成功的父親。讓兒子過得自由自在，讓兒子不虞匱乏的父親——逸史對這樣的父親非常尊敬與感謝，他深愛著那樣的父親。以前敬愛父親，現在也還是一樣敬愛。

可是，逸史雖然十分敬愛父親，內心裡還是對父親存在幾種與敬愛相反的情感。例如說害怕。例如說羨慕。例如說因為父親太優秀，而讓自己深陷自卑之中……

還有……無法對抗〈未來面具〉誘惑的想法。

成為奇面館的新主人後，逸史比父親在世時更常來奇面館，有時也會帶著妻子與孩子一起前去，但大部分的時候是自己一個人去的。那一段時間裡，逸史很快就想要親自試戴〈未來面具〉。

他早就從父親那裡得知隱藏〈未來面具〉的地點。啟動七個鐵欄杆後，就可以打開隱藏櫃的門，然後解開面具的鎖，就可以把隱藏櫃內的面具拿下來。這一連串的動作好像某種儀式的順序般，給擁有者的心帶來獨特的緊張與興奮感。

持續戴三天三夜的〈未來面具〉，就可以看到正確的未來——傳說是這樣說的。但是，實際戴上面具後，逸史就發現要做到持續戴三天三夜的面具，現實上是辦不到的。別說要三天三夜，戴一個晚上就覺得是極限了。父親一定也沒有辦法像傳說的那樣，嚴格遵守三天三夜的規定吧！

逸史這麼想著，然後說服自己戴上〈未來面具〉，在〈奇面之間〉裡過了一個晚上。他打算把當時作的夢，當作「未來」來解釋。他認為用這個方法，應該也可以某種程度地引出〈未來面具〉的力量。

可是——

參考那樣做所得到的關於「未來」的暗示，作了判斷之後，竟是與希望完全相反的結果。逸史的未來是失敗、低迷、無望的。因此，逸史對那個面具，一直抱著一種該死的心情。希望與失望。期待與幻滅。肯定與否定。好奇與厭惡。執著與忌諱——這就是逸史對那個面具的心情。

既然是那麼可恨的東西，不如就把〈未來面具〉當作奇面館的秘密，封印起來吧！逸史後來會這麼想，原因就在這裡。

真心接受那樣的面具的力量，再也不想反覆地失敗了。逸史這麼想著。可是，他心裡對那個面具卻還存有依戀之情，這也是事實，所以他才會對新的奇面館主人說謊。〈未來面具〉已經不在這個館邸內了。這句話是謊話。

大約三年前，奇面館易主到第三代主人的手中。

那三年間，逸史以賣掉奇面館的錢為資金，成立新公司，不靠〈未來面具〉，傾注全力經營新公司。但是，結果還是和以前一樣。先不論他的無能與背運，最倒楣的是他正好碰到了泡沫經濟的崩盤。逸史最後甚至還被逼到前所未有的絕境……

前年七月召開第一次〈同名同姓集會〉時，逸史也是被邀請的客人之一。他察覺到逸史的困窘時，表示非常擔心。但是，逸史覺得自己沒有理由再接受他的幫助，並且想要努力做出一番成績給他看——去年九月的第二次集會時也一樣，那時逸史的狀況更加惡劣，卻為了顏面不能對他哭訴自己的窘境。

不能再這樣下去了——逸史常常這麼想。不能再這樣下去了，一定得想想該怎麼做才好。

可是，又過了半年。

此時的逸史已經被逼到瀕臨毀滅的邊緣了。一年前才成立的〈S企劃〉經營破綻百出，不得已向地下錢莊借貸的結果，就是加速讓自己的「未來」更加黑暗、無望……或者不管三七二十一，逃到國外……眼前殘酷的現實狀況，讓逸史覺得好像只剩下這樣的路可以走了。真想放棄這樣的人生，乾脆上吊算了！

逸史最後下了結論——就是進行這次的這個計畫。

已經沒有什麼好留戀的了，一點值得留戀的事情也沒有。不管是對離婚了的妻子或孩子們，還是對現在的生活，或自己成長的國家，都沒有什麼好留戀的了。

所以……對了！

還有那個因為給自己帶來失望、幻滅、否定、厭惡與忌諱等等該死心情的〈未來面具〉。雖然希望它被封印起來，但是這一次要悄悄地親手解開封印，並且正確地使用它。一連續戴三天三夜〈未來面具〉的人，就可以看到正確的未來——上次失敗的原因，一定是沒有好好地遵守那個傳說的關係。所以這一次一定要克服困難，確實地執行使用的方式，看到正確的「未來」……

作了這個決定後，逸史便擬定計畫，準備必要的東西，才踏上參加第三次的〈同名同姓集會〉的旅程。

如同鹿谷說的，那個計畫就是在不要被發現的情況下，偷出〈未來面具〉，第三天裝作沒事的樣子離開奇面館，接著立刻離開這個國家。身邊的事情都已經處理好了，秘密逃往國外的路線也安排好了。這次開來的車子是向租車公司租來的，因為氣象預報說山中可能會下雪，所以逸史還特地借了綁輪胎的雪鍊。可是沒想到——

被一場非季節性的大雪給困住了。父親在世時，有一次逸史來奇面館看父親時，也碰到一場大風雪。那真的是「十年才有一次」的大風雪。

可是，就算大雪連著下了兩、三天，自己應該也不會陷入什麼困境，因為這是一個不會被人發現的「竊盜事件」計畫，所以不會產生什麼麻煩——不能錯過這次的機會。逸史這麼想著。

不能錯過這次的機會。不能繼續像現在這樣。

逸史不斷地對自己這麼說。

不能繼續像現在這樣。從現在起，一定要自己親自追求自己的路。為了這個目標，今天晚上非進行這個計畫不可。

於是——

四月四日的凌晨一點半。

計算好安眠藥的藥效已經發生，大家都睡著以後，逸史便按照計畫，開始行動。然而……

# 18

「你一直非常執著的〈未來面具〉，到底是什麼樣子的面具？什麼顏色的？什麼形狀？臉部是什麼樣的表情？戴上那個面具後，是什麼樣的感覺？心情上有沒有什麼特別之處？」

鹿谷發問的時候，影山逸史只是沉默地慢慢搖著頭。雖然周圍的人無法窺視，但現在仍然隱藏在〈歡娛面具〉下的臉，此時一定輪流上演著恐懼、哀嘆、可笑、憂愁的種種表情，讓他的臉瘋狂地痙攣、扭曲著。

「影山先生。」

鹿谷繼續說道。

「你說你沒有正確地使用那個──〈未來面具〉，你認為如果按照正確的方法來使用那個面具，就會看到真正的『未來』，是嗎？已故的透一氏是怎麼說那個面具的？」

逸史還是無言地搖頭。鹿谷也不說話了，空氣好像凍結起來了般的安靜。但是，不久後──

「那個……」

逸史帶著痛苦的表情，聲音含糊地回答：

「那是個不吉祥的面具。不吉祥而可怕的面具。就像它的別名〈黑暗面具〉一樣，戴上那個面具後，世界就被黑暗籠罩了。不管怎麼張大眼睛，還是什麼也看不到，就像在完全的黑暗中一樣。」

「完全的黑暗中？」

鹿谷皺著眉，低聲說著。

「〈未來面具〉是〈黑暗面具〉……唔哼。」

「讓自己的心也完全同化在那黑暗之中後，最後終於能看到『未來』了。」

逸史說的這些話的後半並不是逸史本人的經驗，是以前從父親那裡聽來的，和那個面具有關的資訊之一。

「我有時就會作到一個夢。」逸史突然這麼說。「我怎麼想都想不明白那個夢到底是什麼意思，只是覺得那是一個可怕的夢。」

至於是從什麼時候開始會作那個夢的，也不清楚了。感覺上好像是很久以前，就會作那個夢了，也像是這幾年才開始會作那個夢的。

「那是在黑暗中不知如何是好的夢。在夢裡面，我好像突然……被某個人攻擊了。不清楚那個人是誰，只能看到那人灰白的影子。可是，在相互揪扭的某一瞬間，看到那個人的臉了。那張臉很冷酷，我覺得那不像是有血色的人類的臉……對了，那是『惡魔』的臉。我很害怕地奮力翻身，把對方壓倒在下面，雙手還掐著對方的脖子。夢……就到此結束了。前天晚上——來這裡的前一天晚上，我又作了這個夢……」

這個夢最近變模糊了。

它是潛藏在內心某處的疼痛記憶，要想起來也想不起來，是非常遙遠的記憶。它藏得太深了，或許這是……

「我……」

逸史終於痛苦地說出這樣的話：

「這是……我……啊！難道是……」

鹿谷注視著抱著頭，模樣很痛苦的逸史。

「怎麼樣？」

鹿谷問。

「想起那個夢裡的什麼了嗎？」

「我……說不定……從前我還是小孩子的時候，被父親戴上那個面具了。」

「透一氏？被透一氏戴上那個──〈未來面具〉？」

「或許我被戴上那個面具，而且戴了三天三夜。不能清楚地想起來，但是越懷疑就越覺得可疑……對，就是那樣的感覺。」

透一得到那個面具的時間是一九六〇年左右，那時逸史大約是十一歲或十二歲，奇面館是在此七、八年後建造的。

或許……或許是做為父親的透一氏，從國外得到那個面具後，使用「正確的方法」，以兒子為「實驗品」，試用了那個面具。真的是這樣嗎？最近並沒有這樣的感覺。

──圍繞在這個面具上面的傳說有許多，戴著它過三天三夜，看到在完全黑暗的盡頭的「未來」的人，最後往往精神失常。

最近想起父親曾經這麼說過。逸史記得剛剛聽到父親這麼說時，還心想「怎麼會有那種蠢事」，但是……

「所以──我那時看到……我那時或許看到了。發生在全黑的盡頭後方的遙遠的『未來』的事。」

逸史以左右雙掌，遮住〈歡娛面具〉後面的兩隻眼睛，說：

「或許是那個記憶實在太可怕了，所以不知不覺地把它封存到記憶的最深層。在那個夢……那個惡夢裡，自己親手勒死那個突然來襲的『惡魔』。經過數十年後的現在，那個夢終於……」

現實被惡夢吞噬了嗎？或者是惡夢跑到現實的世界裡了？——影山逸史想起在深夜的〈奇面之間〉裡被逮到時，受到那個奇妙的幻覺深深控制的情形，他情緒低落，再度默然地緩緩搖著頭。

## 19

正如鹿谷指出的，原本藏在大廳隱藏櫃內的〈未來面具〉，被藏在兇手開來的車子的後座下。取出被毛毯小心地包裹起來的〈未來面具〉，鹿谷等人第一次看到那個面具。

幾百年前製作的那個古老面具，形狀十分詭異，讓人一看就忍不住屏息注視。

那是一個塗黑的鐵製全頭面具。

整體看起來設計粗俗而麻煩，頭的後腦部安裝著堅固的上鎖機關……可是，讓大家驚訝得忍不住停止呼吸的，是面具的臉。可以說是沒有表情的黑漆漆的臉上，通常面具上都會有的兩眼孔洞，這個面具上卻一個也沒有。

# 尾聲

## 1

四月十五日，星期四。

鹿谷門實前往朝霞區，拜訪日向京助。

那是一個天氣晴朗的午後，鹿谷依照上一次的印象，從下車的車站開始步行，沿途到處可見盛開的櫻花，讓他有著莫名的感受。對照眼前的絢爛春光，十天前的那場大雪彷彿變成了虛幻般的存在。

到達目的地，確認掛在門上的並不是筆名「日向京助」，而是本名「影山」的名牌後，鹿谷便按了門鈴。

「讓您又特地來一趟，真的很不好意思。」

出現在玄關的日向京助——也是影山逸史的穿著和上一次一樣，仍然是睡衣上面披著開襟上衣。不過，和上一次不一樣的，這次他的表情相當清爽，頭髮剪短了，鬍子也剃得乾乾淨淨，氣色看起來還不錯。

「託您的福，我的身體情況好多了。雖然還有一點點覺得不舒服的地方，但是應該會慢慢沒有那種感覺了。」

他一邊輕輕壓著左邊的耳朵，一邊露出苦笑地說。「請進吧！」他請鹿谷入內。

和上一次相同，通過一樓的起居室後，日向在廚房泡咖啡。雖然日向本人說自己是租借便宜的房子過生活的人，但是，或許他本人對咖啡有所堅持，所以泡出來的咖啡非常好喝，讓鹿谷忍不住想抽自己的「今天的一支」。不過，鹿谷還是暫且壓下了想抽菸的念頭，對日向說：

「首先是這個。」

鹿谷說著，從包包裡拿出先前放進去的兩件東西。一件是那份邀請函，另一件就是那本《米娜瓦》。

放著邀請函的信封袋正面上的收件人姓名是「影山逸史先生」，背面的寄件人姓名也是「影山逸史」——鹿谷有點感慨地想起上一次來，看到這個信封袋的時候，曾經感到有點驚訝。

「向你借這本《米娜瓦》是正確的。沒想到會在那樣的情況下派上用場。」

儘管鹿谷這麼說，日向也只能隨口應答地「噢」了一聲。雖然在電話裡大致說過了，但畢竟還沒有詳細說明，所以不明白內情的日向有那樣的反應，也是理所當然的事。

「不過，我真的很訝異，沒想到四月三日晚上的那通電話後，竟然會發生那麼重大的事件。」

日向一邊說，一邊拿起鹿谷放在桌子上的信封袋，反反覆覆地看著。

「集會主人的這個影山逸史被殺，殺人的兇手是十年前我在那座館邸裡見過面的那個影山逸史。被殺的這個影山逸史，和建造那座館邸的影山透一的兒子——那個影山逸史，不是同一個人……是這樣的吧？」

「總之就是那樣。——你住院的時候，有警方的人去醫院找你吧？」
「有。來了兩名刑警。」
「他們是去問你：你是否請我代替你去參加那個集會的？是嗎？」
「是的。只是來問我這件事。我問他們到底是什麼事情，他們都不說。」
「他們是體貼病人，不想太打擾你的關係吧！」
「是嗎？——發生命案的時間是四日的凌晨……可是，因為下大雪，所以沒有辦法聯絡上警方，是嗎？」
「到了五日的中午過後，大雪才好不容易停了。」
等雪完全停了，陽光開始露臉，大家判斷可以離開室內外出後，便由鬼丸開車，讓長宗我部坐在助手席，兩人同車去報警。等警方來到奇面館時，已經是當天接近黃昏的時候了。
「想知道詳細的情形嗎？」
鹿谷這麼一問，日向立刻身體向前傾，回答「當然」。
「就是為了這個，才特地請您來一趟的呀！鹿谷兄。」

## 2

「……嗯。〈未來面具〉確實就是〈黑暗面具〉。」
聽完鹿谷的詳細敘述之後，日向已經喝了好幾杯咖啡，然後他拆了一盒新的香菸，點燃了其中一支。這是他的習慣嗎？接著一副這菸好像也不是那麼好抽——應該是不好抽吧──的樣子，一邊吐著煙，一邊說道：

「面具上沒有眼睛的孔洞是當然的吧！那樣的話，戴上面具的人就真的什麼也看不到，處在完全漆黑的世界裡了。戴著那樣的面具三天三夜，一定非常辛苦吧！實在不是一般人能夠忍受得了的事情，如果他還是一個孩子，就成為這個事情的『實驗品』，那麼，或許會在他的內心留下深刻的創傷。他就不得不自己把那個記憶封印起來……」

「你對他說的『那個夢』，有什麼看法？」

鹿谷問，日向於是一臉認真地回答「我相信」。

「〈未來面具〉讓還是小孩子時的他看到三十年後會降臨到他身上的『未來』。那個面具果然有人類的智慧無法合計的『魔力』。鹿谷先生不相信嗎？認為那只是他單純的妄想嗎？」

「我認為那是結果，或是『解釋』的問題。」

鹿谷回答。

「這個世界有時就是會發生不可思議的偶然或巧合。把這一切視為不過是單純的「機率的偏差」，是太過簡單的結論；而想尋找出「偏差」本身的意義，更是偏離事實的態度，不是嗎？──這是我最近經常思考的問題。所以……」

「關於那個面具的『魔力』，如果你認為它有，它就有；認為它沒有，它就沒有。是這個意思嗎？」

「唔，可以這麼說吧！」

鹿谷的指尖輕輕地戳著自己額頭，「話說回來──」地接著說道：

「歷史上『有鎖的面具』，其實都是一種拷問用刑具吧？例如『羞辱面具』。〈嘮叨婆的面具〉就是其中之一。」

「啊，那個嗎？讓喜歡在背後說人壞話，或愛造謠生事的女人戴上那樣的面具後，然後路口罰站的懲罰。」

「是的。不過，與其說是拷問面具，說它是懲罰示眾的刑具更適合——總之，『有鎖的面具』原本就不是所有者自己會戴的東西，而是把它戴在別人的頭上，鎖上面具，讓戴著面具的人無法把面具拿下來。這就是有鎖的面具被製作出來的目的。所以說，〈未來面具〉一定也是因為這個目的，而被做出來的。戴上面具後，就變得什麼也看不到。這當然是為了方便拷問，而做出來的面具。被戴上那樣的面具三天三夜後，絕對會讓人的精神變得不正常。」

「影山透一氏一定一開始就了解這種情形。」

「我也是這麼認為的。透一氏完全了解那個面具原本的用途，所以在蓋奇面館時，就對接受委託設計的中村青司詳細說明了〈未來面具〉的事。因此〈別館〉才會有那樣的構造。這是可以想像得到的。」

鹿谷一邊想著奇面館的平面圖，一邊「也就是說——」地繼續說著：

「〈別館〉的那三間客房，其實就是〈第一天的房間〉、〈第二天的房間〉和〈第三天的房間〉。被戴上〈未來面具〉的人，首先要進入〈第一天的房間〉，然後在那過一整天。那裡的房間門沒有鎖，但區隔各區域的門上有鎖，這個門上的鎖一旦鎖上了，〈第一天的區域〉就封閉起來了。而窗戶上安裝鐵欄杆的原因，就是不讓被關起來的人逃走……日向先生，你不是說過了嗎？看了〈別館〉後，你覺得那裡『好像監獄』。」

「第一天結束，通往〈第二天的區域〉的門就會被打開。戴著〈未來面具〉的人進入〈第二天的區域〉後，也要在〈第二天的房間〉待上一整天。」

「同樣地，也要在〈第三天的房間〉待一整天後，通過大廳，進入〈面對面之間〉與主人——面具的所有人——見面。戴三天三夜面具後，就可以看到的『未來』，而主人就在未來裡。」

「也就是說，那個〈別館〉像是為了執行〈未來面具〉的用途，而存在的儀式空間。」

「暫且不管那裡實際上是否執行過〈未來面具〉的儀式，至少我認為那裡確實是為了那個用途而存在的。那裡有隔間用的門所形成的各個區域，每個區域都各設置一個廁所……還有地板上也都有粗糙部分。」

「地板上的粗糙部分？」

「客房、走廊、大廳的地板上，都有局部加工成比較粗糙的部分。那些部分現在都被小地毯蓋起來了，或放上家具，不仔細看的話，是看不出來的。我認為地板上粗糙的部分，是為了幫助戴上〈未來面具〉的人在區域內行動而設計的。地板上粗糙的部分，是戴上〈未來面具〉的人的指引。」

「指引？……啊！沒錯。」

「地板上粗糙的部分，就像是專為視覺障礙者設計的引導區。例如馬路上的行人區或鋪設在車站大廳內的黃色凹凸地面。」

「對。是相同作用的地面。因為戴上〈未來面具〉而失去視覺的人，確實需要那樣的引導地面……」

鹿谷說著，並悄悄地閉上雙眼。

他的眼瞼裡浮現〈未來面具〉＝〈黑暗面具〉黑漆漆的奇怪「面部」。如果自己連續三天三夜地戴著那個面具，會看到黑暗盡頭的「什麼」呢？——這個念頭一出現在腦裡，他立刻用力地搖了搖頭。

鹿谷張開眼睛時，看到日向正看著他，不知為何還微微笑著。

# 3

「……總之，這是集合了許多奇妙事情的事件。」

鹿谷感慨地說。

「集會的主人和受到邀請來參加集會的六個客人都叫做影山逸史。還有所有人都戴上面具，看不到彼此的面貌。這些都是奇怪的事。」

「回想起來，那是很辛苦的事吧！」日向事不關己地說。「想想看，在那種情況下，如果叫喚本名的話，根本不知道到底在叫哪一個，所以讓每個人帶不一樣的面具，還真是有道理的事。」

「話雖如此，但在習慣每個人的面具之前，還是很麻煩呀！」

鹿谷想起自己的辛苦，皺了皺鼻子說。

「如果有熟識的編輯要求我把這個事件寫成小說，我一定會堅決地謝絕。因為除了傭人外，其他人的名字都一樣，光是想像要如何區別那六個客人，就讓人頭暈眼花了。還有，要賣個關子的時候，例如想到要對讀者隱瞞『同名同姓』的事實，就……」

「本格的推理小說真的很不容易呀！從公平不公平這個問題開始，就會受到許許多多的約束。」

日向仍然一副與己無關的模樣，他還再度拿起那個裝著邀請函的信封袋，看著信封袋背面的寄信人名字，說：

「我有點想看看被殺死的這個影山逸史是怎麼樣的人呀！」

他輕嘆了一口氣，又說：

「一定也是個相當奇特的人吧？」

「沒錯。他確實不是一個一般常識性的人物，他的價值觀也和別人不一樣。」

「他相信影山家的傳說。我能理解他為了打開自己的幸運之路，想要尋找〈另一個自己〉的心理。但是，他『尋找同名同姓』的人的做法，好像太魯莽了。」

「可是，他擁有很奇特的說服力，實際和他面對面交談的時候，還是會被他說服。」

鹿谷一邊想那天晚上和奇面館的主人在〈面對面之間〉的談話，一邊說：

「當他『本質就在表層上』的時候，他的聲音……怎麼形容才好呢？總之就是特別有力。他本人也知道自己的理論是病態的，而且是和別人不一樣的；可是對他來說，有些事情就是不得不做。」

「唔——」

「『影山逸史』這個名字畢竟不同於佐藤某某或鈴木某某，即使找遍了全日本，也不見得會找到其他的『影山逸史』。然而實際上去尋找後，找到第一個『影山逸史』已經夠讓他驚訝了，竟然還發現那個『影山逸史』和自己同年同月同日生，並且是奇面館這座奇特的建築物的主人。可以想像他會在這些奇妙的偶然裡尋找『意義』，並且相信那個『意義』有著極強大的力量。」

「說得也是。」

「從找到第一個『影山逸史』開始，又遇到了種種巧合，這實在太過偶然了。做為一個推理作家，實在說不出口這麼多的巧合。」

「這是屬於怪奇幻想類別小說的領域呀！」

日向微笑地點頭回應。然後說：

「關於〈未來面具〉的魔力，你說要以『解釋的問題』來處理……這又是怎麼說？」

「是的。」

鹿谷也微笑地點頭說：

「找到一個同名的『影山逸史』後，主人心想應該還有其他年齡相仿的『影山逸史』，便又開始尋找，果然也讓他找到了幾個『影山逸史』，這幾個人的生日也幾乎和他相同——但這樣的巧合違反了推理小說的真實感標準，是『不可以』的。況且，當館主人把找到的『影山逸史』召集起來時，竟然還發現那些『影山逸史』的容貌與體格，也與自己相去不遠，其中來自札幌的米卡爾氏，與自己的相似度更是驚人……這些都不是館主人期待中的情形，只能說『這件事太不可思議』到讓人幾乎要停止呼吸了。」

「這個事件能找到的『意義』太多了。果然是適合怪奇幻想類的題材。」

日向一本正經地說。臉上的微笑消失了。

# 4

「專門寫怪奇幻想類題材的作家還有一個問題想問。」

日向這麼說。鹿谷立刻「啊，嗯」地回應。

「應該就是那個問題吧？你想問的，是在〈面對面之間〉時，館主人提出來的路口占卜的問題，到底是什麼意思嗎？」

「沒錯，就是這個問題。」

「不管那個問題有什麼意思，那都是在尋找〈另一個自己〉的影山逸史，以個人的想像為題材所做出來的題目。如今提出那個問題的影山逸史已經死了，那個問題到底是有什麼意義，已經不重要了。」

「你這樣說也沒有錯。但是，不管他付予那個問題的意義是什麼，如果把那個意義當作是一種結果，我認為就必須找出那個意義到底是什麼。」

日向這麼說的時候，口氣非常堅定，這有點嚇到鹿谷了。

「怎麼說？」

「請回想一下，發生命案的那個晚上館主人所提出的問題。我是從鹿谷先生的口中，第一次聽到這個問題的，但是，就在聽你說的時候，突然想到……」

——我要問〈另一個我〉了。請按照心中的想法直接的回答。

那個晚上在那個〈面對面之間〉裡，和鹿谷戴著同樣〈哄笑面具〉的館主人影山逸史，問了鹿谷一個問題。

——你現在站在三叉路口，前方是分岔的兩條路，右邊路的前方是很陡的階梯，左邊路的前方有很多的眼睛在轉動。

「很多的眼睛」指的是「人類的眼睛」。那時館主人做了如此的補充說明。

——你回頭看來時路，那裡是沒有柵欄的平交道，此時警報器正在響。

——這個時候，你會選擇走哪一條路？右邊？左邊？還是退回來時的路？

「鹿谷先生回答『我選擇左邊的路』。而兇手影山逸史在回答相同問題時的答案是什麼？鹿谷先生問他了嗎？」

「在警方來之前，我們有很多時間，所以我確實問過他這個問題。不過，我問這個問題的原因純粹是好奇，並不是為了尋找什麼意義。」

「結果呢？他怎麼說？」

「他的答案是『退回來時的路』。」

「哦呵！——有意思。果然很有意思。」

日向微微地點了好幾次頭後，好像在看遠方一樣地瞇著眼睛。「鹿谷先生。」他說：「這是我個人的想法，不過，也可以這樣試著去想不是嗎？」

「哦？」鹿谷皺著眉，問：「怎麼樣的想法？」

「把發生在〈奇面之間〉的意外命案後追查兇手的選擇，和那個重疊起來看看。當兇手想從〈面對面之間〉到大廳時，發現女傭新月小姐在那裡。這時候兇手該怎麼辦？會作什麼選擇呢？」

「進入大廳，試著正面突破？或退回〈奇面之間〉，利用秘密通道？」

「這時的兇手就是站在重要的分岔口吧？向前走的話有新月小姐，被逮到及被發現的可能性非常高。新月小姐的名字是『瞳子』是吧？所以往『左邊的路』轉時有『很多的眼睛』，就是在提示『瞳子的眼睛』，不是嗎？」

「唔。那麼『退回來時的路』，是指平交道嗎？」

「是『沒有柵欄的平交道』，而且『警報器正在響』——我的想法聽起來或許很牽強，但是一提到平交道的時候，我就不由自主地聯想到『被行駛中的列車撞得支離破碎的屍體』。被撞得支離破碎的屍體的影像可以視為『被分屍的屍體』的暗示吧？」

「你的想法確實很牽強。」

「可是，就某種意義上來說，確實存在著可以聯想的部分吧？兇手最後選擇『退回來時的路』，砍下了死者的頭顱。」

「不，不，等一下。」

日向的想法實在不怎麼樣，所以鹿谷終於提出反對的看法：

「兇手被逼到困境時，必須在前進與後退的兩者之間選擇一條路，但是，我們在〈面對面之間〉被問到的那個問題卻還有第三個選項。『右邊的路』是『很陡的階梯』。那時的兇手沒有第三個選項，這一點明顯不同於那個問題，所以事件不能和那個問題做聯想。不是嗎？」

「哎呀，不是那樣的。」

日向回答，又好像在看遠方一樣地瞇著眼睛說。

「我認為實際上兇手也有相當於『右邊的路』的第三個選擇。」

「哦？」

鹿谷重新坐正。「那是什麼樣的選擇？」鹿谷問，日向一臉正經地答道：

「按照鹿谷先生說的話，就是這樣吧！兇手知道在大廳內的新月小姐是柔術的高手，被發現的話，根本沒有反擊的餘地，很快就會被摞倒在地。所以兇手必須放棄正面突破的念頭。可是呢，那是兇手空手和新月小姐對決的情況吧？」

聽到這裡，鹿谷不自覺地發出「啊！」的聲音。他終於了解日向要說什麼了。

「那時兇手所在的〈奧之間〉裡，有非常可怕的武器。兇手用了那個武器砍下死者的頭顱與手指。沒錯，就是那把日本刀。」

「原來如此。這就是你要說的？」

「不管對手有多厲害，拿起手中的日本刀就砍過去的，勝算還是比較大吧！兇手應該作過這樣的判斷了。他一開始就有殺死新月小姐的打算。」

「這就是『右邊的路』嗎？」

「對。然後，那條路的前面是很陡的階梯。這個暗示是——」

「連接死刑台的十三階梯？」

「殺死館主人影山逸史是計畫之外的事，也就是說，那不是蓄意謀殺，即使被逮捕了，應該也不會被判極刑。但是，因為陷入困境，為求解脫而殺死新月小姐，那絕對就是重罪了。」

「確實是那樣沒錯。」

「所以兇手放棄了這一項選擇，作出『退回來時的路』的決定。這個答案和幾個小時前在〈面對面之間〉被問問題時的答案一樣。被殺死的影山逸史要尋找的〈另一個自己〉，或許結果就是最早遇到的兇手影山逸史。也可以這麼想吧！」

日向感慨地嘆了一口氣，睜開瞇著的雙眼，看著鹿谷的臉。

「覺得如何呢？鹿谷先生。如果是這樣的意義的話，推理作家也會覺得沒有必要嗎？」

## 5

在日向去廚房煮第五杯咖啡回來前，沉默的氣氛壓得讓人幾乎難以喘息。

日向喝了咖啡，又點了香菸。抽了一會兒菸後，好像菸也沒有那麼好抽似地，把煙吐出來，然後開口說「話說回來——」。好像不是很在意的樣子，他的語氣聽起來比剛才輕鬆。

「兇手影山逸史好像最近改名為『創馬』。因為覺得本名的筆畫不好嗎？」

「啊，你在意這個嗎？因為你的本名也叫影山逸史嗎？」

「啊，不是。我對什麼姓名學或四柱推命等等和算命有關的學問，一向都不太關心，所以一點也不在意。」

「哦？是嗎？我倒是對算命的學問有點興趣，也稍微會一點。所以後來我調查了一下——」

鹿谷從上衣的口袋掏出記事簿，一邊看著記事簿中的內容，一邊說道：

「根據標準姓名學的算法，『影山逸史』這個名字的筆畫，主格數十四，外格數二十，總格數三十四。其中影響運勢最巨的就是主格，但十四是大凶數，外格數的二十也是大凶數，總格數三十四也是大凶數。難怪呀！結果如此悲慘。」

「哦呵。」

「名字改為『影山創馬』後，主格數十五，外格數二十五，總格數四十。十五是大吉數，二十五也是吉數，筆畫確實比本名好多了，只有總格數四十是壞的數字。總之，和本名做比較，考慮之後，覺得這個名字比較好吧！」

「可是，改了名字後，運勢好像也沒有變好，新成立的公司還是漏洞百出。」

「好像確實是那樣呀。」

鹿谷闔上記事簿，又說：

「或許改『S企劃』這個公司的名稱比較好。」

鹿谷半開玩笑地說，日向也乘興地說：

「命名也是一個學問。『S企劃』的『S』，一定是從影山的『影』＝『shadow』中的『S』字而來的吧？」

「這麼說來，建築師影山逸史的事務所的名字，好像也是這樣來的呀！」

「他的事務所的名字是〈M&K設計事務所〉。」

「對。『M』是合夥人光川氏的『M』❻，『K』是『KA-GE-YA-MA』❼的『K』。」

「前刑警影山逸史被大家稱為阿山。這個綽號當然也是來自『影山』的『山』字。」

日向這麼說，呵呵呵地笑了。

「啊，對了。」

鹿谷好像想到了什麼，便對日向說：

「最後我還有一件事要向你確認。」

鹿谷帶著一點惡作劇的心情，故意用著銳利的目光看著日向。日向的反應很敏感，然後表情緊張地說：

「什麼事？」

鹿谷的目光馬上變得柔和，回答他：

「是關於你的筆名的事。」

「啊？」

「日向京助這個筆名，是使用了『影山』的『影』字做成的吧？『日』加上『京』，合起來就是『影』的左半部的『景』。這是一看就明白的事。但是，我想不通的是你在當撰稿者時的筆名。」

「哦？你對這件事有興趣？」

「你曾經在談話中提過『池島』這個姓氏，最多也只用『池島某』來稱呼當撰稿者時的自己。我想你並沒有特意要隱瞞什麼，可是，我就是很在意，很想知道池島這個姓氏的下面，到底連接著什麼樣的名字。」

日向皺起眉頭，說「為什麼會在意這個？」又說：

「下面接的是什麼名字都不重要吧？」

❻光川的羅馬拼音為 MI-TSU-KA-WA。
❼影山的羅馬拼音。

「是，確實是不重要。可是，我這個人一旦開始在意一個問題了，如果不把問題弄清楚，就會一直想著那個問題，所以……」

「原來你是這樣的人？」

「原來我不是這樣的人嗎？」

鹿谷嘴角含笑地說。於是日向有點難為情似地噘著嘴唇。

「去年秋天，我們在某個宴會的場合裡第一次見面時，你說過一句話。那時我們談到我寫的《迷路館殺人》，你說詭計與邏輯是你最不擅長的題材，但是你一點也不討厭那樣的『遊戲』。」

「啊，是，我說過那樣的話。」

「當我想到你說的那句話時，就算我不想知道，卻還是看到了答案。也就是說，其實你自己也會做。」

「因此——」

「嗯，不愧是推理作家，不管什麼事情『那樣的「遊戲」』，都能找到細微的線索。」

鹿谷若無其事地說出了那個答案：

「接在池島這個姓氏後面的名字是『KA-TSU-YA』吧？」

「哎呀！既然你都已經說了，那我就問『理由呢？』」

「你終於跟來了。」

鹿谷微笑了。

「基本上，那是『那樣的「遊戲」』中的字謎遊戲。連重新組合日本字的羅馬拼音都沒有的單純字謎遊戲。你的本名是『影山逸史』，羅馬拼音是『KA-GE-YA-MA-I-TSU-

SHI』，而『池島』的羅馬拼音是『I-KE-JI-MA』，不要管其中的濁音，把濁音的字視為清音❽，兩者相減後，便得到是『KA』『YA』『TSU』。這三個羅馬拼音只能組成『KA-TSU-YA』這樣的名字——如何？我說對了嗎？」

「標準答案！我的這個遊戲果然是太簡單了。」

日向京助＝池島克也❾＝影山逸史有點開心地露出笑容。鹿谷則是滿意地拿出了特製菸盒裡的「今天的一支」，然後將菸點燃。

## 6

「對了對了，不要忘了這個。」

到了差不多該告辭的時候，鹿谷這麼說著，並且從包包裡拿出東西。那是奇面館的主人給的那張面額兩百萬的支票。

「因為沒有人問起這件事，所以我就把這張支票帶回來了。不過，還是……」

鹿谷說著，當著忍不住「啊」出聲的日向面前，撕掉了那一張支票。

「把這支票當成謝禮納入懷中，我覺得那樣不好吧？發現館主人被殺時，我就暴露自己是假的日向京助的事實，這兩百萬圓就不能算是正當的報酬了。所以就這樣處理吧……可以嗎？」

❽GE → KE；JI → SHI。
❾KA-TSU-YA 的漢字。

理由充分，日向應該也能接受。但是，他的臉上難免地露出可惜的表情，眼睛看著地面。

「——唔。」

可是呢——鹿谷想著。

關於這件事，日向最好也有所反省吧！

因為受不了「中村青司的奇面館」這個誘餌的誘惑，鹿谷才會接受日向的奇妙委託。當日向提出謝禮對分時，最初鹿谷其實是抗拒的。如果不是最後發生館主人被殺的事，鹿谷打算在離開奇面館時，歸還兩百萬的支票。可是，如此一來就會對日向京助不好意思。所以鹿谷甚至考慮到是不是自己要掏腰包，掏出一百萬給日向京助。

過了一會兒，日向搖搖頭，好像重新打起精神了。他抬起頭，說：

「對了，鹿谷兄，被殺死的影山氏的遺產怎麼處理了？」

日向提出這樣的問題。

「一般有錢人被殺後，問題的焦點總是會集中在『誰得到遺產』的這一點上。不過，遺產的問題並沒有在這次的事件上造成騷動。」

「影山氏雖然說他自己是孤獨的一個人，但是，根據鬼丸的了解，被殺的影山氏其實還有幾個能夠繼承他遺產，有血緣關係的親族。只要證明他們和這次的事件完全無關，應該可以……」

可是……

萬一有一天，出國之後失去音信的兄弟突然活著回來了，那該怎麼辦呢？如果那個兄弟是回來要財產的，那麼到時就會產生很大的麻煩吧？——不過，即使有麻煩，也不是鹿谷的問題了。

「那麼。」鹿谷伸手去拿桌子上的包包。

已經來了很久，外面的天空已經昏黃了。

他要從沙發上站起來時，視線閃過掛在牆壁上的日曆。

四月十五日……啊！這一天也是《鐵達尼號》在大西洋上沉船的日子。今天也是傑克．福翠爾（Jacques Futrelle）的忌日——鹿谷只是心裡這麼想著，並沒有把這些話說出口。

# 後記

「館」系列的第九個作品——《殺人奇面館》終於完成了。

當我還在構想故事的階段時，我設定這是一部長約四百張稿紙左右的小型長篇本格小說。而且，我不想把這部小說寫成《殺人暗黑館》那樣，帶著神秘、怪奇、幻想趣味的小說。我想寫像這個系列的早期作品，例如《殺人迷路館》那樣，能帶給讀者像在玩拼圖「遊戲」的小說。

回想起來，我已經有一段時間不是這樣創作了。隨著年齡的增長與經驗的累積，我很自然地會得到一些東西，也會失去許多東西。這樣的我，現在到底還能不能寫？現在的我寫那樣的新作品有意義嗎？我被種種的疑問、猶豫、不安糾纏著。

經過了三個月的構思，和一年三個月的執筆寫作，終於完成了這部超過八百張稿紙的小說。但是，這部剛完成的作品，內容風格上是否接近當初的想法了呢？

就這樣——

從《殺人十角館》開始的這個系列，離我曾經公開說的「全部十作」，也只剩下一作了。我從沒有想過要完成一個所有作品都有大規模或大結局的系列，能夠走到這一步，我已經非常開心了。

各位，請輕鬆地等待吧！

執筆這個作品的期間，因為我的動作慢吞吞的，講談社的秋元直樹先生只好多次跑來京都催促。對秋元直樹先生我除了說萬分感激外，實在沒有別的話好說。當然，除了秋元先生外，我也受到許多和講談社有關的人的照顧，我就不在此一一舉出姓名來道謝了。謝謝你們。

二〇一一年臘月

綾辻行人

## □集滿4個印花贈品（二款任選其一）：

A：【推理謎】LOGO皮質燙銀典藏書套一個
（黑色，25開本適用，限量1000個）

B：【推理謎】吉祥物『獨角獸』圖案皮質燙金典藏書套一個
（咖啡色，25開本適用，限量1000個）

## □集滿8個印花贈品（二款任選其一）：

C：【推理謎】LOGO皮質燙金證件名片夾一個
（紅色，11.5cm x 8.6cm，限量500個）

D：【推理謎】吉祥物『獨角獸』圖案環保購物袋一個
（米色，不織布材質，41.5cm x 38.6cm，限量1000個）

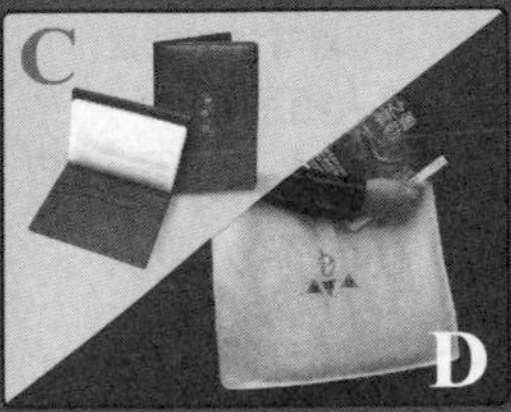


## □集滿12個印花贈品（三款任選其一）：

E：【推理謎】LOGO不鏽鋼繩鑰匙圈一個
（限量500個）

F：【推理謎】吉祥物『獨角獸』圖案馬克杯一個
（白色，320cc容量，限量500個）

G：【密室裡的大師特展】限量專屬T-SHIRT
（黑色，限量150件。尺寸分為XXL、XL、L、M、S，各尺寸數量有限，兌換時請註明所需尺寸，如未註明或該尺寸已換完，則由皇冠直接改換其他尺寸，恕不另通知，並不接受更換尺寸）

【注意事項】

◎本活動僅限台灣地區讀者參加。

◎贈品兌換期限自即日起至2015年12月31日止（以郵戳為憑）。

◎贈品圖片僅供參考，所有贈品應以實物為準。

◎所有贈品數量有限，送完為止。如讀者欲兌換的贈品已送完，皇冠文化集團有權直接改換其他贈品，不另徵求同意和通知。贈品存量將定期在【22號密室】官網上公佈，請讀者在兌換前先行查閱或直接致電：（02）27168888分機114、303讀者服務部確認。

◎皇冠文化集團保留修改或取消謎人俱樂部活動辦法的權利。辦法如有更動，將隨時在【22號密室】官網上公佈。

國家圖書館出版品預行編目資料

殺人奇面館 / 綾辻行人著；郭清華譯. -- 初版.
-- 臺北市：皇冠, 2014.04；面；公分. --（皇冠叢書；第4388種 殺人館系列；10）
譯自：奇面館の殺人
ISBN 978-957-33-3071-4（平裝）

861.57 103005121

皇冠叢書第4388種
殺人館系列 10

# 殺人奇面館

## 奇面館の殺人



作　　者—綾辻行人
譯　　者—郭清華
發 行 人—平雲
出版發行—皇冠文化出版有限公司
台北市敦化北路 120 巷 50 號
電話◎ 02-27168888
郵撥帳號◎ 15261516 號
皇冠出版社（香港）有限公司
香港上環文咸東街 50 號寶恒商業中心
23 樓 2301-3 室
電話◎ 2529-1778　傳真◎ 2527-0904
責任主編—盧春旭
責任編輯—蔡維鋼
美術設計—程郁婷
著作完成日期— 2012 年
初版一刷日期— 2014 年 4 月
初版二刷日期— 2015 年 1 月
法律顧問—王惠光律師

讀者服務傳真專線◎ 02-27150507
電腦編號◎ 031022
ISBN ◎ 978-957-33-3071-4
Printed in Taiwan
本書定價◎新台幣 380 元 / 港幣 127 元

# 謎人俱樂部贈品兌換卡

**我要選擇以下贈品**（須符合印花數量）：☐A ☐B ☐C ☐D ☐E ☐F ☐G 尺寸：______

| | | | |
|---|---|---|---|
| 1 | 2 | 3 | 4 |
| 5 | 6 | 7 | 8 |
| 9 | 10 | 11 | 12 |

**【個人資料蒐集、利用及處理同意條款】**

您所填寫的個人資料，依個人資料保護法之規定，皇冠文化集團將對您的個人資料予以保密，並採取必要之安全措施以免資料外洩。您對於您的個人資料可隨時查詢、補充、更正，並得要求將您的個人資料刪除或停止使用。

本人同意皇冠文化集團得使用以下本人之個人資料建立該集團旗下各事業單位之讀者資料庫，做為寄送出版或活動相關資訊，相關廣告，以及與本人連繫之用。本人並同意皇冠文化集團可依據本人之個人資料做成讀者統計資料，在不涉及揭露本人之個人資料下，皇冠文化集團可就該統計資料進行合法地使用以及公布。

☐同意　☐不同意

## 我的基本資料

姓名：______

出生：______年______月______日　性別：☐男 ☐女

職業：☐學生 ☐軍公教 ☐工 ☐商 ☐服務業

☐家管 ☐自由業 ☐其他______

地址：☐☐☐☐☐______

電話：（家）______（公司）______

手機：______

e-mail：______

◎請沿虛線剪開、對摺、裝訂後寄出。

◎請沿虛線剪開、對摺、裝釘後寄出。

我對【綾辻行人殺人館】系列的建議：

寄件人：

地址：□□□□□□

| |
|---|
| 北區郵政管理局登 |
| 記證北台字1648號 |
| 免 貼 郵 票 |

〔限國內讀者使用〕

10547

台北市敦化北路120巷50號

**皇冠文化出版有限公司 收**